MIRA®

Der Preis dieses Bandes versteht sich einschließlich der
gesetzlichen Mehrwertsteuer.

Umwelthinweis:
Dieses Buch wurde auf chlor- und säurefreiem Papier gedruckt.

Elizabeth Hoyt

Wild wie mein Verlangen

Roman

Aus dem Amerikanischen von
Alexandra Kranefeld

MIRA®

MIRA® TASCHENBUCH
Band 25590
1. Auflage: Mai 2012

MIRA® TASCHENBÜCHER
erscheinen in der Harlequin Enterprises GmbH,
Valentinskamp 24, 20354 Hamburg
Geschäftsführer: Thomas Beckmann

Titel der nordamerikanischen Originalausgabe:
To Taste Temptation

erschienen bei: Forever, New York

Published by arrangement with
Grand Central Publishing, New York, NY, USA.

Dieses Werk wurde vermittelt durch die
Literarische Agentur Thomas Schlück GmbH, 30827 Garbsen

Konzeption/Reihengestaltung: fredebold&partner gmbh, Köln
Umschlaggestaltung: pecher und soiron, Köln
Redaktion: Bettina Steinhage
Titelabbildung: Harlequin Enterprises S.A., Schweiz
Autorenfoto: © by Elizabeth Hoyt
Satz: GGP Media GmbH, Pößneck
Druck und Bindearbeiten: CPI – Ebner & Spiegel, Ulm
Printed in Germany
Dieses Buch wurde auf FSC®-zertifiziertem Papier gedruckt.
ISBN 978-3-86278-315-1

www.mira-taschenbuch.de

PROLOG

Es war einmal vor langer, langer Zeit, da kamen vier Soldaten nach vielen Jahren des Kriegs nach Hause. Eins, zwei! Eins, zwei! Eins, zwei!, konnte man den schweren Klang ihrer Stiefel weithin hören, als sie erhobenen Hauptes nebeneinander einhermarschierten und weder nach links noch nach rechts sahen. Denn so hatten sie gelernt zu marschieren, und es ist nicht leicht, mit den Gewohnheiten langer Jahre zu brechen. Die Kriege und Schlachten waren vorüber, doch ich weiß nicht, ob unsere Soldaten sie gewonnen oder verloren haben, und vielleicht ist das auch gar nicht von Bedeutung. Ihre Uniformen waren zerlumpt, ihre Stiefel mehr Löcher als Leder, und nicht einer der Soldaten kehrte als der Mann zurück, als der er aufgebrochen war.

Nach einer Weile gelangten sie zu einer Wegeskreuzung, und hier blieben sie stehen und überlegten, wohin sie gehen sollten. Eine Straße führte nach Westen, der Weg schien gerade und gut gepflastert. Eine Straße ging gen Osten, in einen dunklen und geheimnisvollen Wald hinein. Und eine Straße zeigte nach Norden, wo einsames Gebirge sich düster auftürmte.

„Nun, Kameraden", sagte der größte der Soldaten, nahm seinen Hut ab und kratzte sich den Kopf. „Sollen wir eine Münze werfen?"

„Nicht nötig", meinte der Soldat zu seiner Rechten. „Mein Weg liegt hier." Und er wünschte seinen Kameraden Lebewohl und marschierte gen Osten. Ohne sich noch einmal nach ihnen umzusehen, verschwand er in dem dunklen Wald.

„Mir sagt dieser Weg zu", meinte der Soldat zu seiner Linken und zeigte auf die hohen Berge, die in der Ferne aufragten.

„Und ich", rief der große Soldat lachend, „ich nehme

natürlich den leichten Weg, denn so habe ich es immer gehalten. Aber was ist mit dir?", fragte er den letzten Soldaten. „Welchen Weg wirst du nehmen?"

„Ach, ich", seufzte jener. „Ich glaube, ich habe einen Stein im Schuh und werde mich erst mal hinsetzen und ihn herausholen, denn er plagt mich schon seit Meilen." Er ließ seinen Worten Taten folgen, setzte sich auf einen nahen Fels und klopfte seinen Stiefel aus.

Der große Soldat setzte seinen Hut wieder auf. „Dann ist es also entschieden."

Die verbliebenen Soldaten gaben einander zum Abschied die Hand und gingen jeder seines Weges. Aber welche Abenteuer sie erwarteten und ob sie wohlbehalten nach Hause fanden, kann ich euch noch nicht erzählen, denn dies ist nicht ihre Geschichte. Dies ist die Geschichte des ersten Soldaten, der in den dunklen Wald gegangen war.

Sein Name war Eisenherz …

Eisenherz

1. KAPITEL

Eisenherz verdankte seinen Namen einer sehr seltsamen Begebenheit. Denn wenngleich seine Arme und Beine, sein Gesicht und auch der Rest seines Leibes ebenso waren wie bei allen anderen Menschen, so war sein Herz es doch nicht. Es war aus Eisen und saß außen auf seiner Brust. Dort schlug es tapfer, stark und stetig …
Eisenherz

London, September 1764

Es heißt, er sei davongelaufen", raunte Mrs Conrad verschwörerisch.

Lady Emeline Gordon nahm einen Schluck Tee und schaute über den Rand ihrer Tasse zu dem fraglichen Gentleman hinüber. Er wirkte hier so fehl am Platz wie ein Jaguar inmitten zahmer Hauskatzen: wild, voller Leben und etwas unzivilisiert. Gewiss nicht der Mann, den sie auf den ersten Blick für einen Feigling hielte. Emeline überlegte, wer er wohl war, und dankte derweil dem Himmel für sein Erscheinen auf der Teegesellschaft. Mrs Conrads Salon war sterbenslangweilig gewesen – bis *er* hereinspaziert gekommen war.

„Bei dem Massaker am 28. Regiment, drüben in den Kolonien", fuhr Mrs Conrad atemlos fort. „Damals, 1758. Einfach davongelaufen. Dass er sich nicht schämt!"

Emeline wandte sich wieder ihrer Gastgeberin zu und hob schweigend eine Braue. Unbeirrt erwiderte sie Mrs Conrads Blick, und so entging ihr auch nicht jener Moment, da die dumme Person sich erinnerte. Mrs Conrads ohnehin rosiges Antlitz nahm einen tiefroten Ton an, der ihr gar nicht gut zu Gesicht stand, wie Emeline fand.

„Damit wollte ich nur sagen … ich … ähm …", stammelte ihre Gastgeberin.

Das hatte man davon, wenn man die Einladung einer Dame

annahm, die Ambitionen bezüglich der besten gesellschaftlichen Kreise hegte, doch leider nicht genügte. Es war Emelines Schuld, wirklich. Weshalb war sie auch gekommen? Sie seufzte und erbarmte sich. „Er ist also in der Armee?"

Dankbar griff Mrs Conrad nach dem rettenden Strohhalm. „Nein. Oh nein. Nicht mehr. Zumindest *glaube* ich das nicht."

„Ah", sagte Emeline und sah sich nach neuem Gesprächsstoff um.

Der Salon war großzügig bemessen und kostbar ausgestattet. Ein prächtiges Deckengemälde zeigte Hades, wie er Persephone nachstellte. Die Göttin sah allerliebst und arglos aus. Mit sanftem Lächeln schaute sie auf die unten versammelte Gesellschaft herab. Gegen den Gott der Unterwelt würde sie aber keine Chance haben, wenngleich er in dieser Darstellung reizende rosige Wangen hatte und aussah, als könne er kein Wässerchen trüben.

Jane Greenglove, Emelines derzeitige Schutzbefohlene, saß auf einem Kanapee nahebei und plauderte mit dem jungen Lord Simmons. Eine sehr glückliche Wahl. Emeline nickte wohlwollend. Lord Simmons verfügte über ein Einkommen von achttausend Pfund im Jahr und besaß ein annehmliches Haus nahe Oxford. Eine gelungene Verbindung, zumal Janes ältere Schwester Eliza jüngst den Antrag von Mr Hampton angenommen hatte. So fügte sich doch alles trefflich – wie immer eigentlich, wenn Emeline sich bereitfand, eine junge Dame in die Gesellschaft einzuführen. Aber dennoch freute es einen stets aufs Neue, seine Erwartungen erfüllt zu sehen.

Sollte man zumindest meinen. Emeline ertappte sich dabei, wie sie eines der Spitzenbänder an ihrer Taille um den Finger wickelte, fasste und beherrschte sich und strich es wieder glatt. Wenn sie ganz ehrlich war, so fühlte sie sich ein wenig lustlos und verstimmt. Was natürlich lächerlich war. Ihr Leben ließ wahrlich nichts zu wünschen übrig. Absolut gar nichts.

Betont beiläufig sah sie zu dem Fremden hinüber, nur um festzustellen, dass sein dunkler Blick auf ihr ruhte. Um seine

Augen zogen sich feine Falten zusammen, als ob er sich über etwas amüsierte. Gut möglich, dass er sich über sie belustigte. Rasch sah sie beiseite. Grässlicher Mann. Ganz offensichtlich war ihm nicht entgangen, dass alle Damen im Salon ihn bemerkt hatten.

Neben ihr hatte Mrs Conrad zu plappern begonnen – vermutlich um ihren Fauxpas vergessen zu machen. „Ihm gehört eine Importfirma in den Kolonien. Ich glaube, dass er geschäftlich in London ist. Das meint zumindest Mr Conrad. Und reich wie Krösus soll er sein, auch wenn man es kaum glauben mag, wenn man ihn so sieht."

Nach dem eben Gehörten war es unmöglich, ihn nicht doch noch einmal in Augenschein zu nehmen. Von den Schenkeln an aufwärts war seine Garderobe wirklich nicht weiter der Rede wert: ein schwarzer Rock und eine braun-schwarz gemusterte Weste. So weit die standesübliche und gediegene Kleidung eines Gentlemans – bis man zu den Beinen kam. Dieser Mann trug doch allen Ernstes Beinkleider, die er nur von den Eingeborenen aus den Kolonien haben konnte! Sie waren aus braunem, seltsam glanzlosem Leder und wurden knapp unterhalb der Knie von rot-weiß-schwarz gestreiften Bändern gehalten. Vorn taten die Beinlinge sich auf und fielen ihm in bunt bestickten Schurzen zu beiden Seiten über die Füße. Das Wunderlichste aber waren seine Schuhe, denn sie waren ohne Absätze. Soweit man das denn sah, schien er eine Art Schlupfschuh zu tragen, der aus demselben weichen, glanzlosen Leder war wie die Beinlinge und von der Ferse bis zur Zehenspitze mit Perlenstickerei besetzt. Allerdings war der Fremde auch ohne Absätze sehr groß geraten. Sein Haar war braun, und seine Augen, so sie es aus dieser Entfernung erkennen konnte, waren es auch. Auf jeden Fall nicht blau oder grün. Klug blickten sie unter schweren Lidern hervor. Sie musste ein Schaudern unterdrücken. Kluge Männer waren so schwer zu handhaben.

Er stand mit einer Schulter an die Wand gelehnt, die Arme

vor der Brust verschränkt, und sah sich interessiert um. Gerade so, als wären sie hier die Exoten und nicht er. Seine Nase war lang und hatte einen Höcker, sein Gesicht gebräunt, als wäre er kürzlich erst aus warmen Gefilden zurückgekehrt. Er hatte ein markantes, ungezähmtes Gesicht: Wangenknochen, Nase und Kinn stachen in jener aggressiv-männlichen Manier hervor, die so ausnehmend ansprechend war. Sein breiter Mund hingegen wirkte fast weich, mit einer sinnlichen Kerbe in der Unterlippe. Der Mund eines Mannes, der zu genießen wusste. Der genoss und verweilte. Ein gefährlicher Mund.

Emeline wandte abermals den Blick ab. „Wer ist er?"

Ungläubig starrte Mrs Conrad sie an. „Ja, wissen Sie das denn nicht, meine Liebe?"

„Nein."

Ihre Gastgeberin war entzückt. „Aber Teuerste, das ist Mr Samuel Hartley! Obwohl er seit gerade mal einer Woche in London ist, spricht bereits die ganze Stadt über ihn. Seine Gesellschaft gilt als nicht gänzlich respektabel, weil ..." Mrs Conrad fing Emelines Blick auf und ließ tunlichst ungesagt, was sie hatte sagen wollen. „*Nun ja.* Sagen wir einfach, dass trotz seines Reichtums nicht jeder erfreut ist, ihn zu sehen."

Emeline saß reglos und spürte ein leises Prickeln im Nacken.

Unverdrossen fuhr Mrs Conrad fort: „Ich hätte ihn nicht einladen sollen, aber ich konnte einfach nicht widerstehen. Sehen Sie sich nur diese Gestalt an, meine Liebe! Göttlich, nicht wahr? Und wenn ich ihn nicht eingeladen hätte, würde ich wohl auch niemals ..." Ihr atemloser Wortschwall endete jäh in einem erschrockenen Aufschrei, als sich unmittelbar hinter ihnen ein Mann vernehmlich räusperte.

Da Emeline unlängst beschlossen hatte, den impertinenten Fremden keines weiteren Blickes mehr zu würdigen, war ihr auch entgangen, dass er sich von seinem Beobachtungsposten an der Wand entfernt hatte. Dennoch wusste sie instinktiv, wer nun so unschicklich dicht hinter ihnen stand. Langsam wandte sie sich um.

Und schaute geradewegs in kaffeebraune Augen, die sie spöttisch betrachteten. „Mrs Conrad, ich wäre Ihnen verbunden, wenn Sie uns einander vorstellen würden." Er sprach mit flachem amerikanischem Akzent.

Angesichts dieser dreisten Aufforderung musste Mrs Conrad erst einige Male nach Luft schnappen, ehe ihre Neugier die Oberhand über ihre Entrüstung gewann. „Lady Emeline, dürfte ich Ihnen wohl Mr Samuel Hartley vorstellen? Mr Hartley, Lady Emeline Gordon."

Emeline sank in einen tiefen Knicks – nur um beim Erheben eine große gebräunte Hand hingestreckt zu bekommen. Einen Augenblick starrte sie überrascht darauf. *So* unkultiviert konnte dieser Mann nun wahrlich nicht sein, oder? Mrs Conrads besinnungsloses Gekicher verlangte indes nach raschem Handeln. Flüchtig streifte sie mit den Fingerspitzen die seinen.

Vergeblich. Schon hatte er beide Hände um ihre Hand geschlossen. Fest und warm umfasste er ihre Finger. Seine Nasenflügel blähten sich kaum merklich, als sie sich unter seinem Händedruck genötigt sah, einen Schritt vorzutreten. *Beschnupperte* er sie etwa?

„Sehr erfreut. Wie geht es Ihnen?", erkundigte er sich.

„Gut", erwiderte Emeline. Sie versuchte, sich aus seinem Griff zu befreien, was ihr jedoch nicht gelang, obwohl Mr Hartley gar nicht allzu fest zupackte. „Dürfte ich bitte meine Hand zurückhaben?"

Wieder dieser belustigte Zug um seine Lippen. Lachte er hier alle aus oder nur sie? „Gewiss, Mylady."

Emeline wollte zu einer Entschuldigung ansetzen – und *jede* Entschuldigung wäre ihr recht, um diesem schrecklichen Mann zu entkommen –, doch er war schneller.

„Dürfte ich Sie in den Garten begleiten?"

Eigentlich war es überhaupt keine Frage, denn er bot ihr bereits seinen Arm und schien fest mit ihrem Einverständnis zu rechnen, was an Dreistigkeit kaum zu überbieten war. Was indes fast *noch* schlimmer war: Sie zeigte sich einverstanden.

Schweigend legte Emeline ihre Fingerspitzen auf seinen Rockärmel. Er nickte Mrs Conrad zu und hatte Emeline binnen Minuten aus dem Salon manövriert, wobei er sich für einen so linkischen Mann unerwartet geschickt anstellte. Prüfend sah sie ihn von der Seite an.

Er wandte den Kopf und fing ihren Blick auf. Wieder zeigten sich feine Falten um seine Augen, als würde er sich über sie belustigen, wenngleich sein Mund nicht einmal die Andeutung eines Lächelns erkennen ließ. „Sie müssen nämlich wissen, dass wir Nachbarn sind."

„Was soll das denn heißen?"

„Ich habe das Haus neben dem Ihren gemietet."

Emeline ertappte sich dabei, zu blinzeln. Wieder hatte er sie aus der Fassung gebracht – eine unschöne Erfahrung, die bei ihr ebenso selten wie unerwünscht war. Sie kannte die Bewohner des Hauses, das rechter Hand des ihren lag, doch das zur Linken war tatsächlich kürzlich neu vermietet worden. Letzte Woche hatte einen ganzen Tag lang die Tür zur Straße weit offen gestanden, und Arbeiter waren polternd ein und aus gestiefelt. Schwitzend, schreiend, fluchend hatten sie Kisten und Möbel geschleppt und …

Ihre Brauen zogen sich zusammen. „Natürlich. Das erbsgrüne Sofa."

Um seine Mundwinkel zuckte es kaum merklich. „Wie bitte?"

„Ihnen gehört doch dieses grässliche erbsgrüne Sofa, nicht wahr?"

Er neigte den Kopf. „Ich bekenne mich schuldig."

„Ohne einen Anflug von Reue, wie mir scheint." Emeline spitzte missbilligend die Lippen. „Waren das wirklich vergoldete Eulen am Schnitzwerk der Beine?"

„Das war mir noch nicht aufgefallen."

„Aber *mir.*"

„Dann wird es wohl so sein."

Mit einem leisen Schnauben wandte sie sich ab.

„Eigentlich wollte ich Sie um einen Gefallen bitten, Ma'am." Seine tiefe Stimme schien aus großer Höhe zu ihr herabzudringen.

Er führte sie einen der Kieswege des Conradschen Stadthausgartens hinab, der recht fantasielos mit Rosen und niedrigen Hecken bepflanzt war. Da die meisten Rosen mittlerweile verblüht waren, sah das Ganze noch trostloser als gewöhnlich aus.

„Ich würde Sie gern anheuern."

„Mich *anheuern*?" Emeline schnappte nach Luft und blieb so unvermittelt stehen, dass auch er stehen bleiben und sich nach ihr umdrehen musste. Hielt dieser grässliche Mann sie etwa für eine Kurtisane, oder was? Das war eine geradezu unglaubliche Beleidigung, und in ihrer Verwirrung ertappte sie sich dabei, wie sie ihren Blick irritiert über seine von ihrer Gastgeberin für göttlich befundene Gestalt schweifen ließ: entlang der breiten Schultern über den erfreulich flachen Bauch hinab zu jenem Bereich von Mr Hartleys Anatomie, den es nicht zu bemerken galt, der jedoch von den schwarzen Breeches, die er unter seinen Beinlingen trug, sehr vorteilhaft betont wurde. Wieder schnappte sie nach Luft, hätte sich dabei fast verschluckt und sah hastig auf. Aber entweder war ihm ihre Indiskretion entgangen, oder er war weitaus höflicher, als sein Benehmen und sein Aufzug vermuten ließen.

Er fuhr fort, als sei nichts gewesen. „Ich suche eine Mentorin für meine Schwester Rebecca. Eine Dame, die sie bei Bällen und Gesellschaften einführt."

Als Emeline aufging, dass er eine Anstandsdame suchte, neigte sie den Kopf. Warum hatte der törichte Mann das nicht gleich sagen und ihr damit all die Peinlichkeiten ersparen können? „Ich fürchte, das wird nicht möglich sein", sagte sie.

„Warum nicht?" Er sprach leise, doch sie meinte einen herrischen Unterton herauszuhören.

Emeline sah gereizt auf. „Weil ich nur junge Damen aus den besten Kreisen unter meine Fittiche nehme. Ich bezweifle, dass Ihre Schwester meinen Ansprüchen genügen wird. Es tut mir leid."

Einen Moment betrachtete er sie schweigend, dann wandte er sich ab. Obwohl sein Blick auf eine Bank am Ende des Weges gerichtet war, glaubte Emeline nicht, dass er sie überhaupt wahrnahm. „Vielleicht kann ich ja einen anderen Grund geltend machen, damit Sie sich unser annehmen."

Sie verharrte reglos. „Und der wäre?"

Er richtete seinen Blick wieder auf sie, doch nun war keine Spur der Belustigung mehr in seinen Augen. „Ich habe Reynaud gekannt."

Emelines Herz schlug so heftig, dass es ihr laut in den Ohren pochte. Denn mit Reynaud, daran konnte kein Zweifel bestehen, war ihr Bruder gemeint. Ihr Bruder, der bei dem Massaker am 28. Regiment umgekommen war.

Sie roch nach Zitronenmelisse. Sam sog den vertrauten Duft in sich auf, während er auf Lady Emelines Antwort wartete. Doch der Duft lenkte ihn ab. Es war gefährlich, sich bei Verhandlungen mit einem klugen Gegner ablenken zu lassen. Wie seltsam, dass eine so elegante Dame ein so schlichtes Parfüm trug. Seine Mutter hatte zu Hause, in ihrem Garten in den Wäldern von Pennsylvania, Zitronenmelisse gezogen. Er erinnerte sich, wie er als kleiner Junge an einem grob gezimmerten Holztisch gesessen und zugesehen hatte, wie seine Mutter die grünen Blätter mit kochendem Wasser übergoss, und an den frischen Geruch, der mit dem heißen Dampf aus der Tasse aufstieg. Zitronenmelisse. *Balsam für die Seele*, hatte seine Mutter sie genannt.

„Reynaud ist tot", sagte Lady Emeline unvermittelt. „Was lässt Sie glauben, ich würde Ihnen diesen Gefallen tun, nur weil Sie behaupten, ihn gekannt zu haben?"

Während sie sprach, betrachtete er sie etwas ausführlicher. Sie war eine schöne Frau, daran konnte kein Zweifel sein. Ihr Haar und ihre Augen waren geradezu dramatisch dunkel, ihre

Lippen rot und voll. Doch es war eine keineswegs schlichte Schönheit. Viele Männer würden sich von der Intelligenz, die in den dunklen Augen aufschien, und dem skeptischen Zug, der um die sinnlichen Lippen lag, nicht gerade ermutigt fühlen.

„Weil Sie ihn geliebt haben." Sam ließ sie nicht aus den Augen, als er das sagte, und sah ein kaum merkliches Flackern in den ihren. Er hatte also recht gehabt: Sie hatte ihrem Bruder sehr nah gestanden. Wäre er nett, würde er ihre Trauer nicht ausnutzen. Aber Nettigkeit hatte ihm noch nie viel gebracht, weder privat noch geschäftlich. „Ich glaube, Sie würden es seinetwegen – für sein Andenken – tun."

„Was Sie nicht sagen", gab sie sich wenig überzeugt.

Aber er wusste es besser. Das war eines der ersten Dinge, die er in seiner Firma gelernt hatte: den genauen Moment abzupassen, wenn sein Gegenüber schwankte und der Lauf der Verhandlungen zu Sams Gunsten umschlug. Der nächste Schritt bestünde darin, seine Position zu festigen. Abermals bot er ihr seinen Arm. Nach einem kurzen irritierten Blick ließ sie wiederum ihre Hand – oder vielmehr nur die Fingerspitzen – in seiner Armbeuge ruhen. Innerlich triumphierte er, dass sie ihm nachgegeben hatte, war jedoch sorgsam darauf bedacht, sich nichts anmerken zu lassen.

Stattdessen führte er sie betont gleichmütig tiefer in den Garten hinein. „Meine Schwester und ich werden nur drei Monate in London bleiben. In dieser kurzen Zeit erwarte ich keine Wunder von Ihnen."

„Warum ersuchen Sie dann überhaupt meine Hilfe?"

Er wandte sein Gesicht der Abendsonne zu und genoss es, draußen zu sein, fort von dem Gedränge im Salon. „Rebecca ist erst neunzehn. Ich bin geschäftlich sehr beansprucht und sähe es gern, wenn sie gut unterhalten wäre und vielleicht auch einige junge Damen in ihrem Alter kennenlernen würde." Was alles stimmte, wenngleich es nicht die ganze Wahrheit war.

„Gibt es keine weiblichen Verwandten, die diese Aufgabe übernehmen könnten?"

Belustigt über ihre fast schon taktlose Frage, sah er zu ihr hinab. Lady Emeline reichte ihm gerade mal bis zur Schulter, doch schien sie ihm keineswegs so zierlich und harmlos, wie ihr Mangel an Größe vermuten ließe. Dass man sie nicht unterschätzen durfte, war ihm bereits in jener halben Stunde klar geworden, als er sie, ehe er sich an sie und Mrs Conrad herangepirscht hatte, aufmerksam beobachtet hatte. Die ganze Zeit hatte sie ihren Blick schweifen lassen. Nichts schien ihr zu entgehen. Sogar während der Unterhaltung mit ihrer Gastgeberin hatte sie ihre jungen Schützlinge nicht eine Sekunde aus den Augen gelassen und jede Bewegung der anderen Gäste verfolgt. Er würde darauf wetten, dass sie ganz genau wusste, wer mit wem wann wie lange worüber gesprochen hatte, was angedeutet und was ungesagt geblieben war. In ihrer eigenen, exklusiven Welt war sie vermutlich ebenso erfolgreich wie er in der seinen.

Was es nur noch wichtiger machte, dass sie es war, die ihm Zugang zur Londoner Gesellschaft verschaffte.

„Nein, die gibt es leider nicht", antwortete er auf ihre Frage. „Unsere Mutter starb bei Rebeccas Geburt und Pa bald darauf. Glücklicherweise hatte mein Vater noch einen Bruder, der Geschäftsmann in Boston war. Er und seine Frau haben Rebecca bei sich aufgenommen und sie großgezogen. Beide sind mittlerweile aber auch verstorben."

„Und Sie?"

Irritiert sah er sie an. „Wie – und ich?"

Sichtlich gereizt erwiderte sie seinen Blick. „Was war mit Ihnen, als Ihre Eltern gestorben sind?"

„Ich wurde auf ein Internat geschickt", erwiderte er nüchtern und ließ mit keinem Wort erkennen, welch schwerer Schock es gewesen war, die Hütte im Wald verlassen zu müssen und in einer Welt der Bücher und strengen Disziplin zu landen.

Sie waren an einer Mauer angelangt, die zugleich das Ende des Weges markierte. Lady Emeline blieb stehen und wandte sich zu ihm um. „Bevor ich mich entscheide, muss ich Ihre

Schwester kennenlernen."

„Aber natürlich", erwiderte er beiläufig und wusste, dass er so gut wie gewonnen hatte.

Sie schüttelte mit einer kurzen, knappen Bewegung ihre Röcke auf, zog die dunklen Augen nachdenklich zusammen und spitzte die roten Lippen. Auf einmal sah er im Geiste ihren toten Bruder vor sich: Genau so hatte auch Reynaud stets die Augen verengt, wenn er einen der einfachen Soldaten gemaßregelt hatte. Für einen Moment legten die strengen männlichen Züge Reynauds sich über die feineren, weiblichen seiner Schwester. Er meinte, Reynauds dunkle Brauen zu sehen, die sich zusammenzogen, seine nachtschwarzen Augen, die nichts Gutes verhießen. Schaudernd verdrängte er diese Erscheinung der Vergangenheit und versuchte sich auf das zu konzentrieren, was Lady Emeline zu sagen hatte, die höchst lebendig vor ihm stand.

„Sie und Ihre Schwester könnten mir morgen einen Besuch abstatten. Danach werde ich Sie wissen lassen, wie ich mich entschieden habe. Zum Tee, wenn es Ihnen recht ist. Sie trinken doch Tee, oder?"

„Ja."

„Ausgezeichnet. Um zwei?"

Fast belustigte es ihn, wie sie hier die Befehle gab. „Das ist sehr gütig von Ihnen, Ma'am."

Einen Augenblick sah sie ihn argwöhnisch an, dann drehte sie sich ohne ein weiteres Wort um und eilte zum Haus zurück. Er folgte ihr gemächlich und in einigem Abstand. Während er ihrem geraden, anmutigen Rücken und ihren wogenden Röcken nachblickte, klopfte er kurz auf seine Rocktasche, hörte beruhigt das vertraute Rascheln von Papier und überlegte derweil, wie Lady Emeline ihm wohl am besten für seine Zwecke dienlich sein könnte.

„Das verstehe ich nicht", tat Tante Cristelle an jenem Abend kund. „Wenn der Gentleman so sehr die Ehre deiner Patronage wünscht, warum hat er sich dann nicht auf üblichem Wege darum bemüht? Er hätte einen Freund bitten sollen, ihn vorzustellen."

Tante Cristelle war die jüngere Schwester von Emelines Mutter, eine hochgewachsene, weißhaarige Dame mit einem Furcht einflößend geraden Rücken und himmelblauen Augen, die lieblich hätten sein können, es aber nicht waren. Sie hatte nie geheiratet, was Emeline insgeheim darauf zurückführte, dass die Männer ihrer Generation allesamt Angst vor ihr gehabt hatten. Seit fünf Jahren, seit dem Tod von Daniels Vater, lebte Tante Cristelle nun schon bei Emeline und ihrem Sohn.

„Vielleicht wusste er einfach nicht, wie es sich gehört", meinte Emeline und begutachtete die auf dem Tablett offerierte Auswahl an Fleischgängen. „Oder es schien ihm zu umständlich und zeitraubend, die langwierige Etikette zu befolgen. Immerhin werden sie nur kurze Zeit in London sein." Sie zeigte auf eine Scheibe Rinderbraten und lächelte dem Diener dankend zu, als er ihr vorlegte.

„*Mon Dieu*, wenn er so ein täppischer Hinterwäldler ist, hat er in unseren Kreisen ohnehin nichts verloren." Ihre Tante nippte am Wein und verzog die Lippen, als wäre er sauer.

Emeline gab sich unverbindlich. Tante Cristelles Einschätzung von Mr Hartley mochte ja auf den ersten Blick zutreffen – er hatte wirklich einen etwas hinterwäldlerischen Eindruck gemacht. Seine Augen hatten indes eine ganz andere Geschichte erzählt. Fast war es ihr vorgekommen, als würde er *sie* auslachen, gerade so, als wäre sie die Naive und wisse nicht über die Welt Bescheid.

„Und was gedenkst du zu tun, wenn das Mädchen genauso unkultiviert ist wie der Bruder?" Tante Cristelle sah sie mit einer Miene übertriebenen Entsetzens an. „Was, wenn sie ihr Haar in zwei langen Zöpfen trägt? Was, wenn sie zu laut lacht? Was, wenn sie keine Schuhe an den Füßen trägt und ihre Füße schmutzig sind?"

Diese erschreckende Vorstellung war zu viel für die alte

Dame. Eilig winkte sie den Diener herbei, damit er ihr Wein nachschenke. Emeline musste sich ein Lächeln verkneifen.

„Er ist anscheinend sehr vermögend. Ich habe mich bei den anderen Damen diskret nach ihm erkundigt. Alle haben mir bestätigt, dass Mr Hartley einer der reichsten Männer Bostons sein soll. Er bewegt sich dort in den besten Kreisen."

„Pah", tat die Tante die besten Kreise Bostons ab.

Emeline ließ sich nicht aus der Ruhe bringen und schnitt in ihre Bratenscheibe. „Und selbst wenn sie etwas provinziell sind, Tante, dass sie keine standesgemäße Erziehung genossen hat, können wir dem Mädchen wohl kaum zum Vorwurf machen."

„*Mais oui!*", verkündete Tante Cristelle so laut, dass der Diener fast die Karaffe hätte fallen lassen. „Aber ja doch, natürlich können wir das! Unsere Gesellschaft gründet auf Manieren. Wie sollten wir denn die Wohlgeborenen vom gemeinen Fußvolk unterscheiden, wenn nicht durch ihre Manieren?"

„Mag sein. Wahrscheinlich hast du recht."

„Natürlich habe ich recht", gab ihre Tante zurück.

„Mmmh", machte Emeline und stocherte in dem Braten herum, auf den sie auf einmal keinen Appetit mehr verspürte. „Tante, erinnerst du dich noch an das Buch, aus dem unser Kindermädchen mir und Reynaud immer vorgelesen hatte?"

„Das Buch? Welches Buch? Ich weiß beim besten Willen nicht, was du meinst."

Emeline zupfte an den Spitzenbändern ihres Ärmels. „Ein Märchenbuch, das wir früher ganz wunderbar fanden. Aus irgendeinem Grund ist es mir heute wieder eingefallen."

Gedankenverloren starrte sie auf ihren Teller und verlor sich in Erinnerungen.

Oft hatte ihr Kindermädchen ihnen nachmittags bei einem Picknick im Garten daraus vorgelesen. Reynaud und sie saßen dann auf einer Decke, während Nanny die Seiten des Märchenbuches umblätterte. Aber im Laufe der Geschichte, die ihn völlig gefangen nahm, krabbelte Reynaud immer weiter vor, bis er fast auf Nannys Schoß saß. Gebannt lauschte er jedem ihrer Worte, und seine schwarzen Augen funkelten.

So aufgeweckt und lebhaft war er gewesen, schon als kleiner Junge. Emeline schluckte und strich sorgsam die Bänder an ihrem Ärmel glatt. „Ich fragte mich nur, wo das Buch wohl geblieben ist. Meinst du, es könnte auf dem Speicher sein?"

„Wer weiß?", meinte ihre Tante mit einem gleichgültigen Achselzucken, mit dem sie sowohl das Märchenbuch als auch Emelines Erinnerungen an Reynaud abtat. Eindringlich lehnte sie sich vor. „Und ich frage dich noch einmal: *Warum?* Warum erwägst du überhaupt, dich dieses Mannes und seiner Schwester anzunehmen – die noch nicht einmal Schuhe trägt!"

Emeline sah davon ab, ihre Tante darauf hinzuweisen, dass Miss Hartleys Schuhe oder deren Fehlen reine Spekulation war, da sie bislang ja nur den Bruder kannte. Für einen Moment sah sie sein gebräuntes Gesicht und die kaffeebraunen Augen vor sich. Bedächtig schüttelte sie den Kopf. „Ich weiß es selbst nicht genau, aber irgendwie hatte ich den Eindruck, dass er meine Hilfe brauchte."

„Wenn du dich aller annehmen würdest, die deine Hilfe brauchen, würden uns Bittsteller hier die Tür einrennen."

„Er hat gesagt …" Emeline zögerte und betrachtete ihr Weinglas, in dem das Licht der Kerzen schimmerte. „Er hat gesagt, dass er Reynaud kannte."

Tante Cristelle stellte ihr Glas vorsichtig ab. „Ah. Und warum glaubst du ihm das?"

„Ich weiß es nicht. Ich glaube es ihm einfach." Etwas ratlos schaute sie ihre Tante an. „Du hältst mich gewiss für sehr töricht."

Tante Cristelle seufzte, und die Falten, die sich zu beiden Seiten ihres Mundes eingegraben hatten, traten deutlich hervor. „*Non, ma petite.* Ich halte dich vielmehr für eine gute Schwester, die ihren Bruder sehr geliebt hat."

Emeline nickte gedankenverloren und ließ das Weinglas in

ihren Fingern kreisen. Sie vermied es, ihre Tante anzusehen. Ja, sie hatte ihren Bruder geliebt. Sie liebte ihn noch immer, denn die Liebe zu ihrem Bruder war ja nicht mit ihm gestorben. Aber es gab noch einen anderen Grund, weshalb sie erwog, sich der kleinen Hartley anzunehmen. Denn sie konnte sich des Gefühls nicht erwehren, dass Samuel Hartley ihr nicht die ganze Wahrheit darüber gesagt hatte, weswegen er ihre Hilfe brauchte. Er wollte etwas von ihr. Und dieses Etwas hatte mit Reynaud zu tun.

Was wiederum hieß, dass es sich zu lohnen versprach, ihn im Auge zu behalten.

2. KAPITEL

Eisenherz lief viele Tage durch den dunklen Wald, und alldieweil traf er weder Mensch noch Tier. Am siebenten Tag tat das dichte Dickicht der Bäume sich auf, und er trat aus dem Wald heraus. Vor ihm lag eine strahlende Stadt. Er war wie gebannt. In seinem ganzen Leben hatte er noch nirgends eine solche Stadt gesehen. Doch bald schon knurrte ihm der Magen und riss ihn aus seinem ungläubigen Staunen. Er musste sich etwas zu essen kaufen, und um sich etwas zu essen zu kaufen, brauchte er Arbeit. Und so machte er sich auf den Weg in die Stadt. Doch obwohl er sich allerorten erkundigte, fand sich für einen heimkehrenden Soldaten keine Arbeit. Was, wie ich vermute, nicht ungewöhnlich ist, denn obwohl Soldaten während eines Krieges gern gesehen und wohlgelitten sind, begegnet man ihnen doch oft mit Argwohn und Verachtung, sowie die Gefahr vorüber ist. So kam es, dass Eisenherz als Straßenkehrer arbeiten musste. Und das tat er, und er tat es voller Dankbarkeit …
Eisenherz

Mir war, als hätte ich dich gestern spät nach Hause kommen hören", sagte Rebecca, als sie sich am nächsten Morgen von den pochierten Eiern nahm. „Nach Mitternacht?"

„So spät?", erwiderte Samuel unverbindlich. Er hatte hinter ihr am Frühstückstisch Platz genommen. „Es tut mir leid, wenn ich dich geweckt habe."

„Oh nein! Nein, du hast mich nicht gestört. Das wollte ich damit nicht sagen." Rebecca seufzte im Stillen und setzte sich ihrem Bruder gegenüber. Zu gerne würde sie ihn fragen, wo er gestern Abend gewesen war – oder den Abend zuvor –, aber Schüchternheit und eine gewisse Befangenheit ließen sie zögern, und so fragte sie ihn nicht. Sie goss sich Tee ein und überlegte, mit welchem Thema sich ein Gespräch beginnen ließe, was morgens nie ganz einfach war. „Was hast du heute vor? Geschäfte mit Mr Kitcher? Ich … ich dachte mir, wenn nicht, könnten wir vielleicht ein bisschen in London herumfahren. Ich habe gehört, dass St. Paul's …"

„Ach, verdammt!" Samuel legte sein Messer geräuschvoll ab. „Fast hätte ich vergessen, es dir zu sagen."

Abermals seufzte Rebecca still. Gut, es war unwahrscheinlich gewesen, da ihr Bruder meist beschäftigt war, aber dennoch hatte sie gehofft, dass er heute Nachmittag etwas Zeit mit ihr verbringen könnte. „Mir was zu sagen?"

„Wir sind bei unserer Nachbarin Lady Emeline Gordon zum Tee eingeladen."

„Was?" Unwillkürlich sah Rebecca aus dem Fenster, durch das man das vornehme Stadthaus sehen konnte, welches gleich neben dem ihren lag. Ein- oder zweimal hatte sie einen kurzen Blick auf Ihre Ladyschaft erhascht und war jedes Mal von deren Eleganz beeindruckt gewesen. „Aber … wie das? Ich habe gar keine Einladung in der Post gesehen."

„Ich bin ihr gestern bei einem Salon begegnet."

„Wirklich?", wunderte sich Rebecca. „Sie muss sehr nett sein, uns einzuladen, obwohl sie uns kaum kennt." Und was sollte sie nur tragen, wenn sie von einer adeligen Dame empfangen wurde?

Samuel spielte mit seinem Messer herum, und wenn sie es nicht besser wüsste, würde sie annehmen, dass ihr Bruder sich unwohl fühlte. „Um ganz ehrlich zu sein, so habe ich sie gebeten, dich zu einigen Veranstaltungen zu begleiten."

„Wirklich?", fragte sie erneut. „Ich dachte, du hältst nichts von Bällen und Geselligkeiten." Natürlich freute sie sich, dass er an sie gedacht hatte, aber dieses plötzliche Interesse an ihrem Zeitvertreib kam ihr ein wenig seltsam vor.

„Stimmt, aber wenn wir schon mal in London sind …" Samuel trank seinen Kaffee und ließ den Satz unvollendet. „Ich dachte mir, du würdest vielleicht gern ein bisschen herumkommen“, meinte er dann. „Etwas von der Stadt sehen, Leute kennenlernen. Du bist ja erst neunzehn und langweilst dich wahrscheinlich zu Tode, den ganzen Tag hier im Haus und nur mich zur Gesellschaft.“

Nun, das stimmte nicht so ganz, dachte Rebecca, während sie überlegte, was sie erwidern sollte. Vielmehr hatte sie das Gefühl, in diesem Haus nicht eine Minute allein zu sein. Sie war umgeben von Menschen – oder vielmehr von Dienstboten. Dutzende schien es in diesem Stadthaus zu geben, das Samuel gemietet hatte. Immer wenn sie glaubte, allen einmal begegnet zu sein, tauchte plötzlich wie aus dem Nichts *noch* ein Zimmermädchen oder ein Stiefeljunge auf, denen sie noch nie zuvor begegnet war. Jetzt zum Beispiel standen auch schon wieder zwei diskrete Diener an der Wand bereit, um ihnen aufzuwarten. Wenn sie sich recht erinnerte, hieß der eine Travers und der andere … ach verflixt! Den Namen des anderen hatte sie völlig vergessen, obwohl sie sich ganz sicher war, ihn schon einmal gesehen zu haben. Er hatte rabenschwarzes Haar und unglaublich grüne Augen. Was natürlich nicht hieß, dass man die Augen eines Dieners überhaupt hätte bemerken dürfen.

Rebecca stocherte in ihrem mittlerweile kalten Ei herum. Zu Hause in Boston gab es nur Elsie und die Köchin. Als Kind hatte sie meistens mit der Köchin und der alten Dienerin in der Küche zu Abend gegessen, bis Onkel Thomas sie für alt genug befunden hatte und sie wie eine Dame im Speisezimmer bei Tisch sitzen durfte. Ihr Onkel war ein gütiger Mensch gewesen, und sie hatte ihn wirklich sehr gemocht, aber mit ihm zu dinieren war recht anstrengend gewesen. Verglichen mit dem Klatsch und Tratsch, den sie bei Elsie und der Köchin zu hören bekam, waren die Gespräche mit ihrem Onkel furchtbar langweilig gewesen. Als Samuel dann nach dem Tod von Onkel Thomas zu ihr gezogen war, wurden die Tischgespräche zwar etwas anregender, aber nicht sehr. Wenn Samuel wollte, konnte er sehr geistreich sein, doch meist schien er in Gedanken bei irgendwelchen geschäftlichen Angelegenheiten.

„Wärst du einverstanden?" Samuels Frage riss sie aus ihren Gedanken.

„Wie bitte?"

Weil ihr Bruder sie mit gerunzelter Stirn betrachtete, hatte Rebecca das ungute Gefühl, ihn irgendwie enttäuscht zu haben. „Bist du damit einverstanden, dass ich Lady Emeline darum gebeten habe, sich deiner anzunehmen?"

„Oh ja, natürlich." Sie bedachte ihn mit einem strahlenden Lächeln. Noch lieber wäre es ihr natürlich, wenn *er* etwas mehr seiner Zeit mit ihr verbringen würde, aber vielleicht war das ja zu viel verlangt. Schließlich war er geschäftlich in London. „Ich fühle mich wirklich geehrt, dass du an mich gedacht hast."

Ihre nett gemeinte Antwort bewirkte indes, dass er seine Tasse sehr bedachtsam abstellte. „Du sagst das so, als würdest du denken, du wärst mir eine Last."

Rebecca schlug die Augen nieder. Ehrlich gesagt dachte sie genau das. Was sollte sie auch sonst denken? Immerhin war sie viel jünger als er und in der Stadt aufgewachsen. Samuel hingegen hatte bis zum Alter von vierzehn in der Wildnis gelebt. Manchmal schien ihr, dass die Kluft zwischen ihnen größer war als das Meer, das England von Amerika trennte. „Dir wäre es lieber gewesen, wenn ich dich nicht begleitet hätte."

„Darüber haben wir nun wahrlich oft genug gesprochen. Seit ich wusste, wie sehr du dir diese Reise wünschst, war es mir eine Freude, dich mitzunehmen."

„Und dafür bin ich dir sehr dankbar", erwiderte Rebecca, rückte ihr Besteck gerade und wusste wohl, dass dies nicht unbedingt die Antwort war, die er gern hören wollte. Verstohlen sah sie zu ihm auf.

Schon wieder betrachtete er sie mit gerunzelter Stirn. „Rebecca, ich …"

Das Erscheinen des Butlers schnitt ihm das Wort ab. „Mr Kitcher ist eingetroffen, Sir."

Mr Kitcher war der Geschäftspartner ihres Bruders.

„Danke", sagte Samuel. Er stand auf und gab ihr einen Kuss auf die Stirn. „Kitcher und ich treffen uns mit einem Mann, der uns einen Besuch bei Wedgwood arrangieren soll. Mittags bin ich zurück. Ihre Ladyschaft erwartet uns um zwei."

„Gut", erwiderte Rebecca, doch Samuel war schon an der Tür. Ohne ein weiteres Wort eilte er hinaus, und es blieb Rebecca überlassen, sich ganz allein in die Betrachtung ihres pochierten Eis zu versenken. Wenn man mal von den Dienern absah.

Der Gentleman aus den Kolonien wirkte gar noch imposanter, als er in ihrem kleinen Wohnzimmer stand. Das war Emelines erster Gedanke, als sie nach Mittag ihre Gäste empfing. Es herrschte ein krasser Gegensatz zwischen ihrem hübschen kleinen Salon – der elegant, kultiviert und *sehr* zivilisiert war – und dem Mann, der nun mitten darin stand. Eigentlich hätte er von all dem Goldglanz und Satin überwältigt sein, hätte in seinen schlichten Kleidern aus Wolltuch primitiv und deplatziert wirken müssen.

Stattdessen dominierte er den Raum.

„Guten Tag, Mr Hartley." Als Emeline ihm die Hand reichte, fiel ihr etwas verspätet das Händeschütteln vom Vortag ein. Sie hielt die Luft an und wartete gespannt, ob er wohl diese unziemliche Geste wiederholen würde. Doch diesmal nahm er lediglich ihre Hand und ließ seine Lippen höchst anständig einen Fingerbreit darüber verharren. Kurz schien er zu zögern, ob er länger verweilen sollte, und seine Nasenflügel blähten sich, sodass sie erneut argwöhnte, er würde sie beschnuppern. Dann richtete er sich wieder auf. Ihr entging nicht das belustigte Funkeln in seinen Augen. Dieser Schuft! Er hatte also schon gestern gewusst, dass er ihr ihre Hand küssen und sie nicht schütteln sollte wie ein Barbar.

„Dürfte ich Ihnen meine Schwester vorstellen: Rebecca Hartley", riss er Emeline aus ihren Gedanken, und sie nahm sich zusammen.

Das junge Mädchen, das nun vortrat, war erfreulich anzusehen. Es hatte wie sein Bruder dunkles Haar und braune Augen, doch während die seinen von einem warmen, tiefen Braun waren, blitzten in Rebeccas grüne und gar gelbe Funken auf. Sehr ungewöhnlich, aber dennoch schön. Sie trug ein schlichtes Kattunkleid mit rechteckigem Ausschnitt und wenig Spitzenbesatz an Mieder und Ärmeln. Emeline vermerkte sich sogleich, dass ihre Garderobe ausbaufähig wäre.

„Sehr erfreut", sagte sie, als das Mädchen einen recht passablen Knicks machte.

„Oh, Ma'am ... ich meine, Mylady ... ich freue mich so, Sie kennenzulernen", stieß Miss Hartley atemlos hervor. Sie hatte sehr artige, wenngleich etwas ungeschliffene Manieren.

Emeline nickte knapp und deutete auf Tante Cristelle. „Meine Tante Mademoiselle Molyneux."

Tante Cristelle saß zu ihrer Linken in einem Sesselchen, und zwar so akkurat auf der Kante, dass zwischen ihrem kerzengeraden Rücken und der Lehne zwei Handbreit Luft verblieben. Die alte Dame neigte bedächtig den Kopf. Mit einem etwas verkniffenen Zug um den Mund musterte sie den Saum von Miss Hartleys Kleid.

Mr Hartley lächelte, und um seine Lippen huschte wieder jener belustigte Zug, bevor er sich über die Hand ihrer Tante beugte. „Sehr erfreut. Wie geht es Ihnen, Ma'am?"

„Ausgezeichnet, besten Dank, Monsieur Hartley", erwiderte die Tante spitz.

Mr Hartley und seine Schwester setzten sich – das Mädchen auf das gelb-weiß gestreifte Damastsofa, ihr Bruder in den orange gepolsterten Lehnstuhl. Emeline nahm in einem Sessel Platz und nickte Crabs zu, dem Butler, der sich sogleich entfernte, um den Tee zu ordern.

„Sie sagten gestern, dass Sie geschäftlich in London wären, Mr Hartley. Welche Art von Geschäften?", erkundigte sie sich bei ihrem Gast.

Mr Hartley schob die Schöße seines braunen Rocks auseinander und legte das eine Bein mit dem Knöchel auf das Knie des anderen, ehe er ihr antwortete. „Ich handele in Boston mit Im- und Exporten."

„Oh", murmelte Emeline. Es schien Mr Hartley überhaupt nicht verlegen zu machen, dass er im Handel tätig war. Aber was war von einem Mann aus den Kolonien, der lederne Beinlinge trug, auch schon zu erwarten? Sie senkte ihren Blick auf sein überschlagenes Bein. Das weiche Leder schmiegte sich eng an und offenbarte eine wohlgestaltete männliche Wade. Sie wandte die Augen ab.

„Ich hoffe hier in London auf ein Treffen mit Mr Josiah Wedgwood", fuhr Mr Hartley fort. „Vielleicht haben Sie ja schon von ihm gehört. Er betreibt diese fantastische neue Fabrik für Tonwaren."

„Tonwaren." Tante Cristelle brachte ihre Lorgnette zum Einsatz – eine affektierte Geste, die sie immer dann anwandte, wenn sie jemanden einzuschüchtern wünschte. Erst beäugte sie Mr Hartley, dann richtete sie ihr Augenmerk wieder auf Miss Hartleys Rocksäume.

Mr Hartley ließ sich indes nicht einschüchtern. Sichtlich unbeeindruckt bedachte er erst Emelines Tante mit einem Lächeln, dann Emeline. „Tonwaren, ganz genau. Unglaublich, wie groß der Bedarf in den Kolonien ist. Meine Firma importiert bereits Steingut in großen Mengen, aber ich glaube, dass es auch einen Markt für feinere Waren gäbe – Geschirr, das auch eine elegante Dame auf ihrem Tisch stehen haben wollte. Mr Wedgwood hat ein Verfahren entwickelt, mit dem sich Steinzeug von ungeahnter Feinheit herstellen lässt. Ich hoffe ihn davon zu überzeugen, dass Hartley Importers der beste Partner ist, um sein Keramikgeschirr auf den amerikanischen Markt zu bringen."

Emeline hob die Brauen und musste sich eingestehen, dass sie das ganz gegen ihren Willen interessant fand. „Sie möchten sein Geschirr in den Kolonien vertreiben?"

„Nein, nicht direkt vertreiben. Ich werde es nur ankaufen

und dann auf der anderen Seite des Atlantiks gleich wieder verkaufen. Allerdings hoffe ich, von ihm die Exklusivrechte zur Vermarktung zu bekommen."

„Sie sind ehrgeizig, Mr Hartley", stellte Tante Cristelle fest. Es klang nicht anerkennend.

Mr Hartley neigte das Haupt vor ihr, schien sich von der Missbilligung der alten Dame aber nicht aus der Ruhe bringen zu lassen. Widerwillig musste Emeline sich eingestehen, dass sie ihn seiner Selbstbeherrschung wegen bewunderte. Seine Fremdheit hatte wenig damit zu tun, dass er Amerikaner war. Nein, es war etwas anderes. Die Gentlemen ihrer Bekanntschaft betrieben keinen Handel und würden sich zudem hüten, in Gegenwart von Damen so unverfroren von ihren Geschäften zu sprechen. Allerdings war es eine ganz neue Erfahrung und sehr interessant zudem, von einem Mann als gleichwertiger Gesprächspartner gesehen zu werden. Allerdings war sie sich auch bewusst, dass Mr Hartley nicht zu ihrer Welt gehörte und auch niemals dazugehören würde.

Miss Hartley räusperte sich. „Mein Bruder sagte mir, dass Sie sich freundlicherweise bereitgefunden haben, mich in Gesellschaft zu begleiten, Ma'am."

Die Ankunft dreier Hausmädchen mit gut gedeckten Tabletts hielt Emeline davon ab, eine angemessene Erwiderung zu geben – eine Retoure, die auf den Bruder gemünzt war, die Schwester aber nicht brüskierte. Er hatte ihre Zustimmung ja praktisch vorausgesetzt, nicht wahr? Das konnte sie ihm nicht durchgehen lassen. Während die Mädchen sich zu schaffen machten, fiel ihr auf, dass Mr Hartley sie ganz unverhohlen anschaute. Sie hob eine Braue und schaute herausfordernd zurück, doch er hob nur seinerseits eine Braue und erwiderte ihren Blick, ohne mit der Wimper zu zucken. *Flirtete* dieser dreiste Mann etwa mit ihr? Wusste er denn nicht, dass sie für ihn unerreichbar war?

Als gedeckt war und die Mädchen sich entfernt hatten, begann Emeline den Tee einzugießen und hielt sich dabei so kerzengerade, dass sie sogar ihre Tante in den Schatten stellte. „Ich erwäge es, Miss Hartley, ich erwäge es." Mit einem milden Lächeln nahm sie ihren Worten die Spitze. „Vielleicht könnten Sie ja so gut sein, mir zu erzählen, weshalb Sie …"

Sie wurde von einem wahren Wirbelwind unterbrochen. Die Wohnzimmertür flog auf und stieß krachend gegen die Wand, wobei sie den bereits vorhandenen Dellen eine weitere hinzufügte. Ein Gewirr aus Armen und Beinen stürzte sich auf sie.

Emeline brachte die heiße Teekanne mit der Leichtigkeit langer Übung in Sicherheit.

„M'man! M'man!", schnaufte der kleine Kobold außer Atem. Die blonden Locken ließen ihn wie einen Engel aussehen, aber der Eindruck täuschte. „Die Köchin hat Rosinenbrötchen gebacken. Dürfte ich eins haben?"

Emeline holte tief Luft und wollte gerade zu einem Tadel ansetzen, als die Tante ihr zuvorkam. *„Mais oui, mon chou!* Hier, nimm dir einen Teller. Tante Cristelle sucht dir die leckersten aus."

Emeline räusperte sich, und sowohl der Junge als auch die Tante schauten sie schuldbewusst an. Vielsagend lächelte sie ihren Sohn an. „Daniel, würdest du bitte so gut sein, das Brötchen wegzulegen, das du in deiner Hand versteckt hältst, und dich vor unseren Gästen verbeugen?"

Daniel gab seine schon etwas ramponierte Beute preis und wischte sich mit sichtlichem Bedauern die Hand an der Hose ab. Abermals holte Emeline tief Luft, enthielt sich aber jeden Kommentars. Immer schön eins nach dem anderen. Sie wandte sich den Hartleys zu. „Dürfte ich Ihnen meinen Sohn vorstellen: Daniel Gordon, Lord Eddings."

Der kleine Kobold verbeugte sich so anmutig und korrekt, dass ihr der Busen mit mütterlichem Stolz schwoll. Was indes nicht hieß, dass Emeline sich ihre Freude anmerken ließ. Das hätte gerade noch gefehlt, den Jungen eitel werden zu lassen. Mr Hartley streckte ihm die Hand in derselben Manier hin, wie er gestern sie begrüßt hatte. Ihr Sohn strahlte. Für gewöhnlich gaben erwachsene Männer achtjährigen Jungen nicht die Hand, selbst dann nicht, wenn diese von Stand waren. Mit ernster Miene griff Daniel nach der viel größeren, gebräunten Hand und schüttelte sie feierlich.

„Sehr erfreut, Sie kennenzulernen, Mylord“, sagte Mr Hartley.

Nachdem Daniel sich auch vor Miss Hartley verbeugt hatte, gab Emeline ihm ein in eine Serviette gewickeltes Rosinenbrötchen. „Und jetzt lauf, mein Lieber. Ich habe …“

„Aber Ihr Sohn kann doch gewiss bei uns bleiben, Ma'am“, fiel Mr Hartley ihr ins Wort.

Emeline straffte die Schultern. Wie konnte dieser Mann es wagen, sich zwischen sie und ihren Sohn zu stellen? Gerade wollte sie ihn gehörig zurechtweisen, als sie seinem Blick begegnete. Wieder sah sie diese feinen Falten um seine Augen, doch diesmal nahm sie keine Belustigung bei ihm wahr, sondern leises Bedauern. Dabei kannte er ihren Sohn nicht einmal. Warum sollte ihm der Junge leidtun? Welche Anmaßung!

„Bitte, M'man“, bettelte Daniel.

Was ihren Verdruss nur hätte befördern sollen – schließlich wusste der Junge ganz genau, dass es keinen Zweck hatte, sie anzubetteln, wenn sie einmal entschieden hatte –, doch stattdessen merkte sie, wie etwas in ihr dahinschmolz.

„Na schön“, gab sie sich geschlagen und fürchtete, dass sie wie eine grantige Alte klang, doch Daniel grinste nur vergnügt und machte es sich möglichst nahe bei Mr Hartley in einem Sessel bequem, der viel zu groß für ihn war. Und dann lächelte Mr Hartley sie an. Als sie in seine kaffeebraunen Augen schaute, stockte ihr der Atem, was für eine erfahrene Frau von Welt eine völlig unangemessene, nachgerade lächerliche Reaktion war.

„Nun, wenn wir uns alle wieder beruhigt haben“, meinte Tante Cristelle und zwinkerte Daniel zu, der aufgeregt in seinem Sessel herumzappelte, um die Aufmerksamkeit seiner

Mutter zu erregen, „sollten wir vielleicht über Miss Hartleys Kleidung sprechen."

Miss Hartley, die gerade einen Schluck Tee nahm, hätte sich fast verschluckt. „Ma'am?"

Tante Cristelle nickte kurz. „Sie sind *grässlich* gekleidet."

Mit ausgesuchter Sorgfalt setzte Mr Hartley seine Tasse ab. „Mademoiselle Molyneux, ich glaube nicht …"

Die alte Dame nahm ihn ins Visier. „Wünschen Sie, dass man Ihre Schwester auslacht? Möchten Sie, dass die anderen jungen Damen hinter ihren Fächern über sie tuscheln? Dass die jungen Herren sich weigern, mit ihr zu tanzen? Ist es das, was Sie wollen?"

„Nein, natürlich nicht", sagte Mr Hartley ruhig. „Was stimmt denn nicht mit Rebeccas Kleid?"

„Gar nichts." Emeline stellte nun ihrerseits ihre Tasse beiseite. „Gar nichts, wenn Miss Hartley darin einen Besuch im Park oder eine Fahrt durch London machen möchte. Vermutlich genügt ihr Kleid nach kolonialen Maßstäben auch für eine Abendgesellschaft in Boston, aber für die besten Kreise des Londoner *ton* …"

„… braucht sie *sehr* elegante Kleider!", fuhr Tante Cristelle fort. „Und ebenso elegante Handschuhe, Schaltücher, Hüte und Schuhe." Sie beugte sich vor und stieß nachdrücklich mit dem Stock auf den Boden. „Die *Schuhe* sind am wichtigsten."

Besorgt blickte Miss Hartley auf ihr unzureichendes Schuhwerk, doch Mr Hartley schien eher belustigt. „Ich verstehe."

Verschlagen schaute Tante Cristelle ihn an. „Und das kostet natürlich so einiges."

Sie fügte nicht hinzu, dass er auch für Emelines Garderobe würde aufkommen müssen, da gemeinhin bekannt war, dass Emeline auf diese Weise für Zeit und Aufwand entschädigt würde.

Emeline wartete darauf, dass Mr Hartley Einspruch erheben würde. Höchst unwahrscheinlich, dass ihm bewusst war, mit welchen Kosten die Saison eines jungen Mädchens einherging. Die meisten Familien sparten jahrelang auf dieses Ereignis, manche verschuldeten sich gar, um ihre Tochter standesgemäß auszustatten. In Boston mochte er ein reicher Mann sein, doch was war sein Vermögen hier in London wert? Würde er sich eine solch unerwartete Ausgabe leisten können? Seltsamerweise verspürte sie leise Enttäuschung bei der Vorstellung, dass er das ganze Unterfangen würde aufgeben müssen.

Aber Mr Hartley nickte nur versonnen und biss seelenruhig in sein Rosinenbrötchen. Es war Miss Hartley, die heftige Bedenken anmeldete. „Oh, Samuel, nicht doch! Das wird viel zu teuer! Ich brauche keine neue Garderobe, wirklich nicht."

Schön gesprochen. Die Schwester bot dem Bruder einen ehrenhaften Ausweg. Fragend schaute Emeline Mr Hartley an. Aus den Augenwinkeln sah sie zudem, dass Daniel die anderweitige Abgelenktheit der Erwachsenen nutzte, um sich ein weiteres Rosinenbrötchen zu stibitzen.

Mr Hartley nahm erst noch einen tiefen Schluck Tee, ehe er etwas sagte. „Wie es aussieht, brauchst du eine neue Garderobe, Rebecca. Wenn Lady Emeline das sagt, sollten wir auf ihren Rat hören."

„Aber die Kosten!" Das Mädchen wirkte ernstlich besorgt.

Der Bruder keineswegs. „Mach dir deswegen keine Sorgen. Das verkrafte ich schon." Dann wandte er sich an Emeline. „Also – wann wollen wir einkaufen gehen, Mylady?"

„Sie brauchen uns nicht zu begleiten", versicherte ihm Emeline. „Wenn Sie uns einfach ein Akkreditiv schrieben, dass Sie die Kosten ..."

„Aber es wäre mir ein Vergnügen, die Damen zu begleiten", unterbrach er sie süffisant. „Gewiss wollen Sie mir eine so einfache Freude nicht vorenthalten?"

Emeline presste die Lippen zusammen. Er würde für Ablenkung sorgen und sie unnötig aufhalten, aber sie konnte ihm sein Ansinnen kaum ausschlagen. Zumindest nicht auf höfliche Weise. Sie lächelte knapp. „Natürlich wäre es auch uns ein Vergnügen, wenn Sie uns begleiteten."

Ohne auch nur die Miene zu verziehen, ließ er ein zufriedenes Grinsen erkennen, das sich einzig in den feinen Falten zeigte, die sich zu beiden Seiten seines Mundes vertieften. „Dann frage ich noch einmal: Wann wollen wir auf unsere kleine Expedition gehen?"

„Morgen", erwiderte Emeline spitz.

Ein Lächeln spielte um seine sinnlichen Lippen. „Gut."

Sie musterte ihn mit Argwohn. Entweder war Mr Hartley ein ausgemachter Narr, oder er war reicher als König Midas höchstselbst.

Nachts schrak er schweißüberströmt aus einem Albtraum auf. Sam verharrte reglos und starrte angestrengt in die Dunkelheit, bis sein heftig pochendes Herz sich beruhigt hatte. Verdammt, schon wieder! Das Feuer war erloschen und das Zimmer kalt. Er hatte die Mädchen ausdrücklich angewiesen, genügend Holz aufzulegen, doch sie schienen es einfach nicht zu lernen. Morgens glomm meist nur noch eine schwache Glut. Heute Nacht war das Feuer ganz erloschen.

Er schwang die Beine aus dem Bett, spürte den Teppich unter den bloßen Füßen. Durch das Dunkel tappte er zum Fenster und zog die schweren Vorhänge beiseite. Der Mond stand hoch über den Dächern der Stadt, sein Licht kalt und fahl. In seinem blassen Schein zog Sam sich an, warf das schweißnasse Nachthemd beiseite und schlüpfte in Breeches, Hemd, Weste, Beinlinge und Mokassins.

Auf leisen Sohlen schlich er aus seinem Zimmer. In den weichen Mokassins bewegte er sich nahezu lautlos. Er lief die weite Marmortreppe hinab in die große Halle. Hier hörte er Schritte sich nähern und zog sich ins Dunkel zurück. Im flackernden Schein einer Kerze erkannte er seinen Butler – im Nachthemd, in der einen Hand die Kerze, in der anderen eine Flasche. Als er an ihm vorüberging, konnte Sam die Whiskyfahne riechen. Er lächelte still. Was würde der arme Mann sich erschrecken, wenn er wüsste, dass sein Herr kaum einen Armbreit von ihm entfernt im Dunkeln lauerte! Wahrscheinlich würde er die Herrschaft für verrückt halten.

Sam wartete, bis der Kerzenschein verschwunden und des Butlers Schritte verklungen waren. Eine weitere Minute noch stand er reglos und lauschte, doch alles blieb ruhig. Lautlos löste er sich aus dem Dunklen und schlich durch die leere Hinterküche zum Dienstboteneingang. Der Schlüssel wurde auf dem Sims der großen Feuerstelle verwahrt, doch er besaß ein Duplikat. Er öffnete die Tür und zog sie hinter sich ins Schloss. Draußen war es angenehm kühl, und er musste ein leichtes Frösteln unterdrücken. Einen Augenblick verharrte er im Schatten der Tür, lauschte, spähte, witterte. Außer einem kleinen Tier, das leise im Gebüsch raschelte, und dem plötzlichen Miauen einer Katze nahm er nichts wahr. Kein Mensch war in der Nähe. Er huschte durch den schmalen Küchengarten, streifte Minze, Petersilie und Kräuter, deren Geruch er nicht benennen konnte. Dann war er endlich draußen, in der kleinen Gasse hinter dem Haus, wo er sich abermals vergewisserte, dass niemand in der Nähe war.

Er begann zu laufen. Seine Füße setzten so leicht und lautlos auf dem Pflaster auf wie die samtenen Pfoten einer Katze. Dennoch blieb er vorsichtshalber im Schatten, den die Stallungen warfen. Er wollte nicht dabei gesehen werden, wie er sich heimlich in die Nacht hinausstahl. Vielleicht war das auch der Grund, weshalb er sich keinen Kammerdiener hielt.

Als er etwas weiter an einem Hauseingang vorbeilief, stach ihm Uringestank in die Nase, und er wich auf die Straße aus. Er war zehn Jahre alt gewesen, als er zum ersten Mal in einer Stadt gewesen war – und nicht einmal in einer besonders großen. Auch nach dreiundzwanzig Jahren erinnerte er sich noch immer daran, wie ihn der Gestank schockiert hatte. Der grauenhafte Gestank Hunderter Menschen, die zu dicht beieinanderlebten und nirgends Platz hatten, sich ihrer Pisse und Scheiße zu entledigen. Er hatte kaum noch aufhören können zu würgen, als ihm zum ersten Mal bewusst geworden war, dass das nie versiegende braune Rinnsal, das inmitten der Pflastersteine hinabrann, praktisch eine offene Kanalisation war. Eine der ersten Lektionen, die Pa ihn gelehrt hatte, war, seinen Unrat zu vergraben. Tiere waren schlau. Wenn sie Menschen witterten, hielten sie sich fern. Und keine Tiere hieß keine Nahrung. So einfach war das gewesen, damals in den weiten Wäldern Pennsylvanias.

Aber hier, wo die Menschen dicht an dicht lebten und ihren Unrat sich in der Gosse anhäufen ließen, wo der Geruch nach Mensch wie ein Nebel über der Stadt hing, durch den man sich mühsam hindurchkämpfen musste, hier war alles komplizierter. Noch immer gab es Jäger und Gejagte, aber ihre Gestalt hatte sich gewandelt, und manchmal war es unmöglich zu sagen, wer Jäger und wer Gejagter war. Diese Stadt war viel gefährlicher als die amerikanische Wildnis mit ihren wilden Tieren und marodierenden Indianern.

Seine Füße trugen ihn an eine Kreuzung, die er leichtfüßig überquerte, bevor er weiter die Straße hinunterlief. Ein junger Mann trat durch das Tor eines eleganten Stadthauses – ein Dienstbote, der so spät von einer Erledigung zurückkehrte? Sam rannte dicht an ihm vorbei, doch der Mann drehte sich nicht nach ihm um. Vielleicht hatte er ihn nicht einmal bemerkt. Flüchtig nahm Sam den Geruch von Bier und Pfeifenrauch an ihm wahr.

Lady Emeline roch nach Zitronenmelisse. Wieder hatte er den angenehm frischen Duft bemerkt, als er sich heute Mittag über ihre blasse Hand gebeugt hatte. Irgendwie war das seltsam. Elegante Damen rochen gewöhnlich nach Moschus oder Patschuli. Mit Grauen erinnerte er sich daran, wie oft die intensive Duftnote – oder vielmehr der Gestank – feiner Damen ihn in Gesellschaft überwältigt hatte. Ihr Parfüm hing wie eine dichte Nebelwolke über ihnen, und er hätte nichts lieber getan, als sich Mund und Nase zuzuhalten. Aber Lady Emeline roch fein nach Zitronenmelisse, dem Duft des Gartens seiner Mutter. Dieser Widerspruch faszinierte ihn.

Er überquerte eine weitere Kreuzung und sprang über eine widerlich stinkende Pfütze hinweg. Im Eingang einer dunklen Gasse sah er einen Mann stehen. Ob er dort Schutz suchte oder jemandem auflauerte, war schwer zu sagen, aber ehe dem anderen Zeit blieb, auf sein plötzliches Auftauchen zu reagieren, war Sam auch schon vorbeigezogen. Er blickte kurz über die Schulter zurück und sah, wie die finstere Gestalt ihm hinterherschaute. Sam grinste und legte an Tempo zu. Lautlos berührten seine Mokassins den Boden, schwebten fast darüber. Zu dieser Nachtstunde mochte er die Stadt beinah. Die Straßen lagen verlassen da, und man konnte sich frei bewegen, ohne stets zu fürchten, jemanden anzurempeln. Es gab *Platz*. Er spürte, wie seine Muskeln sich langsam durchwärmten und lösten.

Das Haus neben jenem von Lady Emeline hatte er mit Bedacht gewählt. Er hatte wissen wollen, wie es Reynauds Schwester ergangen war. Das war das Mindeste, das er für den Offizier tun konnte, den er so schmählich im Stich gelassen hatte. Als er dann herausfand, dass besagte Dame junge Mädchen in die Gesellschaft einführte, lag es nahe, sie für Rebecca zu engagieren. Natürlich würde er ihr verschweigen, was der wahre Grund für sein Interesse an der Londoner Gesellschaft war, doch das sollte ihn nicht kümmern. Zumindest nicht, bis er die Dame persönlich kennengelernt hatte.

Lady Emeline war ganz anders als erwartet. Ohne groß darüber nachzudenken, hatte er sie sich wie ihren Bruder vorgestellt: von ebenso hochgewachsener Gestalt und mit derselben aristokratischen Haltung. Die aristokratische Haltung hatte sie, aber es fiel ihm schwer, nicht belustigt zu lächeln, wenn sie sich alle Mühe gab, verächtlich auf ihn hinabzuschauen, obwohl sie ihm kaum bis zur Schulter reichte. Dafür war ihre Figur wohlgerundet – gerade richtig, dass es einen Mann danach verlangte, mit beiden Händen ihren Hintern zu umfassen und ihren warmen Leib zu spüren. Ihre Haare waren nahezu schwarz und ihre Augen nicht minder dunkel. Mit ihren rosigen Wangen und ihrer schnippischen Stimme hätte sie auch als aufreizendes irisches Dienstmädchen durchgehen können, stets zu einem Flirt bereit.

Nur dass sie leider keines war.

Sam fluchte leise und blieb stehen. Er stützte die Hände auf die Knie und beugte sich vor, um wieder zu Atem zu kommen. Lady Emeline mochte ja aussehen wie ein irisches Dienstmädchen, aber in ihren eleganten Kleidern und mit dem glasklaren, schneidenden Tonfall würde niemand sie ernstlich für eines halten – nicht einmal ein ungehobelter, unkultivierter Hinterwäldler aus der amerikanischen Wildnis. Mit seinem Geld konnte er sich vieles kaufen, aber eine Frau aus den besten Kreisen des englischen Adels gehörte nicht dazu.

Ein kurzer Blick gen Himmel zeigte, dass der Mond bereits unterging. Zeit für den Heimweg. Sam sah sich um. Kleine Läden mit weit überhängenden Obergeschossen säumten die schmale Straße. In diesem Teil Londons war er nie zuvor gewesen, aber das sollte ihn nicht davon abhalten, wieder zurückzufinden. Langsam lief er wieder los. Der Rückweg war immer das Schlimmste, weil seine anfängliche Frische und Energie verbraucht waren. Jetzt ging sein Atem mühsam, die Muskeln begannen zu schmerzen. Alte Wunden machten sich bemerkbar und pochten bei jedem Schritt. Nie sollst du vergessen, stöhnten seine Narben, nie sollst du vergessen, wo der Tomahawk in dein Fleisch gedrungen ist, wo die Kugel sich bis zum Knochen eingebohrt hat. Vergiss nie, dass du für immer gezeichnet bist, der Überlebende, einer der Lebenden, vielleicht der Letzte, der noch lebte und Zeugnis geben konnte.

Seinen Schmerzen und Erinnerungen zum Trotz rannte Sam weiter. Das war der Punkt, an dem sich jene, die dennoch weitermachten, von denen schieden, die am Wegesrand liegen blieben. Die Kunst bestand darin, den Schmerz zuzulassen. Ihn anzunehmen. Schmerz hielt einen wach. Schmerz war ein Zeichen dafür, dass man noch lebte.

Er hätte nicht sagen können, wie lange er noch lief, aber als er wieder in die schmale Gasse hinter dem gemieteten Stadthaus einbog, war der Mond bereits untergegangen. Mittlerweile war er so erschöpft, dass er es fast nicht rechtzeitig bemerkt hätte: Bei den Stallungen lungerte jemand herum, ein großer und sehr robust aussehender Mann. Fast wäre er an ihm vorbeigelaufen. Aber nur fast. Er blieb stehen und zog sich in den Schatten zurück, den das benachbarte Gebäude warf. Von dort spähte er den Mann aus. Der unbekannte Spion war von bulliger Statur, trug einen roten Rock und einen an den Rändern schon ziemlich ausgefransten Dreispitz. Sam erkannte ihn sofort wieder. Als er und Rebecca heute Lady Emelines Haus verlassen hatten, hatte er auf der anderen Straßenseite gestanden und ebenso gestern, als Sam in seine gemietete Kutsche gestiegen war. Gestalt und Haltung des Mannes waren unverkennbar. Der Kerl verfolgte ihn.

Sam wartete kurz, bis sein Atem etwas ruhiger ging, dann zog er zwei Bleikugeln aus seiner Westentasche. Klein waren sie, gerade mal daumendick, doch sehr praktisch, wenn man nachts allein durch London lief. Er schloss seine rechte Hand um beide Kugeln.

Dann stürzte Sam sich lautlos auf den Rotrock und packte den Mann mit der Linken beim Haar. Mit der Rechten hieb er ihm seitlich an den Kopf. „Wer hat Sie geschickt?"

Für einen so korpulenten Mann war Rotrock überraschend wendig. Er fuhr herum und versuchte, Sam seinen Ellenbogen in den Bauch zu rammen. Wieder schlug Sam zu. Einmal, dann noch einmal hieb er mit der Faust auf das Gesicht des Mannes ein.

„Verdammter Mist!", fluchte Rotrock keuchend. Sein Londoner Akzent war so stark, dass Sam kaum verstand, was er sagte.

Der Mann zielte nun seinerseits mit der Faust auf Sams Gesicht. Sam wich aus, und der Hieb streifte nur sein Kinn. Er nutzte die Gelegenheit, dem Mann einen empfindlichen Schlag in die Achselhöhle zu verpassen. Rotrock krümmte sich stöhnend vor Schmerz und hielt sich die geschundene Seite. Als er sich wieder aufrichtete, blitzte eine scharfe Klinge in seiner Hand auf. Sam umkreiste ihn lauernd, die Fäuste zum Angriff erhoben. Rotrock stieß mit seinem Messer zu, doch Sam boxte seinen Arm beiseite. Das Messer fiel zu Boden, die Klinge und der weiße Beingriff schimmerten fahl im Dunkeln. Sam täuschte links an, und als sein Gegner parieren wollte, packte er ihn beim rechten Arm und nahm den Mann in den Schwitzkasten.

„Dein Auftraggeber", zischte Sam und bog ihm den Arm auf den Rücken.

Der Mann wand und wehrte sich heftig, verpasste Sam einen zweiten Hieb ans Kinn, der ihn taumeln ließ. Rotrock riss sich los. Mit einem Satz war er bei seinem Messer, hob es rasch auf, rannte die schmale Gasse hinab und war um die Ecke verschwunden.

Sofort nahm Sam die Verfolgung auf – der Jäger in ihm setzte instinktiv der flüchtenden Beute nach –, doch am Ende der Gasse blieb er stehen. Er war seit Stunden unterwegs und hatte nicht mehr genügend Ausdauer, jemanden zu verfolgen. Und selbst wenn er Rotrock einholen sollte, wäre er keineswegs mehr in der Verfassung, ihm sein Wissen abzunötigen. Seufzend steckte Sam die Bleikugeln wieder ein und kehrte zu seinem Haus zurück.

Der Morgen zog bereits herauf.

3. KAPITEL

Eines Tages, da Eisenherz gerade die Straße kehrte, zog eine königliche Prozession vorbei. Voran gingen Diener in goldener Livree, danach kamen Wachen auf schneeweißen Rössern, und schließlich folgte eine goldene Kutsche mit zwei Lakaien hintenauf. Als die Kutsche herannahte, bekam Eisenherz vor Staunen kaum noch den Mund zu. Während sie an ihm vorbeirollte, wurde innen der Vorhang kurz beiseitegezogen, und er erhaschte einen kurzen Blick auf das Gesicht einer Dame. Und was für ein Gesicht! Ein Antlitz von vollendeter Form und so zart und weiß, dass es aus Elfenbein hätte sein können. Eisenherz starrte ihr hinterher. Da erklang neben ihm eine keckernde Stimme: „Gefällt dir Prinzessin Sonnentrost?" Eisenherz wandte sich um und sah neben sich ein verhutzeltes altes Männlein stehen, wo eben noch niemand gestanden hatte. Er runzelte verwundert die Stirn, musste jedoch eingestehen, dass ihm die Prinzessin sehr gefiel. „Wenn das so ist", sagte das alte Männlein und beugte sich so weit vor, dass Eisenherz seinen stinkenden Atem spürte, „willst du sie bestimmt heiraten, oder?"
Eisenherz

Emeline trat in die warme Nachmittagssonne hinaus und seufzte zufrieden. „Das war sehr erfreulich."

„Aber brauche ich denn wirklich so viele Kleider?", fragte Miss Hartley hörbar erschöpft. „Genügen denn nicht ein oder zwei Ballkleider?"

„Nun hören Sie mir mal zu, Miss Hartley …"

„Oh bitte, nennen Sie mich doch Rebecca!"

Emeline mäßigte ihren strengen Ton. Das Mädchen war wirklich sehr angenehm. „Gewiss. Also, Rebecca: Es ist absolut unerlässlich, dass Sie standesgemäß gekleidet sind, weil …"

„Am besten in Blattgold", unterbrach eine tiefe Männerstimme Emelines kleine Lektion.

„Oh, Samuel!", rief Rebecca und fügte dann besorgt hinzu: „Dein Kinn sieht jetzt noch schlimmer aus als heute Morgen."

Emeline drehte sich langsam um und glättete derweil rasch die gerunzelte Stirn. Sie wollte nicht, dass Mr Hartley ihr den Verdruss über seine deplatzierte Bemerkung oder die ebenso ungerechtfertigte Erregung ansah, die sich als leises Flattern in ihrem Bauch bemerkbar machte. Solche Anwandlungen standen einer Frau ihres Alters nicht gut zu Gesicht.

Mr Hartleys Kinn leuchtete tatsächlich noch violetter als vor ein paar Stunden. Angeblich war er nachts im dunklen Haus gegen eine Tür gelaufen. Ein seltsames Ungeschick für einen Mann, der sich sonst so anmutig bewegte. Nun stand er an einen Laternenpfahl gelehnt, die bestiefelten Füße lässig über den Knöcheln verschränkt, und machte den Eindruck, als stünde er schon eine ganze Weile so da. Und wenn er hier gewartet hatte, seit die Damen drei Stunden zuvor die Schneiderei betreten hatten, dann dürfte dem wohl so sein. Aber er konnte unmöglich drei Stunden hier gestanden und auf sie gewartet haben, oder?

Emeline verspürte leise Schuldgefühle. „Wissen Sie, Mr Hartley, es ist keineswegs nötig, dass Sie uns die ganze Zeit begleiten. Wir haben unsere Einkäufe noch nicht beendet, und es muss sehr ermüdend für Sie sein, ständig auf uns zu warten."

Spöttisch hob er die Brauen. „Es würde mir nicht im Traum einfallen, bei einer so beschwerlichen Unternehmung von Ihnen zu weichen, Mylady. Aber verzeihen Sie, wenn meine Gesellschaft für Verstimmung sorgen sollte."

Tante Cristelle schnalzte mit der Zunge. „Sie reden wie ein Höfling, Monsieur. Ich finde, das passt nicht zu Ihnen. Es klingt ridikül."

Mr Hartley grinste und verneigte sich vor ihrer Tante. „Ich werde mir Ihren Tadel zu Herzen nehmen, Ma'am."

„Schön", meinte Emeline knapp. „Dann gehen wir als

Nächstes zum Handschuhmacher. Gleich hier vorne ist ein sehr schöner Laden …"

„Vielleicht möchten die Damen sich ja erst mit einer kleinen Erfrischung stärken", unterbrach Mr Hartley sie schon wieder. „Ich könnte mir niemals verzeihen, sollten Sie von Ihrem anstrengenden Tagwerk erschöpft in Ohnmacht sinken."

Emeline wollte schon eine höflich zugespitzte Erwiderung geben, da kam Tante Cristelle ihr zuvor. „Gegen eine Tasse Tee wäre nichts einzuwenden."

Nun konnte Emeline kaum noch höflich ablehnen – und das wusste er ganz genau, impertinenter Mann, der er war. Um seine Mundwinkel zuckte es belustigt, als er sie aus warmen braunen Augen betrachtete.

Sie gab sich ungerührt und rang sich ein Lächeln ab. „Danke, Mr Hartley. Das ist wirklich sehr nett von Ihnen."

Er neigte gefällig den Kopf und reichte ihr seinen Arm. „Wollen wir?"

Warum konnte dieser Mann sich nur dann der Anstandsregeln entsinnen, wenn es ihm passte? Emeline lächelte kühl und legte die Fingerspitzen auf seinen Ärmel. Sie berührte ihn kaum und spürte doch sogleich die kräftigen Muskeln unter dem Tuch. Er sah erst ihre Hand an, dann sie und hob amüsiert eine Braue. Sie reckte das Kinn und ging los, er folgte ihr. Tante Cristelle und Rebecca liefen hinter ihnen, und sie hörte, wie ihre Tante das Mädchen über die tiefere Bedeutung standesgemäßer Schuhe belehrte.

Um sie her wogten die eleganten Massen von Mayfair. Junge Stutzer lehnten in Hauseingängen, plauderten und beäugten vornehm gekleidete Damen. Ein Geck mit rosa gepuderter Perücke schlenderte vorbei und schwang seinen Spazierstock in extravaganter Manier. Hinter sich hörte Emeline Tante Cristelle verächtlich schnauben. Sie neigte höflich den Kopf, als die beiden Miss Stevens vorbeiflanierten. Das ältere der Mädchen nickte artig, doch die jüngere, ein hübscher, doch törichter Rotschopf, kicherte hinter vorgehaltener behandschuhter Hand.

Emeline bedachte das Mädchen mit tadelndem Blick. „Wie finden Sie London, Mr Hartley?“, erkundigte sie sich beiläufig.

„Beengt.“ Beim Sprechen neigte er den Kopf so weit zu ihr herab, dass sie schwach seinen Atem wahrnahm, den erfreulich angenehmen Geruch aber nicht benennen konnte.

„Sie sind vermutlich kleinere Städte gewohnt.“ Sie raffte ihren Rock etwas, als eine wenig einladend aussehende Pfütze vor ihnen auftauchte. Mr Hartley wich umsichtig aus und zog Emeline dabei näher an sich. Für einen kurzen Augenblick spürte sie durch Wolle und Linnen hindurch die Wärme seines Körpers.

„Stimmt. Boston ist kleiner als London“, erwiderte er. Sie traten wieder auseinander, und zu ihrem größten Bedauern stellte sie fest, dass sie seine Wärme vermisste. „Aber genauso beengt. Ich bin überhaupt keine Städte gewohnt.“

„Sind Sie auf dem Land aufgewachsen?“

„Eher in der Wildnis.“

Die Antwort überraschte sie, und sie wandte sich just in dem Moment zu ihm um, als er sich ihr abermals zuneigte. Plötzlich war sein Gesicht nur noch eine Handbreit von dem ihren entfernt. Um seine kaffeebraunen Augen zeigten sich wieder feine Falten, die sich noch vertieften, als er sie lächelnd ansah. Unter seinem linken Auge bemerkte sie eine feine, blasse Narbe, die ihr zuvor nicht aufgefallen war.

Sie sah beiseite. „Wurden Sie also von Wölfen aufgezogen, Mr Hartley?“

„Fast.“ Seine Stimme klang belustigt, wenngleich sie einen harten Unterton verriet. „Mein Vater hat als Fallensteller in den Wäldern von Pennsylvania gearbeitet. Wir haben in einer Holzhütte gewohnt, an deren unbehauenen Balken noch die Rinde war.“

Das klang in der Tat sehr primitiv. Um ganz ehrlich zu sein, so konnte sie sich sein Zuhause nur schwerlich vorstellen. Es war anders als alles, was sie kannte. „Und wie wurden Sie unterrichtet, bevor Sie aufs Internat kamen?"

„Von meiner Mutter habe ich Lesen und Schreiben gelernt", sagte Mr Hartley. „Und mein Vater hat mir beigebracht, wie man Spuren liest, Fallen stellt, jagt und in den Wäldern überlebt. Der Wald war sein Zuhause."

Sie kamen an einem Buchladen vorbei, dessen leuchtend rotes Ladenschild so tief hing, dass es fast Mr Hartleys Dreispitz streifte. Emeline räusperte sich. „Ich verstehe."

„Wirklich?", fragte er. „Die Welt, in der ich aufgewachsen bin, ist ganz anders als das hier." Mit einem kurzen Nicken deutete er auf das geschäftige Treiben um sie her. „Können Sie sich einen Wald vorstellen, in dem es so still ist, dass man die Blätter fallen hört? Bäume, die so riesig sind, dass ein ausgewachsener Mann ihren Stamm nicht mit seinen Armen umfangen kann?"

Sie schüttelte den Kopf. „Es fällt mir schwer, es mir vorzustellen. Ihre Wälder sind mir sehr fremd. Aber Sie haben diese Wildnis dann doch verlassen, nicht wahr?"

Während er eben noch seinen Blick über die vorbeieilende Menschenmenge hatte schweifen lassen, sah er nun sie an.

Sie holte tief Luft und schaute in seine dunklen Augen. „Das muss eine große Umstellung für Sie gewesen sein, die Freiheit des Waldes gegen das Leben im Internat einzutauschen."

Ein kurzes Zucken der Mundwinkel, dann sah er beiseite. „Das war es, aber Kinder sind anpassungsfähig. Ich habe schnell gelernt, mich an die Regeln zu halten, und wusste bald, von welchen Jungen ich mich besser fernhalte. Und ich war groß und stark, schon damals. Das hat geholfen."

„Oh ja, Internate können die Hölle sein", sagte sie schaudernd.

„Und Jungs kleine Ungeheuer, geradewegs der Hölle entsprungen."

„Und die Lehrer?“

Er zuckte die Achseln. „Die meisten waren durchaus kompetent. Einige waren grantige, glücklose Männer, die Kinder nicht leiden konnten. Aber andere liebten ihren Beruf von ganzem Herzen und waren gut zu uns.“

„Wie verschieden doch Ihre Kindheit von der Ihrer Schwester war“, meinte Emeline nachdenklich. „Sagten Sie nicht, dass sie in Boston aufgewachsen ist?“

„Ja.“ Zum ersten Mal meinte sie Besorgnis – oder Unbehagen? – aus seiner Stimme herauszuhören. „Manchmal kommt es mir so vor, als wären wir *zu* verschieden.“

„Wirklich?“ Gespannt sah sie ihn an. Was in ihm vorging, zeigte sich so verhalten, so flüchtig auf seinem Gesicht, dass sie sich wie eine Hellseherin vorkam, wenn sie versuchte, aus seiner Miene schlau zu werden.

Er nickte düster. „Ich mache mir Sorgen, dass sie nicht all das von mir bekommt, was sie braucht.“

Sie sah starr geradeaus und überlegte, was sie darauf erwidern sollte. Sorgte sich etwa irgendeiner der Männer ihrer Bekanntschaft in dieser Weise um die Frauen in seinem Leben? Waren ihrem Bruder ihre Bedürfnisse wichtig gewesen? Nicht dass sie wüsste.

Doch Mr Hartley enthob sie der Verlegenheit, eine Antwort zu geben, denn schon fuhr er nach einem tiefen Durchatmen fort: „Ihr Sohn ist ein aufgewecktes Kerlchen.“

Emeline krauste die Nase. „*Zu* aufgeweckt, würden manche meinen.“

„Wie alt ist er?“

„Er wird im Sommer acht.“

„Beschäftigen Sie einen Lehrer für ihn?“

„Ja, Mr Smythe-Jones. Er kommt jeden Tag ins Haus.“ Sie zögerte, ehe sie impulsiv hinzusetzte: „Aber Tante Cristelle ist der Ansicht, dass ich ihn auf ein Internat schicken sollte, wie Sie eines besucht haben.“

Er sah kurz zu ihr hinüber. „Ist er nicht noch zu jung, um

von zu Hause fortgeschickt zu werden?"

„Viele vornehme Familien schicken ihre Söhne außer Haus – manche der Jungen sind noch jünger als Daniel." Sie merkte, wie sie gedankenverloren ein seidenes Band am Kragen ihres Kleides um den Finger wickelte und strich es rasch wieder glatt. „Meine Tante hat Angst, dass er mir zu sehr am Rockzipfel hängt. Und dass er in einem Haus voller Frauen kein richtiger Mann wird." Warum erzählte sie einem Mann, den sie kaum kannte, solch vertrauliche Dinge? Er musste sie für töricht halten.

Doch er nickte nur bedächtig und meinte: „Wie ich hörte, ist Ihr Mann verstorben."

„Ja. Daniel – mein Sohn wurde nach ihm benannt – starb vor fünf Jahren."

„Und doch haben Sie nicht wieder geheiratet."

Er neigte sich ihr zu, und nun endlich kam sie darauf, wonach sein Atem roch: Petersilie. Seltsam, dass ihr so ein heimeliger, vertrauter Geruch bei ihm so fremd vorkam.

Er senkte die Stimme. „Ich verstehe nicht, wie eine anziehende Dame wie Sie so lange allein bleiben kann."

Sie runzelte die Stirn. „Nun, genau genommen ..."

„Hier ist ja eine nette Teestube", rief Tante Cristelle hinter ihnen. „Mir tun von der Lauferei schon alle Knochen weh. Wollen wir nicht hier hineingehen?"

Mr Hartley wandte sich um. „Verzeihen Sie, Ma'am. Ja, lassen Sie uns hier einkehren."

„*Bien*", sagte die Tante. „Dann wollen wir uns mal ein Weilchen ausruhen."

Mr Hartley hielt ihnen die hübsche Tür aus Holz und Glas auf, und sie traten ein. Kleine runde Tische standen über den Raum verteilt. Während die Damen sich bereits einen Platz suchten, ging Mr Hartley den Tee holen.

Tante Cristelle beugte sich vor und tätschelte Rebecca das Knie. „Ihr Bruder ist sehr aufmerksam zu Ihnen", sagte sie wohlwollend. „Seien Sie dankbar – nicht alle Männer sind so.

Und die wenigen, die es sind, bleiben oft nicht lange unter uns."

Diese letzte Bemerkung schien das Mädchen etwas zu irritieren, und so beschränkte sie sich auf die erste. „Oh ja, ich bin sehr dankbar. Samuel war stets gut zu mir, wenn er da war."

Emeline strich eine Spitzenrüsche an ihrem Rock glatt. „Mr Hartley meinte, Sie wären bei Ihrem Onkel aufgewachsen."

Rebecca senkte die Augen. „Ja. Samuel habe ich nur ein- oder zweimal im Jahr gesehen, wenn er zu Besuch kam. Er kam mir immer so groß und furchtbar erwachsen vor, obwohl er damals jünger gewesen sein muss, als ich es heute bin. Später, als er dann bei der Armee war, kam er in seiner prachtvollen Uniform. Das hat mich ziemlich beeindruckt. Und ist Ihnen auch schon aufgefallen, dass er ganz anders geht als andere Männer? So leichtfüßig und unbeschwert, als könne er tagelang so laufen, ohne dass es ihn erschöpfte." Das Mädchen sah wieder auf und lächelte verlegen. „Wissen Sie, was ich meine? Besser kann ich es leider nicht beschreiben."

Emeline wusste dennoch genau, was Rebecca meinte. Mr Hartley bewegte sich mit solch sicherer Anmut, dass sie meinte, er müsse seinen Körper besser kennen als die meisten Menschen. Sie drehte sich nach Mr Hartley um. Er hatte sich angestellt und wartete, dass die Reihe an ihm war. Vor ihm stand ein älterer Herr, der gereizt die Stirn runzelte und ungeduldig mit dem Fuß wippte – womit er nicht der Einzige war. Die anderen Wartenden wippten entweder auch mit dem Fuß, oder sie traten unruhig von einem Bein auf das andere. Nur Mr Hartley stand völlig still und reglos. Er wirkte weder ungeduldig noch gelangweilt, sondern eher so, als könne er stundenlang so stehen, das eine Bein leicht angewinkelt, die Arme vor der Brust verschränkt. Als er ihren Blick auffing, hob er die Brauen – ob fragend oder herausfordernd, hätte sie nicht sagen können. Doch ihre Wangen erhitzten sich, und sie wandte sich rasch ab.

„Sie und Ihr Bruder scheinen einander sehr nahzustehen", sagte sie zu Rebecca. „Obwohl Sie doch in der Kindheit getrennt waren."

Das Mädchen lächelte, doch sein Blick wirkte unsicher. „Ich hoffe, dass wir uns nah sind. Doch, ich glaube schon. Ich bewundere meinen Bruder sehr."

Nachdenklich betrachtete Emeline das Mädchen. Sehr löblich und nett gesagt, aber Rebecca ließ es fast wie eine Frage klingen.

„Mylady", ließ sich Mr Hartley auf einmal neben ihr vernehmen.

Emeline fuhr zusammen und drehte sich enerviert nach ihm um. Hatte er sich etwa absichtlich an sie herangeschlichen?

Er lächelte sie mit seinem aufreizend unergründlichen Lächeln an und hielt ihr einen Teller mit rosa Süßigkeiten hin. Hinter ihm kam ein Mädchen herbei, das den Tee brachte. Mr Hartleys braune Augen schienen sie für ihre Kleinlichkeit zu tadeln.

Sie holte tief Luft. „Danke, Mr Hartley."

Er neigte den Kopf. „Es ist mir ein Vergnügen, Lady Emeline."

Vergnügen, dass sie nicht lachte! Sie nahm sich eine der rosa Süßigkeiten und stellte erfreut fest, dass sie überraschend gut schmeckten, sauer und süß zugleich. Genau richtig. Verstohlen sah sie zu ihrer Tante hinüber, die gerade eifrig auf Rebecca einredete.

„Ich hoffe, meine Tante erteilt Ihrer Schwester nicht wieder eine ihrer Lektionen", bemerkte sie, als sie den Tee eingoss.

Mr Hartley schaute zu den beiden hinüber. „Rebecca verträgt mehr, als es den Anschein hat. Ich glaube, sie wird verkraften, womit immer Ihre Tante sie auch traktieren mag."

Da alle Stühle besetzt waren, lehnte er sich neben ihr an die Wand. Emeline nahm einen Schluck Tee, wobei ihr Blick abermals auf sein seltsames Schuhwerk fiel.

Ehe sie es noch recht bedachte, sprach sie aus, was ihr gerade in den Sinn kam: „Wo haben Sie eigentlich diese wunderlichen Schuhe her?"

Die Arme vor der Brust verschränkt, streckte Mr Hartley eines seiner Beine vor. „Das sind Mokassins. Die Indianerfrauen vom Stamm der Mohikaner fertigen sie aus Hirschleder."

Selbst als die Damen am Nebentisch aufbrachen, machte er keine Anstalten, sich zu setzen. Und da bimmelte auch schon abermals das Glöckchen über der Ladentür, neue Gäste kamen herein, die die Plätze sogleich wieder belegten.

Emeline betrachtete Mr Hartleys Mokassins und die Beinlinge darüber mit gerunzelter Stirn. „Ist es bei den Weißen in den Kolonien üblich, so etwas zu tragen?"

„Nein, keineswegs." Er verschränkte die Beine wieder. „Die meisten kleiden sich genauso wie die Gentlemen hierzulande."

„Und warum müssen dann ausgerechnet Sie so seltsame Schuhe wählen?" Sie war sich bewusst, dass ihre Stimme scharf klang, aber sie fand es unerträglich, dass er mit seiner Kleidung so aus dem Rahmen fallen musste. Warum machte er das? Würde er Schnallenschuhe und Seidenstrümpfe tragen wie jeder andere Gentleman in London auch, fiele er nicht weiter auf. Dank seines Reichtums könnte er vielleicht gar ein englischer Gentleman werden und Aufnahme in die besten Kreise finden. Er wäre *respektabel.*

Ohne ihren inneren Aufruhr zu ahnen, meinte er achselzuckend: „Die Trapper in den nordamerikanischen Wäldern tragen sie. Sie sind bequem und viel praktischer als englisches Schuhwerk. Die Beinlinge schützen vor Dornen und Zweigen. Ich bin es einfach gewohnt, sie zu tragen."

Als er sie anschaute, sah sie in seinen Augen, dass er genau wusste, wie sehr sie wünschte, er wäre mehr so wie ein ganz gewöhnlicher englischer Gentleman. Er wusste es, und es machte ihn traurig. Sie blickte in seine warmen braunen Augen und wusste nicht, was tun. Da war etwas zwischen ihnen, eine Verbindung, über deren Natur sie sich jedoch nicht so ganz im Klaren war.

Dann ließ sich auf einmal eine laute Männerstimme hinter ihr vernehmen: „Corporel Hartley! Was treiben Sie denn hier in London?“

Sam spannte sich sofort an. Der Mann, der ihn angesprochen hatte, war schlank und von mittlerem Wuchs. Er trug einen dunkelgrünen Rock und eine braune Weste, alles völlig respektabel und gewöhnlich. Wahrscheinlich wäre er inmitten Hunderter anderer Londoner Gentlemen nicht weiter aufgefallen, wären nicht seine Haare gewesen. Sie waren hinten zu einem Zopf zusammengefasst und leuchteten orangerot. Sam versuchte, den Fremden einzuordnen, konnte es aber nicht. Im Regiment hatte es einige rothaarige Männer gegeben.

Grinsend streckte der Mann ihm die Hand hin. „Thornton. Dick Thornton. Wie lange haben wir uns nicht gesehen? Bestimmt sechs Jahre, oder? Was verschlägt Sie nach London?“

Sam gab ihm die Hand. Aber natürlich. Jetzt fiel es ihm wieder ein. Thornton hatte auch zum 28. gehört. „Ich bin geschäftlich hier, Mr Thornton.“

„Da schau einer an. London liegt für einen Trapper aus den Kolonien ja nicht gerade um die Ecke.“ Mit einem Lächeln versuchte Thornton seine Worte weniger beleidigend klingen zu lassen.

Sam tat es mit einem Achselzucken ab. „Mein Onkel ist 1760 gestorben. Ich bin aus der Armee ausgeschieden und habe seinen Importhandel in Boston übernommen.“

„Ah ja.“ Thornton wiegte sich auf den Fersen und warf einen fragenden Blick auf Lady Emeline.

Sam verspürte einen seltsamen Widerwillen, die beiden einander vorzustellen, schüttelte ihn jedoch ab. „Mylady, dürfte ich Ihnen Mr Richard Thornton vorstellen, einen meiner ehemaligen Kameraden. Thornton, das ist Lady Emeline Gordon, die Schwester von Captain St. Aubyn. Und dies ist meine Schwester Rebecca Hartley und dies Lady Emelines Tante Mademoiselle Molyneux."

Thornton verbeugte sich in großer Manier. „Meine Damen."

Lady Emeline reichte ihm die Hand. „Sehr erfreut, Mr Thornton."

Mit ernüchterter Miene neigte er sich über Lady Emelines Hand. „Es ist mir eine Ehre, Mylady. Erlauben Sie mir zu sagen, dass wir alle zutiefst betroffen waren, als wir vom Tod Ihres Bruders erfuhren."

Keine Regung zeigte sich auf ihrem Gesicht, doch Sam spürte, wie sie erstarrte. Er spürte es, obwohl sie einander nicht einmal berührten. Es war unerklärlich, aber ihm kam es vor, als verändere die Luft sich zwischen ihnen.

„Danke", sagte sie. „Sie kannten Reynaud?"

„Aber natürlich. Wir alle kannten und schätzten Captain St. Aubyn." Als suche er Bestätigung, wandte er sich zu Sam um. „Ein wahrer Gentleman und ein hervorragender Offizier, nicht wahr, Hartley? Immer ein freundliches Wort auf den Lippen, immer eine Geste der Aufmunterung, als wir durch die grüne Hölle der Wälder marschierten. Und dann zum Schluss, als die Wilden uns angriffen, Ma'am, hätte es Sie stolz gemacht zu sehen, wie er die Stellung gehalten hat. Manche bekamen es mit der Angst. Manche ließen die eigenen Mannen im Stich und suchten das Weite ..." Thornton hielt jäh inne, räusperte sich und sah Sam entschuldigend an.

Sam erwiderte seinen Blick, ohne mit der Wimper zu zucken. Viele hatten geglaubt, dass er sich damals bei Spinner's Falls aus dem Staub gemacht hatte, dass er geflüchtet war. Er hatte es nie für nötig gehalten, sich zu erklären und würde auch jetzt nicht damit anfangen. Er war sich indes bewusst, dass Lady Emeline ihn ansah, erwiderte ihren Blick jedoch nicht. Wenn sie wollte, sollte sie ihn doch verurteilen, wie alle die anderen es taten.

„Ihre Erinnerungen an meinen Neffen sind uns sehr willkommen, Mr Thornton“, sagte Mademoiselle Molyneux und brach das betretene Schweigen.

„Nun ja“, meinte Thornton und strich sich die Weste glatt. „Es ist ja schon lange her, aber Sie sollten nie vergessen, dass Captain St. Aubyn den Heldentod gestorben ist.“

„Wissen Sie zufällig, ob noch andere Veteranen des 28. in London leben?“, erkundigte sich Sam.

Thornton schnaufte einmal vernehmlich und dachte nach. „Nicht viele, nicht viele. Zunächst einmal haben ja kaum welche überlebt. Da wären Lieutenant Horn und Captain Renshaw – jetzt Lord Vale –, aber ich verkehre nicht in denselben Kreisen wie die beiden.“ Er lächelte Lady Emeline in Anerkennung ihres Ranges zu. „Außerdem noch Wimbley und Ford sowie Sergeant Allen, der arme Teufel. Schlimm, was aus dem geworden ist. Hat es nie verwunden, sein Bein verloren zu haben.“

Wimbley und Ford hatte Sam bereits befragt. Sergeant Allen hatte er nicht so leicht ausfindig machen können. Er schob seinen Namen auf der Liste derer, mit denen er sprechen wollte, weiter nach oben.

„Und was ist aus Ihren Regimentskameraden geworden?“, fragte er. „Wenn ich mich recht erinnere, saßen Sie abends immer zu fünft oder sechst am Feuer zusammen. Ihr Anführer schien mir dieser andere Rothaarige zu sein, Gefreiter …“

„MacDonald. Andy MacDonald. Wir sind oft miteinander verwechselt worden. Muss an den roten Haaren liegen. Schon komisch, aber das ist immer das Einzige, woran sich die Leute erinnern.“ Thornton schüttelte betrübt den Kopf. „Dem armen MacDonald haben sie bei Spinner’s Falls eine Kugel in den Kopf gejagt. Direkt neben mir ist er umgekippt, war sofort tot.“

Sam hielt seinen Blick weiter unverwandt auf Thornton gerichtet, spürte jedoch, wie ihm kalter Schweiß den Rücken hinabrann. Er dachte nicht gern an jenen Tag zurück – zumal nicht jetzt, da er noch immer das beklemmende Unbehagen empfand, das ihm die belebten Straßen Londons bereiteten. „Und die anderen?“

„Tot, alle tot. Glaube ich. Die meisten sind ja schon bei Spinner’s Falls gefallen. Ridley hat noch ein paar Monate überlebt, bis ihn dann der Wundbrand dahingerafft hat.“ Er lächelte mit leisem Bedauern und zwinkerte ihm zu.

Sam runzelte irritiert die Stirn. „Und wissen Sie …“

„Mr Hartley, ich glaube, wir sollten uns so langsam zum Schuhmacher begeben“, fiel Mademoiselle Molyneux ihm ins Wort.

Sam wandte sich von Thornton ab und den Damen zu. Rebecca betrachtete ihn sichtlich verstört, Lady Emeline gab sich ungerührt, und die alte Dame schien einfach nur ungeduldig. „Bitte entschuldigen Sie, meine Damen. Ich wollte Sie nicht mit Erinnerungen an lang vergangene Ereignisse langweilen.“

„Auch ich entschuldige mich.“ Thornton verbeugte sich abermals sehr adrett. „Es war mir ein Vergnügen, Sie …“

„Könnte ich Ihre Adresse haben?“, beeilte Sam sich zu fragen. „Ich würde mich gern noch mal mit Ihnen unterhalten. Nur wenige erinnern sich noch daran, was an jenem Tag geschehen ist.“

Thornton strahlte. „Aber natürlich. Ich schwelge auch gern in Erinnerungen. Sie können mich gern in meinem Geschäft aufsuchen. Es ist nicht weit von hier. Einfach Piccadilly hinunter bis zur Dover Street, und schon sind Sie da – George Thornton und Sohn, Stiefelmacher. Von meinem Vater gegründet, müssen Sie wissen.“

„Danke.“ Sam gab ihm zum Abschied die Hand und wartete, bis Thornton sich von den Damen verabschiedet hatte und davongegangen war. Sein rotes Haar war noch eine Weile in der Menge zu sehen, ehe er ihn aus den Augen verlor.

Dann wandte Sam sich Lady Emeline zu und bot ihr seinen Arm. „Wollen wir?“ Und da machte er den Fehler, ihr in die

Augen zu schauen. Es konnte kein Zweifel daran bestehen, dass sie begriffen hatte, worum es ging. Sie war eine kluge Frau und hatte das Gespräch mit angehört. Ihm wurde ganz beklommen ums Herz.

Sie wusste Bescheid.

Mr Hartley war wegen des Massakers von Spinner's Falls nach London gekommen. Zu überlegt und präzise waren seine Fragen an Mr Thornton gewesen, zu aufmerksam und gespannt hatte er dessen Antworten gelauscht. Irgendetwas, das damals geschehen war, ließ ihm keine Ruhe.

Und Reynaud war bei Spinner's Falls umgekommen.

Emeline ließ abermals die Fingerspitzen in seiner Armbeuge ruhen, doch dann konnte sie nicht länger an sich halten. Fest grub sie die Finger in seinen Arm. „Warum haben Sie mir nichts gesagt?"

Sie gingen wieder nebeneinander her, und er sah starr geradeaus. In seiner Wange zuckte es kurz. „Ma'am?"

„Tun Sie nicht so!", zischte sie ihm leise zu. Ihre Tante und Rebecca waren direkt hinter ihnen, und sie wollte nicht, dass die beiden sie hörten. „Tun Sie nicht so, als wüssten Sie nicht, wovon ich rede. Ich bin doch nicht dumm."

Nun sah er sie an. „Das hatte ich auch niemals angenommen."

„Dann behandeln Sie mich gefälligst nicht so. Sie waren im selben Regiment wie Reynaud. Sie kannten meinen Bruder. Weshalb sind Sie hier? Was wollen Sie herausfinden?"

„Ich …" Er zögerte. Was dachte er sich bloß dabei? Was versuchte er, vor ihr zu verbergen? „Ich möchte keine unschönen Erinnerungen wecken. Ich möchte Sie nicht daran erinnern, wie …"

„Mich daran *erinnern*! Du liebe Güte, glauben Sie vielleicht, ich könnte den Tod meines einzigen Bruders jemals vergessen? Glauben Sie, es bedürfte eines Wortes von Ihnen, damit ich an ihn denke? Er ist immer in meinen Gedanken, jeden Tag. Lassen Sie sich das gesagt sein: *jeden* Tag." Sie blieb stehen, da sie nach Atem ringen musste und ihre Stimme schier versagte. Was für Dummköpfe die Männer doch waren!

„Es tut mir leid", sagte er leise. „Ich wollte nicht gering schätzen, welch ein Verlust ..."

Mit einem verächtlichen Schnauben wollte sie ihn zum Schweigen bringen.

Doch er ließ sich nicht abhalten. „Gestehen Sie mir etwas Nachsicht zu. Ich wusste nicht, wie ich zu Ihnen über Ihren Bruder sprechen sollte, über das, was an jenem Tag geschehen ist. Mein Fehler geschah aus Dummheit, nicht aus bösem Willen. Bitte verzeihen Sie mir."

Welch schöne Rede. Sie biss sich auf die Lippen und sah zwei junge Aristokraten vorbeischlendern, die nach der neuesten Mode herausgeputzt waren. Opulente Spitze rüschte sich an ihren Manschetten, ihre Röcke waren samten und ihre Perücken extravagant gelockt. Wahrscheinlich waren die beiden noch keine zwanzig Jahre alt, doch gebärdeten sie sich mit all der Arroganz, die Geld und Privilegien mit sich brachten, waren sich ihres Platzes in der Gesellschaft gewiss, waren sich gewiss, dass die Sorgen und Nöte der niederen Stände niemals die ihren sein würden. Reynaud war auch so gewesen.

Wieder sah sie seine lachenden dunklen Augen vor sich und wandte sich ab. „Er hat von Ihnen geschrieben."

Fragend sah er sie an.

„Reynaud", stellte sie klar, wenngleich sie nicht wüsste, wen sie sonst hätte meinen sollen. „In den Briefen, die er mir geschrieben hat, hatte er Sie erwähnt."

Mr Hartley blickte starr geradeaus. Sie sah, wie sein Adamsapfel sich bewegte, als er schluckte. „Was hat er geschrieben?"

Beiläufig betrachtete sie das Schaufenster eines Kurzwarenladens und gab vor, sich für die Klöppelspitze in der Auslage zu interessieren. Es war Jahre her, dass sie Reynauds Briefe zuletzt gelesen hatte, aber noch immer wusste sie jedes Wort auswendig.

„Er schrieb, dass seinem Regiment ein amerikanischer Unteroffizier zugeteilt worden war, dessen Fähigkeiten als Kundschafter er sehr bewundere. Er meinte, dass er Ihnen mehr vertraue als allen anderen Spähern, dass Sie gar besser wären als die Indianer. Sie hätten ihn über die Unterschiede zwischen den Eingeborenenstämmen aufgeklärt – dass die Mohikaner beispielsweise ihre Haare zu einer Bürste auf der Mitte des Kopfes stutzten und die Wy… Wy…“

„Wyandot“, sagte er leise.

„Dass die Wyandot sich vorwiegend in Rot und Schwarz kleideten und ein langes Stück Stoff tragen, das sie hinten und vorne …“

„Einen Lendenschurz?“

„Genau.“ Sie senkte den Blick. „Er mochte Sie.“

Sie spürte die leichte Bewegung seiner Brust an ihrem Handrücken, als er tief einatmete. „Danke.“

Es war nicht nötig, ihn zu fragen, wofür er ihr dankte, und so nickte sie nur kurz, ehe sie fragte: „Wie lange haben Sie ihn gekannt?“

„Nicht lange“, antwortete er. „Nach der Schlacht von Quebec wurde ich dem 28. Regiment zugeteilt. Eigentlich hätte ich nur mit ihnen bis Fort Edward marschieren sollen, hätte helfen sollen, die Strecke auszukundschaften. Ich kannte Ihren Bruder ein paar Wochen, vielleicht ein oder zwei Monate. Und dann kam Spinner's Falls.“

Mehr brauchte er nicht zu sagen. Bei Spinner's Falls war nahezu das gesamte Regiment im Kreuzfeuer der Wyandot-Indianer umgekommen. Sie hatte die Berichte in den Zeitungen gelesen. Es hatte nur wenige Überlebende gegeben und noch weniger, die über das Massaker hatten reden wollen – schon gar nicht mit einer Frau.

Emeline holte tief Luft. „Haben Sie ihn sterben sehen?“

Sie spürte, dass er sich ihr zuwandte. „Mylady …“

Emeline zog an einer Seidenrüsche ihres Kleides, bis sie den Stoff reißen spürte. „Haben Sie ihn sterben sehen?"

Er atmete erst einmal tief aus, und als er schließlich antwortete, klang seine Stimme gepresst. „Nein."

Sie ließ von der lädierten Rüsche ab. War es Erleichterung, was sie empfand?

„Warum fragen Sie? Gewiss führt es zu nichts, wenn …"

„Weil ich wissen möchte … nein, weil ich wissen *muss*, wie diese letzten Augenblicke für ihn waren." Mr Hartley schien irritiert. Eine steile Falte zeigte sich zwischen seinen Brauen. Blicklos schaute sie geradeaus und versuchte, ihre Gedanken in Worte zu fassen. „Wenn ich weiß – wenn ich verstehe, vielleicht sogar nachempfinden kann –, was er durchgemacht hat, kann ich ihm wieder näher sein."

Nun runzelte er auch noch die Stirn. „Er ist tot. Ich bezweifle, dass Ihr Bruder wollte, dass Sie sich so viele Gedanken über seinen Tod machen."

Sie lachte leise. „Wie Sie ganz richtig sagten: Er ist tot. Was er will oder nicht, ist nicht länger von Bedeutung."

Ah, nun hatte sie ihn aber schockiert! Männer glaubten gern, dass man Damen von der unschönen Wirklichkeit des Lebens fernhalten müsste. Männer waren ja so naiv. Glaubten sie vielleicht, dass es ein Spaziergang war, ein Kind zu gebären?

Aber er fing sich rasch, dieser seltsame Fremde aus den Kolonien. „Das müssen Sie mir erklären."

„Ich mache es für mich, nicht für Reynaud." Sie seufzte leise. Warum bemühte sie sich eigentlich, es ihm zu erklären? Er würde es sowieso nicht verstehen. „Mein Bruder war noch so jung, als er starb – gerade einmal achtundzwanzig. Vieles in seinem Leben blieb unvollendet. Ich habe nur eine begrenzte Anzahl von Erinnerungen an ihn. Und es wird keine weiteren geben."

Sie hielt inne und schaute mit leerem Blick die Straße hinab. Er erwiderte nichts. Dies war eine sehr persönliche Angelegenheit. Sie sollte nicht mit jemandem darüber reden, der praktisch ein Fremder für sie war. Aber er war an jenem fernen Ort gewesen, an dem Reynaud gestorben war. In gewisser Weise war er ein Teil von Reynaud.

Abermals seufzte sie. „Als wir Kinder waren, hatten wir ein Märchenbuch, das wir uns besonders gern ansahen. Reynaud hat diese Geschichten sehr geliebt. Ich erinnere mich nicht mehr genau, worum es eigentlich ging, aber manchmal denke ich, wenn ich sie nur wieder lesen könnte …“ Auf einmal wurde ihr bewusst, dass sie abschweifte. Sie sah ihn an.

Mr Hartley erwiderte ihren Blick und neigte interessiert den Kopf, als wolle er sie zum Weitersprechen auffordern.

Ungeduldig winkte sie ab. „Das Buch tut nichts weiter zur Sache. Wenn ich jedoch herausfinden könnte, wie seine letzten Stunden waren, würde er in meiner Erinnerung noch ein kleines bisschen länger leben. Und es macht überhaupt nichts, wenn diese letzten Augenblicke schrecklich waren, verstehen Sie? Sie sind Reynauds letzte Augenblicke und daher kostbar. Sie bringen mich ihm näher.“

Bedächtig zog er die Brauen zusammen und senkte den Kopf. „Ich glaube, ich verstehe, was Sie meinen.“

„Wirklich?“, fragte sie ungläubig. „Verstehen Sie es wirklich?“ Wenn ja, dann wäre er der Erste. Nicht einmal Tante Cristelle konnte ihr Bedürfnis, alles darüber herauszufinden, was Reynaud während dieser letzten Tage geschehen war, gänzlich nachvollziehen. Verwundert sah sie ihn an, und auf einmal kam ihr ein Gedanke: Vielleicht war er ja wirklich anders als andere Männer. Welch seltsame Vorstellung.

Als er wieder aufsah, begegnete er ihrem Blick. Ein feines Lächeln spielte um seine sinnlichen Lippen. „Was für eine furchterregende Frau Sie doch sind. Sie können einem geradezu Angst machen.“

Und zu ihrem ehrlichen Entsetzen wurde Emeline gewahr, dass sie Samuel Hartley wohl mögen könnte. Ihn zu sehr mögen könnte. Rasch sah sie wieder nach vorn und holte tief Luft. „Erzählen Sie es mir doch einfach.“

Er tat nicht länger so, als wisse er nicht, was sie meinte. „Ich versuche herauszufinden, wie es zu dem Massaker von Spinner's Falls kommen konnte. Zufällig sind die Wyandot bestimmt nicht auf unser Regiment gestoßen." Er wandte sich ihr zu, und als sie ihn ansah, waren seine Augen kalt, hart und entschlossen. „Ich glaube, dass wir verraten wurden."

4. KAPITEL

Der alte Mann war in schmutzige Lumpen gehüllt. Es schien Eisenherz höchst unwahrscheinlich, dass ein solch verwahrloster Gesell ihm behilflich sein könnte, die Prinzessin zu heiraten. Doch als er sich abwandte, packte der Alte ihn beim Arm. „Halt, hör mir zu! Du wirst in einem marmornen Schloss leben, mit Prinzessin Sonnentrost als deiner Braut. Du wirst seidene Roben tragen, und Diener werden dir jeden deiner Wünsche erfüllen. Du brauchst nicht mehr zu tun, als meinen Anweisungen zu folgen."

„Und die wären?", fragte Eisenherz.

Der alte Zauberer grinste – denn natürlich war das alte Männlein ein Zauberer, denn nur Zauberer sind so wissend und mächtig. „Du darfst sieben Jahre kein einziges Wort sprechen."

Eisenherz starrte ihn an. „Und wenn ich das nicht schaffe?"

„Wenn du ein Wort sagst – wenn du nur einen einzigen Laut von dir gibst –, wirst du wieder in Lumpen leben, und Prinzessin Sonnentrost muss sterben."

Euch mag das wohl kaum als lohnender Handel erscheinen, aber vergesst bitte nicht, dass Eisenherz derzeit die Straßen der Strahlenden Stadt kehrte. Er blickte auf seine Füße hinab, die in zerlumptem Leder steckten, dann hinüber zur Gosse, in die er sich des Nachts betten würde – und letztlich tat er das Einzige, das ihm zu tun blieb.

Er ließ sich auf den Handel des Zauberers ein …

Eisenherz

In dieser Nacht war der Mond von Wolken verhangen. Sam blieb kurz im Dunkeln eines Hauseingangs stehen und sah zum Himmel hinauf. Der Mond war zudem abnehmend, weshalb sein Licht auch dann spärlich wäre, sollte er doch noch hinter den Wolken hervorkommen.

Ihm sollte die Dunkelheit recht sein. Die perfekte Nacht, um auf die Jagd zu gehen.

Sam lief weiter, bog in eine schmale Gasse ein und zog leichtfüßig an einer formlosen Gestalt vorbei, die an der Hauswand kauerte. Das Menschenbündel rührte sich nicht, aber eine Katze, die gleich daneben saß, hörte auf sich zu putzen und richtete ihren im Dunkeln glühenden Blick auf Sam. Weiter vorn reihten sich hintereinander einige Stallgebäude, fast doppelt so groß wie die Stallungen hinter Sams gemietetem Haus. Er schnaubte verächtlich. Wozu brauchte ein Mann so viele Pferde? Noch dazu in der Stadt.

In einer der Stalltüren schien ein Licht auf, und ein kleiner stämmiger Mann trat mit einer Laterne in der Hand heraus. Sam erstarrte und zog sich weiter ins Dunkle zurück. Der Mann stellte seine Laterne auf dem Kopfsteinpflaster der Gasse ab, zog eine lange Tonpfeife aus seiner Jackentasche hervor und zündete sie am Licht der Laterne an. Nachdem er ein paarmal zufrieden gepafft hatte, nahm er die Laterne wieder auf und verschwand hinter den Stallungen.

Sam grinste. Einen Moment lang wartete er noch, dann folgte er dem Mann. Er gelangte zu einer Mauer, in der eine schmale Tür war, durch die man von der Gasse in den Garten des Hauses gelangte, auf das er es abgesehen hatte. Sam ließ die Tür links liegen. Zu offensichtlich, zu groß die Gefahr, dass jemand ihn sehen könne. Vielleicht schob gar jemand dahinter Wache. Er lief im Schutz der Mauer weiter, bis er zu einem Baum gelangte, dessen Äste bis hinaus auf die Gasse ragten. Nach einem prüfenden Blick auf das Mauerwerk nahm er zwei Schritt Anlauf und sprang. Die Mauer war weit über einen Kopf höher als er selbst, und er schaffte es gerade, mit den Armen darüberzugreifen. Geschwind zog er sich hoch, sprang auf der anderen Seite hinab und landete lautlos in der Hocke, wo er indes nicht verharrte, sondern den Schwung seines Sprungs nutzte, um dicht an der Mauer entlangzurennen und sich in einiger Entfernung hinter ein Gebüsch zu flüchten.

Hier ließ er sich bäuchlings auf dem Boden nieder und spähte den dunklen Garten aus.

Es war ein weitläufiger Stadtgarten mit rechteckig angelegtem Grundriss, der mit Büschen und kleinen Zierbäumen in streng geometrischen Mustern bepflanzt war. Ein Kiesweg führte von der rückwärtigen Mauer zum hinteren Teil des Hauses, wo es gewiss für Herrschaft und Gesinde getrennte Eingänge gäbe. Alles war still, und im Garten regte sich nichts.

Sam sprang auf und pirschte sich ans Haus heran, wobei er den Kiesweg mied, um sich nicht durch Geräusche zu verraten. Als er näher kam, sah er, dass der Dienstboteneingang im Untergeschoss lag – einige Stufen führten zu der Tür hinab. Darüber war eine Art Balkon oder Veranda mit einer niedrigen, ornamentierten Brüstung und Flügeltüren, die ins Haus führten. Sam schlich die gewundene Treppe hinauf und spähte im Schutz der Dunkelheit zum Fenster herein, was mühelos möglich war, da der Mann, der drinnen saß, es nicht für nötig gehalten hatte, die Vorhänge zuzuziehen und nun wie auf einer hell erleuchteten Bühne saß.

Jasper Renshaw, Viscount Vale, hatte es sich halb sitzend, halb liegend in einem großen, rot samtenen Lehnsessel bequem gemacht. Eines seiner langen Beine hatte er über die Armlehne gelegt und ließ es gedankenverloren baumeln, während er langsam eine Seite in dem großformatigen Buch umblätterte, das er auf dem Schoß hielt. Neben dem Sessel lag ein großer Schnallenschuh nachlässig auf dem Boden, der Fuß des baumelnden Beines war nur bestrumpft.

Sam schnaubte leise angesichts von so viel Selbstvergessenheit und ging neben dem Fenster in die Hocke. Es bereitete ihm Genugtuung, dass der andere nicht die geringste Ahnung hatte, dass er beobachtet wurde. Vale hatte die leichte Kompanie des 28. Regiments befehligt. Doch während die anderen Soldaten, mit denen Sam gesprochen hatte, sich in den sechs Jahren seit ihrer letzten Begegnung allesamt verändert hatten und sichtlich gealtert waren, schien Renshaw – mittlerweile

Viscount Vale – ganz der Alte geblieben. Sein Gesicht war lang und schmal, mit zwei tiefen Falten, die sich von der zu großen Nase hinab zum zu breit geratenen Mund zogen. Ein schöner Mann war er nicht, doch hatte sein Gesicht etwas Anziehendes, das es unmöglich machte, ihn nicht zu mögen. Die äußeren Augenwinkel hingen etwas herab, was ein wenig an einen Jagdhund erinnerte und ihn selbst dann stets ein bisschen traurig wirken ließ, wenn er bester Laune war. Seine Figur war noch immer so schlaksig und ungelenk wie die eines Heranwachsenden. Arme und Beine waren lang und knochig, Hände und Füße unverhältnismäßig groß, als warteten sie darauf, dass der Körper kräftiger und ihnen gerecht werde. Doch Vale war genauso alt wie Sam. Während Sam ihn so betrachtete, leckte Vale kurz seinen Daumen an und blätterte eine weitere Seite um, griff nach einem kristallenen Glas mit tiefrotem Wein und nahm einen Schluck.

Sam hatte Vale als einen guten und fähigen Offizier in Erinnerung, wenngleich keineswegs so streng und gebieterisch wie Reynaud. Vale sah alles viel zu gelassen, als dass er anderen Respekt hätte einflößen wollen. Dafür war er derjenige gewesen, zu dem andere mit ihren Problemen und kleinen Streitigkeiten gekommen waren. Vale hatte man ebenso beim Würfelspiel mit den einfachen Soldaten wie beim gemeinsamen Abendessen der Offiziere angetroffen. Er war stets gut gelaunt gewesen, immer zu einem Scherz aufgelegt und dazu bereit, seinen Offizierskameraden einen kleinen Streich zu spielen. Das hatte ihn in der Truppe sehr beliebt gemacht. Er war nicht der Typ, dem man zutrauen würde, ein ganzes Regiment zu verraten.

Doch wenn Sams Informationen stimmten, musste jemand es getan haben. Er klopfte kurz auf seine Rocktasche und hörte das Papier darin leise rascheln. Jemand hatte den Franzosen und ihren Verbündeten von den Wyandot Bescheid gegeben, hatte sie wissen lassen, wo sie das 28. Regiment abfangen könnten. Jemand hatte sich gegen sein eigenes Regiment verschworen und damit das Massaker von Spinner's Falls erst möglich gemacht. Das war es, was Sam nach England geführt hatte. Er musste die Wahrheit herausfinden. Musste herausfinden, ob es einen Grund dafür gab, dass so viele Männer an jenem Herbsttag vor sechs Jahren gestorben waren. Und wenn er den Schuldigen gefunden hatte, fiele ihm vielleicht eine schwere Last von der Seele, gäbe ihm das vielleicht sein Leben zurück, das auch er bei Spinner's Falls verloren hatte.

Ob Vale der Gesuchte war? Der Viscount war bei Clemmons verschuldet gewesen, und Clemmons war bei dem Massaker umgekommen. Aber Vale hatte mutig, ja geradezu *galant* bei Spinner's Falls gekämpft. Würde ein solch vortrefflicher Offizier ein ganzes Regiment in den Tod gehen lassen, nur um sich eines einzigen Mannes zu entledigen? Hätte ihn das nicht gezeichnet? Würde er nicht die Male seiner Verkommenheit im Gesicht tragen? Könnte er sechs Jahre danach so selbstvergessen und zufrieden in seiner Bibliothek sitzen und in einem Buch lesen?

Sam schüttelte den Kopf. Der Offizier, den er vor sechs Jahren kennengelernt hatte, würde so etwas nicht getan haben. Andererseits war er nur kurze Zeit beim 28. gewesen, kaum mehr als einen Monat. Vielleicht hatte er Vale ja nie richtig gekannt. Am liebsten hätte er Vale einfach mit seiner Vermutung konfrontiert – gleich hier und jetzt. Aber würde er so Antworten bekommen? Besser wäre es, sich ihm auf Umwegen, beispielsweise bei einer Gesellschaft, zu nähern. Deshalb hatte er auch die Dienste von Lady Emeline erbeten. Beim Gedanken an besagte Dame zog Sam sich lautlos zurück und trat den Rückzug durch den dunklen Garten an. Was würde Lady Emeline wohl denken, wenn sie den wahren Grund seines Ersuchens herausfand? Sie trauerte noch immer um ihren Bruder, aber würde sie ihre gesellschaftliche Stellung gefährden, um einen Mann aus ihren Kreisen des Verrats zu bezichtigen? Sam konnte sich die Antwort denken und verzog das Gesicht. Behände schwang er sich abermals über die Mauer und landete sicher in der schmalen Gasse.

Er konnte sich des Gedankens nicht erwehren, dass Lady Emeline von seinem Vorhaben wenig angetan wäre.

„Nein, nein, nein!“, verkündete Emeline am Tag darauf.

Rebecca verharrte, den einen Fuß leicht angehoben, das Gesicht vor Schreck erstarrt. Sie befanden sich im Ballsaal von Emelines Stadthaus, wo sie sich bemühte, dem amerikanischen Mädchen einige der neueren Tanzschritte zu vermitteln. Tante Cristelle machte sich am Cembalo nützlich, das heute früh von zwei kräftigen Dienern aus dem Salon nach oben getragen worden war. Das Parkett des Ballsaals war auf Hochglanz poliert, und entlang der Wände reihten sich hohe Spiegel, sodass Rebecca sich mit ihrem halb erhobenen Fuß und der schreckensstarren Miene vielfach gespiegelt sah. Emeline holte tief Luft und versuchte es mit einem Lächeln.

Das schien Rebecca wenig zu beruhigen.

Emeline seufzte. „Sie sollen sich mit leichter Anmut bewegen. Graziös. Nicht wie ein … ein …“ Vergebens suchte sie nach einer Wendung, in der nicht das Wort *Elefant* vorkam.

„Nicht wie ein volltrunkener Matrose“, hallte Samuel Hartleys Stimme durch den Saal. Er klang belustigt.

Rebecca setzte den Fuß vernehmlich auf dem Boden auf und warf ihrem Bruder einen finsteren Blick zu. „Danke. Vielen Dank!“

Mr Hartley tat es mit einem Achselzucken ab und kam herbeigeschlendert. Wieder war er in unspektakuläres Braun und Schwarz gekleidet, doch der Bluterguss an seinem Kinn hatte sich von sattem Violett zu schillerndem Gelbgrün gefärbt, und unter den Augen hatte er dunkle Schatten.

Emeline betrachtete ihn argwöhnisch. Was trieb dieser Mensch eigentlich immer des Nachts? „Kann ich Ihnen irgendwie behilflich sein, Mr Hartley?“

„Allerdings“, erwiderte er. „Sie könnten mich bei der Tanzstunde meiner Schwester zusehen lassen."

Rebecca räusperte sich, doch ein schüchternes Lächeln huschte über ihre Lippen. Ganz offensichtlich freute sie sich über die Aufmerksamkeit ihres Bruders.

Nicht so Emeline. Schon allein die Anwesenheit dieses Mannes im Ballsaal beraubte sie ihrer Konzentration. „Wir sind sehr beschäftigt, Mr Hartley. Es bleiben nur noch zwei Tage bis zu Rebeccas erstem Ball."

„Ah." Er verbeugte sich spöttisch. „Ich verstehe den Ernst der Lage."

„Dann ist ja gut."

„*Ähem!*" Die Tante räusperte sich mit einem schauderhaft knarrenden Laut in der Kehle. Sowohl Emeline als auch Mr Hartley drehten sich zu ihr um. „Ich glaube, mir und dem Kind täte eine kleine Pause gut, um uns von den Anstrengungen zu erholen. Vielleicht ein kleiner Spaziergang im Garten? Kommen Sie, *ma petite*. Ich werde Ihnen zeigen, wie man in einem langweiligen Garten interessante Konversation betreibt." Sie streckte die Hand nach Rebecca aus.

„Oh, vielen Dank, Ma'am", erwiderte Rebecca artig, als sie der alten Dame folgte.

Emeline klopfte ungeduldig mit dem Fuß aufs Parkett, während sie wartete, dass ihre Tante und Rebecca sich entfernten. Dann fuhr sie zu Mr Hartley herum. „Sie haben soeben unsere Lektion unterbrochen. Weshalb? Was wollen Sie hier?"

Er hob die Brauen und kam ihr so nah, dass sie seinen Atem auf ihrer Wange spürte. „Warum regen Sie sich so auf?"

„Aufregen? *Ich?*" Sie wollte noch etwas sagen, schloss den Mund aber wieder, ehe sie meinte: „Ich rege mich nicht auf. Es ist nur so ..."

„Sie haben schlechte Laune." Er neigte leicht den Kopf und betrachtete sie mit gespitzten Lippen, wie man eine Frucht betrachtet, die nicht mehr ganz frisch ist. „Sie haben ziemlich häufig schlechte Laune."

„Das stimmt nicht."
„Gestern waren Sie auch schlechter Laune."
„Aber …"
„Sie waren schlechter Laune, als ich Ihnen in Mrs Conrads Salon das erste Mal begegnet bin."
„Nein, ich war *nicht* …"
„Und wenngleich Ihre Laune nicht ausgesprochen schlecht war, als wir zum Tee kamen, so könnte man sie doch kaum als *gut* bezeichnet haben." Freundlich lächelnd sah er sie an. „Aber vielleicht trügt der Eindruck ja. Vielleicht sind Sie sonst eine wahre Frohnatur, und erst mein Auftauchen in Ihrem Leben hat Sie so verdrießlich werden lassen."

Ungläubig starrte sie ihn an. Ja, sie starrte tatsächlich, und der Mund stand ihr offen wie einer arglosen Debütantin. Wie konnte er es wagen? Niemand – aber wirklich *niemand* – sprach mit ihr in dieser Manier! Er hatte sich mittlerweile abgewandt und klimperte in höchst enervierender Weise auf dem Cembalo herum. Sie ertappte ihn dabei, wie er ihr einen verstohlenen, belustigten Blick zuwarf, sah, wie es verräterisch um seine Mundwinkel zuckte. Dann versenkte er sich wieder in die Betrachtung seiner unmusikalischen Finger, die das Cembalo traktierten.

Emeline holte tief Luft und strich ihre Röcke glatt. Contenance! Nicht umsonst war sie unzählige Male Ballkönigin gewesen. Sie wusste sich zu beherrschen.

„Mir war nicht bewusst, dass mein Ton so scharf ausgefallen ist, Mr Hartley", begann sie und trat zu ihm. Die Augen hielt sie reuig gesenkt und bemühte sich um eine bekümmerte Miene – nicht unbedingt ein ihr vertrauter Ausdruck. „Hätte ich geahnt, wie sehr mein entschiedenes Auftreten Sie irritieren würde, wäre ich lieber tausende Tode gestorben, als mich derart … *undamenhaft* aufzuführen. Bitte verzeihen Sie vielmals."

Sie wartete. Nun war er dran. Gewiss würde er vor Scham im Boden versinken, weil er eine Dame genötigt hatte, sich derart demütig zu entschuldigen. Vielleicht begänne er gar zu stottern. Nur mit Mühe konnte sie sich ein Grinsen verkneifen.

Doch er schwieg. Seine langen Finger malträtierten weiter die Tasten des Cembalos. Wenn er nicht bald damit aufhörte, würde sie wahnsinnig.

Dann endlich sah er auf – indes ohne von seinem nervtötenden Tun abzulassen. Er betrachtete sie mit leichter Belustigung. „Wann haben Sie sich eigentlich zuletzt bei einem Mann entschuldigt?"

Oh, was für ein unverschämter Trampel er doch war!

„Ich weiß es nicht mehr", meinte sie betrübt. „Wahrscheinlich ist es Jahre her." Mit einem Schritt war sie bei ihm und legte ihre Hand entschieden auf die Tasten. Sie schaute ihn an und lächelte fein. „Aber ich meine mich zu erinnern, dass meine Entschuldigung ihn sehr zufriedengestellt hat."

Seine Hände verharrten über den Tasten, Stille senkte sich über den Raum. Seine Augen blickten so eindringlich, dass es fast beängstigend war. Wie gebannt schaute Emeline ihn an. Sie sah, wie er seinen Blick über ihr Gesicht schweifen und schließlich auf ihrem Mund ruhen ließ. Ohne auch nur einen Gedanken zu fassen, öffnete sie die Lippen. Seine Augen verengten sich, er machte einen Schritt auf sie zu und hob die Arme …

Die Tür des Ballsaals ging auf.

„Wären wir jetzt so weit?", fragte Tante Cristelle. „Noch eine Stunde, mehr nicht. Meine Hände werden verkrüppeln, wenn ich noch länger auf diesem Instrument spiele."

„Ja, natürlich", stieß Emeline atemlos hervor. Wahrscheinlich war sie puterrot im Gesicht. Aus den Augenwinkeln sah sie, dass Mr Hartley es irgendwie bewerkstelligt hatte, sich auf die andere Seite des Cembalos zu manövrieren – in mehr als respektable Entfernung. Wie hatte er das geschafft? Ihr war nicht einmal aufgefallen, dass er sich überhaupt bewegt hatte.

„Fühlen Sie sich nicht gut, Lady Emeline?“, fragte das Mädchen unschuldig. „Sie sehen erhitzt aus.“

Oh, diese Kolonisten mit ihren ungeschliffenen Manieren! Emeline sah den schrecklichen Mann flüchtig, aber unverschämt grinsen und tröstete sich damit, dass es außer ihr wohl niemand bemerkt hatte.

„Keineswegs“, beschied Emeline und zog ihren linken Ärmel zurecht. „Wir wollen noch einmal mit der Schrittfolge beginnen, mit der wir geendet haben, ehe wir unterbrochen wurden. Mr Hartley, da ich fürchte, dass Sie sich furchtbar langweilen werden, steht es Ihnen hiermit frei, wieder Ihren Geschäften nachzugehen.“

„Das würde ich ja gern, Lady Emeline“, erwiderte Mr Hartley, ließ sich auf einem Stuhl nieder, legte die Beine übereinander und schien sich auf eine lange Sitzung einzurichten. „Nur leider habe ich gerade überhaupt nichts zu tun. Ich fürchte fast, den ganzen Nachmittag freizuhaben.“

„Nun, wenn das so ist, freuen wir uns selbstverständlich über Ihre Gesellschaft“, beschied sie kühl. Es wäre wahrlich zu viel verlangt, würde man daraufhin ein Lächeln von ihr erwartet haben.

Tante Cristelle schaute sie scharf an und hob die Brauen – ob fragend oder tadelnd war schwer zu sagen. Emeline mäßigte ihre Miene, und die Tante begann wieder zu spielen. Doch kaum hatte Rebecca die ersten Tanzschritte gemacht, war Emeline in Gedanken auch schon wieder bei dem peinlichen Wortwechsel mit Mr Hartley.

Was war nur in sie gefahren? Es war allgemein bekannt, dass Gentlemen es schätzten, wenn Damen sanft und zurückhaltend waren. War nicht das die Lektion, die jedem Mädchen von klein auf eingebläut wurde? Sanfte Zurückhaltung und seine Jungfräulichkeit bis zur Hochzeit bewahren, wobei Letzteres in ihrem Fall nichts mehr zur Sache tat. Sie konnte sich nicht einmal auf die Wirkung des Weins berufen, den sie zum Mittagessen getrunken hatte, denn der war wieder einmal betrüblich verwässert gewesen, wie die Tante ohne Fehl bemerkt hatte.

Und dann die unsägliche Schlüpfrigkeit der letzten Erwiderung, die sie Mr Hartley gegeben hatte! Sie errötete, wenn sie nur daran dachte. Aber vielleicht war ihm die Zweideutigkeit ihrer Worte ja entgangen? Verstohlen schaute Emeline zu Mr Hartley hinüber. Unter halb gesenkten Lidern hervor beobachtete er sie, ein feines Lächeln spielte um seine Lippen. Als er ihren Blick auffing, hob er kurz eine Braue. Hastig sah Emeline beiseite. Ganz offensichtlich war ihm nichts entgangen.

„Oh, ich werde das nie lernen!" Mitten in einer Drehung blieb Rebecca stehen. „Das geht viel zu langsam. Ich habe ständig das Gefühl, über meine eigenen Füße zu stolpern und zu stürzen."

„Vielleicht brauchst du einen Partner", schlug Mr Hartley vor. Er stand auf und verbeugte sich galant vor seiner Schwester. „Dürfte ich bitten?"

Das Mädchen errötete ganz reizend. „Und es macht dir auch wirklich nichts aus?"

„Nur wenn du mir auf die Zehen trampelst", entgegnete er grinsend.

Emeline blinzelte irritiert. Mr Hartley sah ausgesprochen gut aus, wenn er lächelte. Warum war ihr das bislang nicht aufgefallen?

„Das Problem ist nur", fuhr er fort, „dass ich ebenso sehr der Nachhilfe bedarf wie du." Erwartungsvoll blickte er Emeline an.

Infam, absolut infam. Emeline nickte knapp und trat zu ihm, sodass sie und Rebecca nun zu beiden Seiten von Mr Hartley in einer Reihe standen. Sie reichte ihm die Hand. Er nahm sie bei den Fingerspitzen – ganz so, wie es sich gehörte, und doch fühlte seine Hand sich viel zu heiß auf der ihren an.

Emeline räusperte sich. Sie hob ihrer beider Hände auf Schulterhöhe und blickte geradeaus. „Gut." Sie setzte den rechten Fuß vor. „Bei drei fangen wir an. Eins und zwei und *drei.*“

Die nächste Viertelstunde übten sie verschiedene Schrittfolgen ein. Manchmal tanzte Mr Hartley mit seiner Schwester, manchmal mit ihr. Und obwohl Emeline es nicht einmal unter Folter zugegeben hätte, so amüsierte sie sich doch bestens. Es erstaunte sie, dass ein solch stattlicher Mann sich so anmutig und leichtfüßig bewegen konnte.

Irgendwann kam Rebecca aus dem Takt und geriet mit ihrem Bruder aneinander. Er fasste seine Schwester um die Taille, damit sie nicht stürzte. „Immer schön aufpassen, Becca, sonst legst du auch noch deinen Partner aufs Parkett.“

„Siehst du? Ich kann das einfach nicht!“, rief das Mädchen. „Das ist nicht fair! Du musstest früher nie so etwas tanzen, und trotzdem beherrschst du die Schritte besser als ich.“

Emeline sah zwischen den beiden hin und her. „Wie hat Mr Hartley denn früher getanzt?“, fragte sie wider besseres Wissen.

„Schlecht“, entgegnete er.

„Gejiggt hat er“, kam es gleichzeitig von seiner Schwester.

„Gejiggt?“ Emeline versuchte sich vorzustellen, wie der hochgewachsene Mr Hartley bei einem dieser ländlichen Tänze munter auf und ab hüpfte.

„Bauern und Gesinde unseres Chateaus haben so etwas getanzt“, bemerkte die Tante.

„Das würde ich gern mal sehen“, meinte Emeline.

Mr Hartley bedachte sie mit spöttischem Blick. Emeline lächelte unbeirrt zurück. Einen Moment lang trafen sich ihre Blicke, und sie wurde aus dem Ausdruck seiner braunen Augen nicht recht schlau.

„Er war unglaublich gut“, sagte Rebecca, die sich so langsam für das Thema erwärmte. „Aber seit seine Knochen alt und steif sind, jiggt er auch nicht mehr.“

Mr Hartley wandte den Blick von Emeline und sah seine Schwester mit übertriebenem Vorwurf an. „Das nenne ich eine Herausforderung."

Er legte seinen Rock ab und warf sich in Pose, die Hände auf den Hüften, den Kopf hoch erhoben.

„Das ist nicht dein Ernst!", rief Rebecca lachend.

Er stieß einen theatralischen Seufzer aus. „Doch, wenn du den Takt schlägst."

Rebecca begann zu klatschen, und Mr Hartley sprang. Emeline hatte schon einige Male Männer einen Jig tanzen sehen – feiernde Bauern etwa oder Matrosen auf Landgang. Gemeinhin zeichnete solches Getanze sich durch schwerfällige, unharmonische Bewegungen aus. Arme und Beine schlugen wild in alle Richtungen aus, Haare und Kleider flogen in die Luft wie bei einer schlecht geführten Marionette. Nicht so, als Mr Hartley tanzte. Zunächst einmal war er sehr beherrscht, und seine Bewegungen waren präzise und durchdacht. Und er besaß Anmut. Es war unglaublich. Er sprang durch den Saal, stampfte mit den mokassinbeschuhten Füßen auf dem Parkett herum, und doch gelang es ihm, dabei wendig und anmutig zu wirken. Mit einem breiten Grinsen schaute er sie an, ein Ausdruck voller Freude, und seine kräftigen weißen Zähne blitzten im gebräunten Gesicht auf. Als sogar ihre Tante den Takt mitklatschte, stimmte auch Emeline mit ein.

Mit ein paar Sätzen war er bei ihnen und zog Rebecca mit in seinen wilden Tanz, drehte sie im Kreis herum, bis sie atemlos und lachend zurücktaumelte. Dann griff er nach Emeline. Ehe sie sich's versah, wurde sie von sicheren, starken Händen durch den Saal gewirbelt. Die spiegelnden Wände und die Gesichter ihrer Tante und Rebeccas flogen vorbei, und sie spürte ihr Herz so schnell schlagen, dass sie meinte, es würde ihr aus der Brust springen. Mr Hartley fasste sie um die Taille und hob sie hoch. Lachend sah er zu ihr auf, und sie stellte fest, dass auch sie lachte.

Voller Freude lachte.

In dieser Nacht trug Sam Schwarz, um sich besser im Schatten der Häuser verstecken zu können. Es war schon weit nach Mitternacht. Der Mond stand hoch am Himmel und schien fahl auf die Stadt herab. Sam kam von einem Treffen mit Ned Allen – oder dem, was von dem Mann geblieben war. Der ehemalige Sergeant war so betrunken gewesen, dass er kaum einen klaren Gedanken hatte fassen können. Viel hatte Sam nicht aus ihm herausbekommen. Er würde es später noch mal probieren müssen. Vielleicht half es ja, ihn früh am Tage aufzusuchen. Das Treffen mit Allen war also reine Zeitverschwendung gewesen, aber im Dunkeln durch die Stadt zu laufen weckte Sams Lebensgeister so langsam wieder.

Wachsam blickte er die Straße hinab. Eine Kutsche kam leise rumpelnd näher, sonst war alles ruhig. Als er vorhin Ned besucht hatte, hatte Sam wieder an den Rotrock denken müssen. Ob sein Verfolger die Jagd aufgegeben hatte? Er hatte den Mann seit jenem Abend nicht mehr gesehen. Seltsam. Was er wohl …

„Mr Hartley!"

Sam schloss kurz die Augen. Die Stimme kannte er.

„Mr Hartley, das ist ja ein Zufall! Was machen Sie denn hier?"

Während des Krieges war er der mit Abstand beste Kundschafter der Kolonien gewesen. Und das meinte er keineswegs aus Eitelkeit – nein, seine Kommandeure hatten es ihm selbst gesagt. Einmal hatte er sich durch ein Lager schlafender Wyandot-Krieger geschlichen, ohne dass auch nur einer von ihnen ihn bemerkt hätte. Und dann kam diese kleine Person und machte ihn mitten in der Nacht ausfindig. Konnte sie im Dunkeln sehen?

„Mr Hartley …"

„Ja, ja, schon gut", zischte er und trat aus dem dunklen Hauseingang, in den er sich beim Nahen der Kutsche zurückgezogen hatte. Er trat an das prächtige Gespann, das mitten auf der Straße gehalten hatte. Die Pferde schnaubten ungeduldig. Lady Emelines Kopf wirkte fast körperlos, wie er so zwischen den dunklen Vorhängen des Kutschenfensters hervorschaute.

Er verbeugte sich. „Guten Abend, Lady Emeline. Welch ein Zufall, Sie hier zu treffen."

„Steigen Sie ein", sagte sie gereizt. „Ich verstehe wirklich nicht, warum Sie zu so später Stunde allein unterwegs sind. Und noch dazu zu Fuß! Wissen Sie denn nicht, wie gefährlich es ist, allein in London unterwegs zu sein? Aber wahrscheinlich geht es auf Bostons Straßen weitaus gesitteter zu."

„Wahrscheinlich", erwiderte er trocken und stieg in das elegante Gefährt. „Und dürfte ich Sie fragen, weshalb Sie zu so später Stunde unterwegs sind, Mylady?" Er klopfte kurz an das Kutschendach, ehe er sich ihr gegenüber niederließ.

„Ich war auf einer Soirée", sagte Lady Emeline in einem Ton, als wäre das ja wohl selbstverständlich, und strich den Umhang glatt, der über ihren Knien lag. Die Kutsche machte einen Satz vorwärts, als sie sich wieder in Bewegung setzten.

Im Inneren des Wagens war es halbdunkel. Nur eine einzige Laterne, dicht neben Lady Emelines Gesicht, gab etwas Licht. Doch es genügte ihm, um zu erkennen, dass sie in großer Robe war. Sie trug ein feuerrotes Kleid mit gelbem Muster, den Rock mittig so zur Seite gerafft, dass er ein in Gelb und Grün gehaltenes Unterkleid enthüllte. Der Ausschnitt war eckig und tief, ihre Brüste vom Mieder nach oben gedrückt, sodass sie wie weiche weiße Hügel im Lichtschein schimmerten. Eine Hitze schien von ihr auszugehen, die ihn bis auf die Knochen wärmte.

„Es war recht trostlos, weshalb ich früh gegangen bin", fuhr sie fort. „Man mag es kaum glauben, aber der Punsch war schon um zehn ausgetrunken, und das Mitternachtsessen ließ sehr zu wünschen übrig – lediglich ein paar Fleischpasteten und Früchte. Skandalös. Ich weiß wahrlich nicht, was in Mrs Turner gefahren ist, allem, was Rang und Namen hat, derart schmale Kost zu servieren. Aber geizig war die Gute ja schon immer. Der einzige Grund, weshalb ich ihre Gesellschaften überhaupt noch besuche, ist die Hoffnung, dort ihren Bruder anzutreffen, Lord Downing. *Der* ist eine veritable Klatschbase."

Sie hielt inne – wahrscheinlich war ihr die Luft ausgegangen. Sam starrte sie an. Warum redete sie ohne Punkt und Komma? Hatte sie auf der Soirée getrunken? Oder war sie …? Er musste sich ein Lächeln verkneifen. Nein, das konnte nicht sein. Oder doch? War Lady Emeline etwa nervös? Nie hätte er gedacht, die stets gewandte Witwe jemals so außer sich zu sehen.

„Und weshalb sind Sie nun so spät noch unterwegs?", fragte Lady Emeline erneut und zwang ihre Hände zur Ruhe, die bislang recht fahrig mit dem Spitzenbesatz ihres Kleides gespielt hatten. „Oder nein, eigentlich geht mich das ja wirklich nichts an." Selbst im schwachen Schein der Kutschenlampe sah er, wie ihre Wangen sich röteten.

„Nein, es geht Sie wirklich nichts an", erwiderte er. „Aber nicht aus dem Grund, an den Sie denken."

Wäre sie ein schwarzes Huhn gewesen, würde sie jetzt ihr Gefieder aufgeplustert haben. „Ich weiß nicht, was Sie damit andeuten wollen, Mr Hartley. Aber ich …"

„Sie glauben, dass ich bei einer Hure war." Lächelnd ließ er sich tiefer ins Kutschenpolster sinken und schlug die Beine übereinander. Die Hände steckte er in die Taschen seiner Weste und amüsierte sich köstlich. „Geben Sie es ruhig zu."

„Das werde ich ganz gewiss nicht!"

„Ihre rosigen Wangen haben Sie längst verraten."

„Ich … ich …"

Er schnalzte tadelnd mit der Zunge. „Welch eine verdorbene Fantasie Sie haben. Ich bin schockiert, Mylady, aufrichtig schockiert."

Im ersten Moment konnte sie vor lauter Entrüstung nur stammeln, doch sie fasste sich rasch und nahm Sam scharf ins Visier. Er machte sich auf einiges gefasst. Ach, wie gut es sich mit dieser Frau streiten ließ!

„Es ist mir absolut gleichgültig, wie Sie sich nach Einbruch der Dunkelheit die Zeit vertreiben“, beschied sie. „Ihre Angelegenheiten kümmern mich nicht im Geringsten.“

Das war eine tadellos anständige Aussage, die das Thema beenden sollte, denn es war offensichtlich, dass sie sich damit unwohl fühlte. Wäre er ein Gentleman, beließe er es dabei und würde über etwas so Unverfängliches und Langweiliges wie das Wetter sprechen. Doch leider fiel es einem Jäger verdammt schwer, von einer Beute abzulassen, die sich so verlockend in Reichweite präsentierte.

Mal ganz abgesehen davon, dass unverfängliche Konversation ihn schon immer gelangweilt hatte. „Mein Zeitvertreib sollte Ihnen gleichgültig sein, aber das ist er keineswegs, nicht wahr?“

Sie runzelte die Stirn und setzte zu einer Erwiderung an.

„Moment“, kam er ihr zuvor. „Es ist nach Mitternacht, und wir sind allein in einer dunklen Kutsche. Was hier gesagt wird, wird niemals ans Tageslicht gelangen. Tun Sie mir den Gefallen, Mylady, und sprechen Sie ganz offen.“

Sie holte tief Luft und lehnte sich so weit zurück, dass ihr Gesicht im Dunkeln verschwand. „Was kümmert es Sie, ob mich Ihr Tun interessiert, Mr Hartley?“

Er lächelte trocken. „Touché, Mylady. Ein kultivierter Gentleman aus Ihren Kreisen würde wahrscheinlich bis auf den Tod verleugnen, dass Ihr Interesse ihn kümmere, aber ich bin bekanntlich etwas einfacher gestrickt.“

„Sind Sie das?“ Ihre Worte waren nur ein Flüstern in der Dunkelheit.

Er nickte bedächtig. „Und deshalb sage ich Ihnen: Ihr Interesse bewegt mich. *Sie* bewegen mich.“

„Sie sprechen sehr offen.“

„Können Sie von sich dasselbe sagen?“

Ihr stockte hörbar der Atem, und kurz fürchtete er, dass er zu weit gegangen wäre und sie sich aus diesem gefährlichen Spiel zurückziehen werde. Immerhin war sie eine Dame von Stand, und es gab gewisse Regeln und Grenzen in ihrer Welt.

Doch dann lehnte sie sich ganz langsam vor, bis ihr Gesicht wieder von dem warmen Licht erhellt wurde, das durch das Kutschenfenster hereinfiel. Unverwandt sah sie ihm in die Augen und hob eine ihrer schwarzen Brauen. „Was, wenn ich es täte?"

Das Herz hüpfte ihm in der Brust, weil sie es wagte, den Handschuh aufzuheben, den er ihr hingeworfen hatte – fast fühlte es sich wie Freude an. Er grinste sie an. „Dann, Mylady, würden wir ein Interesse teilen, welches wir in Zukunft vertiefen könnten."

„Vielleicht", erwiderte sie unverbindlich und lehnte sich wieder zurück. „Und was haben Sie nun so spät auf der Straße getrieben?"

Er schüttelte den Kopf und lächelte leise.

„Sie wollen es mir nicht sagen", stellte sie fest, als die Kutsche langsam ausrollte und schließlich stehen blieb.

„Nein." Er schaute aus dem Fenster. Sie waren vor ihrem Stadthaus angekommen, das von unzähligen Lichtern erhellt war. Er wandte den Blick wieder zu Lady Emeline. „Aber ich war nicht bei einer Frau, darauf haben Sie mein Wort."

„Mir soll es einerlei sein."

„Aber das ist es nicht."

„Sie sind recht anmaßend, Mr Hartley."

„Keineswegs."

Ein Lakai öffnete den Kutschenschlag. Sam stieg aus und bot dann ihr die Hand. Sie zögerte kurz, als überlege sie, ob sie sich von ihm helfen lassen sollte oder nicht. Umgeben vom Dunkel der Kutsche, schimmerten ihr blasses Gesicht und ihr Dekolleté so hell, als würden sie von innen leuchten. Sie legte ihre behandschuhte Hand auf die seine. Er schloss seine Finger darum und zog sie zu sich auf den hell erleuchteten Gehsteig.

„Danke“, sagte sie und wollte ihm ihre Hand entziehen.

Er konnte sich nicht von ihren dunklen Augen losreißen und wollte sie nicht gehen lassen. Letztlich gab er ihre Hand dann doch frei – ihm blieb keine andere Wahl.

„Gute Nacht, Mylady“, sagte er und verbeugte sich.

Damit ging er in die Dunkelheit davon.

5. KAPITEL

Der Zauberer zwinkerte ihm zu, und schon fand Eisenherz sich im Schloss des Königs wieder. Er trug die Livree der königlichen Leibwache, und dort – keine zwei Schritte von ihm entfernt – saß der leibhaftige König auf einem goldenen Thron! Ihr könnt euch gewiss vorstellen, wie verwundert Eisenherz war. Gerade wollte er sein Erstaunen kundtun, als ihm die Worte des Zauberers wieder einfielen. Er durfte nicht sprechen, nicht einen einzigen Laut durfte er von sich geben, sonst würde er wieder in Lumpen sein, und die Prinzessin müsste sterben. Und so schloss Eisenherz den Mund wieder und schwor sich, dass kein Laut ihm über die Lippen käme – komme, was da wolle. Sein Schwur wurde schon bald auf die Probe gestellt, denn ehe er sich's versah, kamen sieben finstere Gesellen in den Thronsaal gestürmt und wollten den König töten. Eisenherz stürzte sich auf sie und schwang sein Schwert in alle Richtungen. Die anderen Wachen schrien wild durcheinander, und noch ehe sie ihre Schwerter gezückt hatten, lagen die sieben Meuchelmörder allesamt erschlagen auf dem Boden …
Eisenherz

„Samuel Hartley ist ein unglaublich impertinenter Mann", befand Emeline am Tag darauf.

Es war später Vormittag, und sie saß mit Melisande Fleming im kleinen Salon, der ihr der liebste war. Die Wände waren mit einer Papiertapete bespannt, zwischen deren gelben und weißen Streifen in regelmäßigen Abständen feine rote Linien verliefen. Das Mobiliar war nicht so neu wie jenes im großen Salon, aber die Sitzmöbel waren weich gepolstert und mit Damast und Samt in behaglichen Rot- und Orangetönen bezogen. Der anheimelnde Raum verführte einen fast dazu, es sich katzengleich auf den Polstern gemütlich zu machen und wohlig zu schnurren. Natürlich würde Emeline sich niemals derart hemmungslos gehen lassen, zumal sie mit diesem Bedürfnis wahrscheinlich allein war. Weshalb sie und Melisande auch sehr aufrecht und anständig auf dem Sofa am Fenster saßen. Oder vielmehr: Melisande saß auf dem Sofa, während Emeline unablässig vor ihrer Freundin auf und ab ging, die seelenruhig ihren Tee trank.

„Impertinent", murmelte Emeline und rückte ein bequastetes Kissen auf dem Sofa zurecht.

„Das sagtest du bereits", meinte Melisande geduldig. „Gewiss nun das vierte Mal."

„Tatsächlich?", fragte Emeline überrascht. „Aber es stimmt ja auch. Er scheint nicht den blassesten Schimmer zu haben, was sich gehört – kürzlich erst hat er hier, in diesem Haus, einen *Jig* aufs Parkett gelegt! Und dann immer dieses feine, belustigte Lächeln um seine Lippen. Und er trägt Schuhe ohne Absätze."

„Skandalös", murmelte Melisande.

Emeline warf Melisande, die von Kindesbeinen an ihre beste Freundin war, einen irritierten Blick zu. Melisande saß da, wie sie immer dasaß: so, als wolle sie so wenig Platz wie nur irgend menschenmöglich für sich beanspruchen. Den Rücken hielt sie kerzengerade, die Arme fest an die Seiten gelegt, die Hände im Schoß gefaltet – so sie nicht gerade Tee trank – und die Füße artig nebeneinander auf dem Teppich. Wahrscheinlich verspürte sie nie das Bedürfnis, sich in den Kissen zu fläzen, die sich so verführerisch auf dem feuerroten Sofa stapelten. Zudem – und dies hatte schon Anlass zu zahlreichen Auseinandersetzungen zwischen den Freundinnen geführt – trug Melisande immer Braun. Manchmal, wohl wahr, machte sie eine Ausnahme und trug stattdessen Grau, was aber wohl kaum als Verbesserung gelten konnte, oder? Heute beispielsweise hatte sie ein tadellos schlicht geschnittenes Kleid aus erdbraunem Stoff an, der wie Sackleinen aussah.

„Warum, um alles in der Welt, hast du dir ein Kleid aus

Sackleinen schneidern lassen?“, fragte Emeline gereizt.

Jede andere Dame würde nun pikiert an sich hinabsehen und sich entrüsten, dass es *kein* Sackleinen war. Nicht so Melisande. Sie griff nach der Kanne und goss sich Tee nach. „Weil es praktisch ist. Man sieht den Schmutz nicht so schnell darauf“, erwiderte sie ruhig.

„Natürlich, es ist ja schon schmutzfarben.“

„Ganz genau.“

Emeline betrachtete ihre Freundin prüfend. „Mit deinem schönen blonden Haar …“

„Aschblond“, berichtigte sie Melisande. „Passend zum Kleid.“

„Nein, es ist blond“, beharrte Emeline. „Nur eben sehr dezent.“

„Aschblondes Haar, aschgraue Augen, aschfahle Haut …“

„Deine Haut ist nicht aschfahl“, wies Emeline sie streng zurecht und hätte sich treten können, als sie ihren Fauxpas bemerkte. Es hatte keineswegs so klingen sollen, als wäre der Rest ihrer Freundin tatsächlich aschfarben.

Melisande bedachte sie mit spöttischem Blick.

„Wenn du nur lebhaftere Farben tragen würdest“, schickte Emeline rasch hinterher. „Ein schönes tiefdunkles Pflaumenblau zum Beispiel. Oder ein sattes Dunkelrot. In Purpur würde ich dich gern mal sehen.“

„Darauf kannst du lange warten“, beschied ihre Freundin. „Aber du hast mir eben von deinem neuen Nachbarn erzählen wollen.“

„Er ist impertinent.“

„Das sagtest du bereits.“

Emeline überhörte es geflissentlich. „Und ich wüsste wirklich gern, was er nachts so treibt.“

Melisande hob kaum merklich eine Braue.

„Das habe ich nicht gemeint!“, schnaubte Emeline und knuffte ein Kissen.

„Das beruhigt mich“, erwiderte Melisande. „Doch frage

ich mich, was wohl Lord Vale von diesem mysteriösen Fremden aus den Kolonien halten würde."

Emeline starrte sie an. „Jasper hat überhaupt nichts mit Mr Hartley zu tun."

„Bist du dir da sicher? Würde er deinen Umgang mit diesem Mann gutheißen?"

Emeline krauste die Nase. „Ich will jetzt nicht über Jasper reden."

„Ich muss schon sagen, dass ich Lord Vales halber höchst entrüstet bin", kam es leidenschaftslos von Melisande, während sie einen Löffel Zucker in ihrem Tee versenkte.

„Jasper wäre sicher geschmeichelt, wenn er es wüsste." Emeline ließ sich auf der Kante eines schönen, mit Goldsamt bespannten Stuhls nieder. Ihre Gedanken kehrten von Lord Vale sogleich zu ihrem Ausgangsthema zurück. „Ich frage nur deshalb, weil ich Mr Hartley gestern Abend zu recht später Stunde begegnet bin. Ich kehrte von Emily Turners Soirée zurück – du hattest übrigens recht, ich hätte gar nicht erst hingehen sollen ..."

„Habe ich dir ja gesagt."

„Ja, hast du! Und habe ich dir gerade recht gegeben oder nicht?" Emeline wippte ungehalten auf ihrem Stuhl. Melisande konnte bisweilen so besserwisserisch sein! „Egal. Also, ich habe ihn gestern Abend gesehen, wie er in höchst verdächtiger Manier in einer dunklen Gasse herumlungerte."

„Vielleicht verdient er sich seinen Lebensunterhalt als Straßenräuber", schlug Melisande vor und nahm den Teller mit Naschwerk in Augenschein, der dankenswerterweise zum Tee gereicht worden war.

Emeline runzelte irritiert die Stirn. Manchmal wusste sie wirklich nicht, ob ihre Freundin scherzte oder nicht. „Davon gehe ich nicht aus."

„Das beruhigt mich", sagte Melisande und nahm sich ein kleines blassgelbes Törtchen.

„Wenngleich er sich nahezu lautlos an einen heranschleichen kann“, überlegte Emeline laut. „Was für einen Taschendieb gewiss sehr hilfreich wäre.“

Da Melisande mittlerweile das Törtchen im Mund hatte, hob sie nur die Brauen.

„Aber nein. Nein, das glaube ich nicht.“ Entschieden schüttelte Emeline den Kopf. „Unsinn. Mr Hartley ist kein Straßendieb. Womit wir wieder bei der Frage wären, was er zu so später Stunde noch draußen getrieben hat.“

Melisande schluckte die Reste des Törtchens hinunter. „Die Vermutung liegt nahe, dass er ein Stelldichein hatte.“

„Nein.“

„Nein?“

„Nein.“ Emeline wusste selbst nicht, warum die Vermutung ihrer Freundin sie so aufbrachte. Wie Melisande ganz richtig meinte, lag dieser Gedanke nahe. Emeline holte tief Luft. „Ich habe ihn gefragt, und er hat ganz offen erwidert, dass er nicht bei einer Dame war.“

Melisande räusperte sich. „Du hast einen Gentleman gefragt, ob er von einem Stelldichein käme?“

Emeline errötete verlegen. „Du drehst einem immer das Wort im Mund herum.“

„Ich habe nur wiederholt, was du gesagt hast.“

„Nein, so war es nicht. Ich habe ihn lediglich gefragt, was er so spät draußen mache, und er hat geantwortet, was ich eben gesagt habe. Es war alles sehr schicklich.“

„Kam dir gar nicht der Gedanke, dass er es dir niemals ins Gesicht sagen würde, wenn dem so gewesen wäre?“

„Er hat mich nicht angelogen.“ Emeline war sich bewusst, dass sie sich zu sehr echauffierte. Ihre Wangen und ihr Hals glühten. „Nein, das hat er nicht.“

Melisande betrachtete sie mit plötzlich müdem Blick. Männer waren der wunde Punkt ihrer Freundin. Melisande war nahezu achtundzwanzig und hatte trotz ihrer respektablen Mitgift nie geheiratet. Einmal, das war nun fast zehn Jahre her, war sie verlobt gewesen – mit einem jungen Adeligen, den Emeline nie sonderlich gemocht hatte. Ihre Abneigung hatte sich als wohlbegründet erwiesen, als der Schuft Melisande für eine flotte Witwe von Stand hatte sitzen lassen. Seitdem betrachtete ihre Freundin Männer im Allgemeinen mit überaus zynischem Blick.

Dennoch nahm Melisande nun Emelines törichte Überzeugung, dass ein Gentleman, den sie kaum kannte, ihr die Wahrheit über sein Privatleben offenbaren würde, mit einem gelassenen Nicken hin.

Emeline lächelte dankbar. Braunes Sackleinen hin oder her: Melisande war doch die beste Freundin, die man sich nur wünschen konnte.

„Nun, wenn er nicht von einem Stelldichein kam", meinte Melisande nachdenklich, „dann vielleicht aus einer Spielhölle. Hast du ihn nicht gefragt, wo er war?"

„Er wollte es mir nicht sagen. Und ich kann mir nicht vorstellen, dass es etwas so Gewöhnliches wie eine Spielhölle war."

„Interessant", fand Melisande und blickte sinnend aus dem Fenster. Der kleine Salon lag im rückwärtigen Teil des Hauses und ging auf den Garten hinaus. „Was hält deine Tante denn von ihm?"

„Du kennst sie doch." Emeline krauste die Nase. „Sie sorgt sich vor allem darum, dass seine Schwester keine Schuhe tragen könnte."

„Trägt sie denn Schuhe?"

„Natürlich."

„Wie beruhigend", murmelte Melisande. „Sag mal, ist dein Mr Hartley zufällig ein hochgewachsener Gentleman mit wunderschönem braunem Haar, das er ungepudert und zu einem Zopf gebunden trägt?"

„Ja." Emeline stand auf und trat ans Fenster. „Warum?"

„Weil ich glaube, dass er sich sehr gentlemanlike in seinem Garten vergnügt."

Emeline schaute aus dem Fenster und verspürte ein seltsam

nervöses Flattern im Bauch, als sie Mr Hartley auf der anderen Seite der Mauer entdeckte, die ihrer beider Gärten trennte. Er hantierte mit einem langläufigen Gewehr herum.

Just in diesem Augenblick kam eine kleine Gestalt aus Emelines Haus den Gartenweg hinabgeschossen, etwas gemächlicher gefolgt von einem schmächtigen Mann. Daniel auf seinem Morgenspaziergang mit Mr Smythe-Jones.

„Was er wohl mit diesem imponierenden Gewehr vorhat?“, fragte Melisande müßig.

Mr Hartley spähte mit einem Auge in den Lauf, was so gefährlich aussah, dass sie kaum hinschauen mochte.

„Wer weiß“, murmelte Emeline und schaute natürlich trotzdem hin. Am liebsten wäre sie ihre liebe Freundin ganz schnell losgeworden und unter irgendeinem Vorwand in den Garten gelaufen. Wie schändlich! „Gewiss etwas sehr Gentlemanlikes, wie du schon sagtest.“

„Mmmm“, machte Melisande. „Und Daniel so bedenklich nah.“ Belustigt schaute sie über den Rand ihrer Tasse. „Eine besorgte Mama sollte gewiss mal nachsehen, was ihr Nachbar da so treibt.“

Sam war sich der Gegenwart des Jungen bewusst, ehe er ihn sah. Die Mauer zwischen den beiden Grundstücken war zwar über mannshoch, doch der Junge war nicht zu überhören – hüpfende Schritte im trockenen Laub, eine atemlose Aufforderung, „sich das mal anzuschauen“, und schließlich das Scharren von Schuhsohlen auf borkiger Rinde, als er den Baum hinaufkletterte. Danach war nur noch der schwere Atem des Jungen zu hören, der ihm aus luftiger Höhe bei der Arbeit zusah.

Sam saß direkt an der Mauer auf einer marmornen Bank und hatte sich sein Kentucky-Gewehr über die Knie gelegt. Er suchte ein Stück Draht aus seiner Tasche, fädelte es in das Zündloch und zog es hin und her, um auch noch den letzten Rest von Rost zu lösen. Dann blies er einmal kurz hinein und spähte wieder durch den Lauf.

Der Junge hielt es nicht länger aus. „Was machen Sie da?"

„Mein Gewehr reinigen", erwiderte Sam, ohne aufzuschauen. Manchmal war ein Tier weniger scheu, wenn es den Jäger nicht auf seiner Fährte glaubte.

„Ich habe auch ein Gewehr." Das Laub raschelte, als der Junge etwas näher heranklетterte.

„Ja?"

„Hat meinem Onkel Reynaud gehört."

„Mmmm." Sam stand auf, stellte das Gewehr mit dem Schaft auf den Boden und zog den Ladestock heraus.

„M'man hat mir aber verboten, es anzufassen."

„Ah."

„Darf ich Ihnen helfen, Ihr Gewehr zu putzen?"

Nun hielt Sam doch inne und sah blinzelnd zu dem Jungen hinauf. Einen halben Meter über ihm lag Daniel bäuchlings auf einem Ast und ließ Arme und Beine baumeln. Auf der Wange hatte er einen Kratzer, auf seinem weißen Hemd einen Schmutzstriemen. Das blonde Haar hing ihm in die Stirn, und seine blauen Augen funkelten aufgeregt.

Sam seufzte. „Wäre deine Mutter denn damit einverstanden?"

„Bestimmt nicht", meinte der Junge und schob sich etwas weiter auf dem Ast vor, näher an Sams Garten heran.

„Pass auf." Sam legte sein Gewehr beiseite und stellte sich unter den Jungen, damit er ihn auffangen konnte, falls er fiel. „Und was ist mit deinem Lehrer?"

Daniel reckte den Hals und spähte zurück. „Er sitzt auf der Bank in der Rosenlaube. Da schläft er immer ein, wenn wir spazieren gehen." Er robbte weiter vor.

„Bleib, wo du bist", warnte ihn Sam.

Der Junge erstarrte und riss die Augen weit auf.

„Hier vorn kann der Ast dein Gewicht nicht mehr tragen. Lass deine Beine runterhängen, dann helfe ich dir runter."

Daniel grinste sichtlich erleichtert, ließ die Beine an einer

Seite herabbaumeln und hielt sich mit den Armen fest. Sam fasste den Jungen um die Taille und setzte ihn sanft auf dem Boden ab.

Sofort lief Daniel zum Gewehr. Sam ließ ihn nicht aus den Augen, aber der Junge rührte nichts an, sondern schaute sich alles nur ganz genau an.

Leise pfiff er durch die Zähne. „Alle Achtung, so ein großes Gewehr habe ich noch nie gesehen."

Sam musste lächeln und hockte sich neben den Jungen. „Es ist ein Kentucky-Gewehr. Die Siedler drüben in Pennsylvania verteidigen damit ihre Grenzen."

Fragend schaute Daniel Sam an. „Aber warum ist es so lang? Ist das nicht furchtbar unpraktisch beim Halten?"

„Nein, eigentlich nicht. Es ist nicht besonders schwer." Sam nahm das Gewehr zur Hand und schaute den Lauf hinab. „Mit einem langen Lauf kann man besser zielen und genauer treffen. Hier, sieh selbst."

Eifrig stellte Daniel sich neben Sam, der das Gewehr für ihn hielt. „Potz Blitz", flüsterte der Junge ehrfürchtig, als er ein Auge fest zukniff und mit dem anderen den Lauf hinabspähte. Der Mund stand ihm offen. „Darf ich mal damit schießen?", fragte er aufgeregt.

„Nicht hier", erwiderte Sam und ließ das Gewehr sinken. „Aber wenn du auf die Bank springst, kannst du mir helfen."

Im Nu war der Junge auf die Bank geklettert.

„Da, nimm das." Sam reichte ihm einen Lappen. „Und jetzt halte das Gewehr damit ganz ruhig, und lass es nicht fallen. Das Wasser ist sehr heiß. Fertig?"

Mit beiden Händen hielt der Junge den Lauf fest, darunter den Lappen, um sich nicht am heißen Metall zu verbrennen. Seine Stirn legte sich in angestrengte Falten. „Fertig."

Sam hob einen dampfenden Kessel vom Boden hoch und goss einen schmalen Strahl kochend heißen Wassers in den Lauf. Schmutzschwarzes Wasser blubberte am anderen Ende aus dem Zündloch.

„Potz Blitz“, staunte Daniel.

Sam schaute kurz zu ihm auf und lächelte. „Halt es noch einen Moment fest.“ Er stellte den Kessel ab, nahm sich den Ladestock und wickelte ein Stück Tuch darum. Dann schob er den Ladestock in den Lauf. „Willst du das machen?“, fragte er.

„Ob ich das machen will?“ Der Junge grinste ihn an, und Sam dachte bei sich, dass er die blonden Locken zwar vom Vater haben musste, doch wenn er lächelte, ähnelte er ganz seiner Mutter.

„Dann los.“

Sam hielt den Lauf fest, während der Junge mit dem Ladestock hantierte.

„Ja, gut. Stoß ihn ein paarmal kräftig rein. Wir wollen auch noch die letzten Pulverreste rausbekommen.“

„Warum?“, fragte der Junge und runzelte angestrengt die Stirn, während er sich mit dem Ladestock abmühte.

„Weil auf eine schmutzige Waffe kein Verlass ist.“ Sam schaute gewissenhaft zu, wie Daniel seine Sache erstaunlich gut machte. „Sie könnte nicht zünden, wenn man sie braucht. Oder versehentlich zünden und einem die Nase abschießen. Weshalb man sein Gewehr immer schön sauber halten sollte.“

„Mmmm“, schnaufte der Junge. „Was schießen Sie denn so damit? Adler?“

„Nein, für Vögel ist es zu groß – selbst für große Raubvögel wie Adler. In den Wäldern jagt man damit Wild, vor allem Hirsche, aber so ein Kentucky ist auch ganz praktisch, wenn man zufällig einem Bären oder einem Berglöwen begegnet.“

Der Junge staunte. „Haben Sie schon mal einen echten Berglöwen gesehen?“

„Erst ein Mal. Ich bog ganz arglos in einen Pfad ein, und da stand auf einmal einer vor mir – ein ausgewachsener Puma, mitten auf dem Weg.“

Daniel hielt gespannt inne. „Und dann? Haben Sie ihn erschossen?“

Sam schüttelte den Kopf. „Kaum dass er mich sah, ist er geflüchtet."

„Oh", meinte Daniel und schien ein wenig enttäuscht.

„Du machst das gut", sagte Sam und deutete auf das Gewehr. „Und jetzt gießen wir noch mal frisches Wasser nach."

Daniel richtete seinen Blick konzentriert auf das Gewehr und nickte ernst.

Sam zog den Ladestock mitsamt dem nun pechschwarzen Tuch aus dem Lauf, hob erneut den Kessel vom Boden und sah den Jungen fragend an. „Fertig?"

Daniel schnappte sich wieder den Lappen und umfasste damit den Lauf. „Fertig."

Diesmal blubberte das Wasser grau aus dem Zündloch.

„Wie oft müssen wir noch Wasser reinschütten?", wollte der Junge wissen.

„Bis es ganz klar und sauber ist." Sam reichte dem Jungen den Ladestock mit einem frischen Tuch darum. „Es ist ganz wichtig, immer kochend heißes Wasser zu benutzen, damit der Lauf gut trocknet und nicht rostet."

Daniel nickte aufmerksam und schob den Ladestock wieder in den Lauf.

Fast musste Sam lachen. Was für ihn eine eher erholsame Arbeit war, verlangte dem Jungen einiges an Anstrengung ab, doch er beschwerte sich mit keinem Wort. Während Daniel nun mit aller Kraft den Ladestock handhabte, gewahrte Sam auf der anderen Seite der Mauer ein leises Rascheln. Ein schwacher Hauch von Zitronenmelisse wehte herüber. Er brauchte nicht aufzusehen, um zu wissen, wer da drüben war. Sein ganzer Körper spannte sich in Erwartung auf den Moment, wenn sie sich bemerkbar machen würde.

„Wie oft noch?", fragte Daniel außer Atem.

„Das sollte reichen." Sam half ihm, den Ladestock herauszuziehen.

Beeindruckt schaute Daniel zu, wie routiniert jeder seiner Griffe war. „Haben Sie auch mal im Krieg gekämpft?"

Sam zögerte kurz, ehe er das schmutzige Tuch abwickelte. „Ich habe in den Kolonien gegen die Franzosen gekämpft. Fertig?"

Der Junge nickte. „In dem Krieg war mein Onkel Reynaud auch."

„Ich weiß." Schweigend goss Sam dampfendes Wasser in den Lauf.

„Haben Sie im Krieg jemanden getötet?"

Sam schaute den Jungen an, der den Blick indes gebannt auf das aus dem Zündloch rinnende Wasser gerichtet hatte. Wahrscheinlich war die Frage ganz beiläufig gemeint gewesen. „Ja."

„Jetzt ist das Wasser sauber."

„Gut. Dann noch trocknen." Sam wickelte ein frisches Tuch um den Stock und gab ihn Daniel.

Der machte sich unermüdlich an die Arbeit. „Haben Sie ihn mit diesem Gewehr erschossen?"

Auf der anderen Seite der Mauer hatte es längst zu rascheln aufgehört. Möglich, dass sie davongegangen war, aber Sam glaubte es nicht. Sein Gefühl sagte ihm, dass Lady Emeline noch immer dort drüben stand und jetzt gespannt den Atem anhielt, während sie auf seine Antwort wartete.

Er seufzte. „Ja. Bei der Schlacht von Quebec, als wir die Stadt erobert haben. Ein französischer Soldat kam auf mich zugerannt – ein Bajonett auf den Lauf seines Gewehrs gesteckt. Es klebte schon Blut daran."

Daniel hielt inne und sah Sam gespannt an.

Sam wich seinem Blick nicht aus. „Also habe ich ihn erschossen."

„Oh", hauchte der Junge.

„Wenn du fertig bist, ölen wir noch den Lauf."

„Daniel", kam Lady Emelines Stimme von der anderen Seite der Mauer.

Fast hätte Sam das Öl verschüttet, das er auf ein frisches Tuch goss. Was sie wohl von seiner Geschichte gehalten hatte?

Rühmlich, wie so viele es von Geschichten aus dem Krieg erwarteten, war sie nicht gerade. Aber wahrscheinlich war ihr ohnehin schon zu Ohren gekommen, was man sich über ihn erzählte. Ob sie ihn wegen Spinner's Falls auch für einen Feigling hielt?

Daniel drehte sich um. „M'man, schau mal! Mr Hartley hat das längste Gewehr der Welt, und ich darf ihm helfen, es zu putzen."

„Das sehe ich." Lady Emelines Kopf tauchte über der Gartenmauer auf. Sie musste auf eine Bank gestiegen sein, die auf der anderen Seite stand. Bislang vermied sie es, ihn anzusehen.

Sam wischte sich die Finger an einem sauberen Lappen ab. „Mylady." Vielleicht hatte sie abgestoßen, was er erzählt hatte.

Sie räusperte sich. „Ich wüsste allerdings nicht, wie ich mir dieses sagenhafte Gewehr anschauen sollte. In der Mauer ist kein Durchgang."

„Kletter doch rüber", sagte Daniel. „Ich helfe dir."

„Hmmm", machte Lady Emeline und musterte erst prüfend ihren Sohn, dann die Mauer. „Ich glaube nicht, dass ..."

„Wenn du gestattest?", erbat Sam mit ernster Miene Daniels Erlaubnis.

Der Junge nickte.

Er wandte sich wieder Lady Emeline zu, die ihn nun mit unergründlichem Blick bedachte. „Können Sie noch etwas höher klettern?"

„Natürlich." Sie schaute an ihrer Seite der Mauer hinab und stieg nach kurzem Zögern auf etwas, sodass sie nun bis zur Taille zu sehen war.

Sam hob die Brauen und stieg nach kurzem Zögern auf die Bank auf seiner Seite. Neugierig schaute er über die Mauer. Lady Emeline balancierte sehr adrett auf einem Ast. Er musste sich ein Lächeln verkneifen und streckte beide Arme nach ihr aus. Als er ihr seine Hände um die Taille legte, riss sie die Augen weit auf. Ihm stockte der Atem. „Bereit?", fragte er, als er sich wieder gefasst hatte.

Sie nickte hastig.

In einem Schwung hob er sie über die Mauer. Die alte Wunde an seiner Seite schmerzte, als seine Muskeln sich unter ihrem Gewicht spannten, doch er ließ sich sein Unbehagen nicht anmerken. Langsam ließ er sie dicht an sich herunter. Er nutzte die Situation ganz schändlich aus, doch zu verlockend war es, ihre Wärme zu spüren und sich an dem feinen Duft von Zitronenmelisse zu erfreuen. Während er sie kurz auf Augenhöhe hielt, begegnete ihr Blick dem seinen. Ihre Lider waren schwer, ihre Wangen gerötet. Auch meinte er, dass ihr Atem, den er auf seinen Lippen spürte, rascher ging. Schließlich ließ er sie herab.

Sie senkte den Kopf und machte sich angelegentlich an ihren Röcken zu schaffen. „Ich danke Ihnen, Mr Hartley." Ihre Stimme klang dunkel und fremd.

„Es war mir ein Vergnügen, Mylady."

Wie gut, dass er dabei keine Miene verzog, denn jäh sah sie auf und schaute ihn scharf an. Sie errötete noch tiefer und biss sich auf die Lippen. Während er sie so betrachtete, überlegte er müßig, wie es sich wohl anfühlte, diese kleinen scharfen Zähne auf seiner bloßen Haut zu spüren. Reizbar wie sie war, konnte er sich gut vorstellen, dass sie gerne mal zubiss.

„Schau mal, M'man", wiederholte Daniel ungeduldig.

Lady Emeline ging zu dem Gewehr hinüber und sah es sich an. „Gewiss ein schönes Stück."

„Möchten Sie uns helfen, es zu ölen?", fragte Sam unschuldig.

Sie warf ihm einen warnenden Blick zu. „Ich glaube, ich würde lieber zuschauen."

„Wie Sie wünschen." Sam hob den öligen Lappen auf und wickelte ihn um den Ladestock. „Hier, stoß ihn wieder tief rein, und dreh ihn ein paarmal kräftig hin und her, Danny. Der Lauf muss gründlich geölt sein, damit er nicht rostet."

„Ja, Sir." Daniel nahm den Stock entgegen und tat, wie ihm geheißen, wobei seine Stirn sich in konzentrierte Falten legte.

Sam gab Öl auf einen weiteren Lappen und begann den Lauf von außen zu polieren. „Meine Schwester ließ mich wissen, dass Sie uns morgen Abend auf einen Ball begleiten werden, Mylady.“

Aus dem Augenwinkel sah er sie nicken. „Die Soirée der Westertons. Einer der Höhepunkte der Saison. Es bedurfte einigen Geschicks, für Sie beide eine Einladung zu bekommen. Glücklicherweise umgibt Sie noch der Glanz des Neuen, Mr Hartley. Einige der gefragtesten Gastgeberinnen haben schon allein deswegen Interesse an Ihnen bekundet.“

Das überhörte Sam geflissentlich. „Ist Rebecca denn Ihrer Einschätzung nach für einen solch großen Ball schon bereit?“

„Aber natürlich.“ Sie beugte sich vor und begutachtete den nun blank schimmernden Gewehrlauf. Daniel war noch immer mit dem Ladestock beschäftigt. „Aber eine etwas intimere Veranstaltung“, fügte sie spitz hinzu, „wäre für ihren ersten Auftritt in der Londoner Gesellschaft gewiss besser geeignet.“

Sam schwieg. Er konzentrierte sich auf den Messingbeschlag des Gewehrkolbens und versuchte, sich nicht von den Schuldgefühlen irritieren zu lassen, die ihn auf einmal befielen.

„Rebecca meinte, dass Sie auf diesem Ball bestanden hätten.“ Ihre sattrosa Röcke streiften sein Knie. „Ich wüsste zu gern, warum.“

Emeline entging nicht, wie Mr Hartleys Nacken sich verspannte. Er kniete zu ihren Füßen, den Kopf gesenkt, und polierte mit einem weichen Tuch sein spektakuläres Gewehr. Der Lauf war tatsächlich ziemlich lang, doch so schmal, dass die Waffe dennoch leicht und handlich wirkte. Der Schaft war aus blassem Astholz, dessen Maserung sich elegant über den Kolben zog. Sie verzog spöttisch die Lippen. Nur ein Mann konnte so viel Sorgfalt an eine Waffe verschwenden. Der Kolben war mit einer blank polierten, filigran gestanzten Messingplatte beschlagen. Gegen das weiße Tuch hoben Mr Hartleys Hände sich besonders groß und dunkel ab, aber seine Bewegungen waren voller Anmut, fast liebevoll.

Sie sah beiseite. Ein Gefühl äußerster Gereiztheit – eine geradezu körperliche Irritation, wie ein Jucken auf der Haut – hatte sich ihrer von dem Augenblick an bemächtigt, da sie seine Stimme gehört hatte. Und ihn über die Mauer hinweg zu beobachten hatte diese Irritation nur noch gesteigert. Er hatte Rock und Weste abgelegt, was sich selbst in der Abgeschiedenheit des eigenen Gartens nicht schickte. Gentlemen entledigten sich nie, aber wirklich *nie* ihrer Kleidung, es sei denn, die Umstände erzwangen dies. Und Emeline wagte zu bezweifeln, dass man dies in der amerikanischen Wildnis anders handhabte.

Nun arbeitete er also in Hemdsärmeln. Das tadellos gestärkte Linnen hob sich blendend weiß von seiner gebräunten Haut ab. Die Ärmel hatte er hochgekrempelt, sodass die dunklen Haare auf seinen Unterarmen zu sehen waren. Emeline wusste, dass sie geradezu lächerlich empfindlich war, aber sie konnte nicht anders, als sich dieser Unterarme schockierend deutlich bewusst zu sein. Wie gern würde sie seinen Arm berühren, wie gern würde sie mit dem Finger über diesen schlanken Muskel fahren, wie gern würde sie spüren, wie die dunklen Haare über ihre Haut strichen …

Zum Teufel mit ihm!

„Hatten Sie einen bestimmten Grund, sich die Soirée der Westertons auszusuchen?“, fragte sie in einem Ton, der sogar in ihren eigenen Ohren zänkisch klang.

„Nein.“ Noch immer schaute er nicht auf. Sein Zopf hing ihm über die Schulter, als er sich vorbeugte, um eine andere Stelle seines Gewehrs auf Hochglanz zu polieren. Auch das fand sie unglaublich enervierend. Konnte er nicht endlich von diesem Gewehr ablassen? Die Sonne schien auf sein dunkles Haar und ließ einzelne hellbraune Strähnen aufschimmern.

Emeline betrachtete ihn argwöhnisch. Er ließ sich nichts anmerken, aber sie wusste genau, dass er log.

„Das reicht“, sagte Mr Hartley, und im ersten Moment

glaubte sie, er spreche mit ihr.

Doch ehe sie sich echauffieren konnte, richtete Daniel sich strahlend auf. „Ist es jetzt sauber genug?“

„Blitzblank“, sagte der Mann aus den Kolonien und besaß die Dreistigkeit, so geschickt aufzustehen, dass er sie dabei beinah berührte.

Emeline widerstand dem Impuls zurückzuweichen. Das könnte ihm gerade so passen. Aber wie groß er war! Es war ausgesprochen unhöflich von ihm, sich derart vor ihr aufzubauen.

„Darf ich es jetzt ausprobieren?“, fragte Daniel.

Sie wollte gerade den Mund aufmachen und ein entschiedenes *Nein!* von sich geben, aber Mr Hartley kam ihr zuvor. „Das ist nicht der richtige Ort, um ein Gewehr abzufeuern. Stell dir nur mal vor, was – oder wen – wir hier alles treffen könnten.“

Schmollend schob ihr Sohn die Unterlippe vor. „Aber …“

„Daniel“, wies Emeline ihn zurecht. „Du solltest Mr Hartley nicht bedrängen, nachdem er schon so freundlich war, dich beim Reinigen seines Gewehrs helfen zu lassen.“

Mr Hartley runzelte die Stirn, als missfalle ihm, was sie sagte. „Es war mir ein Vergnügen, Dannys Hilfe …“

„Sein Name ist Daniel.“ Die Worte waren heraus, ehe sie sich mäßigen konnte. Ihr Ton war zu scharf, sie wusste es wohl.

Er starrte sie an und verzog kaum merklich den Mund.

Sie erwiderte seinen Blick ungerührt und reckte das Kinn.

„Daniel hat gute Arbeit geleistet“, sagte er schließlich. „Es stört mich nicht, dass er hier ist.“

Ihr Sohn strahlte, als hätte er ein ganz außerordentliches Lob bekommen. Wahrscheinlich sollte sie dankbar sein, dass Mr Hartley so nett und freundlich war und wusste, wie man zu kleinen Jungen sprach. Doch statt sich darüber zu freuen, reizte es sie nur noch mehr.

Mr Hartley grinste Daniel an und bückte sich dann, um seine Putzlappen und das Ölkännchen aufzuheben. „Morgen Vormittag sind Sie wahrscheinlich mit Vorbereitungen für den Ball beschäftigt?“

Emeline blinzelte irritiert angesichts dieses abrupten Themenwechsels. „Nein, warum sollte ich? Würde ich den Ball geben, dann gewiss, aber ich besuche ihn ja nur.“

„Gut.“ Als er aufsah, funkelten seine braunen Augen vergnügt, und Emeline erkannte, dass sie geradewegs in eine Falle getappt war. „Dann können Sie mich ja zu Mr Wedgwood begleiten. Ich wüsste es zu schätzen, wenn eine Frau kurz ein Auge auf sein Sortiment wirft, ehe ich bestelle.“

Gerade wollte sie etwas erwidern, was sie gewiss später bereuen würde, doch Mr Smythe-Jones ersparte ihr diese Verlegenheit.

„Mylord? Lord Eddings?“, kam seine Stimme von jenseits der Mauer.

Daniel zog den Kopf zwischen die Schultern und flüsterte: „Nicht sagen, dass ich hier bin!“

Emeline hob die Brauen. „Unsinn. Du gehst jetzt sofort zu deinem Lehrer, Daniel.“

„Aber …“

„Tu lieber, was deine Mutter sagt“, unterbrach Mr Hartley ihn ruhig.

Wundersamerweise widersprach ihr Sohn nicht. Ganz im Gegenteil. „Jawohl, Sir“, sagte er, trat an die Mauer und rief hinüber: „Hier bin ich.“

Wieder ließ sich schwach die Stimme des Lehrers vernehmen: „Was, um alles in der Welt, machen Sie denn dort drüben? Kommen Sie sofort da runter, Lord Eddings!“

„Ich …“

Mr Hartley sprang neben ihm auf die Marmorbank, die an der Mauer stand. Erstaunlich, dass ein so stattlicher Mann sich so leicht und wendig bewegen konnte. „Danny hat mir einen Besuch abgestattet, Mr Smythe-Jones. Ich hoffe, Sie hatten nichts dagegen.“

Von der anderen Seite der Mauer kam verdutztes Gebrummel.

„Komm schon, Danny." Mr Hartley machte mit den Händen eine Trittleiter. „Ich helfe dir hinauf."

„Danke!", rief Daniel, stieg darauf und ließ sich von Mr Hartley hochheben. Dann kletterte er auf die Mauer und von da auf den Ast des Apfelbaums, der über die Mauer ragte. Im nächsten Augenblick war er auf der anderen Seite verschwunden.

Emeline hielt den Blick auf ihre Schuhspitzen gerichtet, als sie hörte, wie der Lehrer ihren Sohn tadelte und sich schließlich mit ihm Richtung Haus entfernte. Gedankenverloren drehte sie eines der Bänder ihres Rockes zwischen den Fingern. Schließlich sah sie wieder auf.

Mr Hartley betrachtete sie von der Höhe der Bank herab. Leichtfüßig sprang er hinunter und landete direkt vor ihr – mal wieder etwas zu nah. Seine kaffeebraunen Augen waren eindringlich auf sie gerichtet. „Warum soll ich Ihren Sohn nicht Danny nennen?"

Sie spitzte die Lippen. „Weil sein Name Daniel ist."

„Und Danny ist die Kurzform von Daniel."

„Er ist ein Baron. Eines Tages wird er einen Sitz im Oberhaus haben." Das Band schnitt ihr in die Finger. „Er braucht keinen Spitznamen."

„Brauchen vielleicht nicht." Er kam noch näher, sodass sie zu ihm aufsehen musste, wollte sie ihm in die Augen schauen. „Aber was ist denn dabei, wenn ein kleiner Junge einen Spitznamen hat?"

Sie holte tief Luft, wobei sie feststellte, dass sie ihn *riechen* konnte – eine Mischung aus Schießpulver, Linnenstärke und Waffenöl. Der Geruch hätte sie abstoßen sollen, doch stattdessen fand sie ihn seltsam … angenehm. Geradezu erregend. Wie furchtbar.

„Es ist der Name seines Vaters", stieß sie hervor. Das Band zwischen ihren Fingern riss.

Ganz still stand er da, doch sein stattlicher Körper war so gespannt, als setze er zum Sprung an. „Ihr Mann?"

„Ja."

„Der Name erinnert Sie an ihn."

„Ja. Nein." Sie winkte ab. „Ich weiß es nicht."

Er begann, sie lauernd zu umkreisen. „Sie vermissen ihn. Ihren Mann."

Sie zuckte nur die Achseln und widerstand dem Impuls, sich umzudrehen, damit sie ihn anschauen konnte. „Wir waren sechs Jahre verheiratet. Es wäre seltsam, wenn ich ihn nicht vermissen würde, meinen Sie nicht?"

„Es ist keineswegs selbstverständlich, dass Sie ihn vermissen. Und ihn noch immer vermissen." Er stand nun hinter ihr und sprach über ihre Schulter. Sie meinte, seinen Atem an ihrem Ohr zu spüren.

„Was meinen Sie damit?"

„Haben Sie ihn geliebt?"

„Liebe wird bei einer Hochzeit in unseren Kreisen nicht in Betracht gezogen."

„Nein? Dann vermissen Sie ihn also nicht."

Sie schloss die Augen und erinnerte sich an lachende blaue Augen, die sie neckten. An weiche blasse Hände, die so sanft gewesen waren. Eine Tenorstimme, die ohne Unterlass von Hunden, Pferden und Phaetons redete. Und dann erinnerte sie sich an dieses schrecklich bleiche Gesicht, wie es so unnatürlich starr, all seines Frohsinns beraubt auf dem schwarzen Satin des Sarges gebettet lag. Sie wollte diese Erinnerungen nicht. Sie taten zu weh.

„Nein." Blicklos wandte sie sich zum Haus und überlegte, wie sie schnellstmöglich diesem viel zu beengten Garten und diesem Mann, der ihr so dreist nachstellte, entkommen könnte. „Nein, ich vermisse meinen Gemahl nicht."

6. KAPITEL

Da schau einer an! Natürlich war der König seinem neuen Leibwächter sehr dankbar, der ihm mit einem Streich das Leben gerettet hatte. Eisenherz wurde als Held gefeiert und umgehend zum Hauptmann der königlichen Garde ernannt. Doch obwohl alle den Namen des vortrefflichen Gardisten wissen wollten, sprach er weiterhin kein Wort. Diese beharrliche Weigerung zu sprechen, verdross den König, der es gewohnt war, alles nach seinem Willen zu haben. Aber auch diese kleine Verstimmung sollte bald vergessen sein. Als nämlich der König eines schönen Tages ausritt, verspürte ein böser Zwerg Lust auf ein königliches Mittagsmahl. Klirr! Knall! Bumm! Und wieder war es Eisenherz, der vorpreschte und des Zwerges Kopf von dessen Körper trennte …
Eisenherz

Emeline wachte auf, als die Vorhänge ihres Betts zurückgezogen wurden. Verschlafen blinzelnd blickte sie in das Gesicht ihrer Dienerin Harris. Harris war eine Frau von gut fünfzig Jahren, mit unerschütterlicher Miene und einer große Knollennase, die ihre ansonsten eher zarten Züge dominierte. Emeline kannte viele Damen, die darüber klagten, dass ihre Zofen ihre Zeit mit eitlem Tratsch vertaten und der männlichen Dienerschaft schöne Augen machten.

Nicht so Harris.

„Ein Mr Hartley wartet unten auf Sie, Mylady“, sagte Harris mit steinerner Miene.

Verschlafen schaute Emeline zum Fenster hinüber. Das Morgenlicht schien noch recht fahl. „Wie bitte?“

„Er sagt, er sei mit Ihnen verabredet und werde nicht eher gehen, bis er Sie gesprochen habe.“

Sie setzte sich auf. „Wie spät ist es?“

Harris spitzte die Lippen. „Viertel vor acht, Mylady.“

„Du liebe Güte. Was ist jetzt nur wieder in ihn gefahren?" Emeline warf die Bettdecke zurück und suchte nach ihren Pantoletten. „Er muss verrückt geworden sein. Niemand macht um acht Uhr morgens Besuche."

„Ja, Mylady." Harris bückte sich, um ihr mit den Schuhen behilflich zu sein.

„Nicht mal um neun", murmelte Emeline und steckte die Arme in den Morgenmantel, den Harris ihr hinhielt. „Eigentlich ist alles vor elf anrüchig, und ich persönlich würde niemals vor zwei meine Aufwartung machen. Verrückt. Absolut verrückt."

„Ja, Mylady."

Emeline wurde eines unmelodischen Pfeifens gewahr. „Was ist das für ein Lärm?"

„Mr Hartley, der unten in der Halle pfeift, Mylady", erwiderte Harris.

Einen Moment lang starrte Emeline ihre Dienerin an. Sie war sprachlos. Das Pfeifen fand seinen Höhepunkt mit einem unaussprechlich verfehlten Ton. Emeline eilte aus ihrem Zimmer, marschierte den Korridor hinab und beugte sich über die Brüstung der Galerie, von der aus man die große Halle überblicken konnte. Mr Hartley stand mit dem Rücken zu ihr, seinen Dreispitz in der Hand, die Hände auf dem Rücken verschränkt. Müßig wippte er auf den Fersen und pfiff durch die Zähne.

„*Schsch!*", machte Emeline.

Mr Hartley fuhr herum und schaute zu ihr hinauf. „Guten Morgen, Mylady!", rief er und verneigte sich. Erschreckend, wie frisch und munter dieser Mann zu so früher Stunde schon war.

„Sind Sie jetzt völlig verrückt geworden?", fragte Emeline aufgebracht. „Was machen Sie so früh hier?"

„Ich wollte Sie zu Wedgwood entführen, damit Sie mir bei der Auswahl der Tonwaren behilflich sind."

Verärgert runzelte sie die Stirn. „Ich habe niemals …"

„Sie sollten sich vorher etwas anderes anziehen“, schlug er vor und ließ seinen Blick zu ihrem Dekolleté wandern. „Wenngleich ich nichts gegen Ihren derzeitigen Aufzug einzuwenden habe.“

Emeline schlug sich mit der Hand an die Brust. „Wie können Sie es wagen …“

„Hier zu warten? Keine Ursache – wenn es nicht zu lange dauert.“ Und wieder stimmte er dieses entsetzliche Pfeifen an. Diesmal sogar noch lauter.

Emeline wollte etwas erwidern, sah jedoch davon ab, da er sie über den Lärm, der zwischen seinen Lippen hervorkam, wohl kaum verstanden hätte und sie ihre Stimme ganz gewiss nicht erheben würde. Wortlos raffte sie ihre Röcke und marschierte zurück in ihr Zimmer. Harris hatte bereits ein feuerrotes Seidenkleid bereitgelegt, und Emeline war in skandalös kurzer Zeit angekleidet und frisiert. Dennoch besaß Mr Hartley die Dreistigkeit, einen stummen Blick auf die Uhr zu werfen, als Emeline die Treppe herunterkam.

Sie selbst bedachte er nur mit flüchtigem Blick. „Kommen Sie, ich möchte Mr Bentley, den Kompagnon von Mr Wedgwood, nicht warten lassen.“

Emeline runzelte irritiert die Stirn, als sie von ihm eilig zur Tür hinausgeleitet wurde. „Wann erwartet er Sie denn?“

„Um neun“, erwiderte Mr Hartley und half ihr in die wartende Kutsche.

„Und warum haben Sie mich dann bereits *vor acht* aufgesucht?“, fragte sie gereizt, sobald er ihr gegenüber Platz genommen hatte.

„Weil ich mir dachte, dass Sie gewiss eine Weile brauchen würden.“ Lächelnd sah er sie an. Feine Fältchen krausten sich um seine kaffeebraunen Augen. „Und ich sollte recht haben.“ Er klopfte an das Kutschendach, und der Wagen setzte sich in Bewegung.

„Sie sind sich Ihrer selbst zu gewiss“, bemerkte Emeline kühl.

„Nur bei Ihnen, Mylady. Nur bei Ihnen." Er sprach mit leiser, tiefer, beunruhigend vertraulicher Stimme.

Emeline schaute aus dem Fenster, um seinem Blick nicht begegnen zu müssen. „Weshalb?"

Als daraufhin Schweigen folgte, dachte Emeline, dass er ihre Frage geflissentlich überhört hatte.

„Ich weiß nicht, weshalb", sagte er schließlich. „Ebenso gut könnten Sie wohl einen Berglöwen fragen, warum er flüchtendem Wild nachstellt, wie mich, warum mein Puls in Ihrer Nähe höher schlägt."

Sie fuhr zu ihm herum. Sein Blick ruhte auf ihr, offen und unverhohlen und sehr männlich. Wahrscheinlich hätte es sie ängstigen sollen, derart in Augenschein genommen zu werden, doch das tat es nicht. Es erregte sie. „Sie geben es somit zu."

„Warum nicht?", meinte er achselzuckend. „Aber wenn es Sie beruhigt – ich folge nur meinem Instinkt."

Sie zupfte am Bandbesatz ihres Kleides. „Es muss sehr anstrengend für Sie sein, wenn Ihre *Instinkte* Ihnen in Gegenwart einer Dame stets solche Probleme bereiten."

„Oh, Sie scheinen mich missverstanden zu haben." Er beugte sich vor und schloss seine Hand um die ihre, um ihre fahrigen Finger zur Ruhe zu bringen. „Das passiert mir nur bei Ihnen."

Verdutzt schaute Emeline auf ihrer beider Hände hinab. Sie sollte ihn zurechtweisen, ihn wissen lassen, dass er sich diesmal wirklich zu viel der Vertraulichkeit herausgenommen hatte. Aber der Anblick seiner kräftigen gebräunten Finger, die sich um ihre zarten weißen schlossen, war irgendwie faszinierend. Rumpelnd bog die Kutsche in eine Kurve, und er zog seine Hand zurück.

Sie strich die Bänder glatt. „Haben Sie keinen Kompagnon, der Sie zu Mr Wedgwood begleiten könnte?", wechselte sie das Thema.

„Doch, Mr Kitcher. Aber er ist ein eher nüchterner älterer Herr. Ich dachte mir, Sie wären gewiss bessere Gesellschaft."

Das quittierte sie mit einem leisen Schnauben. „Und wo sind diese Geschäftsräume?"

„Nicht weit von hier", sagte er. „Wedgwood hat sich in einem Lagerhaus eingemietet."

Ihre Hände zitterten ein wenig, und sie faltete sie rasch im Schoß zusammen. „Mr Wedgwood und Mr Bentley haben keine Ausstellungsräume? Keinen Laden?"

„Nein. Sie sind noch nicht lange im Geschäft. Was ja einer der Gründe ist, warum ich auf einen guten Handel mit ihnen hoffe."

„Mmmm." Emeline betrachtete ihn neugierig. Sein Blick war wach und gespannt, als mache er sich zu einer Schlacht bereit. „Ihnen macht das Spaß", stellte sie fest.

Fragend hob er die Brauen. „Was?"

„Geschäfte machen, Ausschau nach einer günstigen Gelegenheit halten, gute Bedingungen aushandeln, auf Beutefang gehen", meinte sie mit unbestimmter Geste.

Ein Lächeln spielte um seine sinnlichen Lippen. „Natürlich macht es mir Spaß. Aber ich vertraue darauf, dass Sie es Bentley nicht verraten, wie sehr es mir Spaß macht."

Als sie kurz darauf bei einem Lagerhaus vorfuhren, sprang Mr Hartley aus dem Wagen, kaum dass der Kutschentritt herabgelassen war, und half dann Emeline heraus.

Mit leisen Zweifeln sah sie an dem schmucklosen Ziegelbau empor. „Was genau soll ich jetzt eigentlich tun?"

„Mir einfach Ihre Meinung sagen", meinte er und hob ihre Hand in seine Armbeuge. In diesem Moment trat ein Gentleman in gelockter Perücke und rostfarbenem Rock aus dem Lagerhaus.

„Mr Hartley?", rief der Mann, der dem Vernehmen nach aus dem Norden stammte. „Es ist mir eine Ehre, Sir, eine große Ehre, Ihre Bekanntschaft zu machen. Ich bin Thomas Bentley."

Mr Hartley schüttelte Mr Bentley die Hand. Aus der Nähe betrachtet sah Emeline, dass Mr Bentley jünger war, als sie zunächst gedacht hatte – gerade einmal dreißig, würde sie schätzen. Dennoch war sein Gesicht lebhaft gerötet und seine Leibesmitte schon recht füllig. Als Mr Hartley sie vorstellte und der Keramikhändler ihren Titel vernahm, weiteten sich seine Augen.

„*Lady* Emeline. Das ist mir aber eine Ehre, Mylady, das ist mir wirklich eine Ehre. Möchten Sie vielleicht einen Tee? Ich habe eben welchen aus Indien bekommen, der ganz ausgezeichnet ist."

Lächelnd stimmte Emeline zu, und Mr Bentley führte sie in das Lagerhaus, in dem es kühl und dämmerig war und die Decke so hoch oben, dass sie im Dunkeln kaum auszumachen war. Es roch nach Sägespänen und feuchten Ziegeln. Der Raum war zur Hälfte mit Kisten und Fässern vollgestellt, doch Mr Bentley führte sie am Lager vorbei in ein kleines Büro, das gerade groß genug war für einen Schreibtisch und einige Stühle. Auch hier stapelten sich Holzkisten an der Wand. In einer Ecke stand ein schmaler Ofen, auf dem bereits ein Kessel dampfte.

„So, da wären wir", meinte er vergnügt und rückte Emeline einen Stuhl zurecht. „Ich kümmere mich mal eben um den Tee, ja?"

„Wird Mr Wedgwood später noch dazukommen?", fragte Mr Hartley, der sich entschieden hatte, stehen zu bleiben.

„Nein, wohl eher nicht", sagte Mr Bentley, während er sich mit der Teekanne zu schaffen machte. „Mr Wedgwood ist der Töpfermeister und kümmert sich vorwiegend um die Herstellung, wohingegen ich ausschließlich die Geschäfte führe. Derzeit beaufsichtigt er den Bau unserer neuen Töpferei in Bursley. So, das hätten wir." Letzteres sagte er, als er die Teekanne auf dem Schreibtisch abstellte, wozu er zunächst einen Stapel Unterlagen auf den Boden hatte räumen müssen, um Platz zu machen. Etwas verunsichert schaute er Mr Hartley an.

Der aber nickte nur und schaute wiederum Emeline mit fragend gehobener Braue an. Sie setzte sich ein wenig vor und begann den Tee einzuschenken. So ganz verstand sie noch nicht, worum es bei diesem Treffen genau ging, doch wollte sie Mr Hartleys Strategie nicht untergraben. Zudem war sie sehr gespannt zu sehen, wie er sich hier verhalten würde, in seiner Welt sozusagen. Bislang schien er abzuwarten, seine Miene war entspannt, doch unergründlich. Mr Bentley hingegen sah zunehmend beunruhigt aus. Sie nahm einen Schluck Tee und lächelte still. Ihr kam es so vor, als wolle Mr Hartley sein Gegenüber absichtlich verunsichern.

Während der folgenden Minuten tranken die beiden Gentlemen und Emeline den tatsächlich vorzüglichen Tee und sprachen über belanglose Dinge. Sie wusste, dass Mr Hartley am liebsten sofort die Ware in Augenschein genommen hätte, doch er ließ sich seine Ungeduld nicht anmerken. Stattdessen lehnte er lässig am Schreibtisch, nippte an seinem Tee und plauderte so nett und unverbindlich, als mache er seiner alten Tante einen Besuch.

Mr Bentley warf ihm einige besorgte Blicke zu, ehe er schließlich seine Tasse abstellte. „Würden Sie sich nun gern unsere Tonwaren ansehen, Sir?"

Mr Hartley nickte und stellte seine Tasse ebenfalls beiseite. Bentley ging zu einer der Kisten, die an der Wand standen, und öffnete den Deckel, unter dem ein Haufen Stroh zum Vorschein kam.

Gespannt beugte Emeline sich vor. Bislang hatte sie sich nie groß Gedanken über das Geschirr gemacht, das täglich auf ihrem Tisch stand – mal abgesehen davon, dass das Dekor stets *à la mode* zu sein hatte –, doch auf einmal schienen Teller und Tassen eine ganz neue Bedeutung zu bekommen. Mr Hartley warf ihr hinter Mr Bentleys Rücken einen kurzen Blick zu und schüttelte kaum merklich den Kopf. Emeline krauste die Nase und kam sich wie ein kleines Kind vor, das getadelt wurde. Dennoch lehnte sie sich zurück und setzte eine Miene gepflegter Langeweile auf. Mr Hartleys Mundwinkel zuckten, als belustige ihre Begeisterung ihn sehr – und dann zwinkerte er ihr auch noch zu. Emeline reckte pikiert die Nase und sah beiseite. Sie würde diesen Mann mal wieder an seinen Platz verweisen müssen. Später.

Derweil hatte Mr Bentley vorsichtig eine Lage Stroh entfernt. Obenauf lag ein Gefäß mit Deckel, das die Form einer Ananas hatte und dunkelgrün glasiert war. Mr Bentley reichte das Behältnis Mr Hartley, der es entgegennahm und schweigend betrachtete, dann stellte er es vor Emeline auf den Schreibtisch und wartete gespannt ab, während sie sich vorbeugte, um es in Augenschein zu nehmen.

Mr Bentley zauberte noch mehr Töpferwaren aus seinen Kisten hervor: Schalen, Teller, Teekannen, Tassen, Schüsseln und Terrinen reihten sich bald auf dem Schreibtisch. Die meisten Stücke waren dunkelgrün glasiert, viele erinnerten noch dazu in der Form an eine Ananas oder einen Blumenkohl.

Als Mr Bentley ihnen wieder mal den Rücken zukehrte, sah Mr Hartley Emeline mit fragend gehobener Braue an. Sie erwiderte seinen Blick und hob gleichfalls eine Braue. Tatsächlich war es so, dass das Service zwar handwerklich tadellos und durchaus auch ansprechend war, aber keineswegs etwas Besonderes.

Mr Hartley nickte, ehe er sich wieder zu Mr Bentley umwandte. „Wenn mich nicht alles täuscht, hatte Mr Wedgwood mir noch ein paar neuere Stücke in Aussicht gestellt?"

Noch immer über die Kiste gebeugt, hielt Mr Bentley kurz inne. „Nun ja, ich weiß nicht, ob ..."

„Meines Wissens arbeitet er derzeit an einer Reihe feiner weißer Tonwaren." Lächelnd sah Mr Hartley den Keramikhändler an.

„Ach, das. Also ..." Mr Bentley warf einen kurzen Blick auf eine Kiste, die ganz allein in einer Ecke des Büros stand, und räusperte sich. „Mr Wedgwood experimentiert tatsächlich mit einem ganz neuartigen Material auf Tonbasis, aber die Reihe ist noch nicht so weit, als dass wir sie öffentlich präsentieren wollten. Mr Wedgwood beabsichtigt vielmehr, sie zu-

nächst Ihrer Majestät der Königin zu präsentieren."
„Oh wirklich, Mr Bentley?", rief Emeline und klatschte begeistert in die Hände. „Das ist ja aufregend!"
Des Händlers Gesicht rötete sich noch mehr. „Danke, Mylady. Ja, das ist es in der Tat."
„Und uns wollen Sie nicht einmal einen winzigen Blick auf dieses vortreffliche Geschirr werfen lassen?" Emeline beugte sich dezent vor, um ihr Dekolleté besser zur Geltung zu bringen. „Bitte!"
Als der arme Mann puterrot wurde, musste Emeline beinah lachen. Niemals, nicht in einhundert Jahren, würde sie es zugeben, aber ihr begann diese ganze Unternehmung so richtig Spaß zu machen. Wer hätte geahnt, dass Handel ein so geistreicher und vergnüglicher Schlagabtausch sein konnte?
„Ähm, ja ..." Mr Bentley zückte ein Taschentuch und wischte sich die schweißfeuchte Stirn. „Warum eigentlich nicht?", meinte er dann achselzuckend. „Wenn Sie es wünschen, Mylady."
„Oh ja, das tue ich. Sehr."
Nachdem er sich dazu durchgerungen hatte, marschierte der Händler entschiedenen Schrittes zu der kleinen Kiste in der Ecke und stemmte den Deckel auf. Er griff hinein und hob mit großer Sorgfalt ein Stück heraus. Als er sich wieder umdrehte, hielt Emeline andächtig den Atem an. Es war eine Teekanne. Eine sehr schlichte Teekanne aus weißem, leicht gelblichem Steinzeug mit klassisch klaren Linien und einer anmutigen kleinen Tülle.
Emeline streckte die Hände aus. „Dürfte ich?"
Vorsichtig gab Mr Bentley die Kanne in ihre Hände, und Emeline konnte kaum glauben, wie leicht sie sich anfühlte. Der Ton musste viel feiner und dünner gearbeitet sein als bei herkömmlichem Geschirr. Sie betrachtete sie von allen Seiten. Auf dem Boden prangte das Siegel des Herstellers: *Wedgwood.*
„Schön", murmelte sie. „Sehr elegant."
Gerade noch rechtzeitig sah sie auf, um Mr Hartley dabei

zu ertappen, wie er sie beobachtete. Ihr stockte der Atem. Seine Augen waren wachsam, seine Lippen schmal, und er hatte etwas Besitzergreifendes an sich. Sie war sich ganz sicher: Es gefiel ihm, dass sie diese Entdeckung gemeinsam machten. Ebenso wie es ihr gefiel. Sie und Mr Hartley passten wirklich erschreckend gut zusammen. Der Gedanke beunruhigte sie. Es sollte ihr nicht gefallen, um eine Teekanne zu feilschen. Ebenso wenig wie es ihr gefallen sollte, dass er ihre Meinung schätzte.

Es sollte ihr nichts bedeuten.

Mr Hartleys Blick war erbarmungslos, ohne jede Spur von Mitgefühl. Es war, als würde eine zahme Hauskatze plötzlich den wilden Berglöwen erkennen lassen, der stets hinter der schnurrenden Fassade lauerte. Als ob *sie* seine Beute wäre.

Er nickte kurz und wandte sich Mr Bentley zu. Obwohl er sich nun wieder ganz zivilisiert und umgänglich gab, musste Mr Bentley doch all sein Geschick aufbringen, um bei den Verhandlungen mithalten zu können. Und die Summen, die Mr Hartley so beiläufig nannte, erschienen sogar Emeline immens. Mittlerweile zweifelte sie nicht mehr daran, dass dieser Mann mit dem bescheidenen Geschäft seines Onkels in nur vier Jahren ein Vermögen erwirtschaftet hatte.

Während die Männer feilschten, versenkte Emeline sich in die Betrachtung der Teekanne, fuhr mit den Fingern die eleganten Konturen nach und stellte sich vor, wie vornehme Damen in den fernen Kolonien Tee aus dieser anmutig kleinen Tülle in geschwungene, elegante Tassen gössen. Und sie fragte sich, warum genau Mr Hartley sie eigentlich mitgenommen hatte.

Was – außer einer schönen Teekanne – hatte er ihr zeigen wollen?

„Ich habe ein bisschen Bedenken wegen des Ausschnitts." Missmutig schaute Rebecca in den Spiegel und versuchte vergeblich, das Mieder etwas höher zu ziehen. Ihr Spiegelbild zeigte erschreckend viel Haut.

„Das gehört so, Miss“, versicherte ihr ihre Dienerin Evans, ohne einen weiteren Blick auf sie zu werfen, und eilte geschäftig im Zimmer umher, um die überall verstreut liegenden Spuren von Rebeccas Toilette aufzuräumen.

Rebecca zerrte ein letztes Mal am Oberteil und gab es schließlich auf. Evans war eine persönliche Empfehlung von Lady Emeline gewesen, weshalb Rebecca wahrscheinlich auch nackt auf ihren ersten Londoner Ball gegangen wäre, hätte Evans ihr versichert, das gehöre sich so. In Boston hatte sie natürlich schon viele Bälle und Gesellschaften besucht, aber Lady Emeline hatte ihr unmissverständlich zu verstehen gegeben, dass ihre kolonialen Vergnügungen kaum ein Vergleich zu einem Londoner Ball wären.

Dass so viel Aufhebens um sie gemacht wurde, gefiel Rebecca nicht. Es bereitete ihr Schuldgefühle. Sie hatte Samuel so lange in den Ohren gelegen, bis er sie mit auf diese Reise genommen hatte, und nun schien er sich verpflichtet zu fühlen, Unmengen auszugeben, damit sie in London gut unterhalten wäre. So hatte sie sich das eigentlich nicht vorgestellt, als sie ihn gebeten hatte, ihn begleiten zu dürfen. Eigentlich hatte sie nur etwas mehr Zeit mit ihm verbringen wollen. Um ihren Bruder so vielleicht endlich etwas besser kennenzulernen – was bislang aber nicht geglückt war. Gedankenverloren ging Rebecca zu einem Stuhl hinüber.

„*Nein!*“, schrie die Zofe.

Rebecca erstarrte in wenig damenhafter, halb hockender Haltung über dem Stuhl.

Evans rang sich ein Lächeln ab. „Wir wollen doch nicht unsere schönen Röcke zerknittern, oder?“

Rebecca richtete sich wieder auf. „Aber in der Kutsche sitze ich doch sowieso …“

„Nun, das lässt sich nicht vermeiden“, entgegnete die Dienerin. „Leider, muss ich sagen. Ich frage mich, warum nicht irgendein kluger Gentleman längst eine Kutsche erfunden hat, in der Damen stehend zum Ball fahren können.“

„Mmmm", machte Rebecca wenig überzeugt.

Evans war eine zierliche Person mit dunklen Haaren und geradezu einschüchternd elegant. Ihre modischen Paniers waren so breit, dass sie darin kaum ihre Arbeit verrichten konnte. Wenn Rebecca ganz ehrlich war, so hatte sie ein bisschen Angst vor Evans.

Und das, obwohl die Dienerin sich wirklich bemühte, freundlich zu sein. „Vielleicht können wir ja schon nach unten gehen und uns ein wenig im Salon ausruhen? *Nicht* in der Eingangshalle, versteht sich. Eine Dame sollte niemals den Eindruck erwecken, auf ihre Kutsche zu warten."

„Natürlich." Erleichtert wandte Rebecca sich zur Tür.

„Und nicht vergessen: Wir setzen uns *nicht* hin!", rief die Dienerin ihr hinterher.

„Ich wüsste ja nur gern, ob *wir* wenigstens mal das Örtchen benutzen dürfen", murmelte Rebecca verdrießlich, als sie sich in ihren weiten Röcken die Treppe hinabmühte.

Schuldbewusst schaute sie sich um, ob jemand ihre unziemliche Bemerkung gehört hatte. Aber unten in der Halle war nur ein einziger Diener zu sehen – der schwarzhaarige –, und der sah starr geradeaus und schien für alles taub zu sein, was um ihn her geschah. Rebecca atmete erleichtert auf. Ohne weitere Zwischenfälle gelangte sie die Treppe hinunter – bis sie zur letzten Stufe kam. Irgendwie schaffte sie es, sich mit ihrem Absatz im Saum ihres Rockes zu verfangen, und einen schrecklichen Augenblick lang schwankte sie bedenklich, ehe sie sich wenig anmutig mit beiden Händen am Geländer festklammerte. Starr vor Schreck stand sie da, die Hände noch immer um die große Holzkugel am Ende des Geländers geschlossen, und schaute verstohlen zu dem Diener hinüber. Nun schaute er in ihre Richtung, und er hatte einen Fuß vorgesetzt, als habe er zu ihrer Rettung eilen wollen. Als ihre Blicke sich trafen, zog er den Fuß rasch wieder zurück und starrte wie gehabt reglos geradeaus.

Oh, wie peinlich! Sie konnte in ihren neuen Kleidern nicht

mal die Treppe hinabgehen, ohne vor den Dienstboten zu stolpern. Vorsichtig setzte Rebecca beide Füße auf den spiegelblanken Marmorboden und ließ das Geländer los. Sie strich sich kurz ihre Röcke glatt, ehe sie entschlossenen Schrittes die Tür zu ihrer Rechten ansteuerte. Es war eine große, hohe Tür aus dunklem Holz, und die Griffe waren entsprechend dimensioniert. Rebecca packte einen der wuchtigen Griffe und zog.

Nichts geschah.

Schweiß brach ihr auf der Stirn aus. Der schwarzhaarige Diener musste sie ja für entsetzlich tollpatschig und dumm halten. Wie peinlich! Warum musste der Mann nur so gut aussehen? Sich vor einem alten, kahlköpfigen Diener zum Narren zu machen war das eine, doch etwas ganz anderes war es …

Er räusperte sich dicht hinter ihr.

Rebecca schrie erschrocken auf und fuhr herum. Mit großen grünen Augen blickte der Diener sie an und schien kurz ebenso erschrocken wie sie, meinte dann jedoch nur: „Wenn ich wohl dürfte, Miss?“

Er griff an ihr vorbei und stieß die Tür auf.

Verlegen schaute Rebecca durch die offene Tür – und geradewegs in die Bibliothek. Ach herrje. „Ach nein, ich habe es mir anders überlegt. Ich würde lieber in den Salon.“ Wie ein kleines, etwas begriffsstutziges Kind zeigte sie vage auf eine der Türen hinter ihm.

Zum Glück schien er ihr Verhalten überhaupt nicht seltsam zu finden. „Wie Sie wünschen, Madam.“ Er drehte sich auf dem Absatz um und öffnete die Tür zum Salon.

Erhobenen Hauptes rauschte Rebecca durch die Halle, doch als sie den wartenden Diener eingeholt hatte, sah sie ziemlich eindeutig, dass sein Blick nicht dort war, wo er sein sollte. Wie angewurzelt blieb sie stehen und schlug die Hände über der Brust zusammen.

„Es ist zu tief ausgeschnitten, nicht wahr? Ich habe doch gleich gewusst, dass ich nicht auf Evans hätte hören sollen. Ihr mag es ja nichts ausmachen, wenn man alles sehen kann, aber ich kann unmöglich …“ Plötzlich machte sich ihr Gehirn wieder bemerkbar und ließ sie jäh verstummen. Entsetzt hob sie die Hände von der Brust und schlug sie sich vor den Mund. Dieser schrecklich vorlaute Mund.

Schweigend starrte sie den absolut göttlichen schwarzhaarigen Diener an, der ihren Blick ebenso schweigend erwiderte. Mehr gab es eigentlich auch nicht zu tun, es sei denn, hier auf der Stelle zu sterben, mitten in der Eingangshalle dieses Londoner Stadthauses, aber das schien ihr wenig wahrscheinlich und zudem eine nicht gar so verlockende Aussicht.

Schließlich räusperte er sich. „Sie sind das schönste Mädchen, das ich je gesehen habe, Madam, und in diesem Kleid sehen Sie wie eine richtige Prinzessin aus.“

Rebecca blinzelte und ließ langsam die Hände sinken. „Wirklich?“

„Ich schwöre es beim Grab meiner Mutter“, erwiderte er ernst.

„Oh, ist Ihre Mutter auch tot?“

Er nickte.

„Wie schade. Meine Mutter ist bei meiner Geburt gestorben. Ich habe sie überhaupt nicht gekannt.“

„Meine jetzt im Herbst vor zwei Jahren“, sagte er, wobei ihr seine weichen, leicht rollenden R-Laute auffielen.

„Das tut mir leid“, sagte sie.

„Kurz nach der Geburt meiner jüngsten Schwester“, fügte er hinzu. „Ich bin der Älteste von zehn.“

Sie lächelte ihn an. „Sie sprechen ganz anders als die anderen Dienstboten.“

„Wahrscheinlich weil ich aus Irland bin, Madam.“ Seine grünen Augen funkelten sie an.

„Aber warum …“

An diesem Punkt wurde sie von der Stimme ihres Bruders unterbrochen. „Bist du fertig, Rebecca?“

Erschrocken fuhr sie zusammen und drehte sich um. Samuel stand nur ein paar Stufen über ihr auf der Treppe.

„Ich wünschte wirklich, du würdest dich nicht immer so lautlos heranschleichen", sagte sie.

Fragend hob er die Brauen und schaute von ihr zu dem schwarzhaarigen Diener. Rebecca folgte seinem Blick und stellte zu ihrer Erleichterung fest, dass der junge Mann korrekt an der Wand stand und starr geradeaus sah. Als ob er ein Zauberwesen wäre, das sich im Handumdrehen in eine hölzerne Statue verwandelt hatte.

„O'Hare, würden Sie uns die Tür öffnen", sagte Sam, und im ersten Moment wusste Rebecca überhaupt nicht, mit wem er sprach.

Doch da erwachte der schwarzhaarige Diener wieder zum Leben. „Sir." Er schritt ihnen voraus zur Tür und hielt sie ihnen auf.

Als sie an ihm vorbeigingen, schaute Rebecca ihn an, aber seine Miene war absolut ausdruckslos und das Funkeln aus den grünen Augen verschwunden. Seufzend legte sie ihre Hand auf Samuels Arm und ließ sich von ihm die paar Stufen zur wartenden Kutsche hinuntergeleiten. Wüsste sie es nicht besser, würde sie fast meinen, ihr nettes Gespräch mit dem Diener O'Hare nur geträumt zu haben.

So kam es, dass ihr erst in der Kutsche auffiel, was Samuel eigentlich anhatte. Er trug einen einwandfrei respektablen dunkelgrünen Rock und ebensolche Breeches, dazu eine goldbrokatene Weste. Nur leider hatte er sich entschieden, zu den Breeches seine Beinlinge und Mokassins zu tragen.

„Lady Emeline wird nicht begeistert sein", bemerkte sie.

Schmunzelnd betrachtete er seine Beine. „Stimmt. Sie wird mir ganz ohne Zweifel ihre Meinung sagen."

Sprachlos schaute sie ihren Bruder an, und dann kam ihr auf einmal ein komischer Gedanke. Samuel lächelte genauso wie der Diener O'Hare: mit den Augen.

Nachdem Lady Emeline in die Kutsche zugestiegen war, beherrschte sie sich eine ganze Minute lang – was genau eine Minute länger war, als Sam erwartet hatte.

„Was haben Sie sich eigentlich dabei gedacht, wieder diese Dinger anzuziehen?" Missbilligend betrachtete sie seine Beine und seine Füße.

„Wenn mich nicht alles täuscht, sagte ich Ihnen bereits, dass sie sehr bequem sind." Wahrscheinlich würde sie noch finsterer schauen, wenn sie wüsste, wie entzückend er sie fand, wenn sie sich echauffierte. Sie trug ein aufwendig besticktes hellrotes Kleid mit blassgelbem Unterrock. Die Farben waren zarter und dezenter als jene, die sie für gewöhnlich trug, und obwohl sie ihr standen, mochte er feuriges Rot und strahlendes Orange an ihr lieber.

Heute Abend war sie wieder ganz die elegante Dame des Londoner *ton*, und nur wenig erinnerte noch an die Frau, die ihn gestern in das Lagerhaus begleitet hatte, um Wedgwoods Geschirr zu begutachten. Was sie wohl von ihrem kleinen Ausflug gehalten hatte? Sie schien an seinen Geschäftsverhandlungen interessiert gewesen zu sein. Fast war es ihm vorgekommen, als hätte es ihr Spaß gemacht. Aber war es nur der Reiz des Neuen? Oder hatte sie zwischen ihnen auch jene Geistesverwandtschaft gespürt, die er empfunden hatte?

Lady Emeline, die nicht ahnen konnte, in welche Richtung seine Gedanken unterdessen geschweift waren, hielt sich noch immer mit seiner missliebigen Garderobe auf und schüttelte resigniert den Kopf. Vielleicht sah sie ja endlich ein, dass es nichts brachte, mit ihm über seine Beinlinge und Mokassins zu diskutieren. Sie enthielt sich jeden weiteren Kommentars und wandte sich stattdessen an Rebecca. „Gut. Vergessen Sie nicht, dass Sie mit niemandem tanzen dürfen, der nicht ausdrücklich von mir abgesegnet wurde. Auch dürfen Sie mit niemandem reden, den ich Ihnen nicht vorgestellt habe. Es gibt immer Männer – ich nenne sie absichtlich nicht Gentlemen –, die sich nicht an diese Spielregeln halten, aber darauf dürfen Sie sich unter gar keinen Umständen einlassen."

Sam fragte sich, ob sie Männer wie ihn meinte. Als sie ihm

einen vielsagenden Blick zuwarf, war er sich sicher. Grinsend schaute er sie an, wie sie erzürnt ihre Federn spreizte. Lady Emeline saß neben ihrer Tante, und obwohl sich beide kerzengerade hielten, war Mademoiselle Molyneux fast einen Kopf größer als ihre Nichte. Rumpelnd fuhr die Kutsche in eine Kurve und rüttelte sie alle durcheinander. Neben ihm hatte Rebecca ihre Arme um sich geschlungen, als fühle sie sich nicht wohl.

Er lehnte sich zu ihr herüber. „Du siehst umwerfend aus. Als ich vorhin die Treppe herunterkam, hätte ich dich fast nicht erkannt."

Rebecca biss sich auf die Lippe und sah ihn verstohlen an. Urplötzlich erinnerte sie ihn an das kleine Mädchen, das sie einmal gewesen war. Genauso hatte sie ihn auch immer angeschaut, wenn er sie im Haus ihres Onkels in Boston besucht hatte. Mit weißer Schürze und Haube hatte sie schüchtern im dunklen Korridor gestanden und darauf gewartet, ihn begrüßen zu dürfen. Er hatte nie gewusst, was er bei diesen Besuchen zu ihr sagen sollte – er war nur ein- oder zweimal im Jahr in der Stadt gewesen, und seine Schwester war ihm stets wie ein unbekanntes Wesen vorgekommen, ein kleines Mädchen eben, das in der kultivierten und wohlanständigen Bostoner Gesellschaft aufwuchs. Und alles, was ihm bekannt und vertraut war – die Wälder, das Jagen und Fallenstellen und schließlich die Armee –, war ihr völlig fremd gewesen.

Er blinzelte verwirrt, als ihm bewusst wurde, dass Rebecca ihn etwas gefragt hatte. „Was?"

Ihre braunen Augen blickten sehr verletzlich, als sie sich nun ihrerseits zu ihm herüberlehnte. „Glaubst du, dass überhaupt jemand mit mir tanzen wird?"

„Keine Sorge. Ich werde die Verehrer mit dem Stock von dir abschütteln müssen."

Sie kicherte, und kurz blitzte wieder das kleine Mädchen mit der weißen Schürze in ihren Augen auf.

Mademoiselle Molyneux räusperte sich. „Wir sind fast da,

ma petite. Nehmen Sie Haltung an, damit Sie einen manierlichen Eindruck machen." Mit einem scharfen Blick auf Rebeccas Rocksaum fügte sie hinzu: „Sie haben hoffentlich daran gedacht, Schuhe anzuziehen."

Rebecca blinzelte irritiert. „Natürlich, Ma'am."

„*Bien.* Und da wären wir."

Sam schaute aus dem Kutschenfenster und sah eine lange Reihe vornehmer Gespanne beim Stadthaus des Earl of Westerton vorfahren. Lady Emeline hatte recht gehabt: Dieser Ball war für Rebeccas ersten Auftritt eine Nummer zu groß. Aber seine Schwester in die Gesellschaft einzuführen war nur einer der Gründe gewesen, warum er sich für den Ball der Westertons entschieden hatte. Weitaus wichtiger war, dass er auf der Jagd war und hier seine Beute witterte.

Geduldig wartete er, während sie nur langsam vorankamen. Mit halbem Ohr hörte er die Frauen reden, verschwendete aber wenig Aufmerksamkeit auf das, was gesagt wurde. Doch selbst jetzt, da sein ganzes Sein seinem Ziel entgegenstrebte, war er sich insbesondere Lady Emelines bewusst. Ohne sich vom Fenster abzuwenden, folgte er dem Klang ihrer Stimme, den Höhen und Tiefen, den kurzen Pausen und jeder Veränderung des Tonfalls. Ihm entging auch nicht, wann sie zu ihm hinüberschaute, und er spürte, dass in ihrem Blick gespannte Neugier lag. Sie fragte sich noch immer, warum er ausgerechnet diesen Ball gewählt hatte. Das könnte er ihr sagen. Schließlich hatte es auch mit ihrem Bruder zu tun. Aber irgendetwas hielt ihn davon ab, ihr seine wahren Gründe zu offenbaren.

Der Kutschenschlag wurde von einem Lakaien aufgerissen, den Sam nicht kannte und mit leisem Argwohn beäugte. Was ihn an etwas erinnerte, worauf er auch noch ein Auge würde haben müssen. Ihm war keineswegs entgangen, wie nah O'Hare vorhin bei Rebecca gestanden hatte. Als Sam nun den Blick des Lakaien erwiderte, schlug dieser sogleich die Augen nieder – etwas, das O'Hare nicht getan hatte. Sam schätzte es, wenn ein Mann Courage hatte, wagte jedoch zu bezweifeln, dass man sich mit einem so freiheitsliebenden Wesen lange in Dienerschaft halten konnte.

Sam stieg vor dem Haus der Westertons aus und war seiner Schwester und Mademoiselle Molyneux beim Aussteigen behilflich. Schließlich war nur noch Lady Emeline in der Kutsche. Sie verharrte zögernd am offenen Schlag und maß Sam mit misstrauischem Blick.

Lächelnd reichte er ihr seine Hand. „Mylady."

Sie spitzte die Lippen. „Mr Hartley."

Dann legte sie ihre Hand in seine, und Sam hatte das Vergnügen, seine Finger um die ihren zu schließen. Würdevoll stieg sie den Kutschentritt hinab und wollte ihm ihre Hand entziehen. Er indes hielt sie fest und beugte sich darüber, streifte mit den Lippen über das feine Glacé und hüllte sich in den schwachen Hauch von Zitronenbalsam, der von ihr aufstieg.

Dann richtete er sich wieder auf. „Wollen wir?"

Während der kurzen Weile, da er sich über ihre Hand gebeugt hatte, war ihre Miene weicher, sanfter geworden. Der Anblick ließ ihn innehalten. Die anderen Gäste, seine Schwester, ja gar seine Jagd wichen auf einmal in den Hintergrund, als er Lady Emeline anschaute. Ihre Lippen waren leicht geöffnet, rot und feucht, als hätte er sie gerade geküsst, und ihre Augen blickten verunsichert. Wären sie allein gewesen, würde er sie in seine Arme gezogen haben, bis sie sich an seinen Körper geschmiegt hätte, und würde sich über sie beugen, bis …

„Samuel?"

Er fuhr herum und richtete alle Aufmerksamkeit auf seine Schwester. Rebecca. Ach herrje! „Ja?"

Sie schien verwirrt. „Alles in Ordnung?"

„Ja." Er reichte Mademoiselle Molyneux seinen Arm. Die alte Dame musterte ihn prüfend, ehe sie ihre Hand in seine Armbeuge legte. Nachdem er sich gewappnet hatte, wandte er sich zu Lady Emeline um und senkte seine Stimme. „Wollen wir?“

Seine Worte waren dieselben wie kurz zuvor, aber ihre Bedeutung eine grundlegend andere. Ihre Augen weiteten sich, und er sah ihren lieblichen Busen sich bei jedem Atemzug heben.

Schließlich erwiderte sie seinen Blick. „Gewiss“, sagte sie und reckte das Kinn.

Was ihn, während er die Damen die Treppe hinaufgeleitete, darüber grübeln ließ, was genau Lady Emeline ihm mit diesem unschuldigen Wort hatte sagen wollen.

Das Haus der Westertons wurde von Hunderten, ja vielleicht Tausenden Kerzen erhellt. Bereits in der großen Eingangshalle war es unangenehm warm und stickig, was einen Vorgeschmack darauf gab, welche Hitze einen erst im Ballsaal erwarten würde. Es würde ihm immer ein Rätsel bleiben, wie man sich den Besuch einer solchen Veranstaltung freiwillig antun konnte. Auf dem Rücken brach ihm der Schweiß aus, das konnte er genau spüren. Er hasste Menschenansammlungen. Hatte sie schon immer gehasst, aber seit Spinner's Falls ... Rasch drängte er den Gedanken beiseite und versuchte sich ganz auf den eigentlichen Grund seiner Anwesenheit zu konzentrieren.

Die Damen überließen ihre Umhänge einem Lakaien, welcher sich prompt damit entfernte. Und dann waren sie auch schon am Eingang des Ballsaals angelangt, wo ein weiterer Lakai mit prachtvoller Perücke ihr Kommen ankündigte. Der Saal war von majestätischen Ausmaßen, was leider wenig gegen die stickige Hitze half, denn er war bis zum letzten Winkel von Menschen erfüllt. Die Gäste standen so dicht beieinander, dass man warten musste, bis einem etwas Platz gemacht wurde, wollte man auch nur einen Schritt vorwärts machen.

Sam merkte, wie seine Arme zu zucken begannen, und musste sich sehr beherrschen, seine Reflexe zu beherrschen.

So stellte er sich die Hölle vor. Heiß, stickig, schwitzende Körper, die sich dicht aneinanderdrängten, der Lärm unzähliger Stimmen, die laut lachten, redeten, schimpften. Er spürte einen Schweißtropfen seinen Rücken hinabrinnen. Mademoiselle Molyneux hatte bereits eine Bekannte getroffen und war in der Menschenmenge verschwunden. Als jemand Lady Emeline anrempelte, bleckte er unwillkürlich die Zähne und warf dem Mann einen finsteren Blick zu. Dieser sah ihn verdutzt und mit erhitzten Wangen an, dann war auch er wieder in der Menge verschwunden. Sam schloss einen Moment die Augen, um die Panik zu unterdrücken, die in ihm aufstieg, aber nun überwältigte das Schlimmste von allem erst seine Sinne.

Der *Geruch.*

Oh Gott, dieser Gestank! Eine Mischung aus dem heißen Wachs der brennenden Kerzen, schlechtem Atem und schwitzenden Leibern. Männerschweiß. Dieser durchdringende, säuerliche Geruch, dieser muffige Gestank, dieser beißende Dunst aus schwitzenden Achselhöhlen. Schwitzende Männer. Sie stießen ihn zur Seite, versuchten, an ihm vorbeizukommen, versuchten wegzulaufen. Einige alt genug, um schon Großväter zu sein, andere gerade mal alt genug, sich zu rasieren. Und alle fürchteten sie um ihr Leben, alle wollten sie nichts weiter als den nächsten Tag erleben. Das war es, was er roch: Todesangst. Keuchend rang er nach Luft, aber alle Luft war von den unendlich plappernden Mündern aufgesogen worden, und er roch nur noch die Furcht vor der Schlacht und den Gestank von Schweiß und Blut.

„Mr Hartley. *Samuel.*“

Ihre Stimme klang ganz nah, und er spürte eine kühle Hand auf seiner Wange. Mühsam öffnete er die Augen.

Ihre schwarzen Augen starrten in die seinen, und er war wie gebannt, versuchte, sich einzig auf sie zu konzentrieren.

„Alles in Ordnung?“, fragte sie.

Er machte den Mund auf und sprach das Wort sehr sorgsam aus, sagte die Wahrheit, weil er sich außerstande sah, etwas anderes zu tun. „Nein."

Sie sah kurz beiseite, und er packte sie fest bei den Schultern, um nicht das Gleichgewicht zu verlieren. „Wissen Sie, was mit ihm los ist?", hörte er sie fragen.

„Ich weiß es nicht. So habe ich ihn noch nie erlebt", antwortete Rebecca.

Als ihre dunklen Augen sich ihm wieder zuwandten, empfand er tiefe Erleichterung. „Kommen Sie mit."

Er nickte und schluckte angestrengt, stolperte ihr hinterher, als wäre er betrunken. Sie kamen nur langsam voran, und er war sich bewusst, dass ihm der Schweiß in Strömen übers Gesicht lief. Er versuchte, auf nichts anderes zu achten als auf sie, sie war sein Weg aus diesem Wahnsinn, er durfte sie nicht aus den Augen verlieren. Und ganz plötzlich waren da Türen, und er stürzte hinaus in die kühle frische Luft. Es war eine offene Veranda. Er schaffte es gerade noch bis ans eine Ende, ehe er sich über die Balustrade beugte und sich hinab ins Gebüsch erbrach.

„Er ist krank", hörte Sam Rebecca sagen, als er gierig nach Luft schnappte. „Vielleicht hat er etwas Verdorbenes gegessen. Wir sollten einen Arzt rufen."

„Nein", stieß er keuchend hervor. „Keinen Arzt."

Hinter ihm gab Rebecca ein zutiefst besorgtes Seufzen von sich. Er wünschte sich, sie ansehen, ihr versichern zu können, dass alles in Ordnung wäre und sie sich keine Sorgen zu machen brauchte.

Lady Emeline trat zu ihm. „Mr Hartley", sagte sie leise und legte ihm ihre Hand auf die Schulter. Er versuchte sie abzuschütteln. Schlimm genug, dass eine Frau ihn so sah – aber ausgerechnet *sie*! „Sie sind krank. Bitte tun Sie der Sorge Ihrer Schwester Genüge und lassen Sie uns nach einem Arzt schicken."

Sam schloss die Augen und bezwang das Zittern, das seinen ganzen Körper erfasst hatte, bezwang die Ängste, die ihn zu überwältigen und zu verraten drohten. „Nein."

Sie ließ ihre Hand sinken. „Rebecca, würden Sie bitte bei Ihrem Bruder bleiben, während ich ihm etwas Wein hole? Vielleicht belebt ihn das ja ein bisschen."

„Aber natürlich", sagte Rebecca und kam zu ihm.

Und dann schickte Lady Emeline sich an, ihn zu verlassen. Er hörte ein leises, gequältes Stöhnen, und auch als er sich schließlich bewusst wurde, dass er es war, der so stöhnte, konnte er weder den schrecklichen Laut unterdrücken noch sein Bedürfnis, sie an seiner Seite zu behalten. Er drehte sich nach ihr um, wollte sie bitten, bei ihm zu bleiben, doch was er im nächsten Moment sah, ließ ihn innehalten.

Lord Vale stand an der Tür zum Ballsaal.

Jasper schloss die Verandatür hinter sich, lächelte sein sorgloses, charmantes Lächeln und sagte: „Emmie! Ja, da schau einer an, ich hätte nicht erwartet, dich hier anzutreffen."

Worauf Emelines einziger Gedanke war: *Wie kann ich ihn schnell und unauffällig aus dem Weg schaffen?* Kein sonderlich zartfühlender Gedanke in Anbetracht der Tatsache, dass sie den Mann bereits ihr ganzes Leben kannte, aber so war es nun mal. Es war schlicht unabdingbar, Samuel von hier fortzubringen, ehe Jasper merkte, in welch schlechter Verfassung er war. Denn sie ahnte, dass es Samuel unerträglich wäre, wenn man ihn so sähe.

Eben im Ballsaal war alles so schnell gegangen. Schon beim Betreten des Hauses hatte sie gespürt, wie er sich anspannte, hatte sich jedoch nichts dabei gedacht. Eine vornehme Geselligkeit in dieser Größenordnung hatte bisher so manchen die Nerven verlieren lassen. Doch je weiter sie sich dem Ballsaal genähert hatten, desto zögerlicher waren seine Schritte geworden. Selbst wenn man in Betracht zog, wie mühsam es war, sich durch die Menge zu mühen, hatte Samuel sich ungewohnt schwerfällig bewegt. Und als sie dann schließlich zu ihm aufgeschaut hatte, war ihm quälender Schmerz im Gesicht gestanden. Ob das Leiden körperlicher oder geistiger Natur war, wusste sie nicht zu sagen, aber alles – von den geschlossen Augen über das bleiche, schwitzende Gesicht bis zu der Art, wie er sich plötzlich an sie klammerte – ließ eine quälende Pein vermuten. Die Vorstellung, dass er, dieser große, starke Mann, Schmerzen litt, hatte sie schier gelähmt. Fast hatte sie gemeint, seinen Schmerz am eigenen Leib zu spüren. So schnell wie möglich hatte sie ihn aus dem Saal geführt und war sich dabei die ganze Zeit seiner stummen, verzweifelten Qual bewusst gewesen.

Und nun auch noch Jasper.

Emeline straffte die Schultern und setzte ihre hochmütigste Miene auf – jene, die sie als Tochter eines Earls schon in der Kinderstube erlernt hatte. Doch sie bemühte sich ganz umsonst, denn Jasper sah sie überhaupt nicht an. Sein Blick ging geradewegs an ihr vorbei, war wahrscheinlich auf Samuel gerichtet.

„Hartley? Ich glaube es ja nicht! Corporel Hartley, nicht wahr?", fragte Jasper.

„Ja", ertönte es kurz und knapp hinter ihr.

Als Emeline sich umdrehte, stand Samuel bereits aufrecht und gefasst, nicht mehr an die Brüstung gelehnt wie eben, nur sein Gesicht war noch immer furchtbar blass und glänzte feucht von Schweiß. Reglos stand er da, als warte er auf etwas. Rebecca verharrte unschlüssig neben ihm und blickte verwirrt zwischen den beiden Männern hin und her.

Jasper trat näher. „Ich habe Sie nicht mehr gesehen seit …" Er verstummte jäh, als bringe er es nicht über die Lippen.

„Seit Spinner's Falls."

„Ja." Die übliche sorglose Belustigung war aus Jaspers Miene verschwunden, und auf einmal sah Emeline deutlich die beiden Falten, die sich zwischen seiner langen Nase und seinem etwas zu breiten Mund eingegraben hatten.

„Wussten Sie, dass man uns verraten hat?", fragte Samuel leise.

Jasper schien es nicht gewusst zu haben. „Wie bitte?", fragte er und zog seine buschigen Brauen zusammen.

„Jemand hat das ganze Regiment verraten. Wissen Sie etwas davon?"

„Warum sollte ich?"

Samuel zuckte mit den Schultern. „Sie waren bei Clemmons verschuldet."

„Was soll das denn heißen?"

„Sehr hoch verschuldet. Jeder Veteran unseres Regiments, mit dem ich seit meiner Ankunft in England gesprochen habe, erinnert sich noch sehr genau an diesen Umstand. Ihnen drohten der Ausschluss aus der Armee, der Verlust Ihres Titels, der Verlust Ihrer Ehre."

Jasper warf den Kopf zurück, als hätte ein Hieb ihn getroffen. „Das ist …"

„Das Massaker von Spinner's Falls hat Sie davor bewahrt."

Emeline sah, wie es Jasper in den Fingern juckte, und die Anspannung, die auf einmal in der Luft lag, ließ ihren Nacken kribbeln. „Was genau wollen Sie damit sagen, Hartley?", fragte er.

„Nur, dass Sie einen guten Grund gehabt hätten, uns zu verraten", antwortete Samuel ruhig.

„Sie glauben also, ich hätte meine Leute den Franzosen ausgeliefert?" Jaspers Ton war betont beiläufig, doch seine Miene war todernst.

„Möglich", meinte Samuel so leise, dass es kaum mehr als ein Flüstern war. Er schwankte ganz leicht, und sie wusste, dass er sich keineswegs so gut fühlte, wie er sie glauben lassen wollte. „Oder an die Wyandot. Letztlich kam es aufs selbe raus. Sie wussten, dass wir die Strecke über Spinner's Falls nehmen würden. Sie wussten es, und sie haben uns aufgelauert, und als wir kamen, haben sie uns hingemetzelt bis auf den letzten …"

Jasper ballte die Fäuste und machten einen Schritt auf Samuel zu.

Emeline fand es höchste Zeit zu intervenieren, ehe die

Männer sich an den Kragen gingen. „Hören Sie auf damit, Samuel! Hören Sie auf, solche Dinge zu sagen."

„Warum?", fragte er, ohne den Blick von seinem Gegenüber zu nehmen.

„Bitte, Samuel, lassen Sie Jasper in Ruhe."

„Warum?", fragte er noch einmal und sah kurz von ihm zu ihr. „Was bedeutet er Ihnen denn?"

Sie biss sich auf die Lippe. „Er ist ein guter Freund von mir. Er ist ..."

Aber Jasper sprach lieber für sich selbst. „Ich bin ihr Verlobter."

7. KAPITEL

Im ganzen Königreich wurde der Hauptmann für seinen Mut, seine Tapferkeit und seine Treue zum König gerühmt, wenngleich manch einer sich schon fragte, warum ein so vortrefflicher Mann sich beharrlich weigerte, auch nur ein Wort zu sprechen. Doch auch diese Zweifel wichen einhelliger Bewunderung, als der tapfere Gardist dem König ein drittes Mal das Leben rettete. Das Schloss wurde von einem Feuer speienden Drachen angefallen, dem Eisenherz mit mächtigen Schwertstreichen den Garaus machte. Nachdem auch dies vollbracht war, verkündete der König, dass es für einen solch vortrefflichen Mann nur eine angemessene Belohnung geben könne: Fortan solle er des Königs kostbarsten Besitz bewachen – die Prinzessin höchstpersönlich …
Eisenherz

Ihr *Verlobter*? Sam hatte das Gefühl, einen Hieb in die Magengrube bekommen zu haben.

Alle Luft wich ihm mit einem Schlag aus den Lungen, und er rang mühsam nach Atem, während er sich langsam zu Lady Emeline umwandte und in ihre schönen schwarzen Augen blickte.

„Es ist noch nicht offiziell, aber wir haben seit Jahren eine Übereinkunft“, flüsterte sie ihm zu.

Wie konnte diese Frau mit einem anderen verlobt sein, ohne dass er etwas davon wusste? Ihm war, als hätte er etwas verloren, von dem er zuvor gar nicht geahnt hatte, dass er es überhaupt wollte. Verrückt. Sie war von Stand, die Tochter, Schwester, Mutter und Witwe betitelter Aristokraten. Ihre Welt war der seinen so fern, dass er fühlte wie ein Kind, das versucht, den Mond vom Nachthimmel zu holen. Unerreichbar fern.

Doch jetzt blieb keine Zeit für weitere Gedanken an Lady

Emeline. Nun war weder die richtige Zeit noch der richtige Ort für derlei müßige Betrachtungen. Wäre ihm nicht so elend geworden vom Gestank all der Menschen im Ballsaal, hätten ihn nicht die schrecklichen Erinnerungen an das Massaker überwältigt, würde er Vale niemals hier auf der Stelle beschuldigt haben. Aber nun, da es eben geschehen war, gab es kein Zurück mehr.

„Ich habe uns nicht verraten", sagte Vale ruhig. Obwohl er recht lässig dastand, schien er zum Angriff bereit.

Sam spannte sich an.

Rebecca berührte ihn sacht an der Schulter. „Komm, Samuel. Bitte lass uns gehen." Und er sah, dass sie nur mühsam die Tränen zurückhalten konnte. Oh Gott, was hatte er bloß getan?

„Vor sechs Jahren machten Sie auf mich keineswegs einen unzurechnungsfähigen Eindruck", bemerkte Vale leichthin. „Was lässt Sie jetzt zu der aberwitzigen Vermutung gelangen, man hätte uns verraten?"

Sam musterte ihn abschätzend. Vale war mit einem dieser Gesichter gesegnet, denen man unweigerlich Vertrauen entgegenbrachte – eine fröhliche, offene Miene, meist mit einem Lächeln auf den Lippen. Andererseits hatte Sam auch Männer gekannt, die mit einem solchen Lächeln auf den Lippen töteten. Einige sogar. „Wie gesagt: Sie waren bei Lieutenant Clemmons verschuldet. Alle wussten davon."

„Und?"

„Und Clemmons kam bei dem Massaker ums Leben, womit Ihr Problem aus der Welt geschafft war."

Vale lachte ungläubig. „Sie glauben allen Ernstes, ich hätte zweihundertvierundsechzig Männer in den Tod geschickt, nur um meine Schulden bei Clemmons loszuwerden? Sie müssen verrückt sein."

Vielleicht war er das ja wirklich. Neben ihm hatte Rebecca zu weinen begonnen, und Lady Emeline betrachtete ihn so argwöhnisch, als fürchte sie, er könne sich gleich wie von

Sinnen zu Boden werfen. Vale hingegen erwiderte seinen Blick unerschrocken.

Sam sah den Viscount an jenem Tag bei Spinner's Falls vor sich, wie er durch das Gemetzel geprescht war und versucht hatte, zu Colonel Darby zu gelangen. Als man sein Pferd unter ihm weggeschossen hatte, war Vale furchtlos aus dem Sattel gesprungen. Sam hatte ihn einen Schlachtruf ausstoßen sehen, der im Lärm untergegangen war, hatte gesehen, wie er wild seinen Säbel schwang und mit ansehen musste, wie Darby von seinem Pferd geholt und hingemetzelt wurde. Und selbst da, als die Schlacht so offensichtlich verloren war, hatte Vale unerbittlich weitergekämpft.

Sam sollte sich bei ihm entschuldigen und unauffällig den Rückzug antreten. Dieser Mann konnte unmöglich ein Verräter sein. Doch etwas in ihm flüsterte beharrlich: *Ein tapferer Soldat muss kein ehrlicher Mensch sein.* Bevor man ihn in Gewahrsam genommen hatte, war auch MacDonald allen als guter, tapferer Soldat erschienen. Gegen diese Ungewissheit half nur eines: Sam musste die Wahrheit über Spinner's Falls herausfinden.

Lady Emeline schüttelte sich, als wolle sie einen schlechten Traum vertreiben. Wortlos drehte sie sich um und marschierte mit kerzengeradem Rücken zurück zum Haus, wo an der Tür zum Ballsaal ein Lakai stand, der das Spektakel mit großen Augen verfolgte. „Diener." Lady Emeline zeigte mit dem Finger auf ihn. „Bringen Sie uns Wein und Kekse." Kurzerhand machte sie ihm die Tür vor der Nase zu.

„Mehr haben Sie nicht vorzubringen?", fragte Vale. „Meine Spielschulden lassen Sie zu der Vermutung gelangen, dass ich unser Regiment verraten hätte, mich von den Indianern hätte gefangen nehmen und Reynaud dabei hätte umkommen lassen?"

Lady Emeline zuckte bei der Erwähnung ihres Bruders zusammen. Vale schien es nicht zu bemerken.

Eigentlich hatte Sam in ihrer Anwesenheit nicht darüber

sprechen wollen, aber nun ließ es sich wohl nicht mehr vermeiden. „Es gab einen Brief, in dem unsere Route nach Fort Edwards genau dargelegt wurde. Einschließlich einer Karte mit Zeichnungen, die auch den Wyandot verständlich gewesen sein dürfte."

Vale lehnte sich an die Brüstung. „Woher wissen Sie von diesem Brief?"

„Er befindet sich in meinen Händen."

Rebecca hatte zu weinen aufgehört und sagte ungläubig: „*Deshalb* wolltest du also, dass ich ausgerechnet diesen Ball besuche! Mit mir hatte das überhaupt nichts zu tun. Du wusstest, dass du hier Lord Vale treffen würdest."

Verdammt. Sam schaute seine kleine Schwester an. „Nun, ich ..."

„Warum hast du mir das nicht gleich gesagt?"

„Oder mir", kam es von Lady Emeline. Ihre Stimme war ruhig, aber Sam wusste, dass er sich zu früh freute, wenn er glaubte, sie wäre nicht wütend auf ihn. „Reynaud ist bei dem Massaker ums Leben gekommen. Meinen Sie nicht, ich hätte ein Anrecht darauf, die Wahrheit zu erfahren?"

Sam runzelte gereizt die Stirn. Ihm brummte der Schädel, er hatte einen widerlich sauren Geschmack im Mund und fühlte sich von den beiden Frauen, die ihm gerade am meisten bedeuteten, bedrängt. Was ging es sie überhaupt an? Dies war eine reine Männersache – wenngleich er nicht so dumm war, das laut zu sagen.

Vale schien da weitaus weniger Bedenken zu haben. „Emmie, dies wird nur alte Wunden bei dir aufreißen. Warum gehst du nicht mit Miss ..." Er warf einen fragenden Blick auf Rebecca.

„Miss Hartley", sagte Lady Emeline kühl. „Mr Hartleys Schwester."

„Miss Hartley, sehr erfreut." Vale gab sich sogar, obwohl des Verrats bezichtigt, noch galant und verneigte sich kurz. „Warum geht ihr beide nicht einfach wieder hinein und vergnügt euch auf dem Ball?“

Fast hätte Sam die Augen verdreht. Wusste Vale denn gar nichts über Frauen? Oder zumindest über seine *Verlobte*?

Lady Emeline lächelte frostig. „Nein, ich glaube, ich bleibe lieber hier.“

Wieder wollte Vale zu einer Erwiderung ansetzen, dieser Idiot.

„Ich bleibe auch“, kam Rebecca ihm zuvor.

Alle drehten sich nach ihr um. Rebecca wurde rot, reckte jedoch wacker das Kinn.

Lady Emeline räusperte sich. „Lasst euch nicht stören. Wir setzen uns solange.“

Sie marschierte zu einer marmornen Bank an der Brüstung. Rebecca folgte ihr. Beide Damen setzten sich, verschränkten die Arme vor der Brust und schauten die beiden Kontrahenten mit fast identischen Mienen gespannter Erwartung an. Unter anderen Umständen wäre es amüsant gewesen. *Verdammt.* Sam hob eine Braue und blickte Vale herausfordernd an.

Der hob hilflos die Schultern. Gott allein mochte wissen, woher dieser Mann seinen infamen Ruf hatte.

Der Lakai kehrte mit einem Glas Wein auf silbernem Tablett zurück. Sam nahm es und trank. Den ersten Schluck spuckte er über die Brüstung ins Gebüsch, bevor er den Rest des Glases in einem Zug leerte. Jetzt ging es ihm schon eine Spur besser.

Nachdem der Lakai sich entfernt hatte, räusperte sich Vale. „Gut. Und woher haben Sie diesen Brief? Woher sollen wir wissen, dass er nicht gefälscht ist?“

„Er ist nicht gefälscht“, beschied Sam. Er spürte mehr, als dass er es sah, wie Lady Emeline missbilligend die Lippen spitzte. Wie konnte sie es sich anmaßen, über ihn zu urteilen? „Ich habe ihn von einem Delaware-Indianer bekommen – mütterlicherseits mit englischen Wurzeln. Der Mann ist seit Jahren ein guter Freund von mir und über jeden Zweifel erhaben.“

„Natürlich! War das nicht dieser seltsame kleine Mann, der dich letztes Frühjahr besucht hat?“, rief Rebecca. „Jetzt erinnere ich mich wieder an ihn. Er war gerade in deinem Büro, als ich dir dein Mittagessen gebracht hatte.“

Sam nickte. Seine Geschäftsräume befanden sich nahe des Bostoner Hafens – eine Gegend, die seine Schwester für gewöhnlich nicht aufsuchte. Aber an besagtem Tag hatte er das Paket vergessen, das die Köchin ihm jeden Morgen packte, und Rebecca hatte es ihm kurzerhand gebracht.

„Du warst danach ziemlich durcheinander“, setzte Rebecca etwas leiser hinzu und schaute ihn an, als sehe sie ihn zum ersten Mal. Als wäre er ihr ein Fremder. „Und wütend. Du hattest noch Tage später schlechte Laune. Jetzt weiß ich auch, warum.“

Sam runzelte die Stirn, konnte sich der Sorgen seiner Schwester aber gerade nicht annehmen. Er wandte sich wieder Vale zu. „Coshocton – so heißt er – bekam den Brief von einem französischen Händler zugespielt, der bei den Wyandot gelebt hatte. Wir wurden von den Wyandot angegriffen.“

„Das weiß ich“, entgegnete Vale. „Aber woher wollen Sie wissen, dass es einer von uns war, der das verdammte Ding geschrieben hat? Es hätte genauso gut jemand von den Franzosen sein können oder …“

„Nein.“ Sam schüttelte den Kopf. „Erstens war der Brief auf Englisch geschrieben, und zweitens wusste, wer immer ihn geschrieben hat, einfach zu viel. Sie erinnern sich gewiss, dass unser Marsch nach Fort Edward absolute Geheimsache war. Nur die Offiziere und einige der Kundschafter wussten, dass wir über Land gehen würden, statt mit den Kanus über den Lake Champlain zu setzen.“

Vale wirkte nachdenklich. „Stimmt, ich erinnere mich. Die Passage über den See war die übliche Route.“

Sam nickte. „Jeder, der davon gewusst hätte, dass wir nach Fort Edward wollten, wäre davon ausgegangen, dass wir den Wasserweg nehmen würden.“

Vale spitzte die Lippen und schien sich zu einer Entscheidung durchzuringen. „Hören Sie zu, Hartley. Meine Schulden waren immens, das will ich gar nicht bestreiten, aber ich wäre durchaus in der Lage gewesen, sie zu begleichen."

Sam betrachtete ihn argwöhnisch. „Ach ja?"

„Ja. Um genau zu sein: Ich habe sie längst beglichen."

„Wie das?"

„Ich habe das Geld in aller Stille dem Nachlass von Clemmons zukommen lassen", sagte Vale unwirsch und sah beiseite, als sei ihm das peinlich. „Das Mindeste, was ich in Anbetracht der Umstände tun konnte. Ich bezweifle, dass einer von denen, die mit Ihnen gesprochen haben, davon wusste. Aber wenn Sie wünschen, können Sie sich bei meinen Anwälten erkundigen. Sie haben Unterlagen, die es belegen."

Sam schloss die Augen. Sein Kopf pochte. Er kam sich wie ein Idiot vor.

„Wer außer Jasper hätte denn noch Grund, die Kompanie zu verraten?", erkundigte sich Lady Emeline. „Denn Jasper kenne ich schon mein ganzes Leben, und ich kann einfach nicht glauben, dass er etwas tun würde, das zu Reynauds Tod führt."

Vale grinste. „Danke, Emeline – wenngleich mir nicht entgangen ist, dass du mich nicht *grundsätzlich* vom Vorwurf des Verrates freisprichst."

Sie zuckte gleichmütig mit den Schultern.

„Aber sie hat natürlich recht", fuhr Vale ernüchtert fort. „Ich habe das Regiment nicht verraten, Hartley. Das wäre mir niemals in den Sinn gekommen."

Sam starrte den Viscount an. Er wollte ihm nicht glauben. Weil er Antworten suchte, war er den ganzen langen Weg nach England gekommen, und er hatte gehofft, dass Vale der Schlüssel zu allem wäre. Er hatte gehofft, die Wahrheit herauszufinden und Spinner's Falls endlich hinter sich lassen zu können. Aber Vales Motiv dafür, das Regiment verraten zu haben, hatte sich soeben in Luft aufgelöst. Zudem sagte ihm sein Instinkt, dass Vale nicht der Verräter war. Und selbst wenn sein Instinkt ihn trog, war da immer noch Lady Emeline. Sie vertraute diesem Mann. Sie *vertraute* ihm, verdammt noch mal.

Lady Emeline stand auf und strich ihre Röcke glatt. „Was vermutlich heißen dürfte, dass jemand anders der Verräter ist, oder?“

„Du solltest ruhig auf den Ball zurückkehren“, sagte Emeline zu Jasper. „Rebecca und ich fahren jetzt besser nach Hause.“

Obwohl sie Samuel nicht in ihre Worte eingeschlossen hatte, war er es doch, um den sie sich am meisten sorgte. Er hielt sich mittlerweile zwar, ohne zu schwanken, auf den Beinen, doch stand ihm noch immer der Schweiß im erschreckend bleichen Gesicht.

Während sie mit Jasper sprach, mied sie es tunlichst, in Samuels Richtung zu schauen. Sie wusste, dass er es nicht geschätzt hätte, wenn sie sich im Beisein eines anderen Mannes um ihn besorgt gezeigt hätte. „Um unnötige Aufmerksamkeit zu vermeiden, hielte ich es für besser, nicht noch einmal durch den Ballsaal zu gehen – Rebecca hatte für einen Abend wahrlich genug der Aufregung. Am besten lasse ich Tante Cristelle ausrichten, dass sie vor dem Haus auf uns warten soll, und wir nehmen den Weg durch den Garten.“

„*Non!*“, ertönte es da in aller Schärfe hinter ihr.

Erschrocken fuhr Emeline herum. Allem Anschein nach waren ihre Nerven doch angespannter, als sie es je für möglich gehalten hätte.

Tante Cristelle schloss die Tür hinter sich und trat aus dem Schatten des Hauses. „Drinnen tuschelt man schon über den Streit zweier Gentlemen.“ Sie bedachte besagte Gentlemen mit finsterem Blick, doch nur Jasper besaß den Anstand, reuig dreinzuschauen. „Weshalb ich hierbleiben und die Gerüchte im Keim ersticken werde. Ich sage einem der Diener Bescheid, dass er die Kutsche hinten in der Gasse vorfahren lassen soll.“

„Aber wie kommst du denn dann nach Hause?", fragte Emeline.

Die Tante zuckte nonchalant die Schultern. „Wozu habe ich denn so viele Freunde? Irgendjemand wird mich schon mitnehmen." Sie warf einen kurzen Blick auf Rebecca, die arg mitgenommen aussah. „Und Sie gehen jetzt schön brav ins Bett und ruhen sich aus, *ma petite.*"

Emeline gönnte ihrer Tante ein müdes, doch zutiefst dankbares Lächeln. „Danke, Tante."

Tante Cristelle schnaubte nur. „Wofür?", fragte sie. „Dir bleibt mit diesen beiden Streithähnen doch der weitaus schwierigere Part überlassen." Sie nickte ihnen kurz zu und verschwand wieder im Haus.

Emeline straffte die Schultern und wandte sich ihren Streithähnen zu.

„Ich begleite dich zur Kutsche", erbot sich Jasper und reichte ihr den Arm. Sie nahm sein Angebot dankend an und tadelte sich dafür, enttäuscht darüber zu sein, dass es nicht von Samuel kam.

Schweigend ließ sie sich von Jasper durch den Garten der Westertons zur hinteren Gasse führen und war sich alldieweil bewusst, dass Samuel mit seiner Schwester dicht hinter ihnen ging. Sobald sie die erste Straßenlaterne erreicht hatten, schaute sie Jasper an. „Ich danke dir. Und bleib nicht zu lange."

„Jawohl, Madam", erwiderte Jasper und grinste vergnügt. „Pünktlich um Mitternacht werde ich brav im Bett liegen."

Emeline krauste enerviert die Nase, weil Jasper nie etwas ernst nehmen konnte. Was ihn indes nur noch vergnügter zu stimmen schien. In diesem Augenblick kam auch schon die Kutsche um die Ecke gerumpelt.

„Ich möchte, dass du und die Hartleys morgen zu mir zum Tee kommen, damit wir ausführlich über diese Sache reden können", sagte sie rasch. Nicht gerade eine stilvolle Einladung. Sie hatte Samuel und Rebecca nicht einmal angeschaut, obwohl die beiden sie gewiss gehört hatten.

Jasper betrachtete sie denn auch mit gehobenen Brauen. Er mochte oft und gern den Schelm spielen, doch das hieß keineswegs, dass er gewillt war, sich von ihr herumkommandieren zu lassen. Gespannt hielt sie den Atem an.

Doch dann lächelte er wieder. „Natürlich. Schlaf gut, meine Liebe."

Er beugte sich über sie und streifte mit den Lippen ihre Schläfe. So hatte Jasper sie in all den Jahren, die sie sich schon kannten, Dutzende – wenn nicht gar Hunderte – Male geküsst, und sie dachte sich kaum noch etwas dabei. Doch diesmal war sie sich bewusst, dass Samuel hinter ihr im Dunkeln stand und zusah. Auf einmal wurde sie verlegen, was natürlich Unsinn war. Was bedeutete ihr dieser Fremde aus den Kolonien schon? Nichts. Weniger als nichts, um genau zu sein, schien es doch, als hätte er es von Anfang an auf Jasper abgesehen gehabt, was wirklich unerhört war.

„Gute Nacht, Jasper."

Er nickte und wandte sich an Samuel. „Dann bis morgen."

Samuel lächelte nicht, neigte aber kurz den Kopf. „Bis morgen."

Jasper salutierte ironisch und schlenderte die Straße hinab. Wie es aussah, schien er trotz ihrer Bitte, auf den Ball zurückzukehren, andere Pläne zu haben. Aber das sollte nicht ihre Angelegenheit sein. Achselzuckend wandte Emeline sich ab – nur um erschrocken festzustellen, dass Samuel dichter hinter ihr gestanden hatte als gedacht.

„Könnten wir jetzt gehen?", fragte sie spitz.

„Wie Sie wünschen." Er trat beiseite und deutete auf den herabgelassenen Kutschentritt.

Emeline sah sich gezwungen, Samuel im Vorbeigehen zu streifen, um in den Wagen zu gelangen. Was zweifelsohne beabsichtigt war. Männer konnten ja so offensichtlich sein, wenn sie ihre Macht demonstrieren wollten. Kaum hatte sie den Fuß auf die erste Stufe gesetzt, fasste er sie beim Ellbogen, als wolle er ihr behilflich sein. Dass sie nicht lachte. Sie spürte ihn hinter sich, geradezu unschicklich nah. Sie warf ihm einen warnenden Blick zu, er erwiderte es mit einem belustigten Zucken der Mundwinkel.

Grässlicher Mann.

Emeline setzte sich und sah zu, wie er ans Kutschendach klopfte und dann neben seiner Schwester Platz nahm.

Nachdenklich betrachtete sie den langsam verblassenden Bluterguss an seinem Kinn. „Sie haben sich kürzlich geprügelt", stellte sie fest.

Er hob nur die Brauen.

Sie deutete auf sein Kinn. „Jemand hat Ihnen einen ordentlichen Hieb verpasst."

„Samuel?" Nun starrte auch Rebecca ihren Bruder an.

„Kleiner Unfall", winkte er ab.

„Du verbirgst so viel vor mir", flüsterte Rebecca. „Was weiß ich schon von dir?"

Er runzelte die Stirn. „Becca ..."

„Nein." Sie wandte sich ab und schaute aus dem Fenster. „Heute Abend bin ich zu müde, um mich zu streiten."

„Tut mir leid", sagte er.

Rebecca seufzte so tief, als laste die ganze Welt auf ihren Schultern. „Nicht mal zum Tanzen bin ich gekommen."

Samuel schaute Emeline an, als erhoffe er von ihr Hilfe, doch sie zeigte nicht mehr Mitgefühl als seine Schwester. Sie starrte aus dem dunklen Fenster, das nur ihr gespiegeltes Antlitz zeigte. Verdrießlich stellte sie fest, dass die feinen Falten um ihren Mund sie heute Abend besonders alt aussehen ließen.

Den Rest der Fahrt legten sie schweigend zurück. Schaukelnd und schwankend rumpelte die Kutsche durch die nächtlichen Straßen Londons. Als sie endlich bei ihrem Haus vorfuhren, fühlte Emeline sich so erschlagen, dass sie gern darauf verzichtet hätte, jemals wieder einen Ball zu besuchen. Der Kutschenschlag wurde geöffnet, und der Lakai zog den Tritt herab. Samuel stieg aus und war seiner Schwester behilflich. Rebecca hielt sich nicht lange auf, sondern rannte sogleich die

Treppe hinauf und verschwand im Haus ihres Bruders. Stirnrunzelnd schaute Samuel ihr nach, machte aber keine Anstalten, ihr zu folgen, und reichte Emeline seine Hand.

Sie holte tief Luft und legte ihre Fingerspitzen auf seine Hand. Trotz aller Vorsicht ihrerseits zog er sie an sich, als sie ausstieg.

„Bitten Sie mich herein“, murmelte er, als sie an ihm vorbeiging.

Welche Dreistigkeit! Sie ging ein paar Schritte und versuchte, ihm ihre Hand zu entziehen, doch er ließ sie nicht los. Gereizt sah sie ihn an. Seine Augen waren schmal, sein Mund entschlossen.

„Mr Hartley“, sagte sie kühl. „Würden Sie bitte noch einen Moment hereinkommen? Ich würde gerne Ihre Meinung zu einem der Bilder in meinem Salon hören.“

Er nickte und ließ ihre Hand los. Doch er hielt sich so dicht hinter ihr, als traue er dem Frieden nicht so ganz.

In der Halle reichte Emeline Crabs ihren Umhang. „Machen Sie bitte den Salon bereit.“

Crabs hatte schon vor ihrer Heirat in ihren Diensten gestanden, und während all dieser Jahre hatte Emeline ihn kein einziges Mal auch nur einen Hauch von Verwunderung zeigen sehen. So auch jetzt.

„Mylady.“ Der Butler schnippte kurz mit den Fingern, woraufhin zwei Diener herbeieilten, die sogleich begannen, im Salon Kerzen anzuzünden und das Feuer anzufachen.

Emeline folgte ihnen und trat an eines der Fenster, wo sie eine Weile so tat, als würde sie hinausschauen, obwohl sie nichts weiter sehen konnte als ihr eigenes gespenstisches Spiegelbild. Nachdem endlich das geschäftige Treiben hinter ihr verstummt war und die Tür sich geschlossen hatte, drehte sie sich um.

Langsam kam Samuel auf sie zu. Im Kerzenschein wirkte sein Gesicht finster und entschlossen. „Warum Vale?“

„Wie bitte?“

Immer näher kam er, seine Schritte fast lautlos auf dem dicken Teppich. „Vale. Warum wollen Sie ihn heiraten?"

Sie ballte die Hand in den Falten ihres Rocks und reckte das Kinn. „Warum nicht? Ich kenne ihn seit Kindertagen."

Als er vor ihr stehen blieb, stand er natürlich viel zu nah, dieser grässliche Mann, sodass sie gezwungen war, den Kopf in den Nacken zu legen und sich den Hals zu verrenken, um ihm in die Augen schauen zu können.

Die sehr verärgert auf sie herabblickten. „Lieben Sie ihn?"

„Wie können Sie es wagen?", hauchte sie.

Seine Miene blieb reglos, nur seine Nasenflügel blähten sich kaum merklich. „Lieben Sie ihn?"

Sie schluckte. „Natürlich liebe ich ihn. Jasper ist wie ein Bruder für mich ..."

Er stieß ein hässliches Lachen aus. „Würden Sie auch mit Ihrem Bruder das Bett teilen?"

Da schlug sie ihn. Das Geräusch hallte im Salon wider, und ihre Hand brannte. Entsetzt über sich selbst, wich sie zurück, doch noch ehe sie etwas sagen konnte – oder überhaupt einen Gedanken hätte fassen können –, hatte er sie schon gepackt.

Er zog sie an sich und neigte den Kopf, bis sie seinen Atem auf ihrer Wange spürte. „Er küsst Sie wie ein Bruder – als bedeuteten Sie ihm nicht mehr als das Mädchen, das ihm morgens seinen Tee bringt. Ist es das, was Sie in Ihrer Ehe wollen?"

„Ja." Finster sah sie zu ihm auf, der nun so vertraulich nah war. Sie wusste nicht, wohin mit ihren Händen, und so legte sie sie auf seine Schultern. Fast war es, als würden sie einander umarmen. Als wären sie Liebende. „Ja, das ist es, was ich will. Einen kultivierten, respektablen Mann. Einen Engländer, der die Regeln der Gesellschaft kennt, einen Adeligen, der mir bei der Erziehung meines Sohnes und der Verwaltung meiner Ländereien behilflich sein kann. Wir sind füreinander geschaffen, Jasper und ich."

Sie sah den Schmerz in seinen Augen. Kaum merklich war es, und kaum jemand würde es wohl bemerkt haben, aber sie sah es, und sie verstand. Sie hatte ihn verletzt.

Und so trieb sie das Messer noch etwas tiefer in die Wunde. „Bald schon werden wir verheiratet sein, und ich werde sehr, sehr glücklich …"

„Den Teufel wirst du", knurrte er, und dann küsste er sie.

Sein Mund senkte sich auf den ihren, presste ihre Lippen an ihre Zähne, bis sie Blut schmeckte. Sie versuchte, sich ihm zu entwinden, aber er hielt sie nur umso fester, hob sie schließlich hoch, sodass sie den Boden unter den Füßen verlor. Sie neigte den Kopf zurück, doch er folgte ihrem Ausweichen, bewegte sich mit ihr, bis sie mit dem Rücken an der Wand war. Und dann gab es wirklich keinen Ausweg mehr. Sie hätte aufgeben sollen – zumal sie wusste, dass er ihr nie ernstlich etwas zuleide täte –, aber etwas in ihr wehrte sich dagegen, ihre Niederlage einzugestehen. Sie öffnete ihm ihren Mund, und als er für den Bruchteil einer Sekunde zögerte, nutzte sie die Gelegenheit.

Sie biss zu.

Er fuhr zurück und grinste. Seine schöne, sinnliche Unterlippe blutete. „Kleine Katze."

Dafür hätte sie ihn wieder schlagen wollen – wenn er nicht längst ihre Arme fest im Griff gehabt hätte.

Und dann war es zu spät. Erneut beugte er sich über sie. Diesmal waren seine Lippen sanft, streiften leicht und zärtlich über die ihren. Neckten, als hätte er alle Zeit der Welt. Sie kam ihm entgegen, um die Berührung zu vertiefen, doch er wich ihr aus. Vielleicht fürchtete er ja, dass sie ihn wieder beißen würde. Vielleicht spielte er aber auch nur mit ihr. Sie konnte kaum noch klar denken, und eigentlich war es auch gleich. Er kam zurück, landete leicht wie ein Schmetterling auf ihren Lippen. Süß, köstlich, als wäre sie aus feinstem Glas, ein zartes, zerbrechliches Geschöpf – und keineswegs die Katze, als die er sie eben bezeichnet hatte.

Schließlich konnte sie nicht länger widerstehen. Mit mädchenhafter Unschuld öffnete sie die Lippen, als wäre sie nie zuvor geküsst worden. Und vielleicht war sie nie zuvor geküsst worden – zumindest nicht so. Seine Zungenspitze schnellte in ihren Mund und wieder hinaus, und ihre Zunge folgte ihm, folgte ihm in seinen Mund, und er saugte an ihr, zärtlich, oh so zärtlich biss er sie. Mit seinem ganzen Gewicht presste er sich an sie, hielt sie zwischen sich und der Wand. Verzweifelt wünschte sie, dass nicht gar so viele Lagen Stoff sie trennten. Dass sie ihn spüren könnte. Als sie stöhnte, ein leiser, flüsternder Laut, ihr ganz fremd, hielt er inne.

Langsam ließ er sie herab, nahm seinen Mund von ihr, seine Hände, sich. Stumm starrte sie ihn an. Ihr fehlten die Worte.

Er verneigte sich knapp. „Gute Nacht." Und verließ den Salon.

Die Beine zitterten ihr. Reglos blieb sie an die Wand gelehnt stehen, wagte nicht einmal, die paar Schritte zum Kanapee zu laufen, aus Angst, sie könnten unter ihr nachgeben. Und während sie so dastand, fuhr sie sich mit der Zunge über die Lippen und schmeckte Blut.

Ob seines oder ihres, hätte sie nicht zu sagen gewusst.

Ein kultivierter, respektabler Mann. Sam rempelte einen der glotzenden Lakaien an, als er aus Emelines Haus stürmte. *Kultiviert.* Er rannte die Stufen hinunter und weiter, immer weiter, bis seine Muskeln warm wurden und sich dehnten. Das vertraute Gefühl war ihm ein Trost.

Kultiviert!

Wenn er eines nicht war, dann wahrscheinlich kultiviert und respektabel. Als er um die Ecke bog, musste er einer Horde Betrunkener ausweichen. Von seinem plötzlichen Auftauchen überrascht, stoben die Männer auseinander. Bis sie sich wieder gefangen hatten und anfingen, ihm Beschimpfungen hinterherzubrüllen, war Sam längst einen halben Block weiter. Er lief noch ein Stück die Straße hinab und tauchte kurz darauf in eine dunkle Gasse ein. Rhythmisch setzten seine Füße auf dem groben Pflaster auf, jeder Schritt ein stummer Stoß durch seinen Körper. Sein Körper löste sich immer mehr, lief wie geschmiert, bis Sam schließlich ganz aus eigenem Antrieb, fast ohne Mühe rannte. Die Bewegung steigerte sich, bis er schwerelos dahinflog. So konnte er meilenweit laufen, stundenlang, tagelang, wenn es sein musste.

Wozu sich nach einer Frau gelüsten, die ihn ganz offensichtlich nicht wollte? In Boston *war* er ein respektabler Mann, gern gesehen in guten Kreisen und dank des Unternehmens seines Onkels und dem Vermögen, das er nach dessen Tod damit gemacht hatte, eine führende Persönlichkeit im Geschäftsleben. Voriges Jahr erst waren zwei auf eine gute Partie erpichte Väter an ihn herangetreten und hatten ihm zu verstehen gegeben, dass er ihnen als Schwiegersohn willkommen wäre. Die jeweiligen Töchter waren durchaus ansehnlich gewesen, doch das gewisse Etwas hatte beiden gefehlt. Da war nichts, das sie für ihn zu etwas Besonderem gemacht hätten. Irgendwann hatte er dann zu glauben begonnen, dass er einfach zu hohe Maßstäbe habe. Dass einem Mann in seiner Position eine gute Familie und ein hübsches Gesicht für eine zufriedenstellende Ehe genügen sollten.

Fluchend beschleunigte Sam seine Schritte, sprang über einen Haufen Unrat hinweg. Und nun empfand er auf einmal eine solch törichte, nicht zu zügelnde Begierde für eine Frau, die er schlichtweg nicht haben konnte. Eine Frau, die einen *kultivierten* Mann wollte. Warum sie? Warum ausgerechnet diese launische, reizbare und arrogante Lady, die ihn nicht einmal zu mögen schien?

Er blieb stehen, stemmte die Hände in den Rücken und streckte sich. Ironie des Schicksals, das musste es sein – zumal nach den Ereignissen des heutigen Abends. Seine Albträume vom Massaker, die im Ballsaal erschreckend lebendig geworden waren. Seine Konfrontation mit Vale. Die unglaubliche Offenbarung, dass sie mit diesem adeligen Geck verlobt war. Er warf den Kopf in den Nacken und lachte lauthals in den schwarzen Nachthimmel hinauf, während seine Welt um ihn her erbebte und zusammenzubrechen drohte. Eine Katze, aufgeschreckt von seinem Lachen, suchte jaulend das Weite.

Und dann rannte er weiter.

Vorsichtig berührte Emeline den grünen Einband. Feiner, leicht moderiger Staub rieselte auf den Tisch. Sie hatte das Märchenbuch gefunden, mit dem sie und Reynaud als Kinder so viele Stunden verbracht hatten. Den ganzen Vormittag hatte sie auf dem Speicher danach gesucht, eingehüllt in Schmutz und Staub, sodass sie andauernd hatte niesen müssen und danach erst mal ein heißes Bad gebraucht hatte, aber das Buch war endlich gefunden. Als es nun auf dem Tisch in ihrem Salon lag, begutachtete sie ihren Fund.

Sie hatte nicht damit gerechnet, dass es in so schlechtem Zustand wäre. In ihrer Erinnerung war das Buch makellos und neu, die Seiten leuchteten fein und weiß. Nun hatten Käfer und Motten sich daran zu schaffen gemacht. Die Bindung war verzogen und brüchtig, die Seiten hingen lose und vergilbt, Schimmel und Stockflecken zierten das Papier. Emeline runzelte missmutig die Stirn, während sie mit dem Finger über eine der geprägten Initialen fuhr. Das kleine Bild zeigte einen knorrigen Wanderstock, der an einem abgetragenen Tornister lehnte – so als sei der Soldat eben erst heimgekehrt und habe seine Sachen achtlos neben der Tür abgelegt.

Seufzend schlug sie den Einband zurück und musste eine weitere herbe Enttäuschung hinnehmen. Das Buch war auf Deutsch – etwas, das sie entweder vergessen oder als Kind überhaupt nicht gewusst hatte. Als sie und Reynaud es sich angeschaut hatten, hatte sie noch kaum lesen können und sich nur an den Bildern erfreut.

Zumindest glaubte sie, dass es Deutsch war. Das Frontispiz zeigte den Titel in schmuckvollen, kaum zu entziffernden Lettern und darunter einen groben Holzschnitt von vier Soldaten mit Dreispitzen und Gamaschen, die im Gleichschritt nebeneinanderher marschierten. Ihre Kinderfrau war eine preußische Emigrantin gewesen, die als kleines Mädchen nach England gekommen war. Das Buch war vermutlich ihr eigenes gewesen. Hatte Nanny ihnen die Geschichte aus dem Gedächtnis erzählt, oder hatte sie ihnen alles Seite für Seite übersetzt?

Von draußen drangen Stimmen in den Salon. Emeline richtete sich auf und trat ein paar Schritte von dem Tisch zurück. Aus irgendeinem Grund wollte sie ihre Besucher noch keinen Anteil an ihrem Fund nehmen lassen.

Die Tür wurde von Crabs geöffnet. „Lord Vale und Mr Hartley, Mylady."

Emeline nickte. „Führen Sie sie herein."

Sie konnte ihre Überraschung kaum verbergen. Zwar hatte sie die beiden heute zum Tee gebeten, aber nach ihrer gestrigen Auseinandersetzung hätte sie nicht damit gerechnet, dass sie sich zusammen einfinden würden. Doch hier kamen sie, zunächst Jasper in scharlachrotem Rock mit gelbem Besatz und kobaltblauer Weste, die perfekt zur Farbe seiner Augen passte. Sein rotbraunes Haar trug er ungepudert und zu einem Zopf zusammengefasst, der gewiss sehr ordentlich gewesen war, als sein Kammerdiener ihn heute früh gebunden hatte. Nun jedoch hingen Jasper schon wieder störrische Locken in die Stirn. Emeline kannte genügend Frauen, die für Jaspers beneidenswerte Lockenpracht über Leichen gegangen wären.

„Meine Liebe." Jasper kam zu ihr und gab ihr einen flüchtigen Kuss, der irgendwo nahe ihrem linken Ohr landete. Über seine Schulter begegnete Emeline Samuels unergründlichem Blick. Wieder einmal war der Amerikaner ganz in Braun gekleidet, und obwohl er eigentlich besser aussah als Jasper, verblasste er doch neben diesem wie eine Krähe neben einem Pfau. Der Viscount schlenderte davon und ließ sich in einen abendroten Sessel fallen. „Hartley und ich treten vor dich wie Bittsteller vor eine Königin. Wie gedenkst du, mit uns zu verfahren? Willst du Frieden zwischen uns stiften?"

„Vielleicht." Emeline bedachte Jasper mit einem flüchtigen

Lächeln und wandte sich dann Samuel zu, was ihr einiges an Selbstbeherrschung abverlangte. „Wird Ihre Schwester sich nicht zu uns gesellen?"

„Nein", erwiderte Samuel und ließ seine Hände auf der Lehne eines Stuhls ruhen. „Sie bittet darum, sie wegen einer Migräne zu entschuldigen."

„Das tut mir leid." Emeline deutete auf einen der Sessel. „Bitte, Mr Hartley, möchten Sie sich nicht setzen?"

Er neigte höflich den Kopf und setzte sich. Sein Haar war heute straff zusammengefasst und zu einem ordentlichen Zopf gebunden. Der bloße Anblick weckte in ihr den Wunsch, ihm das Haar zu zerzausen, bis es ihm wirr um die Schultern hing und sie ihre Finger darin vergraben und daran ziehen konnte, bis es ihn schmerzte.

Glücklicherweise kamen just in diesem Augenblick die Mädchen mit dem Tee herein und rissen Emeline aus ihren unerquicklichen Gedanken. Sie setzte sich und versuchte, sich etwas zu beruhigen, während sie ein wachsames Auge auf das Arrangement des Teegeschirrs hatte und den Blick sittsam gesenkt hielt, um weder ihn zu sehen noch jene Stelle, an der er sie gestern Abend an die Wand gedrängt hatte. Gestern Abend erst hatte er sie hier, mitten in ihrem Salon, geküsst. Er hatte sie bei den Fenstern an die Wand gedrängt, hatte mit der Zunge ihre Lippen liebkost, und sie hatte ihn gebissen. Sie hatte sein Blut geschmeckt.

Emeline zitterte die Hand so sehr, dass sie kaum den Teelöffel ruhig halten konnte. Klirrend schlug er an die Tasse. Als sie aufblickte, sah sie Samuels dunkle Augen auf sich gerichtet. Seine Miene war wie versteinert.

Sie räusperte sich und sah beiseite. „Tee, Jasper?"

„Ja, gern", entgegnete er freundlich.

Bemerkte er denn gar nicht die Spannung, die zwischen ihr und Samuel herrschte? Doch vielleicht bemerkte er sie ja und zog es vor, so zu tun, als ob er nichts merke. Schließlich hatten sie eine sehr elegante Übereinkunft. Sie erwartete von ihm nicht, dass er vor der Ehe wie ein Mönch lebte – und auch nicht danach, so es sich ergeben sollte –, und vielleicht war er ja ähnlich tolerant gesonnen.

Sie reichte Jasper seine Tasse und fragte, ohne aufzusehen: „Tee, Mr Hartley?"

Schweigen. Nur Jasper war zu hören, der recht vernehmlich Zucker in seinen Tee rührte – Süßem hatte er noch nie widerstehen können – und einen Schluck nahm.

„Tee, Mr Hartley?"

Sie starrte auf ihre Finger, die den Griff der Kanne umfasst hielten, und wartete, bis es nicht länger zu ertragen war. Mittlerweile musste sogar Jasper bemerkt haben, dass etwas nicht stimmte. Sie schaute auf.

Samuel beobachtete sie noch immer. „Ja, sehr gern", sagte er, doch dem tiefen Klang seiner Stimme nach meinte er etwas ganz anderes als Tee.

Sie erschauerte, spürte förmlich, wie sie erbebte und war sich bewusst, dass sie auffallend erhitzt war. Wie kompromittierend. Als sie den Tee eingoss, schlug die Teekanne an den Rand der Tasse. Niederträchtiger Mann! Machte es ihm gar Freude, sie so in Verlegenheit zu bringen?

Jasper balancierte sein Teegeschirr derweil sehr elegant auf dem Knie. Nach dem ersten Schluck schien er seinen Tee vergessen zu haben, und die Tasse wartete nur auf eine unachtsame Bewegung, um krachend zu Boden zu stürzen.

„Hartley hat mir vorhin von einem Dick Thornton erzählt, Emmie", sagte er. „Ich kann mich an keinen Thornton erinnern. Aber bei einem Regiment von über vierhundert Männern kennt man natürlich nicht jeden mit Namen. Die meisten wohl vom Sehen, aber nicht namentlich."

Samuel hatte seine Tasse auf einem kleinen Tisch neben sich abgestellt. „Nach Quebec waren es nicht mehr so viele."

Emeline räusperte sich. „War Mr Thornton ein einfacher Soldat? Das hätte ich nach unserem Treffen kürzlich kaum vermutet. Seine Aussprache war sehr gepflegt."

„Doch, im Krieg war Thornton einfacher Gefreiter", sagte Samuel. „Er war mit einem anderen Soldaten sehr gut befreundet, mit MacDonald …"

„Stimmt, die rothaarigen Zwillinge!", rief Jasper. „Unzertrennlich und nichts als Unfug im Sinn."

Sam nickte knapp. „Ganz genau."

Emeline schaute zwischen den beiden Männern hin und her. Sie schienen ganz ohne ihre Hilfe zu irgendeiner typisch männlichen Übereinkunft gelangt zu sein. „Du kanntest diesen MacDonald also auch?"

Jasper setzte sich auf und hätte fast seine Tasse heruntergeworfen. „Aber natürlich, jetzt erinnere ich mich! Schlimme Sache war das. Wurden nicht MacDonald und einer seiner Freunde, dieser Brown, des Mordes angeklagt und der … *ähem*!" Der Rest des Satzes wurde in einem Hüsteln verschluckt, das von einem peinlich berührten Blick auf Emeline begleitet wurde.

Fragend hob sie die Brauen. Dem kurzen Blick nach zu urteilen, den die beiden Gentlemen wechselten, musste die *schlimme Sache* so schlimm gewesen sein, dass man sie als für ihre Ohren ungeeignet fand. Sie seufzte tief. Männer konnten so dumm und enervierend sein.

„Hat MacDonald das Massaker überlebt?", fragte Jasper.

Samuel schüttelte den Kopf. „Nein. Thornton meinte, er habe MacDonald zu Boden gehen sehen, und Brown muss bei dem Überfall ebenfalls umgekommen sein. Hätte er überlebt, wäre er vor das Kriegsgericht gestellt worden – und davon hätten wir gewiss erfahren."

„Aber sicher wissen wir es nicht."

„Nein."

„Wir sollten Thornton fragen, ob er etwas über Brown weiß", meinte Jasper.

Sam hob die Brauen. „*Wir?*"

Jasper setzte jungenhaften Charme ein und gab sich verlegen. An diese Miene konnte Emeline sich noch gut aus Kindertagen erinnern. Er hatte sie immer dann zum Einsatz gebracht, wenn er ohne viel Federlesens seinen Kopf durchsetzen wollte. „Nun, da wir ja geklärt hätten, dass ich nicht der Verräter bin, dachte ich mir, dass ich Ihnen bei Ihren Ermittlungen behilflich sein könnte."

„Schön für Sie, dass Sie sich kurzum von jeglichem Verdacht freigesprochen haben", erwiderte Samuel steif, „aber ich lasse mich keineswegs so einfach …"

„Nun lassen Sie es aber gut sein, Samuel!", platzte Emeline heraus. „Sie wissen ganz genau, dass Jasper nicht der Verräter ist. Geben Sie es zu." Noch während sie ihn verärgert anschaute, bemerkte sie mit Schrecken, dass sie ihn soeben bei seinem Vornamen genannt hatte. Wo war sie nur mit ihren Gedanken?

Samuel machte eine überaus artige, affektierte Verbeugung vor ihr. „Ganz wie die Dame wünschen." Er wandte sich an Jasper. „Ich erkenne Ihre Unschuld an – und sei es nur, um Ihre Verlobte zu beschwichtigen."

„Sehr gütig von Ihnen." Jasper lächelte kühl und bleckte die Zähne.

Samuel bleckte zurück.

Entschlossen straffte Emeline die Schultern. „Dann wäre das ja geklärt. Ihr werdet das Massaker und seine Folgen untersuchen. Gemeinsam."

Fragend schaute Jasper Samuel an.

Der nickte grimmig. „Gemeinsam."

8. KAPITEL

Tag um Tag und Nacht um Nacht bewachte Eisenherz Prinzessin Sonnentrost. Er stand hinter ihrem Stuhl, während sie bei Tische saß. Er folgte ihr wie ein Schatten, wenn sie sich in den königlichen Gärten erging. Er ritt neben ihr, wenn sie mit ihren Falken jagte. Und er lauschte mit ernster Miene, wenn sie ihm ihre Gedanken und Gefühle anvertraute und alle Geheimnisse, die tief in ihrem Herzen verborgen lagen. Denn es ist seltsam, aber wahr, dass eine Dame sich sehr wohl in einen Mann verlieben kann, auch wenn er nicht ein einziges Wort zu ihr spricht …
Eisenherz

Rebecca öffnete die Tür ihres Zimmers einen Spaltbreit und spähte hinaus. Draußen schien alles ruhig. Kein Mensch war zu sehen. Auf Zehenspitzen schlich sie auf den Flur hinaus und schloss die Tür hinter sich. Eigentlich sollte sie mit maladem Kopf im Bett liegen – Evans hatte sie dort mit einem parfümierten Tuch und der strikten Anweisung zurückgelassen, es eine halbe Stunde auf der Stirn zu belassen –, aber da die Kopfschmerzen ohnehin nur eine Ausrede gewesen waren, hatte Rebecca auch kein schlechtes Gewissen, den Anweisungen zuwiderzuhandeln. Schuldgefühle waren es also nicht, die sie so verstohlen umherschleichen ließen. Vielmehr hatte sie Angst, von ihrer einschüchternden Zofe ertappt zu werden.

Leise huschte sie die Treppe hinunter und lief in den hinteren Teil des Hauses, um durch die schmale Seitentür unbemerkt in den Garten zu gelangen. Als Samuel gestern Abend diesen seltsamen Anfall im Ballsaal bekommen hatte, war ihr angst und bange geworden. Ihr großer Bruder wirkte immer so unerschütterlich, so stark und beherrscht. Zu sehen, wie er auf einmal am ganzen Körper zitterte und kreidebleich im Gesicht wurde, hatte sie zu Tode erschreckt. Samuel war ihre starke Schulter zum Anlehnen, ihr Fels in der Brandung. Wer sollte ihr denn Halt geben, wenn nicht er?

Von oben erklangen Stimmen. Rebecca blieb stehen und lauschte. Doch es waren nur zwei Dienstmädchen, die sich über das Auskehren der Kaminroste stritten. Sie atmete erleichtert auf und ging weiter. Der hintere Korridor war dunkel, aber sie konnte die Tür schon vor sich sehen. Nach all der Angst, die sie im Ballsaal um ihren Bruder ausgestanden hatte, war es geradezu lächerlich, sich betrogen zu fühlen, als er dann seinen wahren Grund für die Reise nach England offenbart hatte. Sie hatte ihn angebettelt, dass er sie mitnähme. Und wie glücklich sie gewesen war – wie *dankbar* –, als er ihr schließlich nachgegeben hatte. Nun entsprach ihre Enttäuschung in etwa ihrer anfänglichen Freude.

Seufzend stieß Rebecca die Tür auf, die in den hinteren Garten führte, und flüchtete hinaus in den Sonnenschein. Vielleicht lag es daran, dass die Besitzer das Haus nur vermieteten, aber der Garten befand sich in einem trostlosen Zustand der Vernachlässigung. Blumen gab es keine. Zumindest keine, die gerade blühten. Stattdessen wurden die schmucklosen Kieswege von schulterhohen Hecken gesäumt. Hier und da wuchs ein Zierstrauch, und mancherorts öffneten sich die Hecken auf ein Karree oder Rondell, in dem kurz gestutzte Hecken zu kunstvollen Ornamenten beschnitten waren. In regelmäßigen Abständen standen marmorne Bänke, um sich von der ermüdenden Monotonie des Gartens zu erholen.

Rebecca schlenderte einen der Wege hinab und strich im Gehen müßig mit der Hand an der struppigen Hecke entlang. Ihre Gefühle für Samuel waren übersteigert, dessen war sie sich bewusst. Ständig buhlte sie um seine Aufmerksamkeit, als wäre sie ein kleines Kind und nicht eine erwachsene Frau. Warum sie das tat, wusste sie selbst nicht genau. Vielleicht …

„Einen schönen guten Tag!“

Erschrocken fuhr Rebecca herum. Zu ihrer Rechten öffnete sich die Hecke auf eines der Karrees mit einer Bank, von der sich nun ein Mann erhob. Er hatte auffallend rote Haare, und im ersten Moment wusste sie ihn nicht einzuordnen. Erst als er auf sie zukam, erkannte sie in ihm Samuels ehemaligen Kameraden aus der Armee, den sie kürzlich im Kaffeehaus getroffen hatten und an dessen Namen sie sich nicht mehr erinnern konnte.

„Oh! Ich hatte Sie überhaupt nicht gesehen."

Er lächelte und zeigte schöne weiße Zähne. „Es tut mir leid, wenn ich Sie erschreckt habe."

„Schon gut." Verlegen sah sie sich in dem ansonsten verlassen daliegenden Garten um. „Ähm … warum …?"

„Sie fragen sich gewiss, was ich in Ihrem schönen Garten zu suchen habe."

Sie nickte erleichtert.

„Nun, eigentlich wollte ich Ihrem Bruder einen Besuch abstatten", sagte er mit feinem, vertraulichem Lächeln. „Aber leider war er gerade außer Haus, und so wollte ich hier auf ihn warten. Ich hatte gehofft, mit ihm ein bisschen über alte Zeiten zu reden. Viele sind wir ja nicht mehr aus dem alten Regiment. Die meisten sind beim Massaker umgekommen, und wer überlebt hat, ist bald darauf anderen Regimentern zugeteilt worden."

„Spinner's Falls", flüsterte sie.

Der Name hatte sich nun auch ihr ins Gedächtnis eingebrannt. Samuel hatte ihn ihr gegenüber nie zuvor erwähnt. Bis zum gestrigen Abend hatte sie nicht die geringste Ahnung gehabt, welche Bedeutung das schreckliche Ereignis für ihn hatte.

Sie beugte sich vor, begierig darauf, mehr zu erfahren. „Können Sie mir etwas über Spinner's Falls erzählen? Was genau ist dort geschehen? Samuel spricht nicht mit mir darüber."

Überrascht hob er die Brauen, dann nickte er. „Natürlich. Das kann ich verstehen."

Die Hände auf dem Rücken verschränkt, schlenderte er gemächlich weiter, das Kinn auf der Brust und scheinbar tief in Gedanken versunken.

„Das Regiment befand sich auf dem Rückmarsch von Quebec", begann er zu erzählen. „Nachdem wir die Festung der Franzosen gestürmt hatten. Quebec war sehr gut befestigt gewesen, und die Belagerung hatte den ganzen Sommer gedauert, doch am Ende haben wir gesiegt. Als dann der Herbst kam, dachten sich unsere Befehlshaber, dass es besser wäre, den Rückzug noch vor Wintereinbruch anzutreten. Also sind wir nach Süden marschiert, Richtung Fort Edward. Außer den Offizieren kannte niemand unsere Route. In den Wäldern lauerten überall Indianer, es war sehr gefährlich. Colonel Darby, der den Oberbefehl über das 28. hatte, wollte es nach Möglichkeit bis zum Fort schaffen, ohne dass die Rothäute uns überhaupt bemerkten."

„Aber so sollte es nicht sein", sagte Rebecca leise.

„Nein." Er seufzte. „Nein, so sollte es nicht sein. In der zweiten Woche wurden wir angegriffen. Wir marschierten nur in Zweierreihen, weshalb das Regiment sich auf fast eine halbe Meile erstreckte, als wir in einen Hinterhalt gerieten." Er verstummte.

Rebecca wartete, dass er fortfuhr, doch er schwieg. Mittlerweile waren sie am Ende des Gartens angelangt, bei der Pforte, durch die man in die Gasse bei den Stallungen gelangte. Sie blieb stehen und schaute Samuels Freund an. Wie hieß er gleich noch mal? Warum nur konnte sie sich Namen so schlecht merken?

„Was geschah dann?"

Er legte den Kopf in den Nacken und sah blinzelnd zum Himmel hinauf, bevor er ihr einen kurzen, verstohlenen Blick zuwarf und fortfuhr: „Sie griffen uns von beiden Seiten an, und die meisten unserer Leute wurden bei dem Überfall getötet. Bestimmt haben Sie schon mal gehört, dass die Indianer ihre Opfer mit ihren Kriegsbeilen skalpieren, sich sozusagen eine Siegestrophäe holen. Und Sie können sich gewiss meinen Kummer vorstellen …“, er strich sich andächtig über sein leuchtend rotes Haar, „… als ich einen dieser Wilden einem seiner Kumpane zurufen hörte, dass er es auf meinen Schopf abgesehen hätte, weil er gar zu schön wäre.“

Rebecca starrte auf ihre Schuhspitzen. War sie nun zufrieden, da sie etwas von dem erfahren hatte, was ihr Bruder hatte durchmachen müssen? Vielleicht wäre es besser gewesen, unwissend zu bleiben.

„Ich bin noch mal davongekommen“, redete Samuels Freund weiter, „aber den armen MacDonald hat es erwischt.“

Rebecca blinzelte verwirrt und schaute auf. „Wie bitte?“

Er lächelte freundlich und strich sich abermals über sein Haar. „MacDonald. Auch ein Soldat, ein Freund von mir. Hatte genauso rote Haare wie ich. Haarscharf skalpiert haben sie den armen Kerl.“

„Sie haben ihr nie erzählt, wie St. Aubyn gestorben ist, oder?“, fragte Sam an jenem Nachmittag, als sie in der Kutsche des Viscounts ins East End fuhren. Thornton hatten sie in seinem Geschäft nicht angetroffen, weshalb sie ihr Glück bei Ned Allen versuchen wollten. Sam konnte nur hoffen, dass der ehemalige Sergeant einigermaßen nüchtern war.

Vale wandte sich vom Fenster ab. „Wem – Emmie?“

Sam nickte.

„Nein, natürlich habe ich ihr nicht erzählt, dass man ihren geliebten Bruder ans Kreuz geschlagen und bei lebendigem Leibe verbrannt hat.“ Vale lächelte düster. „Hätten Sie es ihr erzählt?“

„Nein.“ Sam erwiderte seinen Blick und empfand eine tiefe Dankbarkeit, dass Vale den gewiss nicht unerheblichen Versuchen Lady Emelines widerstanden hatte, die Wahrheit zu erfahren. Er wusste nun, wozu sie fähig war. Wenn sie sich einmal etwas in den Kopf gesetzt hatte, bedurfte es aller Entschiedenheit, sich ihr zu widersetzen. Vale schien ihr gewachsen zu sein. Zum Teufel mit ihm.

Der Viscount schnaubte leise. „Dann dürfte das Problem ja geklärt sein."

„Nicht unbedingt."

Fragend hob Vale die Brauen.

Die Kutsche fuhr in eine Kurve und schwankte so sehr, dass Sam rasch nach dem Lederriemen griff, der von der Decke baumelte. „Sie will wissen, was passiert ist, wie Reynaud gestorben ist."

„Ach herrje." Vale schloss gequält die Augen.

Sam wandte sich ab. Insgeheim hatte er gehofft, dass Vale Lady Emeline nicht liebte, dass ihre Verlobung aus rein praktischen Erwägungen erfolgt war. Dies schien nicht der Fall zu sein.

„Sie dürfen es ihr nicht sagen", meinte Vale. „Es gibt keinen Grund, warum sie davon erfahren und fortan mit diesem Bild des Schreckens leben müsste."

„Ich weiß", murmelte Sam.

„Dann haben wir uns ja verstanden."

Sam nickte kurz.

Vale musterte ihn und wollte gerade etwas sagen, da kam der Wagen ruckelnd zum Stehen. Er schaute aus dem Fenster, und was er hatte sagen wollen, blieb ungesagt. „In welch reizende Gegend Sie mich gelockt haben", meinte er stattdessen.

Sie befanden sich in den Elendsvierteln des Londoner Ostens. Die baufälligen, zerfallenen Häuser standen hier so dicht, dass man bisweilen seitwärts gehen musste, um sich zwischen den Gebäuden hindurchzuschlängeln. Den Rest des Weges würden sie folglich zu Fuß zurücklegen müssen.

Sam hob höflich die Brauen. „Wenn Sie sich fürchten, können Sie gern in der Kutsche auf mich warten."

Vale schnaubte verächtlich.

Der Schlag wurde geöffnet, und ein Lakai machte den Tritt bereit. Als sie aus dem Wagen stiegen, runzelte er besorgt die Stirn. „Soll ich Sie begleiten, Mylord? Keine gute Gegend hier."

„Uns passiert schon nichts.“ Vale gab seinem Diener einen jovialen Klaps auf die Schulter. „Passen Sie gut auf die Kutsche auf, bis wir wieder zurück sind.“

„Wird gemacht, Mylord.“

Sam ging voraus und bog in eine finstere Gasse ein.

„Recht hat er“, brummte Vale hinter ihm. „Keine gute Gegend. Müssen wir wirklich Ned Allen besuchen?“

„Uns bleibt kaum eine Wahl“, erwiderte Sam. „Wie Sie wissen, gab es kaum Überlebende. Und Allen gehörte immerhin zur Offiziersriege.“

„Kaum Überlebende“, murmelte Vale – dann platschte es laut, und er fluchte herzhaft.

Sam verkniff sich ein Grinsen. „Was ist eigentlich aus diesem Lieutenant geworden? Horn hieß er, oder?“

„Matthew Horn. Bereist gerade den Kontinent, wurde mir gesagt.“

„Und unser Naturkundler?“

„Munroe?“ Vale gab sich alle Mühe, betont beiläufig zu klingen, doch Sam wusste, dass ihm seine Aufmerksamkeit nun sicher war.

Sie kamen in einen kleinen Innenhof, und Sam schaute sich flüchtig um. Die Häuser sahen allesamt aus, als wären sie einst nach dem großen Feuer in aller Eile errichtet worden und schon wieder dem Zerfall preisgegeben. Sie neigten sich bedenklich in den winzigen Hof, der, dem Geruch nach zu urteilen, auch der Abort zu sein schien.

„Der Mann, der mit Ihnen zusammen überlebt hat“, sagte Sam, um Vale etwas auf die Sprünge zu helfen. Ein Zivilist hatte das Regiment zu naturkundlichen Erkundungszwecken begleitet, ein stiller Schotte, der bei dem Überfall von den Wyandot gefangen genommen worden war.

„Der letzte Stand war, dass Alistair Munroe wieder oben in Schottland ist. Er hat da ein riesiges Schloss, in dem der Wind aus allen Ecken pfeift, und soll sich nur selten sehen lassen.“

„Wegen seiner Wunden?“, fragte Sam vorsichtig. Sie bogen

in den Durchgang ein, der zu dem Haus führte, in dem Allen ein Zimmer hatte. Vale hatte ihm noch nicht geantwortet. Sam drehte sich nach ihm um.

Aus Vales Augen starrten ihn die Dämonen der Vergangenheit an, und Sam hatte das ungute Gefühl, dass es bei ihm gewiss nicht anders war. „Sie haben ja selbst gesehen, was diese Wilden ihm angetan haben. Wollten Sie sich vielleicht mit solchen Narben sehen lassen?"

Sam wandte sich ab. Fast zwei Wochen hatte der Rettungstrupp gebraucht, um das Lager der Wyandot aufzuspüren, und während dieser zwei Wochen waren die gefangenen Soldaten gefoltert worden. Munroe hatte es besonders schlimm erwischt. Seine Hände … Sam schob den Gedanken daran beiseite und lief weiter, immer ein wachsames Auge auf die finsteren Eingänge und dunklen Nischen gerichtet, an denen sie vorbeimussten. „Nein", sagte er schließlich.

Vale nickte. „Ich habe ihn seit Jahren nicht mehr gesehen."

„Trotzdem", meinte Sam. „Wir sollten ihm vielleicht mal schreiben."

„Ich habe es versucht. Er hat nie geantwortet." Vale holte ihn mit schnellen Schritten ein und war nun so dicht hinter Sam, dass dieser seinen Atem im Nacken spürte. „Warum schauen Sie sich die ganze Zeit so um?"

„Man ist mir neulich gefolgt", erwiderte Sam knapp.

„Wirklich?", fragte Vale gespannt. „Warum?"

„Ich weiß es nicht." Und das beunruhigte ihn sehr.

„Da scheinen Sie ja wirklich an etwas – oder an jemanden – gerührt zu haben. Mit wem hatten Sie denn schon gesprochen?"

Sam blieb vor einem niedrigen Türsturz stehen. „Hier wohnt Ned Allen."

Vale sah ihn nur an, hob die buschigen Brauen und rührte sich nicht.

„Bislang mit drei Soldaten", sagte Sam ungeduldig. „Barrows, Douglas und …"

„Sagen mir alle nichts."

„Verständlich. Sie waren einfache Infanteristen und haben sich während des Massakers wahrscheinlich unter einen der Versorgungswagen geflüchtet. Sie schienen auch nichts zu wissen. Der dritte war als Pionier dabei …"

„Einer der Burschen, die uns Schneisen in den Wald schlugen, damit wir überhaupt durchkamen?"

„Genau. Er hat mir ausführlich erzählt, wie er mit seiner Axt einen der angreifenden Indianer enthauptet hat, worauf er ziemlich stolz war. Viel mehr habe ich von ihm allerdings auch nicht erfahren. Mit Allen habe ich versucht zu reden, aber als ich ihn das erste Mal antraf, war er zu betrunken. Ich glaube nicht, dass Allen oder einer der drei anderen mir nachstellen lassen würden."

Vale lächelte. „Spannend."

„Wenn Sie meinen." Sam duckte sich und betrat das Haus. Drinnen war es feucht, kalt und düster. Er versuchte, sich an den Weg zu erinnern, den er bei seinem letzten Besuch genommen hatte, und tastete sich vorwärts.

Hinter sich hörte er Vale fluchen.

„Alles in Ordnung da hinten?", fragte Sam.

„Alles bestens. Ich habe mich nur gerade an der schönen Aussicht erfreut", entgegnete Vale.

Sam grinste. Sie stiegen einige steile Stiegen hinauf, und er ging voraus zu Allens Zimmer. Alles war, wie er es in Erinnerung hatte – ein winziges, stinkendes Loch. Ned Allen lag in der Ecke, ein Lumpenbündel, das man leicht hätte übersehen können.

Seufzend betrat Sam das Zimmer. Je näher sie Allen kamen, desto schlimmer wurde der Gestank.

„Herrje", murmelte Vale, der ihm gefolgt war und Allen mit der Stiefelspitze anstieß. „Stockbesoffen."

„Das glaube ich nicht." Sam hockte sich neben den seitlich zusammengekauerten Mann und drehte ihn auf den Rücken. Allen fühlte sich starr und steif an, wie ein Stück Holz. Ein

Messer ragte ihm aus der Brust – ein Messer mit einem beinernen Griff. „Er ist tot."

Vale hockte sich neben ihn und starrte den Toten an. „Verdammt."

„Könnte man so sagen." Rasch stand Sam auf und wischte sich die Hände an der Hose ab.

Auf einmal hielt er es hier nicht mehr aus – zu klein, zu eng, zu viel Gestank. Er drehte sich um, wäre beinah gestolpert und hastete aus dem Zimmer. Fast wäre er gerannt, beherrschte sich jedoch. Er stürzte die steilen Stiegen hinunter und hinaus ins Freie. Selbst der verdreckte Hof war noch besser als die kleine, nach Tod stinkende Kammer. Sam holte ein paarmal tief Luft und versuchte die Übelkeit zu bannen, die in ihm tobte. Gerade wollte er sich abermals nach oben wagen, als er Vale die Treppe hinabpoltern hörte.

„In diesem elenden Loch hier hätte ihn jeder abstechen können", keuchte der Viscount und rang selber nach Luft.

„Möglich." Sam musste es Vale wider Willen zugutehalten, dass der seinen unheroischen Rückzug unerwähnt ließ. „Es wäre aber auch möglich, dass man mir beim ersten Mal gefolgt ist. Der Mann, der mich beschattet hat, hatte ein solches Messer mit beinernem Griff."

Vale seufzte. „Dann muss Sergeant Allen etwas gewusst haben."

„Verdammt", fluchte Sam. „Ich hätte früher kommen sollen."

Einen Augenblick lang schaute Vale ihn an, bevor er den Kopf in den Nacken legte und hinauf in den schmalen Streifen blauen Himmels starrte, der über ihnen zu sehen war. „Es waren so viele."

„Was – so viele?", fragte Sam irritiert.

„Erinnern Sie sich noch an Tommy Pace?"

Die Erinnerung an einen jungen Burschen – viel zu jung, als dass er sein wahres Alter angegeben haben konnte – stieg in Sam auf. Ein sommersprossiges Gesicht, dunkle Haare, eine kleine, drahtige Gestalt.

„Er hat immer so getan, als würde er sich rasieren", fuhr Vale versonnen fort. „Wussten Sie das? Wahrscheinlich hatte er ganze drei Barthaare am Kinn, aber jeden Morgen hat er voller Stolz sein Rasiermesser geschwungen."

„Das hatte er von Ted Barnes. Barnes hatte es an ihn verloren."

„Nein!", rief Vale und schaute ihn überrascht an. „Das wusste *ich* nicht."

Sam nickte. „Doch. Beim Kartenspiel. Das war einer der Gründe, warum Tommy so stolz auf das Ding war."

Vale lachte leise. „Und Barnes mit seinem dichten Bartwuchs. Ironie des Schicksals."

Schweigend hingen sie ihren Erinnerungen nach. Leises Scharren war zu hören, als eine Ratte durch den dunklen Hauseingang huschte.

„Und nun sind sie beide Staub und Asche", meinte Vale schließlich. „Ebenso wie all die andern."

Darauf gab es wahrlich nichts zu erwidern, weshalb Sam sich auf dem Absatz umdrehte und zurück zur Kutsche ging.

Vale folgte ihm mit einigem Abstand. Die Gasse war so schmal, dass sie nur hintereinander gehen konnten.

„Wenn wir verraten wurden, werden wir sie rächen. Jeden von ihnen", sagte Vale, als er ihn eingeholt hatte.

Sam nickte und sah starr geradeaus.

„Und wohin geht es jetzt?", wollte Vale wissen.

„Noch mal zu Dick Thornton. Vielleicht ist er ja jetzt zurück. Wir müssen ihm ein paar Fragen stellen."

„Wie schön, dass wir uns in dieser Sache einig sind." Der Viscount pfiff ein paar vergnügliche Takte, ehe er jäh verstummte. „Hatten Sie eigentlich MacDonalds Leichnam gesehen?"

„Nein." Als sie um die Ecke bogen, kam bereits die Kutsche in den Blick. Die beiden Lakaien und der Kutscher waren abgestiegen, umkreisten lauernd das Gespann und schauten sich besorgt um. „Ich bin damals nicht zurückgekehrt. Erst bin ich drei Tage lang nach Fort Edward gelaufen, dann musste ich der Delegation den Weg weisen, die das Lösegeld bringen sollte. Das hätte ich auch gern von Allen gewusst, wer aus dem Regiment eigentlich noch alles überlebt hat."

Vale nickte, schien in Gedanken aber bei seinen eigenen schrecklichen Erinnerungen zu sein als sie das letzte Stück bis zur Kutsche schweigend zurücklegten.

Die Lakaien waren sichtlich erleichtert. Vale nickte seinen Leuten zu und stieg ein. Nachdem Sam ihm gegenüber Platz genommen hatte, setzte die Kutsche sich ruckelnd in Bewegung.

„Habe ich mich eigentlich schon bei Ihnen bedankt?", fragte Vale, während er vorgab, in die Betrachtung der trostlosen Gegend versunken zu sein.

„Ja", log Sam. Tatsächlich hatte Vale unter Schock gestanden, als der Rettungstrupp die überlebenden Offiziere im Lager der Wyandot ausgelöst hatte. Die Gefangenen hatten einen Spießrutenlauf über sich ergehen lassen müssen, bei dem alle Wyandot – Männer wie Frauen – sich in doppelter Reihe aufgestellt und die hindurchgescheuchten Soldaten nach Kräften malträtiert hatten. Zudem, so hatte Sam gehört, war Vale gezwungen worden, sich St. Aubyns Hinrichtung sowie die Folterung Munroes und anderer anzusehen. Als er schließlich gerettet worden war, dürfte er kaum noch in der Verfassung gewesen sein, auch nur irgendjemandem zu danken.

Nachdenklich runzelte Vale die Stirn. „Genau genommen haben wir also nur Thorntons Wort darauf, dass MacDonald tot ist."

Sam sah ihn an. „Ja."

„Wenn irgendjemand ein Interesse daran gehabt hätte, dass das Regiment Fort Edward niemals erreichte, dann MacDonald." Vale setzte sich auf. „Während unseres Marsches wurde er in Ketten gehalten."

„Und im Fort wäre er gehängt worden", schloss Sam. „Angeklagt wegen Vergewaltigung und Mord. Vor dem Kriegsgericht wäre ihm kurzer Prozess gemacht worden."

MacDonald war ein ausgesprochen unangenehmer Zeitgenosse gewesen. Mit einem anderen Soldaten namens Brown hatte er das Haus eines französischen Siedlers geplündert. Als die beiden von der Frau des Siedlers überrascht worden waren, hatte er sie vergewaltigt und umgebracht. Pech für MacDonald, dass die Frau des französischen Siedlers Engländerin war – und noch dazu die Schwester eines Colonels der britischen Armee. Zwar stand auf Plünderungen und Vergewaltigung grundsätzlich der Tod durch den Strick, aber manche Offiziere ließen derlei als Kavaliersdelikte durchgehen und drückten schon mal ein Auge zu. Vergewaltigung und Ermordung einer Engländerin mit hochrangiger Verwandtschaft ließ sich allerdings nicht so ohne weiteres unter den Teppich kehren. Mit großem Nachdruck war innerhalb der Armee nach dem Schuldigen gefahndet worden, und es hatte nicht lange gedauert, bis einige Soldaten angaben, gehört zu haben, wie Brown sich trunken der Tat gerühmt hatte. Sowie Brown in Arrest genommen war, verriet er MacDonald, und beide Männer waren in Ketten gelegt worden, bevor das Regiment den Rückmarsch antrat.

„Brown könnte ebenso gut der Verräter gewesen sein", gab Sam zu bedenken.

Vale nickte. „MacDonald schien mir zwar der Anführer der beiden zu sein, aber Sie haben natürlich recht – Brown hätte ebenso Grund gehabt wie MacDonald, unsere Ankunft in Fort Edward zu verhindern."

„Oder sie haben gemeinsame Sache gemacht", schlug Sam vor und schüttelte sogleich den Kopf. „Aber nein, woher hätten sie unsere Route wissen sollen?"

Vale hob die Schultern. „War Brown nicht mit Allen befreundet?"

„Aber ja, natürlich! Sie saßen oft mit Ned Allen am Feuer zusammen."

„Und als einer der Offiziere wird Allen die Route gekannt haben“, schloss Vale.

„Wenn sie ihn bestochen haben, hat er vielleicht die Nachricht geschickt.“

„Aber doch gewiss nicht an einen Franzosen?“ Vales Brauen schossen in die Höhe.

„Nein. Sie brauchten lediglich einen Mittelsmann, der die Nachricht einem der unparteiischen Indianer überbrachte. Es gab ja genug, die immer mal wieder die Seiten wechselten und sowohl für Engländer als auch Franzosen arbeiteten.“

„Wenn Allen mit jemandem darüber gesprochen hätte, welche Route das Regiment nehmen würde, wäre das allerdings ein Grund gewesen, ihn aus dem Weg zu schaffen.“

Sam musste an das armselige Lumpenbündel denken, das sie eben entdeckt hatten, und verzog das Gesicht. „Ja, das wäre es in der Tat.“

Vale schüttelte den Kopf. „Ganz schlüssig ist unsere Theorie noch nicht, aber auf jeden Fall sollten wir uns noch einmal mit Thornton unterhalten und herausfinden, was er noch weiß.“

Sam runzelte die Stirn. Bei Thornton hatte er von Anfang an kein gutes Gefühl gehabt. „Halten Sie das für klug, ihn da mit hineinzuziehen? Nach allem, was wir wissen, könnte auch er der Verräter sein.“

„Erst recht ein Grund, ihn ins Vertrauen zu ziehen. Je mehr er uns vertraut, desto eher wird er sich verraten.“ Vale legte einen langen, schlanken Finger an die Lippen und lächelte sanft. „Sei gut zu deinen Freunden, aber noch besser zu deinen Feinden.“

Als Emeline in den Garten hinter Samuels Stadthaus trat, blieb sie verdutzt stehen. Was machte Rebecca denn hier draußen? Noch dazu allein mit Mr Thornton.

„Sie können gehen“, entließ sie den Butler, der ihr den Weg durch das Haus in den Garten gewiesen hatte.

Sie war in der Hoffnung gekommen, dass es Rebecca etwas besser gehe. Vielleicht könnten sie ja doch ausgehen und sich auf die Suche nach neuen Tanzschuhen machen. Neue Schuhe vermochten stets Emelines Laune zu heben, und nach den Ereignissen des vorigen Abends hatte sie das Gefühl, dass auch das arme Mädchen etwas Aufheiterung gebrauchen konnte.

Doch wie es schien, hatte Rebecca diese schon gefunden.

Emeline straffte die Schultern und räusperte sich vernehmlich.

Rebecca wich von Mr Thornton zurück und wandte Emeline eine reuevolle Miene zu.

Mr Thornton verneigte sich galant. „Lady Emeline, welch eine Freude, Sie wiederzusehen."

Emeline maß ihn argwöhnend. Man musste dem Mann immerhin zugutehalten, dass er Rebecca bereits vorgestellt worden war, doch das entschuldigte keineswegs sein unbeaufsichtigtes Stelldichein mit dem Mädchen. Zudem war es seltsam, ihn just hier mit Rebecca im Garten anzutreffen, wo sie doch gerade erst mit Samuel und Jasper über ihn gesprochen hatte. Sehr seltsam.

„Mr Thornton", sagte Emeline und neigte den Kopf. „Wie ... *unerwartet*, Ihnen hier zu begegnen. Wünschten Sie Geschäftliches mit Mr Hartley zu besprechen?"

Ihre spitze Frage ließ ihn nur noch strahlender lächeln. „Ja, nur leider traf ich ihn nicht zu Hause an, weshalb ich hier im Garten auf ihn wartete, als Miss Hartley sich zu mir gesellte und mir die Zeit äußerst angenehm verkürzte." Seine artige kleine Rede krönte er mit einer galanten Verneigung vor Rebecca.

Emeline schnaubte still, hakte sich bei Rebecca unter und begann zu schlendern. „Wenn ich mich recht erinnere, so sagten Sie, dass Sie im Handel tätig wären, Mr Thornton."

Der Weg war sehr schmal, was den Mann nötigte, hinter den Damen zu bleiben. „Ja, ich mache Stiefel."

„Ah, Stiefel", sagte Emeline, ohne sich zu ihm umzudrehen. Der Garten war unspektakulär, aber sie setzte ihre Schritte dennoch so bedächtig, als fasziniere sie welkendes Laub über alle Maßen.

„Stiefel kann man immer gebrauchen“, schlug sich Rebecca auf Mr Thorntons Seite, was keineswegs Emelines Absicht gewesen war.

„Ich rüste die Armee Seiner Majestät aus“, ließ sich Mr Thornton vernehmen.

„Ah ja.“ So langsam dämmerte es Emeline, dass Mr Thornton durchaus vermögend sein könnte. Sie wusste wenig über die Armee, aber sie konnte sich vorstellen, dass der von Mr Thornton gedeckte Bedarf an Stiefeln immens wäre.

„Werden sie hier in London gefertigt?“, fragte Rebecca und reckte den Hals ein wenig, um ihn ansehen zu können.

„Aber natürlich. Meine Werkstatt ist in der Dover Street, und ich beschäftige zweiunddreißig Leute.“

„Dann stellen Sie die Stiefel also nicht selbst her?“, erkundigte Emeline sich liebenswürdig.

Rebecca stockte der Atem, aber Mr Thornton schien sich nicht aus der Ruhe bringen zu lassen. „Nein, Mylady“, erwiderte er vergnügt. „Ich wüsste nicht einmal, wo anfangen. Vater beherrschte das Handwerk natürlich noch, als er den Laden gründete, aber auch er hat schon bald Leute eingestellt, die für ihn arbeiteten. Ich hätte es in jungen Jahren lernen können, wenn ich mich nicht mit dem alten Herrn überworfen hätte …“

„Sind Sie deshalb zur Armee gegangen?“, unterbrach ihn Rebecca. Sie blieb stehen und drehte sich nach Mr Thornton um, was Emeline nötigte, ebenfalls stehen zu bleiben.

Mr Thornton lächelte, und Emeline dachte bei sich, dass er auf schlichte Weise recht gut aussehend war. Nicht gerade die Sorte Mann, der einem in der Menge auffallen würde, doch das machte ihn vielleicht umso gefährlicher.

„Ja, ich gebe zu, in einem Anfall jugendlichen Übermuts mein Glück in der Armee gesucht zu haben. Habe den alten

Herrn und meine Frau verlassen …“

„Sie sind verheiratet?“, fragte Emeline dazwischen.

„Nein.“ Mr Thorntons Miene wurde ernst. „Die arme Marie starb bald nach meiner Rückkehr.“

„Oh, das tut mir leid“, murmelte Rebecca.

Emeline schaute an ihm vorbei in Richtung Haus. Jemand kam des Weges.

„Ja, es war ein fürchterlicher Schlag“, sagte Mr Thornton. „Sie …“

„Emmie! Ah, da bist du ja.“ Über das ganze Gesicht strahlend, kam Jasper herbeigeeilt.

Als er Jaspers Stimme vernahm, hielt Mr Thornton inne und drehte sich um. Seine Miene nahm einen seltsam unbeteiligten Ausdruck an. Auch Emeline war ernüchtert. Mit Jasper hatte sie nicht gerechnet. Sie empfand leise Enttäuschung – und dann sah sie ihn. Hinter Jasper folgte Samuel, sein Blick unergründlich, seine Miene ernst.

Emeline streckte die Hände nach ihm aus. „Jasper, welch eine Überraschung! Ich hatte euch frühestens am Abend zurückerwartet. Hattet ihr bei euren Nachforschungen Erfolg?“

Jasper nahm ihre Hände, beugte sich darüber und streifte sie flüchtig mit den Lippen. „Bedauerlicherweise hat sich die Spur verloren, weshalb wir beschlossen, Mr Thornton nachzustellen. Nur leider trafen wir ihn nicht in seinen Geschäftsräumen an. Deshalb wollten wir uns schon geschlagen hierher zurückziehen – nur um umso erfreuter festzustellen, dass du uns den Gesuchten bescherst.“

Mittlerweile hatte Samuel Jasper eingeholt. „Lady Emeline, Rebecca.“ Er nickte ihnen kurz zu und reichte dann seinem Besucher die Hand. „Mr Thornton, wie schön, Sie wiederzusehen, wenngleich es mich ein wenig überrascht, Sie in meinem Haus anzutreffen.“

Mr Thornton schloss Samuels Hand herzlich in die Seinen. „Die Überraschung ist ganz meinerseits, Mr Hartley. Ich hatte keineswegs beabsichtigt, Ihre Gastfreundschaft in Anspruch zu nehmen, doch war ich gerade in der Gegend, und meine Füße trugen mich zu Ihnen, ob ich nun wollte oder nicht."

„Ach, was Sie nicht sagen." Samuel neigte den Kopf und betrachtete den anderen gespannt.

„Ja. Vielleicht lag es daran, dass wir kürzlich über alte Zeiten sprachen. Ich …" Einen Moment zögerte er und sah zu Boden, ehe er wieder aufschaute und Samuels Blick offen erwiderte. „Vielleicht bilde ich es mir ja nur ein, aber mir war, als würden Sie die Ereignisse von Spinner's Falls nicht für eine unglückliche Fügung halten."

Die beiden Männer sahen sich schweigend an. Samuel war einen Kopf größer als Thornton, doch davon abgesehen, gab es erstaunliche Ähnlichkeiten zwischen ihnen. Beide waren sie im Handel tätig und dadurch zu beträchtlichem Vermögen gekommen. Beide trugen ein Selbstbewusstsein zur Schau, das etwas ungeschliffen wirken mochte, und scheuten sich nicht, einem wohlgeborenen Gentleman herausfordernd in die Augen zu sehen. Und Emeline nahm gewiss zu Recht an, dass beide über eine gute Portion Mut und Unerschrockenheit – oder Dreistigkeit – verfügen mussten, um es so weit gebracht zu haben. Sie waren Männer, die eine gute Gelegenheit beim Schopf packten, wenn sie sich ihnen bot.

Schließlich wandte Sam den Blick ab und sah kurz zu ihr und Rebecca herüber. Nachdem er sich geräuspert hatte, meinte er: „Wenn die Damen gestatten, sollten wir Gentlemen uns vielleicht in mein Arbeitszimmer zurückziehen und alles in Ruhe besprechen."

Emeline hob eine Braue. Glaubte er wirklich, dass sie sich so einfach abspeisen ließ? „Oh, aber es interessiert mich ganz außerordentlich, was Sie Mr Thornton zu sagen haben. Bitte tun Sie sich keinen Zwang an. Fahren Sie fort."

„Emmie, bitte …", begann Jasper hörbar nervös.

Doch sie schaute nicht Jasper an, sondern hielt den Blick auf Samuel gerichtet. „Das wäre wirklich das Mindeste, was Sie tun können, meinen Sie nicht auch?"

Sie sah sein Kinn sich spannen, und glücklich schien er mit dieser Wendung der Dinge keineswegs zu sein, aber er nickte und wandte sich wieder an Mr Thornton. „Wir wurden verraten."

Emeline empfand Genugtuung. Samuel sah sie als ebenbürtigen Gesprächspartner an, und dieses Gefühl des Vertrauens fand sie seltsam berauschend.

Mr Thornton stieß einen leisen Pfiff aus. „Ich wusste es."

„Tatsächlich?", fragte Samuel ruhig.

„Damals nicht, nein", erwiderte Thornton düster. „Aber um uns ausgerechnet an dieser Stelle zu überfallen, musste so viel zusammenkommen, und die Indianer waren so stark in der Überzahl …", er schüttelte den Kopf, „… dass es wahrlich kein Zufall sein konnte. Jemand muss das Ganze geplant haben."

„So sieht es aus", sagte Jasper. „Wir wollten Sie fragen, ob Sie ganz sicher sind, dass MacDonald und Brown tot sind."

„MacDonald?" Einen Moment lang schien Thornton ehrlich verwirrt. Dann warf er den Damen einen entschuldigenden Blick zu und nickte. „Oh ja, gewiss, ich weiß, was Sie denken, doch die beiden sind definitiv tot. Leider. Ich habe geholfen, sie zu begraben."

Emeline spitzte die Lippen und fragte sich, was hier gerade über MacDonald ungesagt blieb. Sie würde Samuel später danach fragen müssen. Unter vier Augen.

„Verdammt", murmelte Jasper. „Wenn es MacDonald gewesen wäre, würde das alles erklären. Aber wir haben noch ein paar weitere Fragen an Sie."

„Vielleicht sollten wir doch hineingehen", schlug Samuel vor. Er reichte seiner Schwester den Arm, die ihn indes ignorierte und an Mr Thorntons Seite blieb. Samuel presste die Lippen zusammen.

Emeline spürte, wie sehr die Ablehnung seiner Schwester ihn verletzte. Beschwichtigend legte sie ihre Hand auf seinen Arm. „Eine gute Idee. Eine Tasse Tee wäre nun genau das Richtige."

Samuel sah ihr erst in die Augen, dann auf ihre Hand, dann wieder in die Augen. Kaum merklich hob er die Brauen. Sie reckte das Kinn und erwiderte seinen Blick. Die anderen begannen bereits, zurück zum Haus zu gehen.

„Ich weiß nicht, ob ich Ihnen eine große Hilfe sein werde", ließ sich Mr Thornton vor ihnen vernehmen. „Wenn Sie wirklich etwas über die Sache erfahren wollen, sollten Sie lieber mit Corporal Craddock reden."

„Weshalb?", fragte Samuel.

Mr Thornton schaute kurz über die Schulter. „Er hat die Evakuierung der Verwundeten von Spinner's Falls in die Wege geleitet, nachdem … nun ja, nachdem Sie spurlos in den Wäldern verschwunden waren. Man könnte sagen, dass er das Kommando übernommen hatte."

Emeline spürte, wie Samuel sich anspannte, doch er erwiderte nichts.

Jasper schien entgangen zu sein, dass Mr Thornton Samuel soeben fast wörtlich einen Feigling genannt hatte. „Ist er in London?"

„Nein. Ich glaube, er hat sich nach dem Krieg auf seinen Landsitz zurückgezogen. Aber vielleicht täusche ich mich ja auch. Man hört ja so einiges. Doch meines Wissens lebt er in Sussex, nahe Portsmouth."

Emeline hätte gedacht, dass sie es gut verborgen hätte, dennoch schien Samuel zu spüren, wie sie kurz zusammenzuckte.

„Was ist?", fragte er leise, ohne den Blick von dem Weg vor ihnen zu wenden.

Sie zögerte. Just an diesem Morgen hatte sie ihre zahlreichen Einladungen für den kommenden Monat gesichtet und überlegt, welchen Gesellschaften sie zusagen sollte und welchen nicht.

Mit fragend gerunzelter Stirn schaute er sie an. „Sagen Sie es mir."

Hatte sie eine andere Wahl? Fast schien ihr, als hätte das Schicksal ihr eine Falle gestellt – und sie wäre wie ein argloses

Häschen geradewegs hineingelaufen. Wozu sich nun noch wehren?

„Wir sind auf den Landsitz der Hasselthorpes in Sussex eingeladen“, sagte sie.

„Was sagst du da?“ Jasper blieb stehen und drehte sich nach ihr um.

„Lord und Lady Hasselthorpe, mein Lieber. Gewiss erinnerst du dich noch. Sie haben uns schon vor Wochen eingeladen. Ihr Anwesen ist nicht weit von Portsmouth.“

„Verdammt noch mal, ja – du hast recht!“ Jasper grinste. „Wir haben vielleicht ein Glück, was? Dann lasst uns doch einfach alle nach Sussex fahren und bei der Gelegenheit Craddock einen Besuch abstatten. Das heißt …“ Mit einem fragenden Blick auf Mr Thornton verstummte er. Rebecca und Samuel waren als Emelines Freunde in die Einladung selbstverständlich mit eingeschlossen, aber ein Stiefelmacher – selbst ein sehr vermögender Stiefelmacher – war natürlich etwas ganz anderes.

Doch ehe die Situation peinlich werden konnte, winkte Mr Thornton auch schon unbefangen ab. „Kein Problem. Ich halte hier weiter in London die Ohren steif, während Sie sich mit Craddock unterhalten.“

Und ehe sie sich’s versah, war es beschlossene Sache. Emeline wurde ganz seltsam zumute. Sie holte tief Luft und versuchte, sich zu beruhigen. Natürlich würde es noch einiges zu klären geben, und sie müsste vielleicht Lady Hasselthorpe doch noch um Einladungen für die Hartleys bitten, aber letztlich würden sie wohl nach Sussex fahren. Sie würde gemeinsam mit Samuel eine Hausgesellschaft besuchen.

Sie spürte seinen Blick auf sich, und als sie aufsah und in seine warmen kaffeebraunen Augen schaute, fragte sie sich, ob er eigentlich wusste, wie es bei solchen Gesellschaften zuging?

9. KAPITEL

Nun war es so, dass von allem, was der König liebte, er seine Tochter man meisten liebte. So lieb war sie ihm, dass er ihr jeden Wunsch erfüllte. Weshalb er auch, als Prinzessin Sonnentrost den König um Erlaubnis bat, ihren Leibwächter heiraten zu dürfen, ihr nicht etwa zürnte, wie andere Königseltern dies getan haben würden, sondern nur leise seufzte und ergeben nickte. Und so kam es, dass Eisenherz das schönste Mädchen im ganzen Land heiratete – das noch dazu eine richtige Prinzessin war …
Eisenherz

Wirst du *sehr* lang fort sein?“, fragte Daniel eine Woche später.

Er lag auf Emelines Bett und war dabei ständig Harris im Weg, die ihre Sachen zusammenpackte.

„Nur zwei Wochen“, erwiderte Emeline. Sie saß an ihrem hübschen kleinen Toilettentisch und überlegte, welchen Schmuck sie zur Hausgesellschaft der Hasselthorpes mitnehmen sollte.

„Das sind *vierzehn* Tage! Das ist ganz schön lange.“ Daniel baumelte mit dem Bein und verfing sich in den Bettvorhängen.

„Lord Eddings!“, rief Harris.

Man sollte seinen Nachwuchs nicht vermissen. Viele Mütter ihres Standes bekamen ihre Kinder kaum zu Gesicht – und waren froh darum, das wusste sie wohl. Und doch ertrug sie es kaum, ihn allein zu lassen. Der Abschied würde herzzerreißend werden.

„Das wäre dann alles“, sagte Emeline zu ihrer Zofe.

„Aber Mylady, ich habe noch nicht einmal die Hälfte gepackt.“

„Ich weiß.“ Emeline sah Harris lächelnd an. „Aber Sie haben so hart gearbeitet, dass Sie gewiss eine kleine Erfrischung vertragen können. Warum ruhen Sie sich nicht ein wenig in der Küche aus und trinken einen Tee?“

Harris schien von dieser Wohltat wenig erfreut, wusste indes, dass sie gut daran täte, ihrer Herrin nicht zu widersprechen. Wortlos legte sie die Kleider beiseite, die sie gerade hatte einpacken wollen, marschierte aus dem Zimmer und schloss die Tür hinter sich.

Emeline ging zum Bett hinüber und schob zunächst einige Unterröcke zur Seite, ehe sie Platz fand, sich zu setzen. Den Rücken an das wuchtige Kopfteil gelehnt, streckte sie die Beine lang aus und klopfte neben sich aufs Bett. „Komm mal her.“

Wieselflink kam Daniel angekrabbelt. „Ich will nicht, dass du gehst!“

Zart nach Kleine-Jungen-Schweiß duftend, drängelte er sich an sie und bohrte ihr seine knubbeligen Knie in die Hüften.

Sie strich ihm über die blonden Locken. „Ich weiß, mein Liebling. So lang ist es doch aber gar nicht, und ich werde dir auch jeden Tag schreiben.“

Noch mehr stummes Gedrängel. Sein Gesicht hatte er an ihrer Brust vergraben.

„Tante Cristelle bleibt bei dir“, flüsterte Emeline ihm zu. „Während ich weg bin, bekommst du also bestimmt kein einziges Rosinenbrötchen, keine Süßigkeiten, keinen Apfelkuchen. Wenn ich wiederkomme, wirst du halb verhungert und so ausgezehrt sein, dass ich mich fragen werde, wer wohl dieser arme, arme Junge ist, der so schrecklich darben musste.“

Ersticktes Kichern erklang an ihrer Seite, bis Daniel schließlich aufsah. Seine blitzblauen Augen funkelten. „Stimmt doch gar nicht! Die Tante gibt mir immer was Süßes.“

Emeline zeigte sich entsetzt. „Wirklich? Zu mir ist sie immer sehr streng.“

„Zu mir nicht. Sie wird mich mästen, und wenn du zurückkommst, bin ich *so* fett.“ Er blies die Backen auf, um ihr zu zeigen, wie fett.

Sie musste lachen.

„Und zu Mr Hartley kann ich auch gehen“, sagte er triumphierend.

Emeline blinzelte verdutzt. „Tut mir leid, Liebling, aber Mr Hartley und seine Schwester fahren mit auf die Hausgesellschaft.“

Schmollend schob ihr Sohn die Unterlippe vor.

„Hast du Mr Hartley denn in letzter Zeit oft gesehen?“

Er warf ihr einen verstohlenen Blick zu. „Wenn er im Garten ist, spreche ich über die Mauer mit ihm. Manchmal klettere ich auch rüber und besuche ich ihn. Aber ich störe ihn nicht, ganz bestimmt nicht.“

Letzteres wagte Emeline zu bezweifeln. Im Augenblick jedoch beschäftigte sie eher der Gedanke, dass Daniel und Samuel sich ohne ihr Wissen angefreundet zu haben schienen. Sie wusste nicht, was sie davon halten sollte.

Der kleine Kobold begann indes zu quengeln und riss sie aus ihren Gedanken. „Singst du mir mein Lied vor?“, bat er kleinlaut.

Sie strich ihm übers Haar und sang ihm „Billy Boy“ vor, wobei sie den Namen in Danny änderte, wie sie es schon immer getan hatte, seit er auf der Welt war.

Oh, where have you been,
Danny Boy, Danny Boy?
Oh, where have you been,
Charming Danny?

Und während sie so sang, überlegte Emeline, was die kommenden zwei Wochen wohl bringen mochten.

Die gemietete Kutsche war längst nicht so gut gefedert wie Lady Emelines Wagen, und Sam begann schon zu bereuen, dass er zugesagt hatte, mit Rebecca zu fahren, statt sich einfach noch ein weiteres Pferd zu mieten und die Strecke im Sattel zurückzulegen. Aber da er und Becca in der Woche nach dem verhängnisvollen Westerton-Ball kaum mehr miteinander geredet hatten, hatte er gehofft, dass es das Eis brechen würde, wenn sie gezwungen wären, einige Zeit zusammen zu verbringen.

Bislang war noch nichts davon zu merken.

Rebecca saß ihm gegenüber und starrte stur aus dem Fenster, als böten Hecken und Felder den aufregendsten Ausblick, den sie je gesehen hatte. Er betrachtete sie. Ihr Profil war keineswegs klassisch zu nennen, aber ihm gefiel es. Manchmal, wenn er sie nur flüchtig von der Seite ansah, erinnerte sie ihn ein bisschen an ihrer beider Mutter.

Sam räusperte sich. „Wenn ich richtig informiert bin, wird es auch einen Ball geben."

Becca wandte sich um und sah ihn irritiert an. „Wie bitte?"

„Ich sagte, es wird auch einen Ball geben. Bei der Hausgesellschaft."

„Oh, wirklich?" Besonders begeistert schien sie nicht zu sein.

Er hätte gedacht, dass sie sich freuen würde. „Tut mir leid, dass ich dir den letzten verdorben habe."

Sie atmete so vernehmlich aus, als wäre sie mit ihrer Geduld am Ende. „Warum hast du mir nichts davon erzählt, Samuel?"

Im ersten Augenblick wusste er überhaupt nicht, was sie meinte. Verstört sah er sie an. Dann überkam ihn das kalte Grauen, das ihn immer erfasste, wenn er daran dachte. Sie meinte doch nicht etwa … „Dir wovon nicht erzählt?"

„Du weißt ganz genau, was ich meine." Gereizt presste sie die Lippen zusammen. „Nie redest du mit mir. Nie …"

„Wir reden doch gerade."

„Aber du sagst ja trotzdem nichts!", rief sie ungehalten und sah zugleich bekümmert aus. „Du sagst nicht einmal dann etwas, wenn man schreckliche Anschuldigungen gegen dich vorbringt. Als wir letzte Woche im Garten waren, hätte Mr Thornton dich beinah einen Feigling genannt, aber du hast nicht ein Wort dagegen gesagt. Warum kannst du dich nicht wenigstens verteidigen?"

Er tat es mit einem verächtlichen Lächeln ab. „Was Leute wie Thornton sagen, ist keine Erwiderung wert."

„Du schweigst also lieber und lässt solche Anschuldigungen auf dir sitzen?"

Er schüttelte den Kopf. Was er getan hatte, würde er ihr nie erklären können.

„Samuel, ich bin nicht diese Leute. Selbst wenn du dich anderen gegenüber nicht rechtfertigen willst, so solltest du doch mit mir reden. Wir sind die Einzigen, die von unserer Familie geblieben sind. Onkel Thomas ist tot. Und als Vater und Mutter gestorben sind, war ich noch so jung, dass ich mich ihrer kaum erinnern kann. Verstehst du denn nicht, dass ich bei dir sein möchte? Dass ich wissen will, was mein Bruder im Krieg hat durchmachen müssen?"

Nun war es an ihm, aus dem Fenster zu starren. Er schluckte schwer. Übelkeit stieg in ihm auf. Ihm war, als könne er den Angstschweiß sterbender Männer in der Enge der Kutsche riechen, doch natürlich wusste er, dass sein Verstand ihm nur einen arglistigen Streich spielte. „Es ist nicht leicht, über den Krieg zu reden."

„Ich habe andere Männer darüber reden hören", beharrte sie sanft. „Kavallerieoffiziere, die sich ihrer Eroberungen rühmen, Matrosen, die von großen Schlachten auf See berichten."

Er schnaubte leise. „Die haben auch nicht …"

„Was haben sie nicht?" Gespannt beugte sie sich vor, als hoffe sie, ihm endlich die Worte zu entlocken, die sie hören wollte. „Erzähl es mir, Samuel."

Er hielt ihrem Blick stand, obwohl es ihm geradezu körperliche Qualen verursachte. „Soldaten, die mitten im Kampfgeschehen waren, Soldaten, die den Atem eines anderen gespürt haben, ehe sie ihn …" Er schloss gequält die Augen. „Diese Soldaten sprechen selten über das, was sie erlebt haben.

Das ist nichts, woran man sich gern erinnern möchte. Es tut zu weh."

Nach einem kurzen Schweigen fragte sie flüsternd: „Aber worüber kannst du denn reden? Es muss doch etwas geben, das du mir erzählen kannst."

Er sah sie nur an und wusste nicht, was er sagen sollte. Dann aber kam ihm eine vergleichsweise harmlose Erinnerung, die ihm ein wehmütiges Lächeln entlockte. „Über den Regen."

„Was?"

„Wenn es während des Marsches regnet, gibt es kein Entkommen. Du wirst nass bis auf die Knochen. Die Kleider werden nass, die Vorräte werden nass, der Weg unter deinen Stiefeln wird zu einer Schlammhalde, und dann fangen auch schon die Ersten an auszurutschen. Und wenn einer fällt, dann zieht er gleich ein halbes Dutzend mit, das ist die Regel. Die Uniformen, die Haare, die Gesichter – alles voller Matsch und Schlamm."

„Aber nachts kann man doch bestimmt ein Zelt aufstellen?"

„Kann man, aber bis dahin ist auch das Zelt durchnässt, und der Boden ist ein einziges Meer aus Schlamm, auf dem das Zelt kaum Halt findet, sodass man sich letztlich fragt, ob es nicht besser wäre, gleich unter freiem Himmel zu schlafen."

Als sie ihn anlächelte, wurde ihm ganz warm ums Herz. „Armer Samuel! Wer hätte gedacht, dass ein Soldat so viel Zeit in Matsch und Schlamm verbringt? Ich hatte mir immer vorgestellt, du würdest eine Heldentat nach der anderen vollbringen."

„Meine Heldentaten hatten meist mit einem Kessel zu tun."

„Mit einem Kessel?"

Er nickte und lehnte sich nun entspannt zurück. „Nach einem langen Tagesmarsch durch Schlamm und Regen war auch unser gesamter Proviant nass, einschließlich des Mehls und der getrockneten Erbsen und Linsen."

Sie rümpfte die Nase. „Nasses Mehl?"

„Nass und verklumpt. Manchmal mussten wir damit eine

ganze Woche auskommen."

„Ist es nicht geschimmelt?"

„Doch, meistens. Am Ende der Woche hatte das Mehl stets einen sehr appetitlichen Grünschimmer."

„Oh." Sie hielt sich die Hand vor die Nase, als rieche sie verdorbenes Mehl. „Und dann?"

Er beugte sich vor und raunte ihr verschwörerisch zu: „Aber das ist jetzt ein Geheimnis, und du darfst es niemandem weitersagen. In der Armee will man schon lange wissen, was ich mit meinem kleinen Kessel so alles angestellt habe."

„Du machst Witze, oder? Aber dann erzähl mir mal, welche Heldentaten du mit deinem kleinen Kessel vollbracht hast."

Er setzte eine bescheidene Miene auf. „Ach, eigentlich nichts Besonderes. Nur das ganze Lager mit einem Sack verdorbenen Mehls verköstigt. Wenn man es dreimal gesiebt hat und dann in einen Kessel voll kochenden Wassers gab, konnte man eine köstliche Suppe daraus machen. Besonders gut war sie an den Tagen, wo ich noch einen Hasen oder ein Eichhörnchen als Einlage geschossen hatte."

„Wie furchtbar", fand seine Schwester.

„Du wolltest es ja unbedingt hören." Er grinste und war froh, dass sie überhaupt wieder mit ihm redete. Und dass er so glimpflich davongekommen war. Wenn es sie glücklich machte, würde er sie so lange mit belanglosen Anekdoten aus dem Soldatenleben erfreuen, bis sie genug davon hatte.

„Samuel …"

„Was, meine Liebe?" Ihre bange Miene ließ ihm ganz beklommen ums Herz werden. Sie hatte ja recht: Außer einander hatten sie niemand mehr. Es war wichtig, dass sie zusammenhielten. „Sag mir, was los ist."

Als er sah, wie sie sich unschlüssig auf die Lippe biss, wurde ihm wieder bewusst, wie jung sie doch noch war. „Meinst du, sie werden überhaupt mit mir reden, all diese adeligen englischen Damen?"

In diesem Augenblick wünschte er, ihr für alle Zeiten den Weg ebnen zu können, sodass ihr für den Rest ihres Lebens kein Kummer mehr widerfuhr und niemand ihr ein Leid antat. Doch da ihm dies nicht vergönnt war, konnte er nicht mehr tun, als ihr zumindest die Wahrheit zu sagen. „Die meisten schon. Bestimmt gibt es auch ein oder zwei, die dir die kalte Schulter zeigen werden, aber sich mit so hochnäsigen jungen Damen abzugeben lohnt ohnehin nicht."

„Ja, ich weiß", seufzte sie. „Ich bin einfach nur so furchtbar aufgeregt. Ich weiß nie, wohin mit meinen Händen, und frage mich die ganze Zeit, ob meine Frisur ordentlich gemacht ist."

„Da würde ich mir keine Sorgen machen. Du hast doch diese vortreffliche Zofe, die Lady Emeline dir besorgt hat. Außerdem bin ich auch noch da. Ebenso Lady Emeline. Sei unbesorgt: Sie würde niemals zulassen, dass dein Haar nicht absolut perfekt frisiert ist. Und ich finde dich sowieso vollkommen."

Ihre Wangen färbten sich rosig. „Wirklich?"

„Wirklich."

„Na schön. Dann werde ich den Damen erhobenen Hauptes gegenübertreten und mir voller Stolz in Erinnerung rufen, dass mein Bruder der beste Schimmelmehlsuppenkoch war, den die Armee Seiner Majestät je hatte."

Er lachte und freute sich, seine Schwester so vergnügt zu sehen. Als die Kutsche über etwas Hartes rumpelte, schaute Sam kurz aus dem Fenster und sah, dass sie eine Brücke überquerten, die so schmal war, dass die Kutsche beinah zu beiden Seiten die Brüstung schrammte.

Rebeccas Blick folgte dem seinen. „Sind wir endlich da?"

Er schob den Vorhang beiseite, um etwas weiter sehen zu können. „Nein", meinte er, ließ den Vorhang wieder fallen und lächelte sie an. „Aber lange dauert es bestimmt nicht mehr."

„Hoffentlich. Mir tut jetzt schon alles weh." Sie rutschte unruhig auf ihrem Sitz herum. „Schade, dass Mr Thornton uns nicht begleiten konnte."

„Ich hatte nicht den Eindruck, dass es ihm etwas ausmachte."

„Aber ..." Sie krauste die Nase. „Ist das nicht furchtbar scheinheilig? Ich meine, dass er nicht eingeladen worden ist, nur weil er keinen Titel hat und sein Geld mit Stiefeln verdient? Du bist doch auch im Handel tätig."

„Stimmt."

„Bei uns in den Kolonien gäbe es so etwas nicht. Da schaut man nicht auf solche feinen Unterschiede." Nachdenklich blickte sie auf ihre Hände.

Sam schwieg. Auch ihn irritierten diese Standesunterschiede ziemlich, nur was sollte er sagen?

„In England muss es für einen Mann sehr schwer sein, allein durch seine Arbeit und eigenen Verdienst emporzukommen." Rebecca nagte wieder an ihrer Lippe und hielt den Blick noch immer auf ihre Hände gerichtet. „Sogar Mr Thornton hatte immerhin den Laden seines Vaters, als er angefangen hat. Aber wenn ein Mann nicht einmal das hat – wenn er beispielsweise ein Dienstbote wäre –, könnte er dann jemals respektabel werden?"

Samuel betrachtete seine Schwester eingehend und fragte sich, ob sie wohl einen ganz bestimmten Dienstboten im Sinn hatte. „Möglich ist es schon. Mit ein wenig Glück und ..."

„Aber nicht sehr wahrscheinlich, oder?", fragte sie und sah auf.

„Nein", erwiderte er leise. „Sehr wahrscheinlich ist es nicht, dass er es in England jemals zu Rang und Namen oder auch nur einem bescheidenen Vermögen bringt. Wer hier einmal Diener ist, wird meist auch als Diener sterben."

Sie öffnete kurz den Mund, als wolle sie etwas sagen, schloss ihn dann wieder, presste die Lippen fest zusammen und sah stattdessen zum Fenster hinaus. Danach schwiegen sie erneut, aber diesmal war es ein einvernehmliches Schweigen. Sam schloss die Augen und lehnte den Kopf zurück an den Sitz. Schläfrig sann er darüber nach, inwieweit die Frage seiner

Schwester dem Diener O'Hare geschuldet war.

Er schlummerte ein wenig, und als er wieder aufwachte, bogen sie gerade auf das Anwesen der Hasselthorpes ein.

„Mein Gott, das ist ja riesig", flüsterte Rebecca hörbar eingeschüchtert.

Da konnte Sam ihr nur zustimmen. Der Landsitz war in der Tat recht beeindruckend. Majestätisch thronte er am Ende einer langen Auffahrt, inmitten einer endlos scheinenden, frisch gemähten sattgrünen Rasenfläche, die ihn nur noch prächtiger zur Geltung brachte. Etliche Generationen hatten ihren Teil zu dem Prunkstück aus grauem Stein beigetragen. Die Fenster waren gotisch, die Kamine aus der Tudorzeit. Doch die vielfältigen Stile gaben nur Zeugnis davon, dass die Familie hier schon seit Jahrhunderten residierte. Vor dem Haus lief die Auffahrt in einem Rondell aus, wo bereits vier Kutschen standen, um elegante Gentlemen und Damen des *ton* abzusetzen.

Samuel streckte sich und lächelte Rebecca aufmunternd zu. „Wir sind da."

Der perfekte Tag für ein Picknick, dachte Emeline am nächsten Morgen. Die Sonne schien, der Himmel war strahlend blau mit flauschig weißen Wölkchen. Es wehte ein laues Lüftchen, gerade nur so viel, dass es mit den Hutbändern der Damen spielte, ohne ihnen indes die Hüte vom Kopf zu wehen. Die Gentlemen machten allesamt eine gute Figur. Die Damen waren hübsch und reizend anzusehen. Das Gras war noch sommerlich grün und die Aussicht lieblich: sanft geschwungene Hügel mit ein paar pittoresk hingetupften Schafen. Mehr konnte man wirklich nicht verlangen.

Oder vielmehr: Mehr sollte man nicht verlangen müssen, denn dummerweise hatte Lady Hasselthorpe den Wein vergessen. Der Gerechtigkeit halber sollte man vielleicht sagen, dass das Fehlen des Weins der Fehler der Haushälterin war, aber bekanntlich ließ sich vom Personal stets auf die Herrschaft schließen. Eine gute Hausherrin hielt sich eine fähige Haushälterin, wohingegen eine nachlässige Hausherrin sich mit einer Haushälterin zufriedengab, die den Wein einzupacken vergaß.

Emeline seufzte. Komisch, wie durstig man auf einmal wurde, wenn man wusste, dass es nichts zu trinken gab. Zwei Diener waren ausgeschickt worden, den Wein zu holen, aber da man über eine halbe Stunde gelaufen war, um dieses liebliche Fleckchen zu erreichen, würde es wohl noch ein Weilchen dauern.

Mit rosigen Wangen und fahrig flatternden Händen huschte Lady Hasselthorpe um ihre Gäste herum. Sie war eine bemerkenswerte Schönheit mit goldblondem Haar, hoher, makelloser Stirn und einer winzigen Rosenknospe von Mund, nur leider Gottes konnte ihr Geist nicht mit ihrer vortrefflichen Gestalt mithalten. Auf einem Ball hatte Emeline einmal das zweifelhafte Vergnügen gehabt, eine halbe Stunde in ihrer Gesellschaft zu verbringen. Es war die längste halbe Stunde ihres Lebens gewesen. Eine Unterhaltung in Gang zu bringen hatte sich als unmöglich erwiesen, da Lady Hasselthorpe außerstande war, auch nur einen einzigen Gedanken zu einem logischen Abschluss zu bringen.

Oh, wie sehr Emeline sich wünschte, dass Melisande hier wäre! Aber Melisande würde erst morgen eintreffen. Überlautes Lachen lenkte ihre Aufmerksamkeit auf eine kleine Gruppe von Gentlemen, in deren Mitte Jasper stand. Noch während sie die Herren beobachtete, löste er mit dem, was er erzählte, abermals brüllendes Gelächter aus. Lord Hasselthorpe stand etwas abseits und war allem Anschein nach in ein ernstes Gespräch mit seinem wohl wichtigsten Gast, dem Duke of Lister, vertieft. Sowohl Hasselthorpe als auch Lister waren einflussreiche Parlamentarier, und Emeline vermutete, dass ihr Gastgeber in der Politik noch nach Höherem strebte. Ihr entging nicht, wie Lister Jasper einen gereizten Blick zuwarf, den ihr Verlobter nicht einmal bemerkte. Der Duke war ein hochgewachsener Mann in mittleren Jahren, mit Stirnglatze und meist berüchtigt schlechter Laune.

„Würden Sie ein paar Schritte mit mir gehen?“, vernahm sie Samuels tiefe Stimme neben sich.

Wenig überrascht wandte Emeline sich um. Sie hatte es gewusst, ohne zu sehen, dass er zu ihr kam. Seltsam, aber irgendwie war sie sich stets seiner Bewegungen bewusst. „Ich dachte, Sie wären noch wütend auf mich, Mr Hartley.“

Ein anderer Mann würde wohl galant ausgewichen sein, aber Samuel ging die Sache direkt an. „Weniger wütend als enttäuscht darüber, dass Sie beabsichtigten, der Vernunft und nicht der Leidenschaft wegen zu heiraten.“

„Dann verstehe ich nicht, weshalb Sie mit mir spazieren gehen möchten, wenn meine Wahl Sie doch so brüskiert.“

Seit seiner Konfrontation mit Jasper vor über einer Woche und dem verheerenden Kuss danach war dies die erste Gelegenheit für sie, unter vier Augen miteinander zu sprechen. Sie sah kurz zu Jasper hinüber. Doch ihr Verlobter war gerade dabei, eine weitere seiner lustigen Geschichten zum Besten zu geben und schien sie gar nicht wahrzunehmen.

Samuel beugte sich zu ihr herab. „Ich hatte eigentlich gehofft, dass Sie es verstehen würden.“

„Selbst wenn ich es verstünde, mag ich nicht mit einem Mann spazieren gehen, der sich nicht hinreichend beherrschen kann.“

Suchend blickte er ihr in die Augen, und wenngleich er sich der anderen Gäste wegen ein Lächeln abrang, wusste sie doch, dass er alles andere als belustigt war. „Fangen Sie nicht schon wieder an zu streiten, und lassen Sie uns gehen.“

Just in diesem Augenblick wandte Lady Hasselthorpe sich ihnen zu. Aus unerfindlichen Gründen trug ihre Gastgeberin für die kleine Landpartie ausufernd breite, mit orangefarbenem und lavendelblauem Satin drapierte Paniers, wie sie unpraktischer nicht sein konnten. Das modische Rockwerk schwankte bedenklich, und der Satin schleifte im Gras, als sie nun auf sie zuhielt.

„Lady Emeline, bitte versprechen Sie mir, nicht allzu enttäuscht von mir zu sein. Ich kann mir auch nicht erklären, was mit dem Wein geschehen ist. Sowie wir zurück sind, sollte ich Mrs Leaping entlassen. Nur …", sie rang die Hände in sehr aparter, doch hoffnungslos nutzloser Weise, „… nur weiß ich wirklich nicht, wo ich eine neue Haushälterin finden sollte. Gutes Personal ist hier draußen so schwer zu bekommen."

„Eine gute Haushälterin zu finden ist nie ganz leicht", meinte Emeline verständnisvoll.

„Und jetzt steht diese Frau da auch noch ganz allein herum." Lady Hasselthorpe deutete irritiert auf eine umwerfend gut aussehende Blondine in einem grünen Kleid, welches ihren beachtlichen Busen bestens zur Geltung brachte. „Sie ist eine *gute Freundin* des Dukes, wenn Sie wissen, was ich meine. Er hat darauf bestanden, dass wir sie einladen, aber natürlich spricht keine der anderen Damen mit ihr." Lady Hasselthorpe runzelte besorgt die Stirn. „Und noch dazu kein Wein! Oh, was soll ich nur tun?"

„Sollen wir mal nachsehen gehen, wo der Wein bleibt?", erbot sich Samuel mit ernster Miene, ehe Emeline überhaupt zu Wort kam.

„Oh, würden Sie das für mich tun, Mr Hartley, Lady Emeline? Ich wäre Ihnen ja *so* dankbar!" Lady Hasselthorpe ließ ihren flüchtigen Blick schweifen und seufzte. „Wie es aussieht, werde wohl *ich* mit Mrs Fitzwilliam reden müssen. Ist das nicht furchtbar?"

„In der Tat, Mylady." Samuel verneigte sich. „Derweil werden wir uns auf die Suche nach dem Wein begeben. Lady Emeline?" Er reichte ihr seinen Arm.

Womit es unmöglich war, sein Angebot auszuschlagen.

„Gewiss." Lächelnd legte Emeline die Fingerspitzen in die Armbeuge dieses unverschämten Mannes und war sich mal wieder viel zu sehr der Wärme bewusst, die sein Körper ausstrahlte. Blieb nur zu hoffen, dass man ihr die Hitze nicht noch am eigenen Gesicht ansah.

Als sie gemächlich davonschlenderten, passte er seine weit ausholenden Schritte den ihren an, und bald hatten sie die anderen hinter sich gelassen. Sie hatte angenommen, dass er sofort ein Gespräch beginnen würde, doch er blieb still. Verstohlen sah sie ihn aus den Augenwinkeln an. Seine Miene war ernst, sein Blick auf den Weg vor sich gerichtet. Was er wohl dachte? Und warum sollte sie das überhaupt interessieren?

Mit einem leisen Schnauben schaute auch sie wieder geradeaus. Immerhin war heute ja wirklich ein prächtiger Tag. Warum sich alles verderben lassen von diesem verdrießlichen …

„Wer ist dieser junge Mann, der eben mit Rebecca und den anderen jungen Damen geredet hat?“, riss Samuel sie aus ihren Gedanken.

Und wie töricht, darüber enttäuscht zu sein, dass er das Gespräch nun mit seiner Schwester begann. Hatte er ihren Kuss vor gerade mal einer Woche denn völlig vergessen? Vielleicht. Nun, dann wollte sie auch nicht mehr daran denken. „Welcher?“, fragte sie kühl.

Samuel winkte ungeduldig ab. „Der mit dem idiotischen Lachen.“

Sie lächelte. Leider beschrieb dies den jungen Mann sehr trefflich. „Mr Theodore Green. Er verfügt über ein sehr ansehnliches Einkommen und hat ein Anwesen in Oxford.“

„Wissen Sie sonst noch etwas über ihn?“

Schon leicht gereizt zuckte sie die Schultern. „Was muss man denn noch wissen? Soweit ich weiß, spielt er nicht.“

Als er sie ansah, meinte sie Enttäuschung in seinem Blick zu erkennen. „Ist das alles, wonach Sie einen Mann beurteilen? Nach seinem Einkommen?“

„Und natürlich nach seinem Rang“, setzte sie nach.

„Natürlich.“

„Er ist der Neffe eines Barons. Ein guter Fang für Rebecca, wenn sie denn über das idiotische Lachen hinwegsehen kann“, sagte sie, als würde sie die Partie ernstlich erwägen. Etwas in ihr trieb sie dazu, diesen Mann zu provozieren. „Um ehrlich zu sein, viel höher können wir für sie auch nicht streben. Mit Geld aus den Kolonien kann man sich in gewisse Kreise einkaufen, aber nicht weiter. Und einen Stammbaum, der diesen Mangel wettmachen könnte, hat Ihre Familie ja bedauerlicherweise nicht vorzuweisen."

Er spitzte die Lippen. „Sie sind keineswegs so oberflächlich und arrogant, wie Sie immer tun."

„Ich weiß nicht, wovon Sie reden." Ein Glück, dass sie starr geradeaus schaute, denn es bereitete ihr alle Mühe, ernst zu bleiben. Der Wind fuhr spielerisch unter ihre Röcke, und sie strich sie angelegentlich glatt.

„Dieses ganze Gerede über Geld und Rang. Als ob das alles wäre, das einen Mann ausmacht."

„Wenn mich nicht alles täuscht, sprachen wir gerade darüber, ob ein gewisser Gentleman für Ihre Schwester infrage käme. Wonach sollte ich ihn Ihrer Ansicht nach denn sonst beurteilen?"

„Nach seinem Charakter, seinem Verstand, seinem Verhalten anderen gegenüber", begann er aufzuzählen. Er sprach leise und eindringlich. Sie hatten eine kleine Anhöhe erklommen und blickten nun auf goldgelbe, von Hecken und Bruchsteinmauern begrenzte Felder hinab, die sich weit vor ihnen erstreckten. „Danach, wie er seinen Pflichten nachkommt und ob er Verantwortung übernimmt für jene, die von ihm abhängen. Mir fallen etliche Kriterien ein, auf die zu achten mir bei Rebeccas künftigem Ehemann wichtiger wäre als sein Einkommen."

Emeline spitzte die Lippen. „Interessant. Wenn ich also auf der Straße einen klugen und seinen Mitmenschen wohlgesonnenen Bettler fände, würden Sie sofort das Aufgebot für Ihre Schwester bestellen?"

„Tun Sie nicht so, als wüssten Sie nicht genau, was ich meine." Sie spürte, wie sein Arm sich unter ihren Fingern spannte. „Wozu sich beschränkter geben, als Sie sind?“

„Ach ja?“ Sie lachte kurz auf. „Entschuldigen Sie, aber wahrscheinlich *bin* ich beschränkt. Hier in England ziehen wir es nun einmal vor, unsere Töchter und Schwestern an Gentlemen zu vermählen, die sie in standesgemäßen Verhältnissen …“

„Selbst wenn der Mann ein Wüstling ist oder ein Idiot oder …“

„Ja, selbst dann!“ Er schritt nun so weit aus, dass sie sich eilen musste, um mitzuhalten. „Wir sind nämlich so gierig und unersättlich, dass wir an nichts anderes denken als an Geld und Rang. Und wissen Sie was? Wenn ein Earl mit zwanzigtausend im Jahr mir den Hof machen würde, dann würde ich ihn auf der Stelle heiraten – selbst wenn er alt, gebrechlich und nicht mehr Herr seiner Sinne wäre!“

Jäh blieb er stehen und packte sie bei den Armen, was ihr ganz gelegen kam, wäre sie doch sonst über ihre eigenen Füße gefallen. Sie schaute ihn an, und sein Gesicht war zum Fürchten. Er war blass vor Zorn, und seine Lippen waren zu einem höhnischen Lächeln verzogen. Nur war es keineswegs Furcht, was sie empfand.

„Katze“, zischte er, und dann riss er sie an sich, dass sie den Boden unter den Füßen verlor, und senkte seinen Mund auf den ihren.

Das Wort *Kuss* beschrieb ihre Umarmung nur unzureichend. Sein Mund drängte sich an den ihren, zwang ihre Lippen auseinander, zwang sie, seine Zunge aufzunehmen. Und sie genoss es. Sie vergalt ihm seinen Zorn mit ihrer eigenen Wut. Hemmungslos packte sie ihn bei den Schultern und grub ihre Fingernägel in seinen Rock. Hätte sie bloße Haut zu fassen bekommen, würde sie ihn gekratzt haben, ihn mit all ihrer wütenden Verzweiflung gezeichnet haben. Sie keuchte und war den Tränen nah, ihre Zähne stießen wenig elegant an die seinen. Ihr Kuss war weder zärtlich noch raffiniert. Er war Ausdruck ihrer Lust und ihres Zorns.

Sie konnte seine Haut riechen. An ihm waren weder Puder noch Parfüm oder Pomade – sie roch nur ihn, und der Geruch brachte sie um den Verstand. Sie wollte ihm den Rock von den Schultern zerren, ihm Hemd und Halstuch zerreißen und ihre Nase an seinem bloßen Hals vergraben. Ihr Verlangen war animalisch und unbeherrscht, und das war es, was sie schließlich innehalten ließ. Sie wich zurück und stellte fest, dass er sie fast nachdenklich betrachtete. Seine Augen blickten weitaus ruhiger, als ihr zumute war.

Zum Teufel mit ihm! Wie konnte er es wagen, nicht ebenso aufgewühlt zu sein wie sie?

Er musste in ihren Augen gesehen haben, wie verärgert sie war. Seine Mundwinkel hoben sich, wenngleich nicht zu einem Lächeln. „Das machen Sie absichtlich“, stellte er fest.

„Was?“, stieß sie hervor und war nun wirklich verwirrt.

Noch immer betrachtete er sie. „Sie streiten mit mir, bringen mich gegen sich auf, bis ich es nicht länger ertragen kann und Sie küsse.“

„Sie lassen es so klingen, als würde ich es darauf anlegen, von Ihnen geküsst zu werden.“ Wütend stieß sie an seine Arme, doch er ließ sie nicht los.

„Tun Sie das denn nicht?“

„Natürlich nicht.“

„Ich glaube schon“, flüsterte er. „Ich glaube, Sie haben das Gefühl, meine Berührung nur dann zulassen zu können, wenn ich sie Ihnen aufdränge.“

„Das ist überhaupt nicht wahr!“

„Dann beweise es mir“, murmelte er und neigte sich ihr abermals zu. „Zieh deine Krallen ein und küss mich.“

Sacht streiften seine Lippen die ihren in einer fast schon ehrfürchtigen Liebkosung. Als sie keuchend nach Atem rang, öffnete er seinen Mund über dem ihren und küsste sie. Voller Hingabe. Liebevoll. In einem solchen Kuss könnte sie ertrinken. Ein solcher Kuss war viel gefährlicher als ihre beinah schon gewalttätige Rangelei zuvor. Dieser Kuss zeugte von

Sehnsucht, von tiefer Begierde. Der Gedanke – schon allein die Möglichkeit –, dass dieser Mann sie so sehr begehren könnte, ließ sie erbeben. Und noch mehr die Erkenntnis, dass sie ihn ebenso begehrte. Sie sollte es nicht tun, das wusste sie, und doch erwiderte sie seinen Kuss, drängte ihren Mund an den seinen. Sie küsste Samuel, sie hauchte all ihr aussichtsloses Begehren diesem einen Kuss ein. Wenn sie doch nur …

Plötzlich hob er den Kopf, und sie schlug benommen die Augen auf, vermisste seinen Mund schon jetzt.

Er schaute über ihre Schulter. „Die von Lady Hasselthorpe ausgeschickten Diener sind im Anmarsch. Geht es wieder?"

„Ja." Ihre Hände zitterten, aber sie verbarg sie in ihren Röcken und setzte eine gelangweilte Miene auf, ehe sie sich umdrehte. Tatsächlich mühten sich zwei Diener die kleine Anhöhe hinauf, zwischen sich einen Korb mit Weinflaschen. Besonders interessiert schauten sie nicht, weshalb ihnen die leidenschaftliche Umarmung vielleicht entgangen war.

„Darf ich Ihnen meinen Arm reichen?"

Sie legte ihre Hand in seine Armbeuge und versuchte ihre aufgewühlten Sinne zu beruhigen. Seit wann war sie so unbeherrscht und impulsiv? Die Wirkung, die Samuel Hartley auf sie hatte, wurde keineswegs von ihr geschätzt. Fast schien es, als risse er ihr den hauchdünnen Schleier der Zivilisation vom Leib und lasse sie nackt und bloß zurück, ein wildes, unkultiviertes Geschöpf, das nur noch aus Gefühlen und Empfindungen bestand, sich ungeschützt zu seinen Füßen kauerte und ihre niedersten Instinkte nicht mehr im Griff hatte. Sie sollte ihn stehen lassen und so schnell wie möglich das Weite suchen. Ihr altes Selbst wollte sie wiederfinden, ihre blank liegenden Nerven mit den vertrauten Ritualen der eleganten Gesellschaft beschwichtigen.

Doch stattdessen ging sie neben ihm, ihre Hand auf seinem Arm, und als er ihr einen triumphierenden Blick zuwarf, hatte sie das Gefühl, unwiderruflich etwas aufgegeben zu haben.

Wenngleich Lady Emelines Berührung zögerlich kam, so beruhigte sie ihn dennoch, ebenso wie der sanfte Hauch von Zitronenmelisse, der bei jedem ihrer Schritte sein Gesicht streifte. Einen Moment schloss Samuel die Augen und versuchte, sich wieder zu fassen, ehe die Diener sie erreichten. Er war Soldat gewesen, hatte sich lautes Kriegsgeschrei ausstoßenden Wilden entgegengestellt und sich nicht aus der Ruhe bringen lassen. Doch wenn er in Lady Emelines Nähe war, konnte er sich kaum unter Kontrolle halten. Er fluchte leise, als er die schnaufenden Diener herannahen hörte. Damit musste es ein Ende haben. Sie war eine Adelige und für ihn unerreichbar.

Er setzte eine unbefangene Miene auf und winkte den Dienern zu. „Man hat uns nach euch ausgeschickt. Soll ich beim Tragen helfen?“ Er zeigte auf den schweren Korb.

„Nein, Sir. Danke, Sir“, erwiderte der Ältere der beiden. Er war außer Atem, und das Gesicht, ebenso wie das seines Mitstreiters, war sichtlich erhitzt, aber in seiner Stimme schwang ein schockierter – ja, gar entrüsteter – Unterton mit. Allem Anschein nach schickte es sich nicht für einen Gentleman, einem Diener Hilfe anzubieten.

Seufzend wandte Sam sich wieder um und ging ihnen mit Lady Emeline voraus. „Hierzulande hält man Ungleichheit ja wirklich in Ehren.“

Sie schaute ihn an und runzelte leicht irritiert die Stirn. „Wie bitte?“

Er deutete auf die Diener, die ihnen hinterherkeuchten. „Jeder achtet auf noch so kleine Standesunterschiede, jeder nutzt jede sich bietende Möglichkeit, sich von anderen abzugrenzen. Ihr Engländer vergöttert die Ungleichheit zwischen den Menschen geradezu.“

„Wollen Sie etwa behaupten, dass in den Kolonien alle Menschen gleich wären? Dass es dort keine Standesunterschiede gäbe? Falls ja, so glaube ich Ihnen nicht.“

„Natürlich gibt es Unterschiede, aber ich kann Ihnen versichern, dass um den gesellschaftlichen Rang längst nicht so viel Aufhebens gemacht wird wie hier. In Amerika kann ein Mann sich über den Stand erheben, in den er geboren wurde."

„So wie Ihr Freund Mr Thornton", entgegnete sie und gab ihm zum Nachdruck einen kleinen Klaps auf den Arm. „Ein *Engländer.*"

„Thornton ist aber nicht zu dieser reizenden Hausgesellschaft eingeladen worden, oder?" Als er sie sehr anmutig erröten sah, musste er sich ein Lächeln verkneifen. Sie mochte es nicht, bei einem Wortwechsel zu unterliegen. „Er hat sich eine Position und ein Vermögen erarbeitet, doch Ihren erlauchten Kreisen scheint er immer noch nicht zu genügen."

„Jetzt lassen Sie es aber gut sein, Mr Hartley", fuhr sie ihn an. „Sie waren in der Armee. Erzählen Sie mir bloß nicht, dass es dort keine Unterschiede im Rang gegeben hätte."

„Oh ja, die gab es", sagte er bitter. „Und einige der größten Dummköpfe bekleideten die höchsten Ränge, wurden gar zu Generälen ernannt, und das allein aufgrund ihrer Geburt. Wenn Sie mich vom Nutzen der Standesunterschiede überzeugen wollen, müssen Sie sich schon ein besseres Beispiel einfallen lassen."

„War mein Bruder vielleicht ein schlechter Soldat?", fragte sie spitz.

Er verfluchte sich still. Herrje! Wie hatte er nur so unbedacht sprechen können? Natürlich käme ihr zuallererst ihr Bruder in den Sinn. „Nein. Captain St. Aubyn war einer der besten Offiziere, die ich je gekannt habe."

Sie hielt den Kopf gesenkt, die Lippen schmal zusammengepresst. Für eine so streitlustige Frau konnte sie sich bisweilen ganz schön verletzlich zeigen. Es tat ihm weh, versetzte ihm geradezu einen Stich ins Herz, sie so zu sehen. Wie seltsam, dass ihre spitze Zunge ihn sich so lebendig fühlen ließ, das Bedürfnis in ihm weckte, sie an sich zu reißen und zu küssen, bis sie unter seinem Mund vor Lust stöhnte. Aber in den seltenen Momenten, in denen sie Schwäche zeigte, ging sie ihm wirklich zu Herzen. Hoffentlich zeigte sie sich nur ihm gegenüber von dieser verletzlichen Seite. Der Gedanke, dass ein anderer Mann sie so sah, war ihm unerträglich. Er wollte der Einzige sein, der diese Sanftheit sah. Er wollte sie beschützen.

„Und Jasper?“, fragte sie. „War er auch ein guter Offizier? Irgendwie kann ich ihn mir gar nicht vorstellen, wie er Verantwortung trägt und anderen Befehle erteilt. Mit ihnen scherzen und Karten spielen, das schon. Aber andere herumkommandieren? Ausgeschlossen.“

„Dann kennen Sie Ihren Verlobten vielleicht nicht besonders gut.“

Jäh sah sie auf und bedachte ihn mit einem finsteren Blick. „Ich kannte Jasper schon, als er gerade laufen lernte.“

„Ich glaube, dass man einen Menschen erst dann wirklich kennt, wenn man ihn im Angesicht des Todes erlebt hat“, erwiderte er.

Mittlerweile waren sie wieder in Sichtweite des Picknickplatzes. Lady Emeline schaute zu Jasper hinüber, der noch immer inmitten der Gruppe lachender Gentlemen stand. Aus unerfindlichem Grund hatte er sich seines Rocks entledigt – höchst unschicklich – und gestikulierte nun ausladend in Weste und Hemdsärmeln, wobei er mit den Armen flatterte wie ein zu groß geratener Enterich mit den Flügeln. Abermals ertönte lautes Gelächter.

„Ich kannte nur wenige Männer, die in der Schlacht so viel Mut bewiesen haben wie Lord Vale“, sagte Sam nachdenklich.

Lady Emeline drehte sich zu ihm um und hob ungläubig die Brauen.

Er nickte. „Doch. Ich habe mit angesehen, wie man sein Pferd unter ihm weggeschossen hat, wie er aus dem Sattel gesprungen ist und blutüberströmt weitergekämpft hat, als alle um ihn her schon tot oder verletzt am Boden lagen. Er hat sich in die Schlacht gestürzt, er hat dem Tod ins Auge geschaut, als kenne er keine Furcht. Manchmal lächelte er sogar dabei.“

Sie spitzte die Lippen und wandte sich wieder Jaspers törichtem Schauspiel zu. „Vielleicht hatte er ja auch keine Angst.“

Bedächtig schüttelte Sam den Kopf. „Nur Narren haben keine Angst, und Lord Vale ist kein Narr."

„Dann muss er ein wirklich guter Schauspieler sein."

„Möglich."

„Unsere Retter nahen!" Lady Hasselthorpe flog ihnen entgegen und fuchtelte aufgeregt mit den Händen. „Oh, vielen Dank, Mr Hartley und Lady Emeline. Sie haben meine kleine Landpartie vor einer Katastrophe bewahrt."

Sam verneigte sich lächelnd.

„Und Sie?", fragte Lady Emeline ihn leise, während ihre Gastgeberin den Dienern vor die Füße lief.

Fragend schaute Sam sie an.

„Wie haben Sie sich im Angesicht des Todes verhalten?" Ihre Stimme war so leise, dass nur er sie hören konnte.

Sogleich wich das Lächeln aus seinem Gesicht. „So gut, wie es mir möglich war."

Sanft schüttelte sie den Kopf. „Wahrscheinlich haben Sie sich ebenso heldenhaft geschlagen wie Jasper."

Er wich ihrem Blick aus. „Auf dem Schlachtfeld gibt es keine Helden, Mylady. Es gibt nur Überlebende."

„Ihre Bescheidenheit in allen Ehren ..."

„Nein." Ihm war bewusst, dass er zu heftig sprach, die Stimme zu sehr erhob. Wenn er nicht aufpasste, würde er unnötige Aufmerksamkeit auf sie lenken. Aber er musste das klarstellen. Es gab keine falsche Bescheidenheit. „Ich bin kein Held."

„Emmie!" Lord Vale winkte ihnen zu. „Komm her und probier von der Taubenpastete, bevor wir alles aufgegessen haben. Ich habe mein Leben riskiert, um noch ein Stück für dich zu ergattern. Das Brathuhn ist leider schon restlos verputzt."

Sam nickte Vale zu. Doch ehe er Lady Emeline hinüberbegleitete, beugte er sich zu ihr hinab und flüsterte ihr noch etwas ins Ohr, denn es war wichtig, dass sie sich keinerlei Illusionen über ihn hingab.

„Glauben Sie bloß nicht, dass ich ein Held war."

10. KAPITEL

Somit sollte sich alles erfüllen, was der alte Zauberer ihm versprochen hatte. Eisenherz lebte in einem prächtigen Schloss mit Prinzessin Sonnentrost als seiner Braut. Er trug Purpur, war in Samt und Seide gekleidet, und allerorten standen Diener bereit, um ihm jeden Wunsch zu erfüllen. Natürlich durfte er noch immer nicht sprechen, würde dies doch den Schwur gebrochen haben, den er dem Zauberer geleistet hatte. Aber Eisenherz fand, dass Schweigen eigentlich kein gar so schlechtes Los war. Zumal ein Soldat ohnehin nur selten um seine Meinung gebeten wurde …
Eisenherz

„Diese griesgrämige Miene steht dir nicht", flüsterte Melisande ihr am Tag darauf zu.

Emeline versuchte, ihre Stirn zu glätten, aber sie hatte das Gefühl, dass man ihr ihren Verdruss dennoch ansah. Wenig verwunderlich, beobachtete sie doch gerade Samuel. „Ich wünschte, du wärst schon gestern gekommen."

Kaum merklich hob Melisande eine Braue. „Hätte ich geahnt, dass du dich so sehr nach meiner Gesellschaft sehnst, hätte ich das getan, meine Liebe. Ist deine Laune deshalb so düster?"

Seufzend hakte Emeline sich bei ihrer Freundin unter. „Nein. Mit dir hat meine schlechte Laune nichts zu tun – ganz abgesehen davon, dass ich mich sogleich ruhiger fühle, seit du da bist."

Sie standen auf dem frisch gemähten Rasen, der sich hinter Hasselthorpe House erstreckte. Die eine Hälfte der Hausgesellschaft hatte sich hier zum Zielschießen versammelt, die andere Hälfte hatte es vorgezogen, das nahe Städtchen zu besichtigen. Auf Leinwand gemalte Zielscheiben waren von den Dienern am Ende des Rasens aufgestellt worden. Hinter den

Scheiben lagen Heuballen gestapelt, um die Geschosse aufzufangen. Die am Wettbewerb teilnehmenden Gentlemen führten ihre Waffen unter den bewundernden Blicken der Damen vor, welche – versteht sich – das dankbare Publikum wären.

„Mr Hartleys Gewehr ist ja wirklich furchtbar lang", bemerkte Melisande. „Gewiss schaust du ihn deswegen so finster an."

„Warum muss er sich immer irgendwie hervortun?", murmelte Emeline und zupfte gereizt an ihren rosa und grün gestreiften Röcken herum. „Mir kommt es manchmal so vor, als würde er es geradezu darauf anlegen, anders als die anderen Gentlemen zu sein. Ich behaupte sogar, dass er es nur macht, um mich zu ärgern."

„Ja, genau – wahrscheinlich ist das sein erster Gedanke, wenn er morgens aufwacht: ‚Womit könnte ich Lady Emeline denn heute ärgern?'"

Emeline schaute ihre Freundin an, die ihren Blick aus betont arglos dreinblickenden braunen Augen erwiderte. „Ich benehme mich wirklich dumm, nicht wahr?"

„Nun, meine Liebe, ich würde es nicht dumm nennen …"

„Nein, das brauchst du auch nicht." Emeline seufzte. „Ich habe übrigens etwas dabei, das ich dir gerne zeigen würde."

Gespannt sah Melisande sie an. „Ach ja?"

„Ein Märchenbuch, aus dem mein altes Kindermädchen uns immer vorgelesen hat. Ich habe es kürzlich auf dem Speicher gefunden, aber ich glaube, es ist auf Deutsch geschrieben. Könntest du es für mich übersetzen?"

„Ich kann es versuchen", erwiderte ihre Freundin. „Aber versprechen kann ich dir nichts. Mein Deutsch ist recht bescheiden, und es gibt viele Worte, die ich überhaupt nicht kenne. Das hat man davon, wenn man es nicht aus einem Buch, sondern von seiner Mutter lernt."

Emeline nickte lächelnd. Melisandes Mutter kam aus Preußen und hatte mit siebzehn einen Engländer geheiratet.

Ihr Englisch war zeitlebens mäßig geblieben, weswegen Melisande mit beiden Sprachen aufgewachsen war. „Danke", meinte Emeline.

Nachdem auch die letzte Zielscheibe ordentlich aufgestellt war, brachten die Diener sich in Sicherheit und gesellten sich zu den Schützen, um sich dort nützlich zu erweisen. Die Gentlemen steckten die Köpfe zusammen. Wahrscheinlich entschieden sie darüber, in welcher Reihenfolge geschossen werden sollte.

„Ich weiß wirklich nicht, warum er mich alle Vernunft verlieren lässt", sagte Emeline, als sie sich dabei ertappte, schon wieder finster zu Samuel hinüberzustarren.

Im Gegensatz zu den anderen Gentlemen, die sich sehr im Umgang mit ihren Waffen gefielen, versuchte er nicht den Damen zu imponieren. Er hielt sein Gewehr mit dem Kolben auf dem Boden und stand lässig da, das eine Bein leicht angewinkelt. Als er ihren Blick auffing, nickte er ihr kurz zu, verzog jedoch keine Miene, geschweige denn, dass er lächelte. Rasch wandte Emeline sich ab, sah ihn im Geiste aber noch immer vor sich, wie er dastand in seinem schlichten braunen Rock, den wildledernen Beinlingen, an die sie sich mittlerweile fast gewöhnt hatte, und dem vom Wind zerzausten braunen Haar. Nichts war an ihm, das ihn empfohlen hätte. Selbst inmitten der für eine Landpartie eher bescheiden gekleideten Gentlemen hätte er noch immer als Dienstbote durchgehen können, so schlicht waren seine Kleider. Und doch musste sie alle Mühe aufbringen, um nicht sogleich wieder zu ihm hinzuschauen.

Fahrig zupfte sie an ihrem Spitzenkragen. „Er hat mich gestern geküsst."

Melisande wurde ganz still. „Mr Hartley?"

„Ja." Auch ohne zu ihm hinzusehen, wusste sie, dass er sie noch immer anschaute. Sie spürte seinen Blick auf sich.

„Und, hast du seinen Kuss erwidert?", fragte ihre Freundin so beiläufig, als erkundige sie sich bei einem Händler nach dem Preis für bunte Bänder.

„Oh, mein Gott“, stieß Emeline hervor.

„Ich vermute mal, das heißt Ja“, murmelte Melisande. „Zugegeben, er sieht gut aus – auf primitive Weise –, aber ich hätte nicht gedacht, dass du ihn attraktiv fändest.“

„Tue ich ja auch nicht!“

Aber tief in ihrem Herzen wusste sie, dass das gelogen war. Es war wie ein schreckliches Fieber, das sie befallen hatte. Ihr wurde siedend heiß, sowie er in ihrer Nähe war. Sie war außerstande, ihren Körper – oder sich selbst – zu beherrschen, wenn sie mit diesem grässlichen Mann zusammen war. Eine solch ungezügelte Leidenschaft hatte Emeline in ihrem ganzen Leben noch nicht verspürt, nicht einmal mit Danny, und dieser Gedanke beunruhigte sie. Danny war so jung gewesen, so ausgelassen, und sie war mit ihm jung und ausgelassen gewesen. Irgendwie schien es nicht richtig, nun für einen anderen Mann stärkere Gefühle zu hegen – für einen Mann zudem, der nicht einmal ihr Gatte war.

Melisande warf ihr einen skeptischen Blick zu. „Dann dürftest du ihm wohl künftig aus dem Wege gehen.“

Emeline drehte sich um, sodass sie gar nicht erst in Versuchung kam, zu Samuel hinüberzuschauen. Stattdessen hatte sie nun eine ungetrübte Aussicht auf den Zierteich, der etwas abseits hinter den Zielscheiben lag. Ziemlich zugewuchert sah der aus. Lady Hasselthorpe hätte ihn vor der Hausgesellschaft noch säubern lassen sollen. Mrs Fitzwilliam stand ganz allein am Ufer, die Arme. „Ich weiß ehrlich gesagt noch nicht, was ich tun werde.“

„Eine kluge Frau würde natürlich die Nähe ihres Verlobten suchen“, murmelte Melisande so leise, dass es kaum zu hören war.

Das lag nahe. Immerhin nahm Jasper ja auch an dem Wettschießen teil. Ihm machte alles Vergnügen, wobei er sich körperlich verausgaben konnte. Er war ständig in Bewegung – ganz anders als Samuel –, hockte eben noch aus unerfindlichem Grund auf dem Boden, sprang im nächsten schon den Dienern bei, um ihnen bei der genauen Ausrichtung der Zielscheiben zu helfen. Kurz musste Emeline daran denken, was Samuel über ihn gesagt hatte: dass er gekämpft habe, als kenne er keine Furcht. Der Jasper, den sie kannte, war das definitiv nicht. Aber vielleicht kannte eine Frau einen Mann ja nie wirklich ganz.

Emeline schüttelte den Kopf. „Du weißt, dass es nichts mit Jasper zu tun hat."

„Du hast eine Übereinkunft mit ihm", erinnerte sie ihre Freundin.

„Eine Übereinkunft, ja. Genau das ist es. Jasper ist nicht mit dem Herzen dabei."

„Bist du dir da sicher?" Melisande betrachtete ihre Schuhspitzen. „Mir war, als hege er durchaus gewisse Gefühle für dich."

„Für ihn bin ich wie eine Schwester."

„Das kann durchaus ein guter Anfang sein für eine erfüllte ..."

„Und er hat andere Frauen."

Darauf erwiderte Melisande nichts, und Emeline fürchtete schon, dass sie ihre Freundin schockiert hatte. Es wurde gemeinhin angenommen, dass ein Gentleman Affären hatte – sowohl vor als auch nach der Heirat –, doch dies laut auszusprechen entsprach ganz und gar nicht dem guten Geschmack.

„Daran hast du früher nie Anstoß genommen", sagte Melisande schließlich. Die Gentlemen begannen sich in der Reihenfolge aufzustellen, in der geschossen würde. „Komm, lass uns zuschauen gehen."

Sie schlenderten zu den Schützen hinüber.

„Ich störe mich auch keineswegs an Jaspers Gefühlen für mich", sagte Emeline leise. „Tatsächlich glaube ich, dass freundliches Wohlwollen die beste Grundlage für eine Ehe ist. Weitaus besser als verzweifelte Leidenschaft."

Sie spürte Melisandes scharfen Blick auf sich, doch ihre Freundin enthielt sich jeden Kommentars. Sie hatten die Gentlemen gerade erreicht, da trat der Duke of Lister vor und machte sich mit viel Aufhebens zum Schießen bereit. Vermutlich war es seinem Rang geschuldet, dass er als Erster an die Reihe kam.

„Grässlicher Mann“, murmelte Melisande.

Emeline hob verdutzt die Brauen. „Der Duke?“

„Schleppt seine Geliebte mit sich herum, als wäre sie ein kleines Hündchen, das niemals von der Leine darf.“

„Ihr scheint es nichts auszumachen“, meinte Emeline mit einem kurzen Blick auf Mrs Fitzwilliam, die sich schützend die Hand vor die Augen hielt, um den ersten Schuss zu bewundern. Ihr blondes Haar schimmerte golden in der Sonne. Sie wirkte bemerkenswert ruhig und gelassen.

Der Duke hob das Gewehr an die Schulter.

Melisande hielt sich die Ohren zu, als er abfeuerte, und zuckte zusammen, als der Schuss von Hasselthorpe House widerhallte. „Warum müssen Gewehre nur einen solchen Lärm machen?“

„Wahrscheinlich, damit wir Damen gehörig beeindruckt sind“, sagte Emeline zerstreut.

Ein Diener schritt mit fast schon zeremoniellem Ernst an die Zielscheibe und malte einen schwarzen Kreis um das Einschussloch, damit alle es gut sehen konnten. Listers Schuss hatte den Rand nur knapp verfehlt. Er sah denn auch wenig erfreut aus, doch die Damen klatschten trotzdem begeistert. Mrs Fitzwilliam machte Anstalten, sich zu ihrem Gönner zu gesellen, aber der bemerkte sie nicht einmal und wandte sich ab, um sich lautstark mit Lord Hasselthorpe zu unterhalten. Emeline sah seine Geliebte etwas verunsichert stehen bleiben, ehe sie fein lächelnd an den Teich zurückkehrte. Melisande hatte recht. Es war nicht ganz einfach, eine Mätresse zu sein.

„Sind sie nicht prächtige Mannsbilder?“ Lady Hasselthorpe flatterte auf sie zu. Heute trug ihre Gastgeberin rosa getupftes Kattun über gar noch weiteren Paniers als gestern. Unzählige rosa und grüne Bänder zierten ihre aufwendig drapierten Röcke, und in der Hand hielt sie einen weißen Schäferstab. Allem Anschein nach gab sie heute die Schäferin, wenngleich Emeline bezweifelte, dass es viele Schäferinnen gab, die zum Schafehüten Paniers anlegten. „Ich könnte stundenlang zusehen, wie die Gentlemen ihr Können unter Beweis stellen."

Sie wurde von einem lauten *Peng!* unterbrochen.

Melisande fuhr erschrocken zusammen. „Ja, ganz herrlich", sagte sie und lächelte bemüht.

„Oh, und als Nächstes ist Mr Hartley mit seinem komischen Gewehr dran." Mit zusammengekniffenen Augen starrte Lady Hasselthorpe zu den Gentlemen hinüber – alle Welt wusste, dass sie kurzsichtig war, doch sie weigerte sich, eine Brille zu tragen. „Kann man mit so einem langen Lauf denn überhaupt anständig schießen? Vielleicht explodiert es ihm ja. Das wäre doch aufregend!"

„Allerdings", sagte Emeline trocken.

Samuel trat als Nächster vor, und einen Augenblick lang stand er völlig reglos und blickte starr geradeaus auf die Zielscheibe. Emeline runzelte die Stirn und fragte sich, was er da wohl tat. Und dann, ehe sie sich's versah, hob er das Gewehr an die Schulter, zielte und schoss.

Im Publikum herrschte gebanntes Schweigen. Der Diener schritt mitsamt Farbe und Pinsel wieder an die Zielscheibe. Samuel hatte sich längst abgewandt, während alle noch gespannt darauf warteten zu sehen, wo die Kugel getroffen hatte. Feierlich malte der Diener einen Kreis genau mittig auf die Scheibe.

„Volltreffer, alle Achtung", murmelte einer der Gentlemen schließlich.

Die Damen begannen zu klatschen, und die Herren scharten sich um Samuel und wollten sein Gewehr in Augenschein nehmen.

„Mein Gott, wie mir dieser Lärm zuwider ist", murmelte Melisande und ließ die Hände sinken.

„Du hättest dir ein wenig Mull in die Ohren stecken sollen“, meinte Emeline, in Gedanken anderswo.

Alles war so schnell gegangen. Samuel hatte nicht einmal mit der Wimper gezuckt, als er geschossen hatte. Weder als er die Waffe angelegt und gezielt hatte noch als der Schuss mit einem lauten Knall losgegangen war – und auch dann nicht, als der Pulverdampf aus dem Lauf und über ihn hinweggeweht war. Auch die anderen Gentlemen wussten gekonnt mit der Waffe umzugehen, denn natürlich gingen sie recht häufig auf die Jagd oder schossen auf Landpartien vergnüglich um die Wette. Aber keiner von ihnen hatte sich so souverän gezeigt wie Samuel. Sie konnte sich gut vorstellen, dass er auch im Dunkeln sein Ziel träfe. Oder während er rannte. Oder während eines feindlichen Angriffs. Vermutlich hatte er all das auch schon getan.

„Gute Idee“, meinte Melisande. „Es wäre meinem Aussehen gewiss zuträglich, wenn mir wie einem Hasen weiße Büschel aus den Ohren wüchsen.“

Als Emeline sich ihre Freundin mit Hasenohren vorstellte, musste sie lachen und merkte, wie Samuel sich nach ihr umdrehte. Der Atem stockte ihr, als ihre Blicke sich trafen. Einen Moment sah er sie an – und wie seltsam, dass ihr auch aus dieser Entfernung seine dunklen Augen so eindringlich waren –, dann sprach Lord Hasselthorpe ihn an, und er wandte sich ab. Emeline spürte, wie ihr das Blut in den Schläfen pochte.

„Was soll ich nur tun?“, flüsterte sie.

„Verdammt guter Schuss“, bemerkte Vale hinter Sam.

„Danke“, erwiderte Sam, ohne den Blick von ihrem Gastgeber zu nehmen, der sich eben zum Schuss bereit machte. Hasselthorpe stellte sich in Position, hatte die Füße aber viel zu dicht beisammen, weshalb er Gefahr lief, beim Abfeuern empfindlich aus dem Gleichgewicht zu geraten.

„Aber Sie waren ja schon immer ein guter Schütze“, fuhr Vale fort. „Erinnern Sie sich noch an die fünf Eichhörnchen, die Sie uns mal zum Abendessen erlegt hatten?"

Sam tat es mit einem Achselzucken ab. „Hat nicht viel genützt, oder? Die bedeckten kaum den Boden des Topfes. War nicht viel dran an den armen Viechern. Und zäh waren sie noch dazu."

Er war sich allzu bewusst, dass Lady Emeline keine zehn Schritt von ihm entfernt stand. Sie und ihre Freundin hatten die Köpfe zusammengesteckt, und er fragte sich, worüber die beiden Damen wohl redeten. Wenn er sie ansah, wich sie seinem Blick aus.

„Zäh oder nicht, Frischfleisch war immer eine willkommene Abwechslung. Wetten, dass Hasselthorpe gleich danebenschießt?"

„Gut möglich."

Schweigend schauten sie zu, wie ihr Gastgeber das Ziel ins Visier nahm, den Abzug drückte und das Gewehr unweigerlich verriss, als der Schuss losging. Die Kugel flog in hohem Bogen über die Zielscheibe hinweg. Lady Emelines Freundin hielt sich die Ohren zu und verzog gequält das Gesicht.

„Na, zumindest hat es ihn nicht umgehauen", brummelte Vale und klang ein bisschen enttäuscht.

Sam drehte sich zu ihm um. „Hatten Sie sich schon nach Corporal Craddock erkundigt?"

Vale wippte müßig auf den Fersen, als gehe ihn das alles nichts an. „Ich hatte mich mal nach der Adresse erkundigt, die Thornton uns gegeben hat, und weiß jetzt zumindest, wie wir zur Honey Lane kommen, wo Craddocks Haus ist. Und das Dorf hat man zu Pferd schnell erreicht."

Sam betrachtete ihn nachdenklich, ehe er meinte: „Gut. Dann müssten wir es ja morgen ohne Probleme finden."

„Absolut", zeigte Vale sich zuversichtlich. „Ich habe Craddock als einen von der vernünftigen Sorte in Erinnerung. Wenn uns einer helfen kann, dann gewiss er."

Sam nickte und wandte sich wieder dem Wettbewerb zu, wenngleich er in Gedanken anderswo war und kaum darauf achtete, wer als Nächstes an der Reihe war. Er wollte nur hoffen, dass Vale recht hatte und Craddock ihnen helfen könnte.

So langsam gingen ihnen die Überlebenden aus, die sich noch befragen ließen.

Emeline strich die über ihre Paniers drapierte korallenrote Seide glatt, als sie an jenem Abend in den Ballsaal der Hasselthorpes trat. Der weitläufige Saal war laut Lady Hasselthorpe kürzlich erst renoviert worden, und wie es aussah, hatte man dabei keine Kosten gescheut. Die Wände schimmerten muschelrosa, und barock vergoldetes Dekor rankte sich ringsum der Decke, um Säulen, Fenster und Türen und alles, was sich nach Ansicht der Dekorateure sonst noch gülden umranken ließ, wie beispielsweise die Medaillonmalereien an den Wänden, die pastorale Szenen mit drallen Nymphen und feisten Satyrn zeigten. Auf den arglosen Betrachter hatte es die Wirkung einer kandierten Blüte und löste einen sofortigen Zuckerrausch aus.

Im Moment war Emeline jedoch weniger mit dem überwältigenden Ballsaal der Hasselthorpes befasst als mit Samuel. Seit die kleine Schießgesellschaft sich am Nachmittag aufgelöst hatte, hatte sie ihn nicht mehr gesehen. Ob er sich nach allem, was auf dem Westerton-Ball geschehen war, wohl aufs Parkett wagen würde? Oder würde er sich gar nicht erst blicken lassen? Eigentlich war es ja dumm, sich wegen etwas, das sie im Grunde gar nichts anging, so verrückt zu machen, aber insgeheim hoffte sie, dass Samuel so vernünftig wäre, heute Abend auf seinem Zimmer zu bleiben. Es wäre entsetzlich, wenn es ihn hier wieder überkommen sollte.

„Lady Emeline!“

Eine hohe, schrille Stimme ertönte nahebei, und als Emeline sich umdrehte, war sie wenig überrascht, ihre Gastgeberin herbeieilen zu sehen. Lady Hasselthorpe trug eine in Rosa, Gold und Apfelgrün gehaltene Kreation, deren Röcke so weit abstanden, dass sie sich seitwärts zwischen ihren Gästen hindurchmanövrieren musste. Dem geschulten Auge entging zudem nicht, dass das Rosa ihres Kleides passend zum Rosa der Wände gewählt war.

„Lady Emeline! Ich bin ja so froh, Sie zu sehen“, rief Lady Hasselthorpe geradeso, als hätte sie Emeline nicht zwei Stunden zuvor noch gesehen. „Was halten Sie von Pfauen?“

Emeline blinzelte irritiert. „Nun, sie scheinen mir hübsche Vögel zu sein.“

„Ja, ja – aber ich meine in Zucker geschnitzt?“ Mittlerweile war Lady Hasselthorpe bei ihr angelangt und lehnte sich nah zu ihr heran. Ihre schönen blauen Augen blickten ehrlich besorgt drein. „Immerhin ist Zucker ja *weiß*, oder? Also, *nur* weiß. Wohingegen Pfauen ja gerade das Gegenteil sind, nicht wahr? Also, *nicht* weiß. Ich finde ja, dass sie gerade deshalb so schön anzuschauen sind – wegen ihres bunten Gefieders. Aber dann ist ein Zuckerpfau wohl doch nicht dasselbe wie ein echter, oder?“

„Nein.“ Beschwichtigend tätschelte Emeline ihrer Gastgeberin den Arm. „Aber ich bin mir ganz sicher, dass die Zuckerpfauen dennoch wunderschön anzusehen sein werden.“

„Mmm.“ Lady Hasselthorpe klang wenig überzeugt, doch ihr Blick war bereits zu einigen Damen geschweift, die hinter Emeline standen.

„Haben Sie Mr Hartley gesehen?“, beeilte Emeline sich zu fragen, ehe ihre Gastgeberin wieder davonschwirrte.

„Oh ja. Seine Schwester ist ziemlich hübsch, finden Sie nicht auch? Und eine gute Tänzerin. Ich sage ja immer, dass das von Vorteil ist, nicht wahr?“ Und damit eilte Lady Hasselthorpe davon und begann einer etwas verdutzten Matrone von Schildkrötensuppe vorzuschwärmen.

Emeline stieß ein enerviertes Seufzen aus. Nun hatte auch sie Rebecca entdeckt, die anmutig mit den anderen Tanzenden ausschritt. Doch wo war Samuel? Ihre Röcke raffend, bahnte sie sich einen Weg zur anderen Seite des Saals. Sie kam an Jasper vorbei, der einem jungen Mädchen etwas ins Ohr flüsterte, das das arme Kind ganz reizend erröten ließ, und dann wurde Emeline der Weg von einer Gruppe älterer Herren abgeschnitten, die ihr den Rücken zuwandten und so angeregt plauderten, dass sie kaum merkten, was um sie her geschah.

„Ich habe gesehen, dass du mir das Märchenbuch in mein Zimmer gelegt hast“, meinte auf einmal Melisande hinter ihr.

Emeline, die sie gar nicht bemerkt hatte, drehte sich überrascht um. Ihre Freundin trug ein Kleid in Graubraun, das sie wie eine verstaubte Krähe aussehen ließ. Wortlos hob Emeline die Brauen und enthielt sich jeden Kommentars. So oft schon hatten sie darüber geredet, und an der Garderobe ihrer Freundin hatte sich kein Deut geändert. „Kannst du es übersetzen?“, fragte sie stattdessen.

„Doch, ich glaube schon.“ Melisande öffnete ihren Fächer und fächelte bedächtig. „Ich habe mir nur die ersten paar Seiten angeschaut, aber das eine oder andere konnte ich tatsächlich entziffern.“

„Oh, gut.“

Doch sie musste abgelenkt geklungen haben, denn Melisande sah sie scharf an. „Hast du ihn gesehen?“

Betrüblicherweise erübrigte es sich zu erklären, wer gemeint war. „Nein.“

„Mir war, als hätte ich ihn eben hinaus auf die Terrasse gehen sehen.“

Emeline schaute zu den Fenstertüren hinüber, die offen standen, um die kühle Abendluft hereinzulassen. Leicht berührte sie ihre Freundin am Arm. „Danke.“

Melisande schnaubte leise und ließ ihren Fächer zuschnappen. „Pass auf dich auf.“

„Das werde ich.“ Emeline hatte sich bereits abgewandt und eilte durch die Menge.

Bei den Türen angelangt, huschte sie hinaus – doch welche Enttäuschung! Draußen ergingen sich gleich mehrere Paare, schlenderten über die Terrasse, von Samuel hingegen war nichts zu sehen. Sie ging einige Schritte und schaute sich suchend um, als sie ihn plötzlich hinter sich spürte.

„Wie schön Sie heute Abend aussehen." Sein Atem streifte ihre bloße Schulter und ließ ihre Haut prickeln.

„Danke", murmelte sie und wollte sich zu ihm umdrehen, aber er hatte bereits nach ihrer Hand gefasst und sie in seine Armbeuge gelegt.

„Wollen wir ein Stück gehen?"

Die Frage war rein rhetorisch gemeint, doch sie nickte trotzdem. Nach der Hitze des Ballsaals war es eine wahre Wohltat, an der frischen Luft zu sein. Das Geplauder der anderen Gäste verklang langsam hinter ihnen, als sie die Treppe zum Garten hinabgingen, wo winzige Laternen in den Zweigen der Obstbäume hingen und wie Leuchtkäfer in der Herbstdämmerung funkelten.

Emeline erschauerte.

Seine Hand schloss sich über ihrer. „Wenn Ihnen kalt ist, können wir wieder hineingehen."

„Nein, es geht schon." Sie sah ihn an, doch sein Gesicht lag im Schatten. „Und wie geht es Ihnen?"

Er schnaubte leise. „Es geht schon. Sie müssen mich für verrückt halten."

„Nein, keineswegs."

Daraufhin schwiegen sie wieder, und eine Weile war nur das Knirschen ihrer Schritte auf dem Kies zu hören. Emeline hätte gedacht, dass er versuchen würde, sie tiefer in das Dunkel des Gartens zu führen, doch er hielt sich schicklich an die beleuchteten Wege.

„Vermissen Sie Daniel?", fragte er, und im ersten Moment meinte sie, er frage nach ihrem verstorbenen Mann.

Dann erst begriff sie. „Ja", erwiderte sie. „Ja, das tue ich. Und ich mache mir Sorgen, dass er während meiner Abwesenheit Albträume haben könnte. Er neigt dazu, ebenso wie sein Vater."

Sie spürte, dass er sie ansah. „Wie war sein Vater?"

Blicklos starrte Emeline in die Dunkelheit. „Jung. Sehr jung." Rasch warf sie ihm einen Blick zu. „Wahrscheinlich finden Sie es sehr dumm, das zu sagen, aber es ist wahr. Damals ist es mir nicht aufgefallen, weil ich selbst jung war. Er war fast noch ein Junge, als wir geheiratet haben."

„Aber Sie haben ihn geliebt", stellte er ruhig fest.

„Ja", flüsterte sie. „Sehr." Es war geradezu eine Erleichterung, zugeben zu können, wie sehr sie in Danny verliebt gewesen war. Und wie überwältigt von Kummer bei seinem Tod.

„Hat er Sie geliebt?"

„Oh ja." Da musste sie gar nicht lange nachdenken. Dannys Liebe war so unkompliziert und natürlich gewesen, etwas, das sie als selbstverständlich hingenommen hatte. „Er meinte, dass er sich auf den ersten Blick in mich verliebt hätte. Es war auf einem Ball, fast wie hier, und Tante Cristelle hatte uns einander vorgestellt. Sie kannte Dannys Mutter."

Er nickte, schwieg jedoch.

„Er hat mir Blumen geschickt, ist mit mir ausgefahren und hat all das gemacht, was sich gehörte. Als wir unsere Verlobung bekanntgaben, schienen unsere Familien fast überrascht – so als hätten sie vergessen, dass wir nicht längst verlobt waren." Es waren goldene, glückliche Zeiten gewesen, aber die Erinnerung daran war mittlerweile ein wenig verschwommen. War sie wirklich jemals so jung gewesen?

„War er Ihnen ein guter Gatte?"

„Ja." Sie lächelte. „Manchmal hat er zwar gespielt und getrunken, aber das machen ja alle Männer. Er hat mir Geschenke gemacht, mir wunderschöne Komplimente gemacht."

„Klingt nach der idealen Ehe", meinte er, doch seine Stimme gab nichts preis.

„Oh ja, das war es." War er etwa eifersüchtig?

Als er stehen blieb und sie anschaute, sah sie in seinen Augen, dass es alles andere als Eifersucht war. „Warum wollen Sie dann nach dieser ersten Ehe, die so liebevoll und vollkommen war, eine zweite eingehen, in der es an Liebe fehlt?"

Seine Worte trafen sie wie Schläge, sie rang nach Atem. Dann hob sie gar die Hand, merkte kaum, was sie tat, ob sie sich verteidigen oder es ihm einfach nur vergelten wollte, doch er fing ihre Hand ab und hielt sie fest, sodass sie wehrlos war.

„Warum, Emeline?"

„Das geht Sie nichts an." Ihre Stimme bebte, sosehr sie sich auch um Beherrschung mühte.

„Ich glaube schon, Mylady."

„Es könnte jemand kommen", zischte sie. Tatsächlich lag der Weg verlassen da, außer ihnen war niemand zu sehen, doch sie wusste, dass es nicht lange so bleiben würde. „Lassen Sie mich los."

„Sie haben mich angelogen." Statt ihrer Bitte nachzukommen, kam er noch näher und betrachtete sie mit prüfendem Blick. „Sie haben ihn geliebt."

„*Ja!* Ja, ich habe ihn geliebt, und dann ist er gestorben, und ich war ganz allein." Bei den letzten Worten brach ihr die Stimme. „Er hat mich alleingelassen."

Noch immer schaute er sie an, als könne er in ihren Kopf oder gleich bis auf den Grund ihrer Seele blicken. „Emeline ..."

„Nein." Sie riss sich los und rannte davon.

Rannte den Weg zurück und fort von Samuel, als sei der Teufel hinter ihr her.

Bis Sam und Lord Vale am frühen Nachmittag des folgenden Tages aufbrachen, hatte der Himmel sich grau bezogen. Sam fröstelte im Sattel seines Mietpferdes. Hoffentlich fing es später nicht zu regnen an. Zudem hatte er den ganzen Tag noch keine Gelegenheit gefunden, mit Emeline zu sprechen. Wann immer er sie gesehen hatte, war sie sorgsam darauf bedacht gewesen, in Gesellschaft zu sein. Ihre Weigerung, ihn ihrer beider Unstimmigkeiten klären zu lassen, machte ihm zu schaffen. Er wusste, dass er am Abend zuvor bei ihrem Gespräch im Garten einen wunden Punkt getroffen hatte. Sie hatte ihren ersten Mann geliebt. Tatsächlich hatte Sam das untrügliche Gefühl, dass Emeline einer tiefen, unverbrüchlichen Liebe fähig war.

Und vielleicht bestand genau darin das Problem. Wie oft würde sie eine solche Liebe geben und sie wieder verlieren können, ohne unwiderruflich Schaden zu nehmen? Er stellte sie sich wie ein Feuer vor – ein Feuer, das sich unter der Asche seine Glut bewahrte, damit es niemals ganz verlöschen würde. Es würde eines sehr entschlossenen Mannes bedürfen, die Flammen wieder auflodern zu lassen.

Sams Pferd schüttelte den Kopf, dass das Zaumzeug klirrte, und er wandte seine Gedanken wieder der Gegenwart zu. Er und Vale waren auf dem Weg in das nahe Städtchen Dryer's Green, in dem Corporal Craddock lebte. Seit sie sich in den Sattel geschwungen hatten und nun die lange Auffahrt hinab zur Landstraße ritten, war Vale ungewöhnlich schweigsam gewesen.

Erst nachdem sie das schmiedeeiserne Tor am Ende der Auffahrt erreicht hatten, sprach Vale. „Sie waren gestern wirklich in vortrefflicher Verfassung. Wenn mich nicht alles täuscht, ging jeder Schuss ins Schwarze."

Sam fragte sich, ob er ihm etwas damit sagen wollte, und sah ihn kurz von der Seite an. Aber vielleicht betrieb Vale ja einfach nur Konversation. „Danke. Mir ist aufgefallen, dass Sie selbst nicht geschossen haben."

Ein Muskel zuckte kurz in Vales Wange. „Im Krieg habe ich genug geschossen."

Sam nickte. Das konnte er gut verstehen. Ob nun adeliger Offizier oder einfacher Soldat, im Krieg hatte jeder Erfahrungen gemacht, die man nicht unbedingt wiederholen musste.

Vale schaute ihn an. „Wahrscheinlich halten Sie mich für einen Feigling."

„Weit gefehlt."

„Sehr gütig von Ihnen." Des anderen Pferd scheute vor einem herabfallenden Blatt, und er musste sich kurz den Zügeln widmen. Dann meinte er: „Ist das nicht seltsam? Es macht mir überhaupt nichts aus, Gewehrfeuer zu hören oder Pulverdampf zu riechen. Nur eine Waffe will ich nie mehr in der Hand halten. Das bringt alles zurück, und auf einmal ist der Krieg wieder Wirklichkeit. Zu wirklich, für meinen Geschmack."

Sam erwiderte nichts. Was hätte man darauf auch erwidern sollen? Bisweilen erschien ihm der Krieg ebenfalls zu gegenwärtig. Vielleicht war es ja wirklich so, dass der Krieg für die heimgekehrten Soldaten weiterging – für die Verwundeten ebenso wie für die scheinbar Unversehrten.

Mittlerweile waren sie auf die Straße eingebogen, die auf der einen Seite von einer dichten Hecke, auf der anderen von einer Bruchsteinmauer gesäumt wurde. Dahinter erstreckten sich braune und goldgelbe Felder, so weit das Auge reichte. Auf einer Wiese wurde Heu eingeholt. Die Frauen hatten ihre Röcke bis zu den Knien gerafft, die Männer die Ärmel ihrer Kittel aufgekrempelt.

„Wussten Sie, dass Hasselthorpe auch im Krieg war?", fragte Vale unvermittelt.

„Wirklich?", fragte Sam überrascht. Hasselthorpe hatte wenig Militärisches an sich.

„Doch, er war Adjutant irgendeines Generals", sagte Vale. „Für welchen, daran kann ich mich nicht mehr erinnern."

„War er in Quebec dabei?"

„Nein. Wahrscheinlich hat er überhaupt keine Kampfhandlungen miterlebt. Ich glaube auch nicht, dass er lange in der Armee war – nur bis er geerbt hatte."

Sam nickte. Viele Aristokraten strebten sichere, gefahrlose Positionen in der Armee Seiner Majestät an, um versorgt zu sein. Ob sie für das militärische Leben geeignet waren, spielte dabei eine eher untergeordnete Rolle.

Danach verstummte ihre Unterhaltung wieder, und sie ritten schweigend weiter, bis sie wenige Minuten später Dryer's Green erreichten, einen hübschen kleinen Marktflecken, in dem zu dieser Stunde geschäftiges Treiben herrschte. Sie ritten an der Schmiede und am Laden eines Schuhmachers vorbei, als sie vor sich einen Gasthof sahen.

„Da vorn geht es zur Honey Lane." Vale zeigte auf eine schmale Gasse, die hinter dem Gasthof von der Hauptstraße abging.

Sam nickte und lenkte sein Pferd in besagte Gasse, in der nur ein einziges Haus stand – ein bescheidenes kleines Cottage mit einem von Wind und Wetter geschwärzten Strohdach, das auch schon bessere Zeiten gesehen hatte. Sam schaute Vale an und hob fragend die Brauen. Der Viscount zuckte nur mit den Schultern. Beide Männer stiegen von ihren Pferden und banden sie an den Ästen eines Apfelbaums fest, die über die Mauer ragten, welche das Cottage von der Straße trennte. Vale öffnete das Gartentor, und sie gingen den kurzen, aus Ziegelsteinen gesetzten Weg hinauf zum Haus. Es mochte hier mal sehr schön gewesen sein. Zu erkennen waren noch die Reste eines Gartens, der nun völlig verwahrlost war, und das Haus selbst war zwar klein, wirkte aber gemütlich und gut geschnitten. Wie es aussah, war Craddock in Not geraten. Oder er besaß nicht mehr die Kraft, sich um das Haus zu kümmern.

Mit diesem keineswegs erfreulichen Gedanken im Hinterkopf klopfte Sam an die Tür, die so niedrig war, dass er den Kopf würde einziehen müssen.

Niemand kam. Sam wartete einen Moment, dann klopfte er noch einmal etwas nachdrücklicher.

„Vielleicht ist er nicht da", meinte Vale.

„Haben Sie herausgefunden, wo er arbeitet?", frage Sam.

„Nein, ich ..."

Doch er wurde unterbrochen, als die Tür sich knarrend einen Spaltbreit öffnete. Eine Frau in mittleren Jahren spähte heraus. Bis auf die weiße Rüschenhaube war sie ganz in Schwarz gekleidet. Um die Schultern trug sie einen Schal, der über der Brust gekreuzt und an der Taille gebunden war. „Ja?"

„Entschuldigen Sie die Störung, Ma'am", sagte Sam. „Aber

wir suchen Mr Craddock. Uns wurde gesagt, dass er hier leben würde."

Die Frau schnappte kurz nach Luft, und Sam ahnte Schlimmes.

„Er hat hier gelebt", sagte sie. „Aber jetzt nicht mehr. Er ist tot. Er hat sich vor einem Monat erhängt."

11. KAPITEL

Sechs Jahre vergingen in ehelichem Glück – denn welcher Mann wäre nicht glücklich, reich und mit einer schönen Frau verheiratet zu sein, die ihn liebte? Im sechsten Jahr sollte Eisenherzens Glück einen neuen Höhepunkt erreichen, denn die Prinzessin erwartete ein Kind. Welch ein Jubel in der Strahlenden Stadt war! Die Menschen tanzten auf der Straße, und in der Nacht, als die Prinzessin einen Sohn gebar, ließ der König Goldmünzen auf seine Untertanen regnen. Dieser kleine Junge war der Thronerbe und würde dereinst die Königskrone tragen. Als Eisenherz in jener Nacht lächelnd auf seine Frau und seinen Sohn blickte, wurde ihm ganz leicht ums Herz, denn er wusste, dass er bald schon ihre Namen laut würde sagen können. Denn dies war der drittletzte Tag seines siebenjährigen Schweigens …
Eisenherz

„Kapern", sagte Lady Hasselthorpe.

Emeline schluckte ein Stück Gans hinunter und sah ihre Gastgeberin fragend an. „Ja?"

„Was ich schon immer wissen wollte …" Lady Hasselthorpe ließ ihren Blick die lange, elegante Abendtafel hinabschweifen und schaute ihre Gäste der Reihe nach an, die allesamt gespannt zurückschauten. „Wo kommen Kapern eigentlich her?"

„Aus der Küche! Ha, ha, ha!", rief ein junger Geck und lachte herzhaft. Außer der jungen Dame, die neben ihm saß und gebührend kicherte, schenkte ihm indes niemand Beachtung.

Lord Boodle, ein älterer Herr mit schmalem, blassem Gesicht und schon recht derangierter Langperücke, räusperte sich vernehmlich. „Meines Wissens handelt es sich dabei um die Knospen des Kapernstrauchs."

„Knospen des Kapernstrauchs?“ Ungläubig riss Lady Hasselthorpe ihre schönen blauen Augen auf. „Wie extravagant. Ich hätte gedacht, dass sie wie Erbsen sind – nur eben saurer, wenn Sie wissen, was ich meine.“

„Gewiss, meine Liebe, gewiss“, brummelte Lord Hasselthorpe am anderen Ende des Tisches. Manchmal fragte man sich wahrlich, was Lord Hasselthorpe, ein hagerer, verdrießlicher Gentleman, dem jeglicher Sinn für Humor abging, einst bewegt hatte, Lady Hasselthorpe zu ehelichen. Seine Lordschaft räusperte sich vernehmlich. „Was ich eben sagen wollte …“

„Saure Erbsen“, sagte Lady Hasselthorpe. „*Sehr* saure Erbsen.“ Mit gerunzelter Stirn betrachtete sie die Soßenlache, die den Gänsebraten auf ihrem Teller umgab. Vereinzelte Kapern schwammen darin. „Ich weiß wirklich nicht, ob ich sie mag. Saure kleine Dinger. Verstecken sich hier in der doch eher faden Soße, und wenn ich zufällig auf eine beiße, erschrecke ich mich schier zu Tode. Huh.“ Sie schüttelte sich. „Geht es Ihnen nicht auch so?“, wandte sie sich an den Duke of Lister, der zu ihrer Rechten saß.

Im Parlament war der Duke für seine Redekünste berühmt, doch nun blinzelte er nur und schien sprachlos zu sein. „Ah …“

Emeline beschloss, die Unterhaltung zu retten. „Wollen wir den Diener bitten, Ihren Teller abzuräumen?“

„Oh nein, nicht doch!“, rief Lady Hasselthorpe mit einem bezaubernden Lächeln. Das Blau ihres Kleides passte perfekt zur Farbe ihrer Augen, und ein schmales Perlencollier brachte die schmale Anmut ihres Halses bestens zur Geltung. Sie war wirklich unglaublich schön. „Ich werde mich eben einfach vor den Kapern hüten“, meinte sie frohgemut und ließ ein Stück Gans in ihrem Rosenknospenmund verschwinden.

„Tapfere Frau“, murmelte der Duke.

Seine Gastgeberin strahlte ihn an. „Ja, nicht wahr? Auf jeden Fall tapferer als Lord Vale und Mr Hartley, will mich dünken. Entweder haben die beiden es nicht geschafft, rechtzeitig zum Abendessen von ihrer kleinen Exkursion ins Dorf zurückzukehren, oder aber …", fragend sah sie Emeline an, „… sie verstecken sich in ihren Zimmern."

Tatsächlich hatte Emeline sich diesbezüglich schon Sorgen gemacht. Wo blieben Samuel und Jasper nur so lange? Gleich nach dem Lunch waren sie aufgebrochen und folglich schon viele Stunden fort.

Doch ihrer Gastgeberin zuliebe bemühte Emeline sich um ein zuversichtliches Lächeln. „Wahrscheinlich sind sie noch in der Dorfschenke eingekehrt. Sie wissen ja, wie Gentlemen so sind."

Mit großen Augen sah Lady Hasselthorpe sie an, als wisse sie das keineswegs.

Der Duke räusperte sich. „Wenn Sie mir die Bemerkung gestatten, aber ich meinte, Lord Vale vorhin im Wintergarten gesehen zu haben."

Nun war er es, den Lady Hasselthorpe mit großen Augen anstarrte. „Ja, aber was macht er denn dort? Weiß er denn nicht, dass wir nicht im Wintergarten speisen?"

„Mir schien, dass er etwas, ähem …" Der Duke errötete. „… etwas *indisponiert* ist."

„Unsinn", entgegnete seine Gastgeberin brüsk. „Wenn man indisponiert ist, geht man doch nicht in den Wintergarten. Warum hat er nicht die Bibliothek aufgesucht?"

Des Dukes buschige Brauen schossen angesichts dieser wunderlichen Bemerkung in die Höhe, aber Emeline merkte es kaum. Was machte Jasper im Wintergarten? Und warum war er *indisponiert*? Vermutlich war er dann schon wieder eine Weile im Haus, aber sie hatte ihn überhaupt nicht zu Gesicht bekommen. Und wichtiger noch: Wo war Samuel?

„Haben Sie auch Mr Hartley gesehen?", fragte sie Seine Gnaden und unterbrach damit seine Ausführungen, warum ein Gentleman es vorziehen könnte, sich im Wintergarten zu indisponieren und nicht in der Bibliothek.

„Nein, tut mir leid, Lady Emeline."

„Nun, dann bekommen sie eben beide kein Abendessen", sagte Lady Hasselthorpe munter. „Und müssen hungrig zu Bett gehen."

Emeline versuchte ein Lächeln, doch es wollte nicht recht gelingen. Das Essen zog sich noch eine weitere, endlos scheinende Stunde hin, und sie hätte beim besten Willen nicht mehr sagen können, was sie auf die höfliche Konversation ihrer Tischnachbarn erwiderte. Als dann zum Abschluss Käse und Birnen gereicht worden waren, wurde die Tafel endlich aufgehoben. Emeline hielt sich gerade noch so lange auf, wie der Anstand es gebot, ehe sie in Richtung des Wintergartens davoneilte. Sie musste mehrere Korridorfluchten durchmessen, ehe ihre Absätze auf den dunklen Schieferplatten im Vestibül des Wintergartens widerhallten. Eine hübsche Holztür mit Glaseinsätzen schloss den Raum dicht ab, damit die feuchte Wärme nicht entweichen konnte.

Emeline stieß die Tür auf. „Jasper?"

Nichts war zu hören außer leisem Wasserplätschern. Enerviert schloss sie die Tür hinter sich. „Jasper?"

Irgendwo schepperte es, gefolgt von herzhaftem Fluchen. Jasper, keine Frage. Der Wintergarten war ein langer, schmaler Bau, der sich auf ein von einer Kuppel gekröntes Rondell öffnete. Wände und Decke waren weitestgehend aus Glas. Hier und da standen ein paar Topfpflanzen, wie es sich für einen Wintergarten gehörte, doch im Grunde war es einfach nur ein Prunkbau, der keinem ersichtlichen Zweck diente. Emeline raffte ihre Röcke und folgte dem ebenfalls mit Schieferplatten ausgelegten Weg. Kurz vor dem Rondell, in dem ein Brunnen plätscherte, fand sie hinter einer aus Stein gehauenen Venus Jasper recht derangiert auf einer Bank.

„Da bist du ja", sagte sie.

„Bin ich das?" Er hatte die Augen geschlossen, saß mit bedenklicher Schlagseite da, Haar und Kleider waren wirr. Verwunderlich, dass er sich überhaupt noch einigermaßen aufrecht halten konnte.

Emeline legte ihm die Hand auf die Schulter und schüttelte ihn. „Wo ist Samuel?"

„Hör auf damit. Wird mir ganz schwindelig." Er schlug nach ihrem Arm, verfehlte ihn aber meilenweit, da er die Augen noch immer geschlossen hatte.

Mein Gott! Er musste wirklich sturzbetrunken sein. Emeline runzelte die Stirn. Gentlemen betranken sich zwar bisweilen, und Jasper hatte schon immer einen Hang zu Spirituosen gehabt, aber tatsächlich betrunken hatte sie ihn noch nie erlebt. Angeheitert, das wohl. Betrunken, nein. Und schon gar nicht in aller Öffentlichkeit. Ihre Besorgnis nahm zu. „Jasper! Was ist geschehen? Wo ist Samuel?"

„Er ist tot."

Blankes Entsetzen erfasste Emeline, ehe sie sich sagte, dass das unmöglich sein konnte. Hätte Samuel einen Unfall gehabt, würden sie doch gewiss davon erfahren haben? Jaspers Kopf hing nun vornüber, das Kinn war ihm auf die Brust gesunken. Emeline kniete zu seinen Füßen nieder und versuchte, ihm ins Gesicht zu schauen. „Jasper, Liebling, bitte sag mir, was passiert ist."

Unvermittelt schlug er die Augen auf, die so blendend blau und voller Trauer waren, dass Emeline der Atem stockte. „Hat sich umgebracht, der Bursche. Oh, Emmie, wird es denn niemals aufhören?"

Sie konnte nur dunkel ahnen, wovon die Rede war, aber offensichtlich musste im Dorf etwas Schreckliches geschehen sein. „Und Samuel? Wo ist Samuel?"

Jasper holte mit dem Arm weit aus und wäre fast rücklings im Brunnen gelandet. Emeline fasste ihn um die Taille und hielt ihn fest, doch er schien weder seinen Beinahsturz noch ihre Hilfe zu bemerken. „Irgendwo draußen. Ist gleich verschwunden, kaum dass wir aus dem Sattel waren. Ist laufen gegangen. Prachtvoller Läufer, dieser Hartley, großartig. Hast ihn schon mal laufen sehen, Emmie?"

„Nein, habe ich nicht." Wo immer Samuel auch stecken

mochte, zumindest lebte er. Emeline seufzte erleichtert auf. „So, mein Lieber, und dich stecken wir jetzt ins Bett. In deinem Zustand solltest du dich überhaupt nicht unter Menschen blicken lassen."

„Aber ich bin doch gar nicht unter Menschen." Verwirrung stand Jasper im seltsam gütigen Hundegesicht geschrieben. „Ich bin bei *dir.*"

„Mmmm", machte Emeline. „Noch besser wäre es, du wärst jetzt im Bett." Ohne allzu viel Hoffnung versuchte sie, Jasper hochzuziehen, doch zu ihrer Überraschung erhob er sich ohne allzu große Mühe von allein. Leicht schwankend stand er vor ihr und überragte sie um Haupteslänge. Bei Gott, sie konnte nur hoffen, dass sie allein mit ihm fertig wurde und nicht um Hilfe schicken musste.

„Ganz wie du wünschst", nuschelte Jasper und stützte sich schwer auf ihre Schulter. „Schade, dass Hartley nicht hier ist. Könnten uns einen lustigen Abend machen."

„Ja, sehr lustig", meinte Emeline etwas außer Atem, als sie sich mit Jasper auf den Weg machte. Er taumelte und lehnte sich an einen Orangenbaum. Krachend brach ein Zweig ab. *Oje.*

„Hab ich dir schon mal gesagt, was für ein wunderbarer Bursche er ist?"

„Du hattest es mal erwähnt." Sie hatten nun die Tür erreicht, und Emeline fragte sich besorgt, wie sie es bewerkstelligen sollte, die Tür aufzumachen, ohne Jasper loszulassen. Doch er löste das Problem ganz einfach, indem er die Tür selbst aufmachte.

„Er hat mich gerettet", murmelte Jasper draußen auf dem Gang. „Brachte den Rettungstrupp just in dem Augenblick, als ich dachte, die Wilden würden mir gleich die Eier abschneiden. Ups!" Er schlug sich die Hand vor den Mund und sah bekümmert drein. „Hätte ich nicht sagen sollen, Emmie. Nicht vor dir. Weißt du was? Ich glaube, ich bin betrunken."

„Da wäre ich nie drauf gekommen", murmelte Emeline.

Und dann: „Ich wusste gar nicht, dass Samuel den Rettungstrupp gebracht hatte."

„Doch. Drei Tage ist er gelaufen", sagte Jasper. „Gelaufen und gelaufen und gelaufen wie ein Verrückter, obwohl er ein Messer zwischen die Rippen bekommen hatte. Ganz prachtvoller Läufer, der Hartley."

„Das sagtest du bereits." Sie waren nun bei der Treppe angelangt, und Emeline legte den Arm fester um ihn. Wenn er stürzte, würde er sie mit sich reißen. Er war zu schwer für sie – ausgeschlossen, dass sie ihn festhalten könnte. Es wäre ein Wunder, wenn sie unbeschadet nach oben kämen. Und es war ein Wunder, dass niemand sie bislang gesehen hatte. Sie konnte nur hoffen, dass es so blieb.

„Aber danach hat er geblutet", sagte Jasper. „Und wie er geblutet hat …"

„Was?", fragte Emeline verwirrt, denn sie hatte all ihre Aufmerksamkeit dem diffizilen Aufstieg gewidmet.

„Nach dem ganzen Laufen. Als er zurück im Fort war, waren seine Füße blutige Stumpen."

Emeline sog scharf den Atem ein. Das mochte sie sich gar nicht vorstellen.

„Wie soll man einem Mann *dafür* danken?", fragte Jasper. „Ist gerannt, bis er Blasen an den Füßen hatte. Gerannt, bis die Blasen bluteten. Und immer weitergerannt."

„Mein Gott", flüsterte Emeline. Das hatte sie nicht gewusst. Mittlerweile waren sie bei Jaspers Zimmer angekommen. Es schickte sich nicht, dass sie ihn hineinbegleitete, aber sie konnte ihn ja schlecht hier auf dem Flur sich selbst überlassen. Und schließlich war es ja nur *Jasper.* Jasper war fast wie ein Bruder für sie.

Emeline streckte die Hand nach dem Türknauf aus, doch weitere Verlegenheiten blieben ihr erspart, als die Tür sich auftat und Pynch, Jaspers stämmiger Kammerdiener, ihr mit regloser Miene gegenüberstand. „Kann ich Ihnen behilflich sein, Mylady?"

„Oh ja, vielen Dank, Pynch", erwiderte Emeline erleichtert und händigte ihm ihren indisponierten Verlobten aus. „Könnten Sie sich wohl um ihn kümmern?"

„Gewiss, Mylady." Hätte Pynch sich eine Regung anmerken lassen, so wäre es wohl Entrüstung über ihre Frage gewesen, aber seine Miene gab nichts preis.

„Danke." Es war geradezu beschämend, wie froh Emeline darüber war, Jasper Pynchs Fürsorge überlassen zu können. Sie bedachte den Kammerdiener mit einem Lächeln und eilte davon.

Sie musste Samuel finden.

Die Nacht brach herein. Der Himmel hatte jenen schweren bleigrauen Ton, der das Schwinden des letzten Tageslichts ankündigte.

Und Sam rannte noch immer.

Er rannte schon seit Stunden. So lange, dass er längst erschöpft hätte sein müssen. Lange genug, um die erste Erschöpfung überwunden zu haben. Lange genug, um einfach nur noch durchzuhalten. Sein Körper bewegte sich im monotonen Rhythmus einer Maschine. Nur dass Maschinen keine Verzweiflung empfanden. Wie lange er auch laufen mochte, seinen Gedanken konnte er nicht davonlaufen.

Ein Soldat hatte sich das Leben genommen. Ein Soldat, der alle Schlachten überstanden hatte, die Märsche, das verdorbene Essen, die Winterkälte, die Krankheiten, die das Regiment von Zeit zu Zeit heimsuchten. Der all das lebend und unversehrt überstanden hatte, was an ein Wunder grenzte, einer der wenigen, die das Massaker unversehrt überlebt hatten. Der nach Hause zurückgekehrt war, in sein hübsches Häuschen, zu seiner liebenden Frau, wo der Krieg Geschichte war, eine Geschichte, die man sich allenfalls noch im Winter am Herdfeuer erzählte. Und doch war Craddock auf einen Stuhl gestiegen, hatte sich eine Schlinge um den Hals gelegt und den Stuhl unter sich weggetreten.

Warum? Das war die Frage, vor der Sam nicht davonlaufen konnte. Warum sollte man, wenn man dem Tod schon ein Schnippchen geschlagen hatte, ihm dann mit offenen Armen entgegeneilen? Und warum jetzt, Jahre später?

Er lief eine steile Anhöhe hinauf. Sein Atem kam stoßweise, seine Beine zitterten vor Erschöpfung, seine Füße schickten bei jedem Schritt stechende Schmerzen durch seinen Körper. Finsternis hatte sich über die Wiesen und Felder gelegt, was nicht gut war, barg doch nun jeder Schritt die Gefahr eines Fehltritts in sich. Ein Kaninchenloch oder ein bloßer Stein würden genügen, um ihn stürzen zu lassen. Aber er durfte nicht stürzen. Er musste weiterlaufen. Musste weiterlaufen, um die anderen zu retten. Blieb er stehen, wäre sein Grund wegzulaufen ein falscher gewesen. Dann wäre er nur noch ein Feigling, der vor der Schlacht flüchtete. Er war kein Feigling. Er hatte schon Schlachten überstanden. Er hatte Männer getötet, Weiße und Indianer. Er hatte den Krieg durchgestanden und war ein Gentleman geworden, ein vermögender und respektabler Mann. Andere hingen von ihm ab, hörten ihm aufmerksam zu und nickten ernst, wenn er sprach. Kaum jemand bezichtigte ihn heute noch, ein Feigling zu sein. Zumindest sagte niemand es ihm ins Gesicht.

Mit dem linken Fuß blieb Sam an etwas hängen und stolperte. Doch er stürzte nicht. Geschickt fing er den Sturz ab, drehte sich einmal um die eigene Achse, schluchzte vor Schmerz, sah die Sterne am nächtlichen Himmel über sich verschwimmen.

Lauf weiter. Gib nicht auf.

Craddock hatte aufgegeben. Craddock war der Finsternis erlegen, die auch ihn bisweilen heimsuchte, den Albträumen, die seinen Schlaf zerrissen, den Gedanken, die er nicht verdrängen konnte. Craddock schlief jetzt. Friedlich. Ohne Albträume oder Angst um seinen Seelenfrieden. Craddock hatte jetzt seine Ruhe. Craddock hatte Frieden gefunden.

Gib nicht auf.

Emeline wusste nicht, was sie spät in der Nacht geweckt hatte, denn Samuel bewegte sich lautlos, still und heimlich wie eine Katze, die von ihren nächtlichen Streifzügen zurückkehrt. Aber als er das Zimmer betrat, wurde sie dennoch wach.

In einem Sessel am Kamin hatte sie gewartet und setzte sich nun auf. „Wo waren Sie so lange?"

Weder erschrak er, noch schien er überrascht, sie spätnachts in seinem Gemach anzutreffen. Blass und unergründlich wirkte sein Gesicht im Kerzenschein, als er seltsam steifen Schrittes auf sie zukam. Sie schaute hinab zu seinen Füßen. Jeder seiner Schritte hinterließ dunkle Flecken auf dem Teppich. Gerade wollte sie ihn tadeln, sich nicht den Schmutz von den Schuhen getreten zu haben, als sie begriff. Und mit einem Schlag war sie hellwach.

„Oh, mein Gott, was haben Sie nur getan?" Sie sprang auf und nahm ihn beim Arm, drängte ihn in den Sessel, in dem eben noch sie gesessen hatte. „Sie törichter, törichter Mann!" Sowie er saß, legte sie rasch mehr Kohlen aufs Feuer, dann hielt sie die Kerze näher heran. „Was haben Sie getan? Was ist nur in Sie gefahren?"

Dann verstummte sie, denn was sie im Kerzenschein sah, verschlug ihr die Sprache. Er hatte seine Mokassins durchgelaufen. In Fetzen hingen sie ihm von den Füßen. Und seine Füße erst … oh, du lieber Gott, seine *Füße*! Sie waren unsäglich. Die blutigen Stumpen, von denen Jasper ihr Stunden zuvor erst erzählt hatte, waren vor ihren Augen Wirklichkeit geworden. Was sollte sie nur tun? Verzweifelt sah sie sich im Zimmer um. Wasser gab es, doch es war nicht heiß, und wo sollte sie Stoff hernehmen für Bandagen? Sie wandte sich um und wollte zur Tür gehen, doch er griff nach ihrem Arm und hielt sie fest.

„Bleiben Sie."

Seine Stimme klang schwach und heiser vor Erschöpfung, doch sein Blick war klar und deutlich auf sie gerichtet. „Bleiben Sie, bitte."

Wie viele Meilen er wohl gelaufen war? „Ich brauche heißes Wasser und Bandagen“, sagte sie.

Er schüttelte den Kopf. „Ich möchte, dass Sie bleiben.“

Energisch riss sie sich los. „Und ich möchte nicht, dass Sie an einer Infektion sterben!“

Wütend sah Emeline ihn an, doch sie wusste, dass Angst ihr in den Augen stand. Auch ihm schien es nicht zu entgehen, denn trotz ihres harschen Tons und ihrer unerbittlichen Miene lächelte er. „Aber beeilen Sie sich. Und kommen Sie zurück.“

„Natürlich“, murmelte sie und ging zur Tür. „Warum sollte ich denn nicht zurückkommen?“

Sie wartete nicht auf seine Antwort, sondern nahm die Kerze und verließ fast fluchtartig das Zimmer. Draußen blieb sie kurz stehen, vergewisserte sich, dass alles still war und niemand sie sehen würde, dann raffte sie ihre Röcke und eilte geschwind und so lautlos wie möglich in Richtung Küche. Hausgesellschaften waren beliebt und berüchtigt für ihre nächtlichen Umtriebe und heimlichen Verabredungen. Die meisten Gäste würden wohl nichts dabei finden, wenn sie sie in den frühen Morgenstunden durch das Haus huschen sahen, aber warum Anlass zu unnötigem Gerede geben? Zumal sie sich ja überhaupt nichts hatte zuschulden kommen lassen.

Der Küchentrakt von Hasselthorpe House war riesig und wurde von einem Gewölbe überspannt, das vermutlich noch aus mittelalterlicher Zeit stammte. Erleichtert stellte Emeline fest, dass zumindest die Köchin eine kompetente Person zu sein schien: Das Feuer brannte noch mit schwacher Glut. Emeline eilte zu der großen gemauerten Herdstelle und wäre fast über einen Jungen gestolpert, der davor schlief.

Wie eine kleine Maus schaute er aus seinen Decken heraus und sah sie verschlafen an. „Madam?“

„Tut mir leid“, flüsterte Emeline. „Ich wollte dich nicht wecken.“

In der Ecke entdeckte sie einen großen irdenen Krug. Sie hob den Deckel, spähte hinein und nickte zufrieden. Er war fast bis zum Rand mit Wasser gefüllt. Als sie etwas davon in einen Kessel kippte, hörte sie hinter sich, wie Bewegung in den Jungen kam.

„Kann ich Ihnen helfen, Madam?"

Sie schaute sich kurz um, ehe sie den Kessel über den Herd hängte und in den Kohlen stocherte, um das Feuer anzufachen. Er hatte sich in seinen zerknäulten Decken aufgesetzt, und das dunkle Haar stand ihm in alle Richtungen zu Berge. Sie würde ihn auf Daniels Alter schätzen.

„Hat die Köchin eine Salbe für Schnittwunden und Verbrennungen?"

„Ja, hat sie." Der Junge sprang auf und lief zu einem hohen Buffetschrank. Nachdem er eine Weile in den Fächern und Laden gekramt hatte, kam er stolz mit einem kleinen Glas zurück und reichte es ihr.

Emeline nahm den Deckel ab. Das Glas war mit einer dunklen, fettigen Paste gefüllt, die nach Heilkräutern und Honig roch.

„Ja, das sollte gehen. Danke." Sie schloss das Glas wieder und lächelte den Jungen an. „Geh jetzt wieder schlafen."

„Jawohl, Madam." Er legte sich auf seinen Strohsack, zog die Decken über sich und schaute ihr schläfrig zu, wie sie darauf wartete, dass das Wasser kochte, und es dann in einen Zinnkrug goss.

Auf dem Buffet lag in einem Korb ein Stapel ordentlich gefalteter Küchentücher. Emeline nahm sich einige davon und umfasste den heißen Krug mit einem der Tücher. Lächelnd sah sie zu dem Jungen hinüber. „Gute Nacht."

„Gute Nacht, Madam."

Sie hatte die Küche noch nicht verlassen, als ihm schon wieder die Augen zufielen. Geschwind eilte sie durch die Flure und weiter die Treppe hinauf, den schweren Krug in einer Hand, das Glas mit Salbe in der anderen und die Tücher über dem Arm. Die Kerze hatte sie in der Küche zurücklassen müssen, aber sie kannte ja den Weg und fand ihn jetzt auch im Dunkeln.

Sie hatte damit gerechnet, dass Samuel eingeschlafen wäre, doch sowie sie sein Zimmer betrat, wandte er sich zu ihr um, sagte jedoch kein Wort. So goss auch sie schweigend das heiße Wasser in eine Schüssel, gab etwas von dem kalten Wasser aus dem Krug dazu, der auf seinem Ankleidetisch stand, und trug die Schüssel zu ihm hinüber.

Als sie zu seinen Füßen niederkniete, runzelte Emeline die Stirn. „Haben Sie vielleicht ein Messer?"

Wortlos zog er eine schmale Klinge aus seiner Westentasche. Sie nahm sie und begann vorsichtig wegzuschneiden, was von seinen Mokassins geblieben war. Manche der Lederfetzen klebten am eingetrockneten Blut fest, und obwohl sie sich alle Mühe gab, ließ es sich doch nicht vermeiden, manche Wunden wieder aufzureißen. Es musste ihm wehtun, aber er gab keinen Laut von sich.

Sie krempelte den bestickten Saum seiner Beinlinge hoch und schob ihm die Schüssel hin. „Stellen Sie Ihre Füße ins Wasser."

Er stieß ein leises Zischen aus, als das heiße Wasser seine Füße berührte. Doch als sie ihn anschaute, sah sie nur Erschöpfung in seinem Blick. Seine Schmerzen ließ er sich nicht anmerken.

„Wie lange sind Sie gelaufen?", fragte sie.

Fast hätte sie erwartet, dass er abstreiten würde, überhaupt gelaufen zu sein, doch er tat es nicht. „Ich weiß es nicht", sagte er.

Sie nickte und senkte den Blick auf die Schüssel. Das Wasser färbte sich besorgniserregend rot.

„Hat Vale es Ihnen erzählt?"

„Jasper hat mir erzählt, dass der Mann, den Sie aufsuchen wollten, tot war", erwiderte sie zerstreut, denn ihre Sorge galt gerade anderem. Wenn er sich die Sohlen seiner Mokassins in die blutenden Füße gedrückt hatte, würde allerlei Schmutz in die Wunden gelangt sein. Wenn sie seine Füße nicht gründlich reinigte, ehe sie sie verband, käme es zu einer Infektion, so viel war gewiss. Es würde schrecklich wehtun, die Wunden auszuwaschen, war aber das kleinere Übel.

„Wo ist Vale?“, fragte er und riss sie aus ihren unerquicklichen Gedanken.

Sie sah auf. „In seinen Gemächern, in der Obhut seines Kammerdieners. Er hat sich fast um Sinn und Verstand getrunken.“

Sam nickte schweigend.

Sie legte sich eines der Tücher auf den Schoß und bedeutete ihm, sein linkes Bein anzuheben.

Er hob seinen tropfenden Fuß aus dem Wasser, und sie legte ihn sich so auf ihrem Schoß zurecht, dass sie die Sohle untersuchen konnte. Schlimm sah sie aus – wund, gerötet und mit zahlreichen Schürfwunden –, doch keineswegs so entsetzlich, wie sie befürchtet hatte. Einige Blasen gab es, die sich geöffnet und geblutet hatten, aber nur eine einzige Schnittwunde. Ihr entging auch nicht, dass es ein recht eleganter Fuß war, was unter den gegebenen Umständen ein wirklich törichter Gedanke war. Aber seine Füße waren groß und für einen Mann ausgesprochen schlank, mit einem hohen Spann und langen, fast anmutigen Zehen.

„Er hat sich erhängt“, murmelte Samuel.

Emeline schaute kurz auf. Er hatte die Augen geschlossen und den Kopf zurückgelehnt. Der flackernde Feuerschein warf dunkle Linien und Schatten auf sein Gesicht, seine Haut schimmerte von getrocknetem Schweiß. Er musste mit seiner Kraft am Ende sein. Ein Wunder, dass er nicht längst vor Erschöpfung eingeschlafen war.

Sie holte einmal tief Luft und wandte sich wieder seinem Fuß zu. „Der Soldat, den Sie und Jasper hatten aufsuchen wollen?“

„Ja. Wir haben nur noch seine Frau angetroffen. Sie hat uns erzählt, wie glücklich sie gewesen sei, dass er unversehrt aus dem Krieg heimgekehrt war, und eine Weile wäre auch alles gut gegangen."

„Und dann?" Sie hatte sich ein weiteres Tuch genommen und es in schmale Streifen gerissen. Einen der Streifen faltete sie zusammen, tunkte ihn in die Salbe und begann seine Wunden auszuwaschen. So ganz zufrieden war sie mit dem Ergebnis nicht. Vielleicht hätte sie aus der Küche noch eine kleine Bürste oder Ähnliches mitnehmen sollen.

Sie hörte ihn seufzen. „Er hat aufgehört zu leben."

Besorgt sah sie auf. Er musste Schmerzen haben, denn sie ging nicht gerade sanft zu Werke, um Schmutz und kleine Steinchen aus den Wunden zu bekommen, aber sein Gesicht war ruhig und gelassen. „Wie meinen Sie das?", fragte sie ihn.

„Craddock ging immer seltener unter Menschen, bis er irgendwann gar nicht mehr das Haus verließ. Seine Arbeit hatte er da längst verloren. Er war Kontorist beim Gemischtwarenhändler des Dorfes gewesen. Bald darauf hörte er dann auf zu reden. Seine Frau sagte, er hätte nur noch am Kamin gesessen und stundenlang wie gebannt ins Feuer gestarrt."

Emeline setzte seinen linken Fuß auf einem sauberen Tuch neben sich ab und bedeutete ihm, ihr den rechten Fuß zu reichen. „Und jetzt der hier."

Wieder hob er den tropfenden Fuß und legte ihn auf ihren Schoß. Sie wollte sich das nicht anhören. Wollte nichts von Soldaten hören, die das Glück hatten, den Krieg heil überstanden zu haben und dann unfähig waren, zu Hause ein normales Leben zu führen. Ob Reynaud womöglich auch so geworden wäre wie Mr Craddock, wenn er überlebt hätte? Hätte sie mit ansehen müssen, wie ihr Bruder sich langsam zugrunde richtete? Und was war mit Samuel?

Sie räusperte sich und griff nach einem frischen Tuch. „Und?"

„Und irgendwann hat er auch aufgehört zu schlafen."

Irritiert sah sie zu ihm auf. „Wie soll das denn gehen? Jeder muss doch mal schlafen, darüber hat man keine Kontrolle."

Er schlug die Augen auf, und als er sie anschaute, stand ihm solches Leid im Gesicht geschrieben, dass sie den Blick am liebsten sofort wieder abgewandt hätte. Aus dem Zimmer wollte sie laufen und nie wieder auch nur einen Gedanken an Kriege verschwenden oder an die Männer, die in ihnen gekämpft hatten und die Erinnerung daran nicht loswurden.

„Er litt unter Albträumen", sagte Samuel ruhig.

Hinter ihr knackte leise das Feuer. Er hielt ihren Blick gebannt. Sie schaute in seine Augen, die schwarz schimmerten im Feuerschein, konnte den Blick nicht von ihm wenden und spürte, wie ihre Brüste sich an ihr Korsett drückten, als sie tief Luft holte, geradezu nach Atem rang. Sie wollte es nicht wissen, sie wollte es wahrlich nicht wissen. Manches war zu schrecklich, um es sich auch nur vorzustellen, zu schrecklich, als dass sie dieses Wissen für den Rest ihres Lebens mit sich herumtragen wollte. Reynauds Tod war nun Jahre her, und sie hatte sich damit abgefunden. Es war ihr gut gegangen. Sie hatte getrauert und gegen das Schicksal gewettert, aber dann hatte sie es angenommen, denn ihr blieb ja keine andere Wahl. Nun herauszufinden, wie der Krieg wirklich gewesen war, wie er noch immer für jene Männer war, die zwar lebend, aber wohl doch nicht unversehrt zurückgekehrt waren … Das wollte sie nicht. Es war zu viel für sie.

Noch immer sah Samuel sie an. Emeline holte noch einmal tief Luft, ehe sie wagte zu fragen: „Haben Sie Albträume?"

„Ja."

„Was …" Sie musste sich räuspern. „Was träumen Sie?"

Die Falten um seinen Mund gruben sich tiefer ein, ließen seine Miene noch leidvoller wirken. „Ich träume vor allem von dem Gestank, von Männern in Todesangst, von ihrem Schweiß und ihren Ausdünstungen, von Körpern – *toten* Körpern –, die mich unter sich begraben, Körpern, aus deren Wunden noch warmes Blut fließt, rotes Blut, obwohl sie doch längst tot sind. Ich träume davon, dass auch ich tot bin, dass ich vor sechs Jahren gestorben bin und es nur nicht gemerkt habe. Dass ich mir nur einbilde, am Leben zu sein, doch wenn ich an mir herabschaue, sehe ich, wie mir das Fleisch von den Knochen fällt, wie meine Hände verwesen."

„Oh, Gott." Seine Worte waren schrecklich, aber noch schlimmer war es, das Leiden in seiner Stimme zu hören. Es war ihr unerträglich.

„Und das ist längst nicht das Schlimmste", flüsterte er so leise, dass sie ihn kaum hörte.

„Was ist das Schlimmste?"

Er schloss die Augen, als falle es ihm unendlich schwer, zu sagen, was er nun sagte: „Dass ich meine Kameraden im Stich gelassen habe. Dass ich davongelaufen bin in die Wälder, dass ich tagelang durch die Wälder geirrt bin – aber nicht um Hilfe zu holen. Ich wollte einfach nur weg. Ich bin weggelaufen. Das Schlimmste ist, dass ich wirklich der Feigling bin, für den man mich hält."

Und was sie dann tat, war fürchterlich unangebracht, unaussprechlich, grausam gar, aber sie konnte nicht anders. Sie lachte. Emeline schlug sich die Hand vor den Mund und versuchte das Lachen zu ersticken, aber es brach dennoch aus ihr hervor, klang entsetzlich laut in der Stille des Zimmers.

„Es tut mir leid", stieß sie hervor. „Es tut mir furchtbar leid."

Um seinen Mund zuckte es kaum merklich, fast so, als lächele er. Er streckte die Arme nach ihr aus und zog sie auf seinen Schoß. Ihre Röcke streiften durch das blutige Wasser in der Schüssel zu seinen Füßen, aber es kümmerte sie nicht. Ihre einzige Sorge galt diesem Mann und seinen höllischen Albträumen, seiner unendlichen Qual.

„Es tut mir leid", murmelte sie und ließ das blutige Tuch fallen, das sie noch in der Hand hielt. Sie legte ihre Hand an seine Wange. Wenn sie doch nur all seinen Schmerz und all sein Leid in sich aufnehmen könnte, sie würde es tun. „Oh, Samuel, es tut mir so leid."

Er strich ihr übers Haar. „Ich weiß. Warum hast du gelacht?"

Seine Stimme klang so zärtlich, dass ihr der Atem stockte. „Weil der Gedanke, du könntest ein Feigling sein, einfach lächerlich ist."

„Nein, das ist er nicht", murmelte er ganz nah an ihrem Gesicht. „Du kennst mich nicht."

„Doch, das tue ich. Ich …" Sie hatte ihm sagen wollen, dass sie ihn besser kannte als jeden anderen noch lebenden Mann, besser gar als Jasper, doch dann waren seine Lippen auf den ihren und ließen sie verstummen.

Er küsste sie sanft und zärtlich, und sie schluckte alles Leid aus seinem Kuss. Warum nur er? Warum dieser Mann? Warum nicht ein Engländer aus ihren Kreisen? Sie umfasste sein Gesicht und drängte ihren Mund an seinen, und ihr Mund war weder sanft noch zärtlich. Was sie von ihm wollte, war nicht sanft und zärtlich. Sie leckte über seine Lippen, schmeckte Salz, stieß ihre Zunge in seinen Mund. Sie drehte sich auf seinem Schoß und drückte ihre Brüste an seine Brust, gebärdete sich ohne alle Finesse wie ein wollüstiges Weib. Damit war es um ihn geschehen. Er schlang seine Arme um sie und zog sie an sich, hielt sie fest an sich geschmiegt und erwiderte ihren Kuss. Sie spürte Tränen auf ihren Wangen trocknen, von denen sie kaum gemerkt hatte, dass sie sie geweint hatte, sie spürte sein hartes Geschlecht durch ihre Kleider hindurch, und sie spürte ihre Lust, die sein Verlangen weckte.

Und dann stieß er sie von sich.

Hastig griff sie nach seinen Schultern, um nicht rücklings in die Wasserschüssel zu fallen. „Was …?"

„Geh."

Seine Miene war finster, er schien mit seinen Gefühlen zu ringen. Hatte sie da etwas missverstanden? War sie gerade einer Sinnestäuschung erlegen? Aber nein, ein kurzer Blick auf seinen Schoß bestätigte ihr, dass der Kuss ihn nicht minder berührt hatte als sie. Doch warum …?

„Geh!"

Kurzerhand hob er sie hoch und schob sie wenig galant zur

Tür hinaus. „Geh."

Und ehe Emeline sich's versah, stand sie auf dem Flur vor Samuels Zimmer, und er machte ihr die Tür vor der Nase zu. Aus ihren besudelten Röcken tropfte blutiges Wasser, als sie den Korridor hinabeilte, und das Herz wollte ihr bersten vor Schmerz.

12. KAPITEL

Noch in derselben Nacht, als endlich Ruhe im Schloss eingekehrt war, wachte Eisenherz um Schlag Mitternacht auf. Eine unbestimmte Angst befiel ihn, und so ließ er die Prinzessin schlafend im ehelichen Gemach zurück, nahm sich sein Schwert und machte sich auf die Suche nach seinem neugeborenen Sohn. Als er zu dessen Kammer kam, schliefen die draußen postierten Wachen tief und fest. Lautlos öffnete er die Tür einen Spaltbreit – und was er dann sah, ließ ihm das Blut in den Adern stocken. Ein riesiger Wolf, dessen gewaltige Zähne bedrohlich im Dunkel schimmerten, stand über die Wiege seines Sohns gebeugt …
Eisenherz

Seltsam, aber er hatte gut geschlafen. Das war Samuels erster Gedanke, als er am nächsten Morgen aufwachte. Es war, als hätte Lady Emeline nicht nur auf seine Füße Wundbalsam getan, sondern auch auf seine Seele. Welch seltsamer Gedanke. Wenn er ihr davon erzählte, würde sie wahrscheinlich wieder lachen – kapriziöses kleines Biest, das sie war.

Sein zweiter Gedanke galt seinen Füßen, die heftig pochten vor Schmerz. Stöhnend setzte er sich in dem riesigen Bett auf, das die Hasselthorpes ihm zugebilligt hatten. Alles in diesem Zimmer – ebenso wie im ganzen Haus – war groß und prächtig. Die Bettvorhänge waren aus weichem rotem Samt, die Wände mit reich geschnitztem dunklem Holz getäfelt, der endlos weite Boden war mit einem dicken Teppich bespannt. Das kleine Haus im Wald, in dem er aufgewachsen war, ließe sich in diesem einen Zimmer leicht unterbringen. Und wenn sie ihm, der wahrscheinlich der unbedeutendste ihrer Gäste war, diesen Luxus gönnten, wie waren dann erst die anderen untergebracht?

Der Gedanke stimmte Sam verdrießlich. Er gehörte nicht in dieses Haus voller Samt und gediegener Holztäfelungen. Er stammte aus der neuen Welt, wo Männer nach dem beurteilt wurden, was sie in ihrem eigenen Leben leisteten, und nicht danach, was ihre Vorfahren an Ruhm und Reichtümern errungen hatten. Dennoch konnte er England nicht gänzlich abtun. Es war Lady Emelines Heimat, und sie passte hierher, wie es nur jemandem möglich war, der in dieses Land und in diese Gesellschaft hineingeboren worden war. Das allein hätte ihm Grund genug sein sollen, sich von ihr fernzuhalten. Ihre Welten, ihre Erfahrungen, ihrer beider Leben waren einfach zu verschieden.

Aber nicht deswegen hatte er sie vorige Nacht von sich gestoßen. Oh nein, das war eher eine instinktive Reaktion gewesen, die den Wünschen seines Körpers dennoch völlig zuwiderlief. Er war so erregt gewesen, dass ihm das Blut heiß pulsiert war, er hatte an nichts anderes mehr denken können, als sich mit ihr zu vereinen. Und dann hatte er mit einem Schlag begriffen, dass es falsch wäre. Er hatte nicht gewollt, dass sie ihm nur aus Mitleid nachgab. Mitleid war es nicht, was Lady Emeline für ihn empfinden sollte. Bloß das nicht. Dennoch: Vielleicht war es ja töricht von ihm gewesen, sie zurückzuweisen, denn seinem Schwanz schien es ziemlich gleich zu sein, warum sie sich ihm an die Brust geworfen hatte und auf seinem Schoß dahingeschmolzen war wie Butter auf Toast. Den kümmerte nur, dass die Dame willens gewesen war. Wie ein Jagdhund, der eine Fährte wittert, hatte er sich stolz gereckt und zur Eroberung bereit gemacht.

Was sollte er nur zu ihr sagen, wenn er sie heute sah?

Doch immer schön der Reihe nach. Jetzt brauchte er zunächst einmal ein Bad, denn er roch wie ein Schweinepfuhl – kein Wunder, da er gestern Nacht gelaufen war, bis ihm am ganzen Körper der Schweiß in Strömen floss. Sam humpelte zur Tür und rief nach heißem Wasser. Dann setzte er sich wieder und begutachtete seine Füße. Lady Emeline hatte gute

Arbeit geleistet. Beide Fußsohlen waren von aufgeplatzten Blasen bedeckt, und am linken Fuß hatte er sich zudem sehr unschön geschnitten, aber die Wunden waren sauber. Sie würden gut verheilen, das wusste er aus langer Erfahrung.

Sein Badewasser kam in einem Blechzuber, in den Sam kaum sitzend hineinpasste, aber die Wärme und der Dampf waren dennoch eine Wohltat für seine schmerzenden Muskeln. Er kleidete sich an, und während er sich ein Paar seiner älteren Mokassins um die Füße schnürte, verzog er kurz das Gesicht vor Schmerz. Als auch das geschafft war, begab er sich hinunter zum Frühstück. Für ihn mochte es schon recht spät sein, aber für den englischen Adel war es noch früh, weshalb das Frühstückszimmer auch nur mäßig besetzt war, als er hineingehumpelt kam.

Es war ein langer Raum, der sich bis in den hinteren Teil des Hauses erstreckte. An einer Seite ließen Fenster mit rautenförmigen Bleiglasscheiben die Morgensonne herein. Statt einer langen Tafel standen kleine Tische über den Raum verteilt. Sam nickte einem Gentleman freundlich zu, dessen Name ihm entfallen war, und versuchte, sich seine Blessuren nicht allzu sehr anmerken zu lassen, als er den langen Weg zum Buffet antrat, das sich ausgerechnet an der hinteren Stirnseite des Zimmers befand. Dort fand er auch Rebecca, die gerade den gegrillten Schinken beäugte.

„Da bist du ja wieder“, murmelte seine Schwester.

Sam sah sie von der Seite an. „Dir auch einen schönen guten Morgen.“

Sie bedachte ihn mit einem finsteren Blick, setzte jedoch umgehend eine freundliche Miene auf, als sie Lady Hopedales gewahr wurde, die neugierig zu ihnen hinüberschaute. „Lass das.“

„Was?“ Er legte sich eine Scheibe von dem Schinken auf seinen Teller, der ihm schon die Tage zuvor als hierzulande besonders schmackhaft aufgefallen war.

„So zu tun, als wüsstest du nicht, wovon ich spreche“,

klärte seine Schwester ihn hörbar gereizt auf.

Verdutzt schaute Sam sie an. Er wusste wirklich nicht, worauf sie hinauswollte.

Rebecca atmete tief aus und sagte dann so geduldig, als rede sie mit einem kleinen Kind: „Du warst gestern den ganzen Tag fort. Niemand wusste, wohin du mit Lord Vale verschwunden warst. Ihr galtet praktisch als vermisst."

Sam wollte gerade etwas erwidern, als sie sich dicht zu ihm beugte und flüsternd fortfuhr: „Ich habe mir *Sorgen* um dich gemacht. Das soll vorkommen, wenn du plötzlich ohne ein Wort gehst und niemand dich finden kann und alle sich schon fragen, ob du vielleicht in einen Graben gestürzt bist und irgendwo tot in der Landschaft liegst. Dann beginnt deine Schwester sich Sorgen um dich zu machen."

Sam blinzelte irritiert. Er war es nicht gewohnt, anderen Leuten Rechenschaft über seinen Verbleib abzulegen. Er war ein erwachsener Mann und erfreute sich bester Gesundheit. Warum sollte jemand sich um sein Wohlergehen Sorgen machen? „Du brauchst dir keine Sorgen um mich zu machen", sagte er denn auch. „Ich kann schon selbst auf mich aufpassen."

„Darum geht es doch gar nicht!", zischte Rebecca so laut, dass eine Matrone mit erschlafften Hängebacken sich nach ihnen umdrehte. „Du könntest der stärkste Mann der Welt sein und dich mit allen verfügbaren Waffen zu verteidigen wissen – ich würde mir trotzdem Sorgen machen, wenn du ohne jeden Grund einfach so verschwindest."

„Das verstehe ich nicht."

Rebecca ließ einen gepökelten Hering so schwungvoll auf ihren Teller fallen, dass Sam zusammenzuckte. „Ich verstehe *dich* nicht." Damit drehte sie sich um und marschierte mit ihrem Fisch davon.

Verständnislos schaute Sam ihr nach und überlegte noch immer, was er denn Falsches gesagt hatte, als Vale ihn ansprach. „Sie scheinen Ihre Schwester ein wenig erzürnt zu haben."

Als Sam ihn anschaute, zuckte er zusammen. Vale war aschfahl im Gesicht und erbleichte beim Anblick des gegrillten Schinkens noch mehr. „Und Sie sehen wie ein Haufen Pferdemist aus", fand Sam.

„Oh danke, sehr aufmerksam", erwiderte Vale und schluckte. Sein bleiches Gesicht nahm einen leicht grünlichen Schimmer an. „Ich glaube, ich verzichte heute aufs Frühstück."

„Gute Idee", meinte Sam, während er sich gebutterte Nierchen auf seinen Teller häufte. „Vielleicht etwas Kaffee?"

„Nein." Vale schloss kurz die Augen. „Nein, nur ein wenig Gerstenwasser."

„Wenn Sie meinen." Sam winkte einen Diener herbei und bat um ein Glas Gerstenwasser.

Vale verzog gequält das Gesicht. „Ich werde mir schon mal ein ruhiges Plätzchen suchen."

Grinsend packte Sam sich noch zwei Scheiben Toast auf seinen Teller, ehe er dem anderen an einen kleinen runden Tisch in der Ecke folgte. Er sollte mehr Verständnis zeigen. Die Dämonen, die Vale plagten, waren schließlich dieselben wie seine, nur dass sie sich in unterschiedlicher Weise zeigten.

„Haben Sie Emmie heute früh schon gesehen?", fragte Vale ihn, als Sam ihm gegenüber Platz nahm.

Sam hielt den Blick auf seinen Teller gerichtet und stellte ihn vorsichtig auf dem Tisch ab. „Nein", erwiderte er knapp. Mein Gott, wie sehr ihm diese vertrauliche Koseform zuwider war! Jedes Mal, wenn Vale sie so nannte, hätte er ihm am liebsten eine reingehauen.

Vale lächelte müde. „Ich glaube, ich war gestern nicht so nett zu ihr."

„Ach ja?" Sam starrte ihn an und merkte, wie sein Ärger nur noch zunahm. „War sie bei Ihnen?"

„Nicht lange." Vale kniff die Augen zusammen und rieb sich stöhnend die Stirn. „Glaube ich zumindest. Ich war ziemlich betrunken."

Sam schnitt gereizt in seinen Schinken. War Lady Emeline etwa auch in Vales Gemächern gewesen? Hatte sie ihn womöglich ausgezogen und zu Bett gebracht? Sich ebenso gütig um ihn gekümmert, wie sie sich Sams angenommen hatte? Der bloße Gedanke brachte ihn so sehr auf, dass ihm das Messer ausrutschte, schrill über den Teller schrammte und der Schinken auf dem Tisch landete.

„Hoppla", sagte Vale und grinste blöde.

Just in diesem Augenblick betrat Lady Emeline das Frühstückszimmer.

Sam betrachtete sie argwöhnisch. Heute Morgen trug sie ein Kleid in mädchenhaftem Weiß und Rosa. Der Anblick reizte ihn nur noch mehr. In Rosa sah sie wie eine dumme Gans aus, wie eine dieser Frauen, die nicht eine einzige Entscheidung selbstständig treffen können, wo er doch genau wusste, dass sie das genaue Gegenteil war. Sie war eine starke Frau, die stärkste, der er jemals begegnet war.

„Da ist ja Emmie!", rief Vale.

Hatte ihr Verlobter sie überhaupt jemals als erwachsene Frau wahrgenommen? Allem Anschein nach nicht, denn sonst würde er sie nicht bei einem so albernen Namen wie Emmie nennen. Sams Feindseligkeit nahm nur noch zu. Für Vale war sie wie eine Schwester, nicht mehr. Und wenngleich man für eine Schwester aufrichtige und tiefe Liebe empfinden konnte, so war es doch keine Leidenschaft. Emeline aber war eine starke Frau mit starken Gefühlen. Sie brauchte mehr von einem Mann als brüderliche Liebe.

Sie hatte ihn gesehen. Das wusste er, obwohl sie jetzt so tat, als bemerke sie ihn nicht, sich abwandte und mit ihrer Gastgeberin sprach. Emeline wusste immer ganz genau, wo er war. Sie spürte es. Das hätte ihm ein Zeichen sein sollen, schon allein deswegen hätte er es wissen müssen – er konnte sich nicht vor ihr verstecken, selbst wenn er gewollt hätte.

„Emmie!", rief Vale ihr zu und zuckte beim Klang seiner eigenen Stimme zusammen. „Verdammt noch mal, warum sieht sie uns denn nicht?“

Doch dann drehte sie sich zu ihnen um, wenngleich noch immer darauf bedacht, Sams Blick auszuweichen. Mit einer letzten Bemerkung an Lady Hasselthorpe straffte sie die Schultern und kam an ihren Tisch.

„Guten Morgen, Jasper. Mr Hartley.“

Vale griff nach ihrer Hand, und Sam ballte die Seine unter dem Tisch zur Faust. „Kannst du mir jemals verzeihen, Emmie? Ich schäme mich wirklich, gestern Abend so ein betrunkener Rüpel gewesen zu sein.“

Sie lächelte so lieblich, dass Sam seinen Argwohn sogleich bestätigt sah. „Aber natürlich verzeihe ich dir, Jasper. Wie könnte ich *dir* nicht verzeihen?“

Sam war sich ziemlich sicher, sich die nachdrückliche Betonung des zweiten *dir* nicht eingebildet zu haben. Er räusperte sich, um ihre Aufmerksamkeit auf sich zu lenken, aber sie war unerbittlich in ihrem Entschluss, ihn nicht anzusehen. „Bitte setzen Sie sich doch“, sagte er.

Und es funktionierte. Nun, da er sie direkt ansprach, konnte sie ihn nicht länger ignorieren. Emeline bedachte ihn mit einem knappen Lächeln. „Mr Hartley, ich glaube nicht, dass …“

„Ja, doch, setz dich!“, rief da schon Vale. „Ich hole dir auch einen Teller.“

„Ich …“, versuchte Lady Emeline es sichtlich aufgebracht noch mal, doch da war Vale schon überraschend behände aufgesprungen und zum Buffet geeilt. Lächelnd zog Sam ihr den Stuhl zwischen sich und Vale heran. „Er hat Ihnen keine Wahl gelassen.“

Mit einem leisen Schnauben ließ sie sich auf dem Stuhl nieder und sah betont von ihm weg.

Was ihn seltsamerweise erregte. Sehr sogar. Er lehnte sich ein wenig vor und versuchte, einen Hauch ihres betörenden Duftes aufzufangen. „Es tut mir leid, Sie letzte Nacht von mir gestoßen zu haben.“

Sie errötete ganz reizend und sah sich genötigt, ihn schließlich doch anzuschauen. „Ich weiß wahrlich nicht, wovon Sie reden."

Er blickte tief in ihre dunklen Augen. „Ich rede davon, dass Sie auf meinem Schoß saßen, Mylady, und Ihre Zunge in meinen Mund gestoßen haben."

„Sind Sie von Sinnen?", fragte sie leise. „Davon können Sie hier nicht sprechen!"

„Ich wusste es sehr zu schätzen, an Ihrer lieblichen Zunge saugen zu dürfen."

„Samuel", wehrte sie ab, doch ihr Blick schweifte hinab zu seinem Mund.

Herrgott, sie ließ ihn sich so lebendig fühlen! Er wollte sie. Und wie er sie wollte. Zum Teufel mit allem, was sie trennte – zum Teufel mit Vale, zum Teufel mit diesem verdammten Land. Sie war mehr als willens gewesen letzte Nacht. „Mir hat auch gefallen, wie Ihr Hintern sich an meinen Schwanz gedrängt hat."

Entsetzt riss sie die Augen auf. „Hören Sie sofort auf damit! Es ist zu gefährlich. Wenn man Sie hört! Sie können hier nicht …"

„So, da wären wir", verkündete Vale fröhlich und stellte einen heillos überladenen Teller vor Emeline ab. Für sich selbst hatte er ein großes Glas mit einer trüben Flüssigkeit gebracht – vermutlich das Gerstenwasser. „Ich wusste nicht, worauf du Lust hast", meinte er, als er sich wieder setzte. „Also habe ich dir ein bisschen von allem gebracht."

„Zu gütig von dir", erwiderte Emeline und nahm wenig begeistert die Gabel zur Hand.

„Ganz der Galan", murmelte Sam. „Von ihm könnte ich noch etwas lernen – meinen Sie nicht auch, Lady Emeline?"

Sie spitzte die Lippen. „Mr Hartley, es gibt wahrlich keinen Grund …"

„Doch, gibt es." Jetzt war es um seine Beherrschung geschehen. Zu sehen, wie Vale sich fürsorglich um sie kümmerte – obwohl er sie doch überhaupt nicht *kannte.* Sam war sich bewusst, dass man ihm seine Gefühle ansehen konnte, dass er zu viel preisgab, aber er konnte nicht länger an sich halten. „Meine Manieren sind zu ungeschliffen, meine Worte zu freimütig. Ich muss lernen, meine Sitten zu verfeinern, damit ich so mit einer Dame verkehren kann, wie es sich in Ihren Kreisen schickt."

Bei dem Wort *verkehren* ließ Lady Emeline ihre Gabel fallen.

Vale verschluckte sich an seinem Gerstenwasser und begann zu husten.

Sam schaute ihn an. „Finden Sie nicht auch, Lord Vale?"

„Entschuldigt mich, mir ist gerade eingefallen …" Emeline war blass vor Zorn, als sie nach einer Ausflucht suchte. „Es ist mir entfallen. Ich muss gehen." Und damit stand sie auf und ging raschen Schrittes hinaus.

„*Verkehren* drückt es etwas unglücklich aus, alter Junge", fand Vale. „Parlieren vielleicht oder …"

„Ach ja? Ich lasse mich gern belehren", murmelte Sam. „Entschuldigen Sie mich."

Er wartete Vales Erwiderung nicht ab und warf auch keinen Blick zurück, um zu sehen, was der andere wohl gerade dachte. Es war ihm vollkommen gleich. Sie war vor ihm geflüchtet, und mittlerweile sollte sie eigentlich wissen, welchen Instinkt das in einem Raubtier weckte.

Emeline raffte ihre Röcke zusammen und eilte so schnell wie gerade noch schicklich den Korridor hinab. Grässlicher, impertinenter Mann! Wie konnte er es wagen – nachdem er sie in der Nacht zuvor zurückgewiesen, ja, sie geradezu von sich gestoßen hatte –, sich aufzuführen, als sei er es, dem Unrecht geschehen war? Als sie um die Ecke bog, wäre sie fast mit dem Duke of Lister zusammengeprallt. Mit einer gemurmelten Entschuldigung eilte sie weiter. Das Schlimmste war, dass dieser schreckliche Mann rein gar nichts von seiner verheerenden Anziehungskraft auf sie eingebüßt hatte. Wie beschämend! Sich ihm dargeboten zu haben, von ihm unmissverständlich zurückgewiesen worden zu sein und dann auch noch unfähig sein, die animalischen Gelüste zu zügeln, die ihr Körper für ihn hegte.

Welche Sorgen sie sich gemacht hatte, als sie ihn eben im Frühstückszimmer gesehen hatte! Wie erging es wohl seinen Füßen? Ob sie alle Wunden gut gereinigt hatte? Hatte er heute Morgen gut laufen können? Und dann hatte *er* ihr mit Worten nachstellen und sie bedrängen müssen! Ihm schien es ganz gleich, dass man sie hätte hören können oder dass *er* es doch gewesen war, der sie zurückgewiesen hatte. Gewiss war es wegen Jasper. Wahrscheinlich folgte Samuel nur mal wieder seinem Instinkt und verteidigte sein Revier in typisch männlicher Manier – wie ein Jagdhund, der eifersüchtig seine Beute bewacht. Na, da hatte er sich aber getäuscht. Wenn er einen saftigen Knochen wollte, sollte er woanders suchen.

Endlich war sie bei der Treppe angelangt. Blind lief sie die Stufen hinauf, Wut und Ärger ließen ihr alles vor Augen verschwimmen. Dabei bedeutete er ihr doch gar nichts. Er bedeutete ihr wirklich nichts. Sie würde nicht *zulassen*, dass er ihr etwas bedeutete. Ein Wilder aus den Kolonien war er, bar aller Kultur und Manieren. Sie hasste ihn. Bei diesem Gedanken wäre sie fast über eine Stufe gestolpert und hoffte inständig, dass sie es unbeschadet auf ihr Zimmer schaffte, ehe sie vollends zusammenbrach. Das hätte jetzt gerade noch gefehlt – wie von Sinnen durch die Flure von Hasselthorpe House zu irren. Und das alles wegen eines Manns! Das letzte Stück rannte sie fast, riss die Tür ihres Zimmers auf, stürzte hinein und knallte sie hinter sich zu.

Oder vielmehr *wollte* sie hinter sich zuknallen. Denn die Tür bot ihr Widerstand. Sie warf einen irritierten Blick über die Schulter und sah zu ihrem größten Entsetzen Samuel dort draußen stehen, eine Hand fest gegen die Tür gedrückt.

„Nein!“, schrie Emeline und warf sich mit aller Kraft dagegen. „Verschwinden Sie! Machen Sie, dass Sie wegkommen, Sie Mistkerl! Sie verkommener Bastard!"

„Schsch, nicht so laut." Streng zog er die Brauen zusammen. Mit Leichtigkeit packte er sie bei der Schulter, schob sie vor sich ins Zimmer und schloss die Tür hinter ihnen.

Das machte sie nur noch wütender. „Nein, das werden Sie nicht tun!"

Verzweifelt versuchte sie, sich loszureißen, schlug um sich, versuchte, ihn zu beißen.

„Aber sicher", entgegnete er.

Und damit zog er sie ungestüm an sich, stieß mit seinem Mund auf den ihren hinab. Sofort biss sie zu. Oder versuchte es zumindest, denn jäh riss er seinen Kopf zurück und grinste sie auf eine Weise an, die keineswegs belustigt war. „Den Trick kenne ich schon."

„Mistkerl!" Sie holte mit der Hand aus und wollte ihn schlagen, doch auch diesen Angriff wehrte er ab.

Mit seinem ganzen Gewicht drängte er sich an sie, drängte sie gegen die Wand, presste sich an sie, als wolle er sie zerquetschen wie einen glücklosen Falter. Dann neigte er den Kopf und – statt abermals ihren Mund zu suchen – biss ihr in den Hals, genau dort, genau unterhalb des Ohrs. Und ihr Körper – ihr dummer, dreister, verräterischer Körper – sprach sofort auf ihn an, wurde ganz weich und warm. Er knabberte und leckte an ihrem Hals, und als sie den Kopf zurückfallen ließ, entfuhr ihr ein Laut, der einem Stöhnen verdächtig nahekam. Er lachte leise.

„Wage es ja nicht, mich auszulachen!", befahl sie mit sich überschlagender Stimme.

„Das tue ich nicht", murmelte er an ihrem Hals. „Ich würde dich niemals auslachen." Er zerrte am Ausschnitt ihres Kleides, zerriss etwas. Dann spürte sie seine Zungen auf ihren Brüsten, wo sie sich über das Mieder wölbten.

Sie schluchzte, und sein Mund wurde sanfter, flüsterte zärtlich auf ihrer Haut.

Grässlicher, grässlicher Mann. „Wehe, du machst das nur aus Eifersucht."

Er sah auf. Seine Wangen waren erhitzt, sein Mund war von seinen Küssen gerötet. „Nein. Das hier geht nur uns beide etwas an – nur dich und mich." Er packte ihre Hand und presste sie an seinen Schritt.

Und sie fühlte ihn, lang und heiß, verheißungsvoll lauerte er in seinen Breeches, wartete nur auf sie. Fast war es ein Triumph, dass sie so viel Gewalt über seinen Körper hatte. Das war es, was sie wollte. Sie wollte ihn. Fest drückte sie ihre Hand an sein Gemächt.

Er stöhnte, dann packte er sie und drehte sie mit dem Gesicht zur Wand, fasste um sie und riss an den Schnüren ihres Korsetts. Sie stützte sich mit beiden Händen an der Wand ab, fuhr mit den Nägeln über den Putz, kühlte ihre erhitzte Wange daran. Es war Wahnsinn, was sie hier taten, völlig verrückt, und es war ihr gleich. Er zerrte die Ärmel ihres Kleides hinab, sie hörte abermals Stoff reißen, spürte kühle Luft an ihren Schultern, dann seine großen warmen Hände, die langsam ihren Rücken hinabglitten. Jede harte, raue Stelle an seinen Händen konnte sie spüren, seine kräftigen Männerhände auf ihrer weichen, zarten Haut. Als er sanft in ihren Nacken biss, schloss sie die Augen. Es war so lange her. So schrecklich lange. Sie schmolz dahin. Mehr hätte er gar nicht zu tun brauchen, sie war längst bereit für ihn, doch er schien es nicht eilig zu haben. Oder vielleicht gefiel es ihm auch nur, sie so bloß und verletzlich zu sehen. Nun küsste er sich Wirbel für Wirbel abwärts. Sie spürte jede Berührung seiner Lippen, jede feuchte Liebkosung seiner Zunge.

Sie stöhnte vor Wonne.

Er war bei ihren Hüften angelangt, wo Kleid, Chemise und Unterröcke sich wirr verfangen hatten. Sie wollte gar nicht wissen, was er nun Unaussprechliches mit ihren Kleidern anstellte, denn es folgte ein beharrlich reißendes Geräusch, und als es schließlich verstummte, lag eine Fülle von Stoff zu ihren

Füßen, und ihr Hintern war bloß. Er drückte seinen Mund an ihren Steiß und küsste sie dort, ehe er sich noch weiter hinabwagte und sie doch allen Ernstes auf beide Backen küsste! Das gehörte sich nicht. Das war schamlos und unanständig, und es sollte ihr nicht gefallen. Nein, das sollte es nicht.

„Samuel“, stöhnte sie.

„Schsch“, murmelte er.

Im nächsten Moment drängte er ihre Beine auseinander, und ihr letzter vernünftiger Gedanke war, dass sie sich ihm aus der Untersicht nicht gerade von ihrer vorteilhaftesten Seite präsentieren dürfte. Aber dann waren alle Bedenken vergessen, denn er fuhr mit seinem Daumen über ihre geheimste Stelle.

„Du bist feucht“, stellte er mit tiefer, dunkler Stimme und hörbar zufrieden fest.

Sie hob den Kopf von der Wand und hätte sich ihm fast entzogen. Wie konnte er es wagen, das zu sagen? Gerade so, als wäre es für ihn die selbstverständlichste Sache der Welt, dass sie …

Doch nun beugte er ihre Hüften, und dann …

Oh, Gott! Und dann leckte er sie. Sie ließ ihre Wange wieder an die Wand sinken. Was kümmerte sie noch ihre wenig anmutige Position, sein animalisches Wesen? Sie wollte, dass er weitermachte und niemals damit aufhörte. Seine Zunge schlängelte sich zwischen die hungrigen Falten, leckte und liebkoste, und sie meinte, noch nie in ihrem Leben dergleichen empfunden zu haben. Er nahm seinen Mund fort und blies dorthin, wo er sie eben noch geleckt hatte, dass ihr heiß und kalt wurde. Mit den Daumen zog er ihre Lippen auseinander und fuhr mit seiner Zunge dazwischen. Stöhnend schob sie ihm ihre Hüften entgegen, drängte ihren Schoß an sein Gesicht, und wenn sie nur einen Augenblick darüber nachgedacht hätte, was sie da tat, was sie beide hier trieben, würde sie wohl vor Scham im Boden versunken sein. Deswegen ließ sie alle Gedanken fahren und konzentrierte sich nur noch auf ihre Empfindungen, auf seinen Mund an ihrem Schoß. Seine Zunge suchte und fand die kleine Knospe. Sie stöhnte, als er sie berührte. Stöhnte abermals, als er sie zärtlich leckte.

Emeline spürte, wie er eine Hand um ihre Hüfte legte, sie langsam um ihren Schoß schloss. Keuchend riss sie die Augen auf und sah an sich hinab. Der Anblick war unglaublich erregend. Seine gebräunten Finger, die über ihre blasse Haut glitten, sich in den dunklen Locken vergruben. Er schob einen Finger in ihren Spalt, und vor Wonne schloss sie die Augen wieder, als nun sein Finger die kleine Perle berührte. Abermals begann er sie zu lecken, und als er mit der Zunge in sie fuhr, bäumte sie sich heftig auf, erschauerte am ganzen Leib, rang keuchend nach Atem und kratzte mit den Fingernägeln an der Wand entlang, wie von Sinnen bewegte sie ihre Hüften, von einer unglaublichen Lust erfüllt. Wilde Zuckungen ließen sie erbeben, als er wieder und wieder seine Zunge in sie stieß und mit dem Finger ihre Knospe rieb. Ihre Erfüllung schien endlos anzudauern, ein gleißend schimmernder Fluss, der sich immer weiter und weiter ausdehnte.

Als er schließlich versiegte, als sie ganz schwach und schwindelig zur Ruhe kam, drohten ihre Knie unter ihr nachzugeben, und ihre Arme zitterten so sehr, dass sie sich nur mit Mühe aufrecht halten konnte.

Er nahm seinen Mund von ihr, und sie wollte sich zu ihm umdrehen, doch er hielt sie fest. „Beug dich vor."

So benommen war sie, ihr Verstand in einem erhitzten, erregten Rausch versunken, dass sie nicht anders konnte und sich vorbeugte, mit ausgestreckten Armen an die Wand gestützt, um nicht zu fallen.

Erst spürte sie seine Finger an ihrem feuchten Schoß, dann seinen Schaft. Sie seufzte. So köstlich, so wunderbar. Zu spüren, wie er sich hart und heiß zwischen ihre Lippen schob und in sie einzudringen begann. Das war immer der beste Part, das erste Erkunden. Wenn es nichts weiter mehr gab als nackte Tatsachen – er ein auf das Wesentliche reduzierter Mann und sie eine Frau, bereit, ihn zu empfangen. Ihn zu entdecken und festzuhalten. Herauszufinden, wie es mit ihm war.

Mittlerweile hätte es eigentlich um seine Beherrschung geschehen sein müssen, hätte das Hinauszögern seiner Lust ihn um den Verstand bringen müssen, doch er ließ es langsam angehen. Stück für Stück spürte sie ihn in sich dringen, bis sie den Stoff seiner Breeches an ihrem nackten Hintern spürte. Er holte tief Luft und stieß in sie, bis er sie ganz erfüllte. So wollte sie für immer bleiben, dachte sie versonnen, wollte ihn in sich halten, sich an dem Gefühl der Fülle berauschen, die Verbindung mit ihm spüren.

Doch er zog sich zurück, ebenso langsam, wie er in sie eingedrungen war, und die Muskeln ihre Schoßes versuchten ihn zu halten, wollten ihn nicht gehen lassen. Doch er kam wieder. So plötzlich und heftig, dass ihre Arme unter der Wucht seines Ansturms einknickten.

„Halt still", stieß er kaum noch verständlich hervor.

Sie spannte ihre Arme. Und dann fasste er sie um die Hüften und begann sie zu nehmen, hart und schnell, sodass es Lust und Qual zugleich war. Sie beugte die Hüften, um ihn noch weiter einzulassen.

Er stöhnte laut auf.

Plötzlich spürte sie seine Finger wieder zwischen ihren Schenkeln, spürte, wie er suchte und fand und sie dort berührte, wo sie sich am meisten nach seiner Berührung sehnte. Während er vorn fest zudrückte, nahm er sie weiter von hinten. Sie spürte einen Schrei in sich aufsteigen. Es war schier unerträglich: sein ausdauernder Ansturm, der feste Druck seines wissenden Fingers, der Schmerz in ihren ausgestreckten Armen.

Plötzlich fluchte er und riss sie keuchend an sich, sodass sich die Knöpfe seiner Weste in ihren bloßen Rücken bohrten, und begann tief in ihr zu zucken. Seltsam war es, doch auch sehr sinnlich, so von ihm durchdrungen dazustehen, die Beine weit gespreizt, die Füße auf Zehenspitzen, Brust und Bauch nackt und entblößt. Sie hörte ihn stöhnen und genoss es, dass er alle Beherrschung verlor. Noch immer ließ er nicht ab von ihrer Knospe, schloss seine Hand besitzergreifend um ihren Schoß, als er den Höhepunkt erlebte.

Und dann schrie sie. Wellen fast schmerzlichen Verzückens schlugen über ihr zusammen. Als er ihr mit einer Hand den Mund zuhielt, um ihren Schrei zu ersticken, biss sie ihn und labte sich an dem Geschmack seiner Haut auf ihrer Zunge.

Hinter sich hörte sie ihn nach Atem ringen. „Kleine Katze."

Er zog sich aus ihr zurück, fasste sie um die Taille, hob sie hoch und warf sie rücklings aufs Bett. Und ehe Emeline sich's versah, war er auch schon wieder bei ihr.

„Wahrscheinlich beißt du mich gleich wieder, aber das soll es mir wert sein", sagte er, ehe er seinen Mund auf ihren senkte. Er schob ihre Beine auseinander und fuhr erneut in sie. Und dann lag er ganz still, lag warm und schwer auf ihr und küsste sie begierig.

Nicht einmal ausgezogen hat er sich, dachte sie benommen und öffnete ihren Mund unter dem seinen. Noch immer trug er Rock, Weste, Breeches und natürlich seine Beinlinge, war vermutlich sogar in seinen Mokassins auf die schöne Bettdecke gestiegen. Doch der Gedanke war müßig und bald vergessen, und sie überließ sich ganz seiner Zunge, die sie umwarb und zu verführen suchte. Als er sich ganz auf sie sinken ließ, spürte sie, wie die kalten, harten Metallknöpfe seiner Weste ihre empfindliche Haut auf Bauch und Brüsten reizten.

Es klopfte an der Tür. Emeline erstarrte. Samuel hob den Kopf.

„Ist alles in Ordnung, Mylady?", rief Harris.

Er hob eine Braue und sah sie fragend an.

Emeline räusperte sich. „Alles bestens. Sie können gehen."

„Gewiss, Mylady." Draußen hörte man sich entfernende Schritte.

Erleichtert atmete Emeline auf und stieß ihn an die Brust. „Los, runter."

„Warum?“, fragte er träge. „Mir gefällt es hier.“

Doch sie spürte Panik in sich aufsteigen. „Meine Zofe könnte zurückkommen.“

Er stützte sich über ihr auf und betrachtete sie belustigt. „Das wage ich doch sehr zu bezweifeln. Ich bin mir sicher, dass Sie nur bestens geschultes Personal beschäftigen, Mylady.“

Wieder stieß sie ihn von sich, und diesmal gab er nach, zog sich so unvermittelt aus ihr zurück, wie er in sie gekommen war, und ließ sich neben sie sinken. Rasch sprang sie aus dem Bett, ehe sie ihren Entschluss bereuen und seinen Körper vermissen konnte. „Du solltest jetzt gehen.“

Wie unangenehm, nackt vor dem Mann zu stehen, dem sie sich eben noch so hemmungslos hingegeben hatte. Er sollte zumindest den Anstand besitzen, gleich danach still und unauffällig zu verschwinden. Ein *Gentleman* würde das tun. *Er* anscheinend nicht. Sie spürte seinen Blick auf sich, als sie in den Kleidern wühlte, die er ihr vom Leib gerissen hatte, und nach etwas suchte – *irgendetwas* –, womit sie ihre Blöße bedecken konnte. Schließlich nahm sie ihr Chemise und hielt es sich vor die Brust. Doch leider hing es in Fetzen und bedeckte sie kaum. Jetzt reichte es ihr.

Emeline warf das zerfetzte Hemd beiseite. „Geh schon!“, fuhr sie ihn an.

Auf einen Ellenbogen gestützt lag er da und beobachtete sie, genau wie sie vermutet hatte. Sein Haar war noch immer straff und ordentlich zurückgebunden, seine Kleider etwas in Unordnung geraten, doch ansonsten sah er genau wie vorher aus. Nur um seine Lippen spielte ein sinnliches, entspanntes Lächeln, und seine Augen sahen sie unter schweren Lidern hervor schläfrig an. Und er besaß nicht einmal genügend Takt, sich die Hose zuzuknöpfen! Unweigerlich wurde ihr Blick von seiner Männlichkeit angezogen, die das Einzige war, das er überhaupt entblößt hatte. Klein und erschlafft hätte sein Schaft nun sein sollen, ein bemitleidenswertes Ding – doch dem war nicht so. Ganz im Gegenteil. Stramm und glänzend lag er da und reckte sich so anmaßend, als wolle er das Ganze gleich noch mal machen.

Der Anblick echauffierte sie. „Sie sind ja noch immer da“, sagte sie gereizt.

Seufzend setzte er sich auf. „Ich hatte gehofft, noch ein Weilchen bei Euch zu liegen, Mylady, aber anscheinend findet dieses Begehr bei Euch kein Gehör.“

Sie wurde rot: Emeline spürte förmlich, wie ihr die Hitze in Hals und Wangen stieg. Natürlich wusste sie, dass sie gerade unausstehlich war und sich höchst unvernünftig benahm. Auch in einer solchen Situation sollte man Anmut und Contenance zeigen, aber sie konnte das nicht.

Sie konnte das einfach nicht.

„Bitte geh jetzt.“ Schützend verschränkte sie die Arme vor der Brust und sah beiseite.

Er stand auf und knöpfte sich ohne allzu große Eile die Hose zu. „Ich werde gehen, aber vorbei ist es damit noch lange nicht.“

Entsetzt sah sie ihn an. „Natürlich ist es vorbei! Du hast bekommen, was du wolltest. Es gibt keinen Grund, warum … warum …“ Sie verstummte, weil sie wirklich nicht wusste, wie sie in Worte fassen sollte, was sie sagen wollte. Oh, wäre sie doch nur eine dieser raffinierten Witwen! Eine von denen, die sich diskrete Liebhaber nahmen und Liaisons unterhielten, in denen beide Parteien die Regeln kannten und, das vor allem, sich auch daran hielten. Aber sie hatte für Daniel sorgen müssen und für Tante Cristelle, und schließlich war auch noch Reynaud gestorben, und wenn sie ganz ehrlich war – es hatte sie nie zuvor danach verlangt.

Während sie noch über ihren betrüblichen Mangel an Erfahrung nachsann, hatte er es endlich geschafft, sich wieder herzurichten, und kam nun zu ihr herübergeschlendert. Er beugte sich über sie und streifte ihre Lippen mit den seinen, sanft und zärtlich, eine Berührung, die sie schier zum Weinen brachte.

Dann trat er einen Schritt zurück. Nachdenklich sah er sie an. „Ja, ich habe bekommen, was ich wollte – und was auch du wolltest –, aber mein Hunger ist längst nicht gestillt. Ich werde wiederkommen. Entweder lässt du mich still herein, oder ich werde deine Tür niedertrampeln und in meinem Ungestüm das ganze Haus aufschrecken." Er hob einen Mundwinkel, sah aber nicht gerade amüsiert aus. „Ich mag nicht mit allen Gepflogenheiten deiner Kreise vertraut sein, aber ich glaube auch nicht, dass es das ist, was du von mir willst."

Seine anmaßende Rede machte sie sprachlos, und erst als er sich bereits abwandte, fand sie wieder zu Worten. „Wie kannst du es wagen, dich zu erdreisten ..."

Er packte sie bei den Schultern und ließ ihre Empörung in einem erschrockenen Aufschrei untergehen. Er beugte sich zu ihr herab und flüsterte ihr wütend ins Ohr. „Ich wage es, mich zu erdreisten, weil du dich mir vor nicht einmal einer Viertelstunde hingegeben hast. Du hast mich in deinen Körper eingelassen, hast meinen Schwanz deine Verzückung spüren lassen – und genau das will ich wieder."

Und damit küsste er sie. Aber diesmal war sein Kuss weder sanft noch zärtlich, sondern Ausdruck seiner Begierde. Er stieß seine Zunge in ihren Mund und neigte den Kopf so, dass er sie ganz und gar vereinnahmte. Und ihr törichter Körper bäumte sich auf und ihm entgegen. Das war es, was sie wollte. Danach sehnte sie sich, danach verlangte sie. Vernunft und Verstand verflüchtigten sich.

Er trat so plötzlich zurück, dass sie beinah gefallen wäre. Sein Gesicht war erhitzt und unerbittlich. „Lass mich heute Nacht ein, Emeline."

Noch ehe sie etwas erwidern konnte, hatte er ihr Gemach verlassen.

Als sie sich auf ihre ruinierten Kleider sinken ließ, kam ihr auf einmal die Erkenntnis, dass sie schon jetzt alle Kontrolle über diese Affäre verloren hatte.

„Craddock hat sich bereits vor einem Monat erhängt", sagte Lord Vale am Nachmittag.

Sam musste sich erst einmal in Gedanken von Emeline losreißen – von ihrer Haut, ihren Brüsten, der bitteren Erkenntnis, dass sie ihn nicht wiedersehen wollte – und sich wieder auf ihre Ermittlungen zu Spinner's Falls konzentrieren. „Man sollte meinen, dass Thornton davon hätte wissen müssen", sagte er schließlich.

„Thornton hat nicht gesagt, *wann* er ihn zuletzt gesehen hat", wandte Vale ein.

„Stimmt."

„Wer steht als Nächstes auf unserer Liste möglicher Zeugen?"

„Niemand", sagte Sam trocken.

Draußen regnete es, was ihre Gastgeberin in hektische Verzweiflung gestürzt hatte. Lady Hasselthorpe hatte für den Nachmittag einen Ausflug zur Ruine einer Abtei geplant, die als lokale Sehenswürdigkeit galt und unbedingt besucht werden musste. Sam war insgeheim erleichtert, dass es regnete. Er hätte heute unmöglich zu Fuß gehen können, zumindest nicht, ohne beträchtliche Schmerzen zu haben. Und hätte er sich vor dem Ausflug gedrückt, würde das nur unnötig Rebeccas Aufmerksamkeit geweckt haben. So langsam begann er zu begreifen, dass seine Schwester weitaus mehr mitbekam, als er ihr zugetraut hätte. Er wollte ihr nicht auch noch erklären müssen, warum er auf einmal beide Füße bandagiert hatte.

In Ermangelung anderer Vergnügungen hatte sich die Hausgesellschaft mehrheitlich im Salon eingefunden. Emeline glänzte durch Abwesenheit, was ihn wenig überraschte – sie ging ihm ganz offensichtlich aus dem Weg –, aber die anderen Gäste waren fast vollständig versammelt. Einige vergnügten sich beim Kartenspiel, andere lasen oder saßen in kleinen Grüppchen beisammen und plauderten.

So wie Sam und Vale.

„Und das war alles? Sie haben niemand mehr, den man befragen könnte?“, fragte Vale ungläubig.

Sam musste sich wahrlich beherrschen und biss die Zähne zusammen. „Für Vorschläge wäre ich Ihnen äußerst dankbar.“

„Ah …“, machte Vale nachdenklich.

„Vielleicht haben Sie ja eine zündende Idee.“

„Nun ja …“ Vale zeigte sich auf einmal sehr an den regennassen Fenstern interessiert.

„Dachte ich mir doch“, murmelte Sam.

Beide Männer starrten aus dem Fenster, als fasziniere sie das schlechte Wetter ungemein. Vale trommelte noch dazu in höchst nervtötender Manier mit den Fingern auf der Armlehne seines Sessels herum.

Schließlich holte der Viscount tief Luft. „Wenn Thornton der Verräter ist, muss er einen Grund gehabt haben, das Regiment zu verraten.“

Sam nahm seinen Blick nicht vom Fenster. Es überraschte ihn nicht, dass Vales Gedanken in dieselbe Richtungen gingen wie seine. „Sie haben ihn demnach in Verdacht?“

„Sie etwa nicht?“

Sam dachte an das Unbehagen, das er verspürt hatte, seit er Thornton das erste Mal in London begegnet war. Er seufzte. „Doch, ich könnte mich durchaus mit der Vorstellung anfreunden, wüsste aber beim besten Willen nicht, warum er gleich das gesamte Regiment verraten haben sollte. Irgendeine Idee?“

„Nicht die geringste. Vielleicht war er ja das Erbspüree leid, das wir jeden Tag vorgesetzt bekommen haben.“

Der Viscount schien ihn zu mögen, dachte Sam und kam sich schäbig vor, einen Mann zum Freund zu halten, dessen Verlobte er Stunden zuvor erst leidenschaftlich geliebt hatte. Am liebsten wäre Sam ihm aus dem Weg gegangen, aber kaum hatte er den Salon betreten, war Vale auch schon zu ihm gekommen.

„Geld könnte immer ein Grund sein“, sinnierte Vale, „aber

mir will nicht einleuchten, welchen Vorteil Thornton aus dem Tod des gesamten Regiments hätte schlagen können – es sei denn, die Franzosen haben ihn bezahlt."

„Spricht Thornton Französisch?", fragte Sam.

„Keine Ahnung." Wieder trommelte Vale mit den Fingern und schien kurz Thorntons sprachliche Fertigkeiten abzuwägen. „Aber spielt das überhaupt eine Rolle? Sie haben doch selbst gesagt, dass die Nachricht des Verräters auf Englisch verfasst war. Und unter den Franzosen gibt es gewiss auch einige, die des Englischen mächtig sind."

„Hatte er Schulden?", fragte Sam weiter und beobachtete dabei Rebecca, die mit leicht geneigtem Kopf einem anderen Mädchen lauschte. Wie schön, dass sie zumindest eine junge Dame gefunden hatte, mit der sie sich unterhalten konnte.

„Wir sollten versuchen, es herauszufinden. Oder vielmehr, *ich* sollte es herausfinden. Eine große Hilfe war ich bislang ja noch nicht. Sollte mich ein bisschen mehr einbringen, was?"

Sam wandte sich wieder Vale zu, der ihn aus ernsten, treuen Hundeaugen ansah. Was für ein Schuft musste man sein, um einen Freund wie diesen zu hintergehen?

„Danke", sagte Sam und meinte es zutiefst aufrichtig.

Und schon zeigte Vale eine dieser blitzschnellen Verwandlungen, zu denen er bisweilen fähig war. Aller Ernst verflog, und ein breites Grinsen ließ sein gutmütiges, immer etwas drollig aussehendes Gesicht erstrahlen und seine blauen Augen funkeln. „Nicht der Rede wert, alter Junge."

Woraufhin Sam es nicht länger über sich brachte, ihm in die Augen zu schauen, und den Blick senkte. Er sollte den ehrenvollen Beschluss fassen, Lady Emeline nie wiederzusehen. Woraus sich nur folgern ließ, dass er wohl der ehrloseste Mann der Welt war.

Denn er beabsichtigte, sie heute Nacht abermals aufzusuchen und zu lieben.

13. KAPITEL

Mit weit aufgerissenem Maul setzte der Wolf zum Sprung an. Aber Eisenherz stürzte sich auf das Untier, das Schwert erhoben, um seinen Sohn zu schützen. Und welch ein Kampf dann begann! Denn Eisenherz hatte still zu sein, er durfte nicht einen Laut von sich geben, er konnte nicht um Hilfe rufen, und die Wolfsbestie stellte seine Kraft und sein Geschick auf eine harte Probe. Kreuz und quer durch die Kammer, hin und her jagten sie einander und schlugen dabei alles kurz und klein. Auch die Wiege kippte um, und das Kind begann kläglich zu schreien. Da holte Eisenherz zu einem mächtigen Schlag aus und erwischte den Wolf am Hinterlauf. Die Bestie jaulte vor Schmerz, stürzte sich dann abermals auf ihn und schleuderte ihn so heftig gegen die Wand, dass das ganze Schloss erbebte. Eisenherzens Kopf schlug hart gegen das Gemäuer, dann schwanden ihm die Sinne …
Eisenherz

Den ganzen Tag hatte sie mit sich gerungen – und das, obwohl sie aus Angst, ihm zu begegnen, ihre Gemächer kaum verlassen hatte. Gründe, ihn zu meiden, gab es genug, und sie waren ja hinreichend bekannt. Sie waren unterschiedlichen Standes, kamen aus verschiedenen Welten. Sie musste an ihren Sohn und ihre Familie denken. Er war zu leidenschaftlich, zu ungestüm, ein Mann, der nicht leicht zu handhaben wäre. Bei ihm würde sie nicht stets die Oberhand behalten. Und doch …

Und doch.

Vielleicht lag es ja daran, dass sie den ganzen Tag damit zugebracht hatte, mit sich zu hadern. Sie hatte hin und her überlegt. Immer wieder. Doch keiner der Gründe schien ihr auf einmal mehr zwingend. Mit einem Schulterzucken tat sie sie ab, denn ihr Verlangen ließ deren Bedeutung zunehmend verblassen. Schockierend, wie sehr sie sich von ihren Trieben leiten ließ. Das hatte sie nie zuvor getan: alle Vernunft fahren und sich von ihrem Körper beherrschen lassen. Wie animalisch und erschreckend, sich ganz seinen Sinnen hinzugeben. Erschreckend und schön zugleich. Berauschend geradezu. Immer hatte sie sich unter Kontrolle gehabt, immer war sie es gewesen, die alles im Griff hatte. Denn irgendjemand musste es ja tun – die Männer, die ihre Familie hätten zusammenhalten sollen, waren allesamt verschwunden. Erst Reynaud, dann Danny und kein halbes Jahr darauf ihr Vater. Alle hatten sie alleingelassen.

Mutterseelenallein.

Ihre Anspannung wuchs, als sie draußen Schritte hörte. Sie war für ihn bereit – nackt lag sie in seinem Bett –, und als er die Tür aufmachte, schoss freudige Erregung durch sie. Leise schloss er die Tür hinter sich, und sowie er im Zimmer war, versuchte er nicht länger, sein Humpeln zu verbergen. In dem kurzen Moment, ehe er sie bemerkte, konnte sie ihn ungestört betrachten. Ihr fielen die steilen Falten auf, die sich in seine Wangen gegraben hatten, seine breiten Schultern, die leicht nach vorn hingen. Er war sichtlich erschöpft, hatte sich vermutlich noch immer nicht von seinem Wettlauf gegen sich selbst in der Nacht zuvor erholt. Doch das sollte sie nicht kümmern. Heute Nacht würde sie ihn sich nehmen, wie er sie genommen hatte. Ohne Rücksicht auf Verluste.

Sie hätte genau sagen können, wann er sie bemerkte. Den Rock halb von den Schultern gestreift, hielt er inne. Sie setzte sich im Bett auf. In *seinem* Bett. Die Decke rutschte ihr bis zur Taille hinab und enthüllte ihre bloßen Brüste. „Ich habe auf dich gewartet."

„Wirklich?" Seelenruhig zog er sich seinen Rock aus. Seine Stimme klang betont beiläufig, doch sein Blick war begehrlich auf ihre Brüste gerichtet.

Sie lehnte sich in die Kissen zurück, was nicht nur bequemer war, sondern zudem den Vorteil hatte, ihre Brüste besser zur Geltung zu bringen. Auch ohne an sich hinabzuschauen wusste sie, dass die Spitzen sich – der kühlen Nachtluft und seinen Blicken sei Dank – aufgerichtet hatten. „Seit Stunden schon."

„Das tut mir leid." Ohne den Blick von ihr zu nehmen, knöpfte er sich mit geschickten Fingern seine Weste auf. „Hätte ich das gewusst, hätte ich mich beeilt."

„Ich mag es lieber, wenn du dich nicht zu sehr beeilst", meinte sie und verzog den Mund ein wenig, als missfiele ihr der Gedanke sehr.

Seine Finger hielten inne. „Das werde ich mir merken."

Dann warf er seine Weste beiseite, riss sich das Hemd vom Leib und pirschte sich mit bloßem Oberkörper an sie heran. Er hatte einen prächtigen Oberkörper, breit und muskulös, mit feinem dunklem Haar, das sich um die Brustwarzen krauste und in einer schmalen Linie seinen Bauch hinablief. Sein bloßer Anblick ließ ihre geheimste Stelle pochen, aber bei allem Verlangen durfte sie nicht vergessen, ihren Vorteil auszuspielen.

„Ja, das solltest du." Sie ließ ihren Blick abwärts schweifen, zu seinen Breeches, Beinlingen und den Mokassins, die er noch trug. „Und doch scheint mir, dass du dich mir übereilt näherst."

Schweigend betrachtete er sie, die Augen schmal, die Lippen zusammengepresst, und kurz glaubte sie, zu weit gegangen zu sein. Erfreut sah er nicht gerade aus. Doch dann griff er sich einen Stuhl und stellte ihn vor dem Bett ab, setzte einen Fuß darauf und begann seine Mokassins aufzuschnüren. Es waren andere als jene, die er sich in der Nacht zuvor ruiniert hatte, stellte sie fest. Bestimmt besaß er mehr als ein Paar. Winzige Muskeln am Rücken und an den Armen spannten sich, während er seine Schuhe aufband. Nachdem er sich den ersten ausgezogen hatte, bedachte er sie mit vielsagendem Blick, ehe er sich an den nächsten machte.

Emeline schluckte. Es waren doch nur seine *Schuhe*, sagte sie sich, aber allein das Wissen, dass er sich gerade für sie bereit machte, nur für sie die Kleidung ablegte, genügte, dass ihr der Atem stockte.

Als er auch den zweiten Mokassin ausgezogen hatte, fiel ihr erst auf, dass er seine Füße mit Linnen bandagiert hatte. Doch was sie von seiner Haut sehen konnte, schien gut zu heilen. Er richtete sich auf und zog ein ledernes Band an der Seite seiner Breeches auf – wie sie nun sah, wurden die Beinlinge von Bändern gehalten, die an einem Ledergurt befestigt waren, den er um die Hüfte trug. Als er auch das Band an der anderen Seite aufgeschnürt hatte, streifte er seine Beinlinge ab. Dann fasste er nach den Knöpfen seiner Breeches, und sogleich vergaß sie die leidigen Beinlinge. Er schaute sie an, hielt ihren Blick gebannt, als er mit flinken, doch beherrschten Fingern einen Knopf nach dem anderen öffnete. Der Gedanke daran, was diese wendigen Finger gleich mit ihr anstellen würden, hätte sie schier stöhnen lassen. Trotzdem wagte sie kaum, die Stille zu stören, die sich fast andächtig über sie gesenkt hatte. Nichts war zu hören außer dem Rascheln seiner Kleider, als er sich Breeches und Unterwäsche entledigte.

Nackt bis auf den Ledergurt, der recht lose knapp unterhalb seines Nabels hing, stand er nun in seiner ganzen bloßen Pracht vor ihr. Mit angehaltenem Atem sah sie zu, wie er auch den Gurt löste und zu den Beinlingen warf. Er war von langer, schlanker Gestalt, seine Haut tief gebräunt, wo sie der Sonne ausgesetzt war. Jahre hätte sie damit zubringen können, ihn einfach nur anzuschauen. Seine Waden waren dunkel behaart, seine Knie knochig, die Schenkel kräftig und muskulös. Wo Hüfte und Bauch sich trafen, gleich unterhalb der Leiste, waren die kleinen, geheimen Mulden, die nur Männer dort hatten und deren unschuldige Schönheit sie rührte. Ein kräftiger Muskel spannte sich über diesen Punkt hinab zur Hüfte. Darüber eine dünne, längst verblasste Narbe quer über seinem Bauch und rechts oben auf der Brust eine weitere Narbe, klein und verwachsen. Ihr Blick blieb an der Narbe auf seinem Bauch hängen, und sie musste daran denken, was Jasper ihr erzählt hatte – dass er tagelang mit einer Stichwunde durch die Wälder gelaufen war. Wie schlimm das für ihn gewesen sein musste! Und wie stolz sie war, dass ein so tapferer Mann sie begehrte.

Dann ließ sie ihren Blick weiter abwärts wandern – das Beste hatte sie sich bis zum Schluss aufgehoben –, zu seiner Männlichkeit. Sie hatte längst vergessen, welch wundervollen Anblick ein männliches Gemächt bot. Groß und steif stand sein Glied hervor, umschlossen von vor Erregung prall gefüllten Adern. Die Testikel darunter waren rund und fest, und das dunkle Haar, das sich auf seinem Unterleib krauste, brachte alles nur noch prächtiger zur Geltung. Sie schluckte schwer und musste erst einmal tief durchatmen.

„Genüge ich?“, fragte er leise und brach endlich das Schweigen. Ganz still hatte er dagestanden und ihr Zeit gelassen, ihn in aller Ruhe zu betrachten.

Sie sah auf und erwiderte seinen Blick. „Ich denke schon.“

Seine Brauen schossen in die Höhe. Gewiss hatte sie mit ihrer Äußerung seinen Mannesstolz verletzt. „Du *denkst*? Wenn Ihr Euch nicht sicher seid, Mylady, will ich Euch bei der Entscheidung gerne nachhelfen.“

Und im Nu war er bei ihr, ließ sie vor Anspannung zusammenzucken und das Bett unter seinem Ansturm erbeben. Auf allen vieren pirschte er sich heran wie ein wildes Tier, und als sie meinte, er würde sie küssen, senkte er stattdessen seinen Kopf über ihre linke Brust und saugte daran. Sie bäumte sich auf, und ein Seufzer entfuhr ihr. Nirgendwo sonst berührte er sie, nur dort. War es möglich, so viel an einem winzigen Stück Haut zu empfinden? Sie schlang ihre Arme um ihn und genoss, was ihr zuvor versagt geblieben war – ihn zu berühren. Die Wärme seiner Haut unter ihren Händen zu spüren, an den Wirbeln seines Rückens hinabzutasten, die breiten Schultern, an denen sich Muskeln spannten. Alles an ihm wollte sie spüren, sie wollte ihn riechen, wollte ihn schmecken und ihn in sich aufnehmen, bis sein Körper ihr ebenso vertraut war wie ihr eigener.

Er hob den Kopf, nahm den Blick jedoch nicht von ihren Brüsten. „Den ganzen Tag habe ich daran gedacht – an deine Brüste, die kleinen harten Knospen und was ich mit ihnen anstellen würde. Nur daran zu denken hat mich so hart werden lassen, dass ich kaum laufen konnte.“ Als er kurz zu ihr aufschaute, meinte sie beinah Ärger in seinen Augen zu sehen. „Jetzt weißt du, was du mir antust – zu einem kopflosen, begierigen Schwanz lässt du mich werden.“

Seine Worte ließen sie zusammenzucken. Wie krude und unverblümt von ihm, so etwas zu sagen!

Ihre kurze Bewegung ließ seine Nasenflügel erbeben, und sie verharrte reglos. „Halte sie für mich. Biete mir deine Brüste dar, damit ich an ihnen saugen kann, bis du schreist.“

Herrje! Sie durfte nicht zulassen, dass er so zu ihr sprach. Wenn sie ihm das erlaubte, würde er sich zu viel herausnehmen. Das durfte sie nicht zulassen. Zugleich spürte sie jedoch, wie seine bloßen Worte sie dahinschmelzen ließen. Sie wollte sich ihm darbieten. Sie wollte ihn an ihren Brüsten saugen lassen, bis sie schrie. Und so fasste sie mit den Händen unter ihre Brüste und hob sie an wie eine Opfergabe an einen primitiven Gott.

Ein kehliger Laut entfuhr ihm, ein Laut der Anerkennung, und dann stürzte er sich auf ihre Brüste. Knabberte und leckte daran, nahm die rosige Spitze sanft zwischen die Lippen, wechselte von einer Brust zur anderen, strich mit seinen rauen Bartstoppeln über ihre zarte Haut. Schließlich nahm er eine Spitze in den Mund, saugte daran und liebkoste derweil die andere mit den Fingern. Und diese beiden Lustpunkte bescherten ihr ein solches Vergnügen, dass sie sich keuchend aufbäumte. Es war zu viel. Sie ertrug es nicht länger.

Schaudernd erbebte sie, sah blendendes Licht hinter geschlossenen Augen und war am ganzen Leib von Wärme erfüllt. Ihre Hände glitten über seinen Rücken, fielen kraftlos herab, doch er leckte weiter, fuhr beschwichtigend mit seiner Zunge über ihre Brust, wo doch jede raue Berührung nur einen neuen Funken zündete. Schließlich spürte sie sanft seine Lippen auf ihrer Brust, als er die Knospe zärtlich küsste.

Sie öffnete die Augen und blickte direkt in die seinen. Sein Blick war eindringlich und verlangend.

„Länger kann ich nicht warten“, murmelte er und riss die Bettdecke von ihren Beinen.

Ungestüm schob er ihre Schenkel auseinander und ließ sich dazwischengleiten. Er fand zu ihr und drang in sie ein, bis er ganz in ihr versunken war. Sie schloss die Augen vor Wonne, und er stöhnte vor Lust, verharrte still und reglos in ihr.

Sie lächelte. Wie sollte sie auch nicht? Er fand solches Vergnügen an ihrem Leib, schien so wehrlos, so hilflos seinem Verlangen ausgeliefert, sich an ihr zu erfreuen. Als sie ihm die Hand an die Wange legte, öffnete er die Augen und sah sie an. Sein Blick traf sie bis ins Mark.

„Du lachst mich aus“, knurrte er.

Noch immer lächelnd schüttelte sie den Kopf, wollte ihm gerade erklären, was sie so freute, doch da stützte er sich auch schon auf beiden Armen über ihr auf und drückte sie mit seinen Hüften tief in die Matratze. Und dann begann er sich zu bewegen. Er zog sich zurück und fuhr wieder in sie, schnell und hart. Sie schloss die Augen und vergaß, was sie hatte sagen wollen. Es war ihr gleich, ob er beleidigt oder wütend auf sie war, solange er sich nur weiter so bewegte. Hart stieß er in sie vor, rieb sich an ihrem empfindsamen Fleisch, folgte unerbittlich seinem Ziel – sie beide zu beglücken.

„Genügt das?“, stieß er hervor.

Sie erwiderte nichts, verlor sich in einem Meer der Glückseligkeit.

Er stieß kräftig in sie und verharrte still. „*Genügt* Euch das, Mylady?“

Sie riss die Augen auf und funkelte ihn finster an. „Ja!“, schrie sie, packte seinen Hintern und versuchte, ihn wieder auf Trab zu bringen. „Ja, ja, ja! Nur *beweg* dich, verdammt!“

Und das tat er, mit einem kehligen Lachen zwar oder vielleicht auch einem Knurren – es ließ sich schwer sagen, denn mittlerweile hatte er die Augen wieder geschlossen. Und eigentlich war es ihr auch egal. Solange er sich nur bewegte. Nichts kümmerte sie mehr, außer seinen Leib in ihrem zu spüren, sein unermüdliches, ausdauerndes Stoßen, das ihr unerschöpfliche, andauernde Lust bescherte. Nie, nie, *niemals* sollte er damit aufhören.

Bis sie den Gipfel der Lust erreichte und Welle um Welle über ihr zusammenschlug. Sie spürte ihn mit einer Hand ihr Gesicht umfassen und öffnete gerade noch rechtzeitig die Augen, um zu sehen, wie er sich aufbäumte, seine Hüften an die ihren presste. Und dann sah sie Samuel Hartley erschauern, als er sich tief in ihr verströmte.

Er keuchte. So außer Atem war er nicht mal, wenn er rannte. Sie hatte ihn bis auf den letzten Tropfen ausgewrungen, und es fühlte sich herrlich an.

Erschöpft ließ Sam sich auf Emeline sinken, sorgsam darauf bedacht, sein Gewicht so weit wie möglich von ihr zu halten und sie doch ganz unter sich zu spüren. Ihre Brüste an seiner Brust, ihr Bauch unter dem seinen, ihre Beine um seine Knie geschlungen. Tief in ihm regte sich eine Stimme, die ihm sagte, dass er hier einem primitiven Drang folgte, die Frau – *seine* Frau – zu dominieren, und das war weder nett noch etwas, worauf man stolz zu sein brauchte. Doch dann drängte er den Gedanken beiseite, weil er zu müde zum Denken war. Außerdem fühlte es sich ganz herrlich an, so zu liegen.

Wenngleich vielleicht nicht für sie.

„Runter mit dir", nuschelte sie.

Nie zuvor hatte er die stets so anständige und auf beste Umgangsformen bedachte Lady Emeline nuscheln hören. Er war entzückt. „Erdrücke ich dich?"

„Nein." Als sie daraufhin eine ganze Weile schwieg, dachte er schon, sie wäre eingeschlafen. Doch dann sprach sie weiter. „Aber du solltest dich trotzdem von mir heben."

„Warum?“ Er hatte seinen Kopf neben den ihren aufs Kissen gelegt und genoss es, von Angesicht zu Angesicht mit ihr zu liegen und jede ihrer Gefühlsregungen zu beobachten.

Ohne die Augen zu öffnen krauste sie die Nase. „Weil es ein Gebot der Höflichkeit ist.“

„Ah ja. Aber ich liege so ungemein behaglich, weshalb mich das Gebot der Höflichkeit herzlich wenig kümmert.“

Jäh schlug sie die Augen auf und bedachte ihn mit einem ihrer finsteren Blicke, von denen er gar nicht genug bekommen konnte. Nicht dass er ihr das jemals sagen würde, aber er fand ihren Zorn ungemein erregend.

„Und meine Behaglichkeit zählt überhaupt nicht?“, fragte sie mit strenger Stimme.

„Nein“, ließ er sie liebenswürdig wissen. „Die zählt überhaupt nicht.“

Worauf sie nichts erwiderte und nur wenig elegant schnaubte. Auch das entzückte ihn. Wie schön, sie sprachlos gemacht zu haben, dachte er lächelnd.

Nachdem sie die Augen wieder geschlossen hatte, sagte sie schläfrig: „Du bist dir deiner Sache wohl ziemlich sicher.“

„Das bin ich. Was daran liegen könnte …“, er beugte sich vor, um sie auf die Wange zu küssen und ihr dann leise ins Ohr zu flüstern, „… dass mein Schwanz sehr behaglich in deinen Schoß gebettet ist.“

„Wie selbstzufrieden du bist“, nuschelte sie.

„Ja, genauso wie du.“

Sie grunzte leise. „Schlaf jetzt, eitler Mann.“

Er lächelte still und zog die Bettdecke über sie beide. Und dann, noch immer innig mit ihr verbunden, tat er wie ihm geheißen und überließ sich dem Schlaf.

Früh am Morgen wachte Emeline mit einem Schlag auf. Sofort wusste sie, dass sie die Nacht in Samuels Zimmer verbracht hatte. Noch immer lag er neben ihr. Oder genauer gesagt – sie wackelte vorsichtig mit den Hüften –, er lag noch immer *in* ihr. Was ein diskretes Verschwinden ziemlich erschweren dürfte.

Sie betrachtete ihn. Bäuchlings lag er da, das Gesicht ihr zugewandt. Seine Hüften lagen auf den ihren, aber ihr Oberkörper war unbeschwert, bis auf einen Arm, den er besitzergreifend über ihre Brust geworfen hatte. Die Falten um seinen Mund hatten sich geglättet, und er sah jung aus, das braune Haar jungenhaft zerzaust. Ob er so wohl vor dem Krieg ausgesehen hatte?

Er schlug die Augen auf, und sie konnte an seinem dunklen Blick ablesen, wie er langsam zu sich kam und sich ihrer bewusst wurde. Schweigend betrachtete er ihr Gesicht. Es war wie gesagt früh am Morgen, sie war gerade erst aufgewacht und sah wahrscheinlich ganz fürchterlich aus, doch sie konnte sich einfach nicht abwenden. Sie ließ seinen forschenden Blick über sich ergehen, der ihr noch inniger, vertraulicher schien als gestern, da er ihren nackten Körper betrachtet hatte. Was er wohl sah, wenn er sie anschaute? Sie wusste es beim besten Willen nicht zu sagen, und zu jeder anderen Zeit hätte sie sich für ihre Unsicherheit, ihre Verletzlichkeit gescholten. Doch nun, in der fahlen Morgendämmerung, die zögerlich das Zimmer erhellte, wollte sie den Augenblick nicht zerstören.

Er hob die Hand, umfasste ihren Kopf und wandte nicht einen Moment den Blick von ihr, während er sich ihr langsam näherte. Erst als er ihr ganz nah war, schloss er die Augen. Und dann küsste er sie. Sein Mund war weicher am Morgen, träge und entspannt. Er öffnete ihn über dem ihren, machte aber keinen Vorstoß mit seiner Zunge. Ausgiebig küsste er sie, doch mit Gemach, bewegte seine Lippen langsam und sinnlich auf den ihren. Seine kratzigen Bartstoppeln boten einen prickelnden Kontrast zu seinen weichen Lippen. Er schien es nicht eilig zu haben, obwohl sie spürte, wie er sich bereits wieder in ihr regte.

Ohne den Kuss zu unterbrechen, stützte er sich auf die Ellenbogen, umfing mit beiden Händen ihr Gesicht. Hart und männlich, beschützend und besitzergreifend hielt er sie umfangen. Nie hatte sie sich so geborgen, nie so begehrt gefühlt. Er hatte ihre Beine weiter auseinandergeschoben und sich fester an sie gedrängt. Sein Brusthaar kitzelte ihre Brüste. Es war alles so furchtbar innig und vertraut. Sie war sich nicht sicher, ob sie das ertragen konnte, diese Nähe. Wie schutzlos fühlte sie sich, als enthülle sie ihm Dinge, die sie lieber verborgen hielt. Doch die Magie dieses Augenblicks bannte sie, hielt sie gefangen, verführt von ihm und ihrem eigenen Verlangen.

Er ließ seine Hand von ihrem Gesicht abwärts wandern zu ihrem Hals, streichelte ihre Schulter und ihre Seite, verharrte an der Hüfte, scheinbar abgelenkt von ihrem Kuss. Mittlerweile hatte er in ihren Mund gefunden, und sie saugte an seiner Zunge. Doch dann wanderte seine Hand weiter, strich über ihren Schenkel, umfasste ihr Knie, zog es sich hoch über die Hüfte und eng an sich.

Sie keuchte in seinen Mund. So, wie er sie hielt, war sie offen und verletzlich, und wenn er sich an sie drängte, wie er es gerade tat, konnte sie ihn der ganzen Länge nach spüren. Sie wusste wirklich nicht, ob ihr das gefallen sollte, dieses gemächliche, überaus *gründliche* Liebesspiel. Ihr war, als entblöße er ihre Seele – aber vielleicht war das ja keineswegs seine Absicht, und sie bildete es sich nur ein. Wahrscheinlich war er sich nicht einmal bewusst, was er ihr gerade antat. Doch just in dem Augenblick, da sie ihn von sich stoßen wollte, betörte er sie mit einem sicheren Schwung seiner Hüften, und es war um sie geschehen. Er hob seinen Kopf, um sie ansehen zu können, als er sich langsam in ihrem bloß liegenden Schoß bewegte. Wie impertinent, sie dabei zu beobachten! Wusste er denn nicht, dass sich das einfach nicht gehörte? Dass alles, was hier geschah, nur eine flüchtige Freude des Fleisches war und nicht mehr?

Nicht mehr …

Doch als er sich abermals an sie drängte, sie ihn hart und beharrlich in sich spürte, fühlte es sich nicht mehr nur wie ein körperlicher Akt an. Es war mehr. Viel mehr. Panik stieg in ihr auf. Es war alles zu viel, sein Gewicht auf ihr, ihre Gefühle, die sie plötzlich überwältigten. Sie versuchte, den Kopf abzuwenden, reckte die Arme, um ihn von sich zu stoßen, doch er fing sie rasch und mühelos ab, schloss seine Hände um ihre Handgelenke und drückte sie zu beiden Seiten ihres Kopfes aufs Kissen.

Ohnmacht und Wut ließen sie aufschluchzen. Vor allem war sie wütend auf sich, weil sie ihm ihre tiefsten, innersten Gefühle offenbarte. „Hör auf!“

Bedächtig schüttelte er den Kopf, drängte sich erneut an sie, ließ ihren Körper unter dem seinen aufblühen, empfänglich für alle Empfindungen, die er sie fühlen ließ. Kurz senkten sich seine Lider, als wäre auch er überwältigt, doch dann öffnete er sie wieder und sah sie an. „Nein.“

Er beugte sich über sie und leckte ihr den Schweiß von der Stirn. Sie spürte die raue Berührung seiner Zunge auf ihrer Haut, zugleich den Druck seines Schafts in ihr, als er seine Hüften höher schob und haargenau jenen Punkt traf, an dem sie ihm niemals würde widerstehen können. Dann zog er sich ein wenig aus ihr zurück, aber die Reibung, die er ihr so verursachte, war gar noch köstlicher, und fuhr wieder in sie, fuhr in sie und über ihr gereiztes, empfindsames Fleisch, bis sie nicht länger an sich halten konnte.

Sie barst. Alle Zweifel, Geheimnisse, Sorgen und Hoffnungen, die sie sorgsam in sich bewahrt hatten, stoben auseinander und flogen hinaus, hinaus in die kühle Morgenluft und zu ihm.

Zu ihm.

Und als sie wieder aufschaute, sah sie gerade noch, wie er die Zähne zusammenbiss und zitternd erbebte, ebenso überwältigt wie sie, als er sich heiß in ihr verströmte.

Als Emeline später am Morgen die Teetasse an ihre Lippen hob, zitterte ihre Hand. Sie tadelte sich für dieses offensichtliche Anzeichen ihres inneren Aufruhrs und gebot ihren Fingern, augenblicklich mit dem Zittern aufzuhören. Unauffällig sah sie sich im Frühstückszimmer um. Außer ihr dürfte es wohl niemand bemerkt haben. Außer vielleicht Melisande, die ihr an dem kleinen runden Tisch gegenübersaß und sie mit einem Blick bedachte, dem nichts zu entgehen schien. Empfindsamkeit war etwas, das nur bedingt an einer Freundin zu schätzen war, brachte es einem doch nichts als unangenehme Fragen und zutiefst mitfühlende Blicke ein.

Betont wandte Emeline sich von ihrer besten Freundin ab – der besten, die man sich eigentlich nur wünschen konnte – und versuchte, an etwas anderes zu denken als an das überwältigende Liebesglück, das sie just heute Morgen erst erfahren hatte. Und in der Nacht zuvor. Und am Morgen zuvor. Prüfend betrachtete sie ihre Tasse, die sie jetzt wieder völlig ruhig hielt. Sie nickte still und zufrieden. Vielleicht ließ ein Übermaß körperlicher Erfüllung ja ihren Geist schwinden. Das würde zumindest erklären, warum sie an nichts anderes mehr denken konnte. Gesund konnte es gewiss nicht sein, beständig an einen Mann zu denken, nach ihm zu gelüsten, fiebrig zu schmachten und zu fantasieren von seinen langen Beinen, seiner breiten Brust und seiner unglaublich beglückenden Männlichkeit. Emeline hüstelte in ihren Tee und schaute schuldbewusst zu Melisande hinüber.

Die daraufhin sagte: „Ich habe den Titel des ersten Märchens aus dem Buch übersetzt, das du mir gegeben hast. Er lautet *Eisenherz.*"

„Oh, wirklich?" Einen Augenblick war Emeline froh, auf andere Gedanken gebracht zu werden. *Eisenherz.* An dieses Märchen konnte sie sich noch erinnern. Es handelte von einem Mann, der tapfer, stark und stetig war. Ein guter, aufrichtiger Mann. Ein Mann wie Samuel, kam es ihr sofort in den Sinn. Welch seltsamer Zufall.

Melisande räusperte sich. „Lord Vale hat gestern Abend nach dir gefragt."

Beinah hätte Emeline ihren Tee verschüttet. Hastig stellte sie die Tasse ab. Wie es aussah, war sie nicht für heimliche Affären geschaffen. Ihre Nerven waren ja jetzt schon bis zum Zerreißen gespannt. „Was hast du ihm gesagt?"

Melisande hob ihre mausbraunen Brauen. „Nichts natürlich. Mich nimmt er ohnehin nicht wahr."

Diese zynische Selbsteinschätzung ihrer Freundin lenkte Emeline von ihren eigenen Sorgen ab. „Unsinn. Natürlich nimmt er dich wahr."

„Er weiß nicht mal, wie ich heiße."

„Wie bitte?"

Ohne dass eine Spur von Selbstmitleid in ihren braunen Augen gewesen wäre, nickte Melisande. „Er hat nicht die *geringste* Ahnung, wer ich bin."

Emeline schaute zu ihrem Verlobten hinüber, der inmitten einer Schar junger Damen saß. Mit großen Gesten erzählte er mal wieder eine seiner zahllosen Geschichten und hätte mit der rechten Hand fast der jungen Dame, die ihm am nächsten saß, das kleine Hütchen vom Kopf gefegt. Gerade wollte sie Melisande abermals versichern, dass sie Unsinn rede, als ihr mit einem Schlag bewusst wurde, dass Jasper wahrscheinlich wirklich nicht den blassesten Schimmer hatte, wie Melisande hieß. Seine Aufmerksamkeit galt seit jeher den schönsten der schönen jungen Damen ihres Kreises. Vielleicht war ja auch nichts anderes zu erwarten. Männer konnten in dieser Hinsicht erschreckend oberflächlich und mehr am Aussehen einer Dame interessiert sein als an ihrem Verstand oder ihren Gefühlen. Zumindest die meisten Männer. Samuel saß am entgegengesetzten Ende des Raums, flankiert von seiner Schwester und Mrs Ives – einer eher unscheinbaren Dame im fortgeschrittenen Alter. Als die alte Dame etwas zu ihm sagte, neigte er sich ihr interessiert zu, doch kaum dass sie in seine Richtung geschaut hatte, fing er auch schon ihren Blick auf.

Rasch sah Emeline beiseite, spürte aber dennoch, wie ihr das Blut heiß in die Wangen stieg. Zum Teufel mit diesem

Mann. War es denn nicht genug, dass er sich ihres Körpers auf eine Weise bemächtigt hatte, dass ihr heute Morgen alles auf furchtbar köstliche Weise schmerzte? Musste er jetzt auch noch ihre Gedanken vereinnahmen?

„Ich will hoffen, dass du Vorkehrungen getroffen hast", sagte Melisande auf einmal.

„Was?", fragte Emeline etwas zu scharf.

Ihre Freundin schaute sie so verständnisvoll an, als wisse sie ganz genau, dass Emeline in Gedanken anderswo war. „Ich sagte gerade, ich hoffe, dass du letzte Nacht Vorkehrungen getroffen hast."

Noch immer verständnislos schaute Emeline sie an. „Was für Vorkehrungen?"

„Um kein Kind ..."

Emeline verschluckte sich.

„Alles in Ordnung?", fragte ihre Freundin so unschuldig, als hätte sie nicht eben eine Bombe platzen lassen.

Emeline winkte ab und trank einen Schluck Tee. Kurz erwog sie abzustreiten, dass sie die Nacht mit Samuel verbracht hatte, aber dazu war es nun vielleicht ein bisschen zu spät. Weshalb sie sich drängenderen Fragen zuwandte. „So. Was meintest du gerade? Wie ... wie ...?" Sie wusste nicht weiter.

Tadelnd schaute Melisande sie an. „Ich fasse es nicht, wie du dich auf eine Affäre einlassen kannst, ohne die nötigen Maßnahmen zu ergreifen. Es gibt Schwämme, die man ..."

„Woher weißt *du* denn über so etwas Bescheid?", unterbrach Emeline sie ehrlich verwundert. Immerhin war Melisande nicht verheiratet und somit vermutlich noch unberührt.

„Aus Büchern", beschied Melisande knapp.

Emeline sah sie mit großen Augen an. „Bücher über ..."

„Ja."

„Du liebe Güte."

„Pass jetzt lieber auf", sagte Melisande streng. „Hast du entsprechende Maßnahmen getroffen oder nicht?"

„Dazu dürfte es jetzt zu spät sein", murmelte Emeline.

Verstohlen tastete sie nach ihrem von feinem Spitzenstoff bedeckten Bauch und zog die Hand rasch zurück, als sie sich ihrer Geste gewahr wurde. Wie hatte sie das nur vergessen können? Das war unverzeihlich, selbst in der Hitze der Leidenschaft. Ein Kind zu erwarten wäre ein Problem, das sie sich schlichtweg nicht leisten konnte. Jasper war zwar sehr abgeklärt, aber kein Mann sähe gern das Kind eines anderen als seinen Erben. Wenn sie also ein Kind erwartete, würde sie Samuel heiraten müssen. Bei dem bloßen Gedanken wurde ihr ganz flau zumute. Würde sie mit diesem Mann zusammenleben, gäbe es keine Ausflüchte mehr. Sie war für ihn wie ein offenes Buch, all ihre Gefühle, ihre schlechtesten Eigenarten lagen ausgebreitet vor ihm. Er durchschaute sie. Er sah sie – sah, wie sie wirklich war, wie kein anderer Mann sie je zuvor gesehen hatte, und das missfiel ihr. Er würde Gefühle von ihr einfordern, die sie gar nicht fühlen wollte. Er würde es nicht zulassen, dass sie sich hinter ihrer eleganten Fassade verbarg.

Ihr Entsetzen musste ihr im Gesicht gestanden haben, denn Melisande beugte sich vor und legte ihre Hand auf die ihre. „Ganz ruhig. Noch ist es zu früh, sich Sorgen zu machen. Vielleicht besteht ja überhaupt kein Anlass zur Sorge. Es sei denn …", sie runzelte die Stirn, „… die Affäre zieht sich schon länger hin, als ich weiß."

„Nein", sagte Emeline kläglich. „Oh nein. Es war nur …" Doch sie konnte den Gedanken nicht zu Ende bringen. Was musste Melisande nur von ihr denken? Dass sie sich mit einem Mann, den sie erst kurze Zeit kannte, auf einer Hausgesellschaft vergnügte, der auch ihr Verlobter beiwohnte? Wie beschämend!

Ihre Freundin tätschelte ihr die Hand. „Dann mach dir keine Sorgen. Genieße einfach die schönen Tage – und vergiss nicht, Vorkehrungen zu treffen, wenn du das nächste Mal zu ihm gehst."

„Natürlich. Aber sei unbesorgt." Emeline holte tief Luft, um sich zu beruhigen. „Ich werde ihn keines Blickes mehr würdigen, geschweige denn, dass ich …" Ungeduldig winkte sie ab und straffte die Schultern. „Ich werde ihm einfach aus dem Weg gehen. Es wird kein nächstes Mal mehr geben."

„Hmmm", machte Melisande und schien wenig überzeugt.

Und Emeline konnte es ihrer Freundin nicht verdenken. Sosehr sie sich auch bemüht hatte, so hatte sie selbst alles andere als überzeugt geklungen. Wider ihren Willen und wider besseres Wissen schweifte ihr Blick wieder hinüber zu Samuel. Er beobachtete sie aus schmalen Augen. Jedem anderen mochte seine Miene gleichgültig erscheinen. Aber nicht ihr. Sie sah die Lust in seinen Augen, den Jagdinstinkt und die Gewissheit seiner eigenen Stärke. Dieser Mann würde sie nicht kampflos aufgeben.

Oh Gott, in was hatte sie sich da nur hineingeritten?

14. KAPITEL

Erst im Morgengrauen kam Eisenherz wieder zu sich. Nun war es nur noch einen Tag hin, bis er von seinem Schweigen erlöst werden sollte. Der Schrei einer Frau hatte ihn geweckt. Die Amme stand an der Tür der verwüsteten Kammer und schrie und schrie. Das Mobiliar lag in Trümmern, die Wände waren mit dunkelrotem Blut besudelt, und – schlimmer noch – sein Kind war verschwunden. Bald schon wimmelte es von Schlossgesinde: Wachen, Diener, Köche, Kammerfrauen eilten herbei. Alle standen sie da und starrten Eisenherz an, wie er blutüberströmt in der Kammer lag, in der einst sein Sohn geschlafen hatte. Doch wie schwer wurde ihm erst ums Herz, als Prinzessin Sonnentrost sich durch die Menge drängte und er den unaussprechlichen Kummer in ihren Augen sah, als sie ihren Gatten inmitten des Grauens erblickte …
Eisenherz

Sie ging ihm aus dem Weg. So viel war Sam schon mal klar, als er und Emeline am nächsten Tag einen seltsam verstohlenen Tanz aufführten. Sowie er einen Raum betrat, wandte sie sich ab und zeigte ihm die kalte Schulter. Langsam, beiläufig gar, versuchte er sich ihr zu nähern, doch noch ehe er bei ihr angelangt war, entschuldigte sie sich und verließ fast fluchtartig den Raum. Wieder und wieder spielten sie dieses Spiel, und mit jedem Mal bereitete es ihm mehr Verdruss. So sehr, dass es ihm mittlerweile gleich war, ob seine Annäherungsversuche von den anderen Gästen bemerkt würden. Sein Augenmerk war einzig darauf gerichtet, sie abzufangen. Und jedes Mal, da sie ihm erneut entwischte, festigte er seinen Entschluss nur umso mehr.

Am späten Vormittag hatten sie sich in der Bibliothek eingefunden, denn wegen des anhaltenden Regens war die Hausgesellschaft auch heute wieder ans Haus gefesselt. Sam hielt sich zurück, wartete in sicherer Entfernung ab und wollte dann bei der ersten sich bietenden Gelegenheit zuschlagen. Emeline saß mit ihrer Freundin Miss Fleming beisammen. Neben Emelines dunkler Schönheit verblasste ihre Freundin ein wenig, doch ihm war schon aufgefallen, dass ihrem scharfen Blick nicht eine seiner Bewegungen entging. Entweder hatte Emeline ihre Freundin eingeweiht, oder sie war selbst dahintergekommen. Aber da mochte Miss Fleming noch so ein guter Wachhund sein, er würde sie nicht zwischen sich und seine Beute kommen lassen.

Der bloße Gedanke ließ Sam gequält das Gesicht verziehen, und er musste sich abwenden. Noch nie hatte eine Frau bei ihm solch primitive, unbeherrschte Gefühle geweckt. Er merkte, wie er die Kontrolle über die Situation verlor – vielleicht längst alle Selbstbeherrschung verloren hatte –, und doch konnte er nicht anders. Er wollte sie. Ihre Zurückweisung fühlte sich an wie Eis, das einem zu lange auf die bloße Haut gedrückt wurde. Schmerzlich. Unerträglich. Sie hatte sich von ihm lieben lassen, hatte sich ihm hingegeben. Nun konnte sie sich ihm nicht einfach entziehen. Und das war nur das eine. Darunter tat sich eine Verletzung auf, die er sich kaum eingestehen wollte. Sie hatte ihn zutiefst verletzt, sowohl seinen Stolz als auch etwas seinem Wesen ganz Ursächliches. Eine Qual war es, diese Verletzung, eine Qual, der er ein Ende setzen musste.

Er brauchte sie.

„Gehst du nicht zum Kartenspiel?“, fragte Rebecca neben ihm. Er hatte sie gar nicht kommen hören.

„Nein“, sagte er abwesend.

„Dann solltest du aber zumindest aufhören, Lady Emeline anzustarren wie ein Hund, der nach einem leckeren Knochen lechzt.“

„Tue ich das?“

„Ja, tust du“, seufzte sie. „Fehlt nur noch, dass du gleich zu sabbern anfängst. Schön ist das nicht.“

Er drehte sich zu ihr um und schaute sie fragend an. „Ist es so offensichtlich?“

„Für andere vielleicht nicht. Aber ich bin deine Schwester. Ich merke so etwas.“

„Ja, das tust du.“ Er betrachtete sie nachdenklich. In ihrem gelben Kleid schien sie geradezu zu strahlen. Auf einmal ging ihm auf, dass seine Schwester wohl eine der schönsten jungen Damen dieser Hausgesellschaft war. „Gefällt es dir hier eigentlich? Ich hatte ganz vergessen, dich zu fragen.“

„Ja, doch. Es ist … interessant.“ Sie schlug die Augen nieder, wich seinem Blick aus. „Zuerst hatte ich Angst, dass niemand mit mir reden würde, aber dem ist nicht so. Die anderen Damen sind sehr nett zu mir. Zumindest die meisten.“

Er runzelte die Stirn. „Wer ist denn nicht nett zu dir?“

Ungeduldig winkte sie ab. „Niemand, nicht so wichtig. Mach dir deswegen keine Gedanken.“

„Ich bin dein Bruder. Es ist praktisch meine Pflicht, mir deinetwegen Gedanken zu machen“, versuchte er zu scherzen.

Doch seine Worte schienen nicht gut anzukommen, denn sie lächelte nicht, sondern betrachtete ihn nur mit fragendem Blick.

Er holte tief Luft und machte einen neuen Anlauf. „Mir ist aufgefallen, dass du häufig in Gesellschaft von Mr Green warst.“

„Ja …“, erwiderte Rebecca zögerlich und warf besagtem Gentleman einen verstohlenen Blick zu. Mr Green saß drüben am Kartentisch.

Aber natürlich! Samuel kam sich wie ein Idiot vor. Rebecca hatte ihn gefragt, ob er nicht mitspielen wolle. Wahrscheinlich suchte sie nach einem Vorwand, in Mr Greens Nähe zu sein. Lächelnd sah er sie an und reichte ihr seinen Arm. „Wollen wir Karten spielen gehen?“

Irritiert sah sie ihn an. „Ich dachte, du möchtest nicht spielen?“

„Vielleicht habe ich es mir ja anders überlegt.“

Sie seufzte, als hätte er etwas unglaublich Dummes gesagt. „Samuel, du *willst* doch überhaupt nicht Karten spielen."

„Ja, aber ich dachte, *du* würdest spielen wollen", erwiderte er vorsichtig. Er kam sich vor, als suche er einen Pfad in dichtem Dickicht.

„Das wollte ich auch, aber nicht aus dem Grund, an den du denkst. Hast du Mr Greens Lachen gehört?"

„Ja."

„Eben", sagte sie, als wäre die Sache damit geklärt. Sie verschränkte die Hände vor dem Bauch, als wappne sie sich für etwas. „Ich hörte, dass Mr Craddock schon tot war, als ihr ihn befragen wolltet."

Argwöhnisch sah er sie an. „Stimmt."

„Das tut mir leid. Seine Witwe konnte euch vermutlich nicht weiterhelfen?"

„Nein. Wir werden mit unseren Ermittlungen warten müssen, bis wir wieder in London sind." Und dann würde er sich Thornton vorknöpfen. Über Rebeccas Schulter sah er, wie Emeline aufstand und aus der Bibliothek schlenderte. Verdammt! „Entschuldige mich bitte."

„Ah, wahrscheinlich ist sie wieder geflüchtet", sagte Rebecca, ohne sich auch nur umzudrehen.

Er beugte sich über sie, streifte mit den Lippen ihre Schläfen und meinte: „Für eine kleine Schwester bekommst du ganz schön viel mit."

„Ja, ich dich auch", murmelte sie.

Verdutzt hielt er inne und sah sie an. Sie war jetzt eine erwachsene Frau, seine kleine Schwester, und er verstand sie nicht immer, aber natürlich liebte er sie. Grinsend erwiderte er ihren besorgten Blick.

Und dann war er auch schon zur Tür hinaus und machte sich auf die Jagd.

Das hatte man davon, wenn man mit einem unkultivierten Kolonisten eine *affaire de cœur* unterhielt: Er verstand offensichtlich nicht, wann das Ganze vorbei war.

Nach einem kurzen Blick über die Schulter flüchtete Emeline in einen der schmalen, dunklen Gesindeflure. Obwohl nichts von dem verflixten Mann zu sehen war, spürte sie, dass er ihr auf den Fersen war. Jeder andere Gentleman – *Gentleman*, wohlgemerkt! – hätte längst begriffen, dass man ihm den Laufpass gegeben hatte. Den ganzen Morgen war sie sorgsam darauf bedacht gewesen, ihn nicht anzuschauen, kein einziges Wort mit ihm zu wechseln. Sie hatte ihn geschnitten, als ob er gar nicht existiere, doch Samuel hatte einfach nicht aufgegeben. Das Schlimmste aber war, dass sie seine Beharrlichkeit in gewisser Weise erregend fand. Was musste er sie begehren, um ihr derart nachzustellen! Das schmeichelte ihr natürlich.

Auf sehr enervierende Weise, versteht sich.

Emeline bog um eine Ecke und hatte längst keine Ahnung mehr, wo sie sich eigentlich befand, als auf einmal eine Hand aus dem Dunkel schoss und sie packte. Emeline schrie auf. Es war Samuel, natürlich. Ehe sie sich's versah, hatte er sie hinter einen staubigen Vorhang gezerrt, hinter dem sich ein kleiner Alkoven befand, der allem Anschein nach als Vorratsraum diente – so genau konnte sie das nicht erkennen, aber an der Wand standen ein paar Fässer gestapelt. Ziemlich eng war es hier, weshalb sie sich dicht an ihn gedrängt fand, was sie abermals erschrocken aufschreien ließ.

„Schsch", murmelte er in höchst provozierender Manier an ihrem Haar, „nicht so laut."

„Mich hätte fast der Schlag getroffen", empörte sie sich. Nachdem es ohne erkennbare Wirkung geblieben war, sah sie davon ab, auf seine Brust einzuschlagen und ihn von sich stoßen zu wollen, ließ die Hände sinken und sah ihn finster an. „Was soll das denn?"

„Ich wollte mit dir reden", sagte er leise. Seine Stimme klang eindringlich, ein wenig rau gar, und selbst durch alle sie trennenden Stoffschichten hindurch blieb ihr nicht verborgen, dass er recht erregt war. Geradezu gequält klang er. Eine kleine, keineswegs nette Stimme in ihr triumphierte. „Du hast es mir nicht gerade leicht gemacht“, sagte er.

„Ja, weil ich nicht mit dir reden wollte“, klärte sie ihn auf und wagte wider besseres Wissen einen erneuten Versuch, ihn von sich zu stoßen, aber er rührte sich nicht einen Deut von der Stelle.

„Du kratzbürstiges kleines Biest“, sagte er.

„Ich will dich nicht mehr sehen. Ich will auch nicht mit dir reden.“ Ihr Verdruss nahm überhand, und sie hieb ihm doch noch einmal kräftig gegen die Brust. „Lass mich los!“

„Nein.“

„Wir können so nicht weitermachen.“ Sie straffte das Kinn und sprach mit kalter, klarer Stimme. „Wir hatten ein paar vergnügliche Stunden, aber nun ist es vorbei.“

„Das sehe ich anders.“

„Es war nichts weiter als eine kleine Affäre auf dem Lande. Bald werden wir in die Stadt zurückkehren, und alles wird sein wie zuvor. Du wirst darüber hinwegkommen.“

„Hast du damit oft Erfolg?“ Ihre harschen Worte schienen ihn völlig kalt zu lassen. Ja, plötzlich klang er geradezu belustigt.

„Womit?“, fragte sie irritiert.

„Lassen andere Männer sich so von dir herumkommandieren?“ Obwohl er leise sprach, klang seine Stimme ihr in dem schummerigen, beengten Alkoven laut in den Ohren. „Wahrscheinlich schon. Wenn deine spitze Zunge sie trifft, ziehen sie bestimmt den Schwanz ein, schleichen still davon und lecken ihre Wunden.“

„Du bist unmöglich!“

„Und du bist ein kleines, verwöhntes Kind, das stets seinen Willen bekommen will.“

„Bin ich nicht.“ Sie lehnte sich zurück und versuchte, im Dunkeln sein Gesicht auszumachen. „Du weißt *gar nichts* über mich.“

Auf einmal herrschte Schweigen.

Als er schließlich sprach, war seine Stimme ernst und klang in der Dunkelheit des Alkovens furchtbar vertraulich. „Ich weiß, dass du eine spitze Zunge und einen scharfen Verstand hast, der nicht immer nette Dinge denkt. Ich weiß auch, dass du das zu verbergen suchst und gern so tust, als wärst du wie die anderen eleganten Damen – ein köstliches, kleines Baiser: zuckersüß und nichts als Luft."

„Eine Dame sollte süß und köstlich und nichts als Luft sein", flüsterte sie gereizt zurück. Schrecklich, dass er all das über sie wusste. Schlimmer noch als die Intimitäten, die man einander beim Liebesspiel enthüllte. Meist gelang es ihr, die Fassade zu wahren – zumindest hoffte sie, dass es ihr gelang. Eine Dame sollte lieblich und süß und ein bisschen arglos sein, kein spitzzüngiges Geschöpf, dem beständig kleine Bosheiten durch den Kopf gingen. Sie wusste selbst, dass sie zu stark, zu selbstständig, zu *männlich* war. Wahrscheinlich stieß ihn das ab.

„Gibt es denn auch Regeln dafür, wie eine Dame sein sollte?", flüsterte er an ihrer Schläfe. „Was man in diesem Land nicht alles beachten muss. Wie erträgst du das nur?"

„Ich …"

„Ich mache mir nichts aus Süßem." Spürte sie da etwa seine Zunge in ihrem Ohr? „Ich mag Saures. Ich mag das scharfe Prickeln im Mund, wenn man in einen grünen, zu früh gepflückten Apfel beißt."

„Von grünen Äpfeln bekommt man Bauchweh", murmelte sie an seiner Brust. Sie spürte, wie es ihr die Kehle zuschnürte, als sei sie den Tränen nah. Wie konnte er es wagen, sie so wehrlos zu machen? Einfach so ihre Grenzen niederzutrampeln? Ihre Fassade einzureißen, als wäre sie aus Pappmaschee.

Er lachte, und sie spürte das leise Beben seiner Brust bis hinab in die Zehenspitzen. „Ich bekomme davon kein Bauchweh. Außerdem kann man mit ihnen den besten Apfelkuchen backen. Andere Äpfel sind zu süß, werden fades, weiches Mus, wenn man sie kocht. Aber ein grüner Apfel …“, seine Hand stahl sich zu ihren Röcken und begann sie zu raffen, „… ein grüner Apfel blüht dann erst so richtig auf. Heiß und köstlich, genau nach meinem Geschmack.“

Er senkte seinen Mund auf ihren, und wieder war es um sie geschehen. Sein Geschmack war berauschend. Sie mochte sauer für ihn sein, doch er war für sie wie schwarzer Kaffee – dunkel, süß, stark … und so männlich. Keuchend öffnete sie ihm ihren Mund, dürstete geradezu nach ihm. Dies würde das letzte Mal sein, ganz gewiss. Dann musste es mit diesem Wahnsinn endlich ein Ende haben. Doch jetzt … Jetzt drängte sie den Gedanken weit fort und ließ sich treiben im Meer ihrer Empfindungen, spürte seine Arme um sich, seine Zunge in ihrem Mund, seinen starken Körper.

Draußen im Flur erklangen schlurfende Schritte. Emeline riss sich los und würde wohl einen erschrockenen Laut ausgestoßen haben, wenn Samuel ihr nicht rasch den Mund zugehalten hätte.

„Hat sie jetzt völlig den Verstand verloren?“, brummelte eine grantige Stimme auf der anderen Seite des Vorhangs. „In der Eingangshalle Tennis spielen! Zapperlott, wo kommen wir denn da hin?“

Dort, wo der Vorhang zwei Handbreit über dem Boden endete, sah Emeline ein großes Paar Schnallenschuhe auftauchen. In stummem Entsetzen schaute sie Samuel an. Doch der hielt ihr noch immer den Mund zu und schien eher belustigt, als er ihren Blick erwiderte. Grässlicher Mann! Finster funkelte sie ihn an. Hätte sie ihn schlagen können, ohne den Diener dort draußen auf sich aufmerksam zu machen, würde sie es getan haben.

„Viel zu tun haben sie ja nich’ hier draußen“, ließ sich nun ein zweiter Diener vernehmen. Seine Stimme war heller, fast fistelig, und er sprach etwas verwaschen, als hätte er getrunken. „Die feinen Herrschaften wollen sich eben vergnügen.“

„Aber Tennis?“, empörte sich der erste Diener. „Noch dazu

im Haus? Warum können sie nicht einfach Karten spielen oder würfeln oder weiß der Teufel was machen?"

„Würfeln? Sei doch nicht blöd, Mann. Feine Herrschaften würfeln nicht."

„Warum denn nicht? Los, sag schon, was ist denn am Würfeln so schlimm?"

Emeline spürte Samuel vor unterdrücktem Lachen erbeben. Ihr war ja wirklich schleierhaft, was daran so lustig sein sollte. Die Angst, entdeckt zu werden, lähmte sie schier. Wütend schaute sie ihn an und bohrte ihm ihren Absatz in seine Mokassins. Kurz hatte es den Anschein, als verlöre er endgültig die Beherrschung. Statt ihn zur Ernüchterung zu bringen, schien es ihn nur noch mehr zu belustigen, dass sie seinen Fuß malträtierte. Seine Augen funkelten vergnügt. Stumm starrte sie ihn an, und dann nahm er seine Hand von ihren Lippen und senkte stattdessen seinen Mund darauf. Tief und innig küsste er sie, sehr ausgiebig und absolut lautlos.

Von jenseits des Vorhangs erklang ein Seufzen. „Hast du noch was von dem guten Tabak?"

„Hab ich, hier."

„Danke."

Oh, Gott, auch das noch! Jetzt machten die es sich hier gemütlich und rauchten erst mal ein Pfeifchen! Der Gedanke erfüllte Emeline mit Entsetzen, doch als Samuel seine Zunge in ihren Mund stieß, mischte sich Entzücken mit Entsetzen und ließ beides ungeahnte Höhen erklimmen. Samuel machte sich unvermindert an ihren Röcken zu schaffen, schob sie verstohlen immer weiter hoch. Das leise Rascheln des Stoffs ließ sie erstarren, so laut schien es ihr im Dunkel des Alkovens.

Draußen vor dem Vorhang hustete einer der Männer. Mittlerweile roch es ziemlich durchdringend nach würzigem Tabak. Wahrscheinlich hatten sie sich beide eine Pfeife angesteckt, dachte Emeline verdrießlich. Doch derlei Überlegungen waren rasch vergessen, als Samuel sie zwischen den Schenkeln berührte.

„Was meinst du – warum wollen die ausgerechnet Tennis spielen?“, fragte der mit der grantigen Stimme.

Samuel streichelte sie und näherte sich jenem gewissen Punkt. Emeline klammerte sich an seine Schultern, war besorgt, verwirrt und unglaublich erregt zugleich.

„Keine Ahnung“, erwiderte Fistelstimme versonnen. „Besser als Kricket, denk ich mal. Gibt ja hier drinnen keinen Rasen.“

Samuel ließ von ihrem Mund ab und sah sie an. Ihn schien das alles köstlich zu amüsieren. Mit einem unverschämten Grinsen tastete er sich unter ihren Röcken vor. Sie musste wirklich alle Mühe aufbringen, nicht laut zu stöhnen, als er ihren Schoß berührte. Leise tadelnd schüttelte er den Kopf und ließ den Finger auf der empfindsamen Knospe kreisen.

„Und was ist mit den Fenstern?“

„Was’n für Fenster?“

„Na, die in der Halle.“

„Ja, was soll mit denen sein?“ Fistelstimme klang genervt.

Samuel biss sich auf die Lippe, als müsse er sich erneut das Lachen verkneifen, aber Emeline war anderweitig abgelenkt und schwamm auf einer Welle banger Verzückung. Hätten die Diener jetzt den Vorhang aufgemacht, hätten sie was zu sehen bekommen. Sie von den Hüften abwärts praktisch nackt und Samuel mit der Hand an ihrem Schoß. Langsam, ganz behutsam schob er einen Finger in sie und sah sie dabei wie gebannt an. Dann drückte er fest den Daumen auf die kleine Knospe. Sie riss den Mund in einem stummen Keuchen auf und funkelte ihn böse an.

„Wenn ein Tennisball reinfliegt, sind sie futsch“, meinte Grantelstimme.

Wovon, um alles in der Welt, sprach dieser Mann? Nicht, dass es sie interessiert hätte, solange der gute Mann nur in Gedanken anderswo war. Denn nun zog Samuel seinen Finger ganz langsam zurück, nur um gleich darauf wieder in sie zu fahren. Sie bäumte sich auf und drängte ihre Hüften gegen seine Hand. Lange hielt sie das nicht mehr aus. Um sie beide nicht mit unziemlichen Lauten zu verraten, tat sie das einzig Mögliche: Sie schlang ihre Arme um Samuels Hals, zog ihn an sich und küsste ihn. Als er rascher mit dem Finger in sie zu stoßen begann, öffnete sie ihm ihren Mund und ließ auch seine Zunge ein. Sie brauchte ihn. Ihre Gefühle, ihre Empfindungen überwältigten sie. Sie wollte auf ihn steigen, wollte seine Zunge in ihren Mund saugen, wollte ihn ebenso in die Knie zwingen, wie er es mit ihr tat. Warum musste von allen Männern, die sie kannte, ausgerechnet er solche Macht über sie haben? Bei ihm schmolz sie dahin, zerfloss in sehnsüchtigem Verlangen, denn nur er schien fähig, die große Leere, die sie in sich spürte, zu füllen. Ihr stockte der Atem, denn nun tat er genau das. Ein zweiter Finger hatte sich zu dem ersten gesellt, und er fuhr mit beiden in sie und spreizte sie leicht. Ihr Schoß war beschämend feucht, doch nicht einmal das konnte ihr jetzt noch peinlich sein. Sie war nur noch Lust und Gefühl und wollte, dass es niemals aufhörte.

„Wir sollten dann mal wieder an die Arbeit“, ließ Grantelstimme sich vernehmen. Schuhe scharrten auf dem Steinboden, als die Männer sich langsam auf den Weg machten. „Im Keller haben wir noch nicht nachgeschaut, oder?“

„Sei doch nicht blöd, Mann.“ Die Schritte der beiden entfernten sich allmählich. „Im Keller sind die Sachen ganz bestimmt nich’.“

„Wenn du eh immer alles besser weißt, dann sag doch einfach, wo sie sind“, murrte es schon recht weit entfernt, und dann war Stille.

Zum Glück. Denn Samuel hatte alldieweil nicht abgelassen, sie zu liebkosen und zu küssen, und nun spürte sie, wie die ersten Wellen nahten. Sie riss sich von seinem Mund los und keuchte, biss sich auf die Lippe, um nicht laut aufzuschreien.

Jäh zog er seine Hand zurück, fasste sie um die Taille und hob sie auf eines der Fässer. Dann schob er sich zwischen ihre Beine, und als sie kurz die Augen öffnete, sah sie ihn hastig seine Hose aufknöpfen.

„Oh, Gott", stöhnte er. Mit einer einzigen raschen Bewegung hatte er sich frei gemacht und war in sie eingedrungen. „Oh, Gott!"

Sie klammerte sich an seinen Schultern fest, grub die Fingernägel in seinen Rock und schlang ihre Beine um seine Hüften. Schnell und ruckartig bewegte er sich in ihr, und ihre Erfüllung, die zuvor noch nicht zum Höhepunkt gelangt war, setzte abermals ein, doch nun mit einer höheren, köstlicheren, fast schmerzlichen Note. Sie zerrte an seinem Rock, streifte ihn ihm von den Schultern und schloss ihren Mund um das Linnen seines Hemdes. Verzückt schloss sie die Augen, als sie in seine Schulter biss. Er nahm sie hart, nahm sie, bis sie meinte schreien zu müssen, nahm sie, bis er keuchend ihren Kopf an sich zog und sie küsste, nahm sie, bis er mit einem stummen Schrei Erfüllung fand und am ganzen Körper erbebte. Sie spürte, wie er sich warm in sie ergoss. Und da wusste sie es, wusste es, noch während sie von einer weiteren Welle emporgetragen wurde.

Dies musste das letzte Mal gewesen sein.

„Könnte ich einen Augenblick mit dir reden?", fragte Emeline Jasper am Nachmittag. Sie hatte ihn oben abgefangen, als die ersten Gäste sich schon langsam auf den Weg hinab ins Speisezimmer begaben, wo ein spätes Mittagessen eine willkommene Abwechslung bieten würde.

„Aber gewiss doch." Er lächelte sein breites, leicht schiefes Lächeln, und sie merkte, dass er in Gedanken nicht so ganz bei der Sache war.

„Jasper", sagte sie und berührte seinen Arm.

Die buschigen Brauen fragend zusammengezogen, sah er sie an. „Was?"

„Es ist wichtig."

Aufmerksam sah er sie an. Meist schweiften seine Augen flüchtig umher oder suchten Zuflucht hinter der Maske des

Narren, den er so gerne gab. Nur selten war sein Blick so ernst und klar und stet wie jetzt, nur selten bekam sie den Mann zu sehen, der sich hinter der heiteren Fassade verbarg. Doch nun sah er sie an. Sah sie wirklich an. „Stimmt etwas nicht?“

Sie holte tief Luft und hörte sich verwundert die Wahrheit sagen. „Nein. Ich meine, ja. Es gibt etwas, worüber ich mit dir reden muss.“

Er blinzelte zunächst, reckte dann den Kopf und sah sich um. Sie befanden sich im hinteren Teil des Hauses, und ab und an huschte ein Diener oder ein Hausmädchen vorbei oder einer der anderen Gäste, der sich auf dem Weg nach unten befand. Jasper nahm ihre Hand und zog sie mit sich in einen Nebenkorridor, von dem eine Reihe Türen abging. Scheinbar wahllos öffnete er eine und schaute hinein.

„Das sollte gehen“, meinte er und schloss die Tür hinter ihnen. Sie befanden sich in einem kleinen Salon oder Arbeitszimmer. Offensichtlich wurde es derzeit nicht genutzt. Die Möbel waren mit weißen Laken abgedeckt, und im Kamin schien schon eine Weile kein Feuer mehr gebrannt zu haben. Jasper verschränkte die Arme vor der Brust. „Und nun erzähl mir, was los ist.“

Oh, wie gern sie das tun würde! Die Versuchung, sich alles von der Seele zu reden, war groß. Welch eine Erleichterung es wäre, wenn sie ihm einfach alles erzählte und er ihr dann tröstend auf die Schulter klopfen und sagen würde: „Aber, aber, alles halb so schlimm.“

Nur dass er das nicht tun würde. Nicht in diesem Fall. Jasper war zwar fast wie ein Bruder für sie, mochte geradezu skandalös abgeklärt sein, was seine Liebesaffären und alle fleischlichen Belange anging, aber letzten Endes war er eben doch ein Viscount. Von ihm wurde erwartet, dass er seiner sehr alten und sehr respektablen Familie einen Erben bescherte. Zu wissen, dass seine Verlobte sich heimlich mit einem anderen Mann getroffen hatte, würde ihn wenig freuen. Er mochte seinen Verdruss verbergen, aber Emeline fürchtete, dass ihre kleine Affäre ihm keineswegs gleichgültig wäre.

Und so setzte sie ein liebliches Lächeln auf und log. „Ich halte es hier keinen Tag länger aus, Jasper. Ich weiß, dass ich mehr Geduld mit Lady Hasselthorpe haben und ihre nichtssagende Konversation und diese schrecklich öde Hausgesellschaft einfach durchstehen sollte, aber es ist mir unmöglich. Könntest du mich bitte zurück nach London begleiten, Jasper? Bitte."

Während sie ihre kleine Rede vortrug, war seine Miene absolut reglos. Wie seltsam, dass dieser geradezu manische Mann mit seinem so lebhaften, beweglichen Gesicht, dessen Ausdruck ständig wechselte, von einem Moment auf den anderen wie ein leeres Blatt werden und so schwer zu lesen sein konnte. Doch als sie geendet hatte und eine quälende Stille eintrat, sprang er plötzlich vor, und sein Gesicht geriet wieder in so lebhafte Bewegung, als wäre er eine mechanische Gliederpuppe und soeben von seinem Spielzeugmacher aufgezogen worden.

„Aber natürlich, meine liebe Emmie, natürlich kann ich das! Ich werde im Nu gepackt haben. Kann unsere Flucht bis morgen früh warten oder …?"

„Mir wäre es lieber, noch heute aufzubrechen, wenn es dir nichts ausmacht. Am liebsten sofort." Emeline wäre vor Erleichterung fast in Tränen ausgebrochen, als er einfach nur nickte.

Er beugte sich vor und streifte flüchtig ihre Wange. „Dann will ich mal Pynch auf Trab bringen." Und damit eilte er davon.

Emeline brauchte noch einen Augenblick, um sich zu sammeln. Schrecklich, wie ihre Gefühle andauernd mit ihr durchgingen. Bislang hatte sie sich eigentlich für eine eher nüchterne Person gehalten. Die unsentimentale, vernünftige Emeline, die anderen eine Stütze war. Nach dem Tod ihres Vaters hatte sie kaum eine Träne vergossen – sie war viel zu sehr damit beschäftigt gewesen, Tante Cristelle umzusiedeln, sich darum zu kümmern, dass das Anwesen reibungslos an den nächsten Earl überging, und ihre dezimierte Familie standesgemäß in London unterzubringen. Alle Welt war damals von ihrem Gleichmut und ihrer tatkräftigen Besonnenheit beeindruckt gewesen. Und jetzt benahm sie sich wie ein kleines Kind und gab all ihren Gefühlen nach, wie sie gerade kamen.

Als sie zurück zu ihrem Zimmer ging, fühlte sie sich wie ein wildes Tier, stets auf der Hut vor dem Jäger. Und war das nicht ein trefflicher Vergleich? Schließlich war Samuel ein Jäger – ein ziemlich guter sogar. Heute Morgen erst hatte er sie gejagt, sie erfolgreich in die Enge getrieben und getan, was er nicht lassen konnte. Nein, das stimmte nicht so ganz, dachte sie und verzog gequält das Gesicht. Samuel hatte sie wohl gejagt, aber sie hatte sich nur zu gern von ihm fangen lassen. Und natürlich hatte er getan, was er nicht lassen konnte – das Problem war indes, dass auch sie es nicht hatte lassen können. Sie wusste sich diesem Mann nicht zu widersetzen. Nie hätte sie gedacht, dass sie eines Tages mal hilflos ihren Begierden ausgeliefert sein würde – doch da war sie nun, flüchtete vor einem Mann, weil sie seinen Avancen nicht widerstehen konnte. Wahrscheinlich war sie all die Jahre schon so lüstern gewesen und hatte es nur nicht gemerkt! Entweder das, oder aber es lag an ihm.

Diesen Gedanken verdrängte sie allerdings ganz schnell wieder, als sie in ihr Zimmer trat, wo Harris mithilfe zweier Hasselthorpscher Hausmädchen ihre Sache zusammenpacken ließ.

Ihre Zofe sah auf, als Emeline hereinkam. „In einer halben Stunde sind wir fertig, Mylady."

„Danke, Harris."

Emeline spähte erst vorsichtig zur Tür hinaus, ehe sie sich abermals nach draußen wagte. Am liebsten hätte sie diese letzte halbe Stunde ja in ihren Gemächern zugebracht, wo es zumindest halbwegs sicher war, aber ihre Anwesenheit würde nur Unordnung in Harris' gut organisierte Packaktion bringen. Außerdem konnte sie unmöglich so überstürzt aufbrechen, ohne Melisande Bescheid zu sagen.

Das Zimmer ihrer Freundin lag nur ein paar Türen den Flur hinab, und Emeline huschte lautlos hinüber. Eigentlich sollte Melisande sich schon längst mit den anderen Gästen im Speisezimmer eingefunden haben, doch meist tauchte sie bei derlei geselligen Zusammenkünften erst im allerletzten Augenblick auf. Schon lange hegte Emeline den Verdacht, dass die Unpünktlichkeit ihrer Freundin lediglich eine Taktik war, um unnötiger Konversation aus dem Weg zu gehen. Melisande war nämlich ziemlich schüchtern, was sie jedoch sehr gut hinter gepflegtem Sarkasmus und vornehmer Zurückhaltung zu verbergen wusste.

Emeline kratzte leise an der Tür. Drinnen hörte man es rascheln, dann ging die Tür einen Spaltbreit auf, und Melisande spähte hinaus. Beim Anblick ihrer Freundin hob sie fragend die Brauen und hielt ihr die Tür auf.

Emeline flüchtete sich hinein. „Schnell, mach die Tür wieder zu."

Melisande hob die Brauen noch höher. „Spielen wir jetzt Verstecken?"

„Ja", erwiderte Emeline knapp und trat an den Kamin, um sich die Hände zu wärmen.

Hinter sich hörte sie Melisandes Röcke rascheln. „Ich glaube übrigens, dass es sich um einen deutschen Dialekt handelt."

„Was?" Emeline drehte sich um und sah Melisande in einem Ohrensessel sitzen.

Ihre Freundin deutete auf das Buch, das aufgeschlagen auf ihren Knien lag. „Das Buch von deiner Kinderfrau. Ich glaube, es ist in einem deutschen Dialekt verfasst, der nur in einer bestimmten Gegend gesprochen wird. Aber ich kann trotzdem versuchen, es für dich zu übersetzen."

Emeline starrte auf das Buch. Irgendwie schien es ihr längst nicht mehr so wichtig wie noch vor ein paar Tagen. „Du musst nicht, wenn du nicht willst. Mir ist es gleich."

„Oh", sagte Melisande und blätterte in den Seiten. „Den Titel habe ich schon: *Die Abenteuer der vier Soldaten.*"

„Ich dachte, es wäre ein Märchenbuch?", fragte Emeline irritiert.

„Ist es auch. Die Soldaten haben alle ganz märchenhafte Namen, so wie der, von dem ich dir schon erzählt habe – du weißt schon, Eisenherz – und …"

„Nein, es ist wirklich nicht mehr wichtig", unterbrach Emeline ihre Freundin und kam sich dann ganz schrecklich vor, als die ungewohnt freudige Erregung mit einem Schlag aus Melisandes Gesicht wich. „Es tut mir leid, meine Liebe, ich benehme mich fürchterlich. Erzähl weiter."

„Nein. Ich glaube, was du mir zu erzählen hast, ist wichtiger." Melisande klappte das Buch zu und legte es beiseite. „Was ist los?"

„Ich fahre zurück." Emeline ließ sich in den anderen Sessel sinken. „Noch heute."

Melisande lehnte sich zurück. Ihr Blick war wachsam. „Hat er dir etwas getan?"

„Samuel? Nein!"

„Warum dann die Eile?"

„Weil ich … weil ich …" Emeline gestikulierte verzweifelt. „Weil ich ihm einfach nicht widerstehen kann."

„Gar nicht?"

„Nein!"

„Das ist ja interessant", murmelte ihre Freundin. „Du bist doch sonst immer so beherrscht. Dann muss er wirklich sehr …"

„Ja, ist er", unterbrach sie Emeline. „Und was weißt du denn davon? Ich dachte immer, du wärst noch unberührt."

„Ich weiß", sagte Melisande. „Aber jetzt reden wir über dich. Hast du schon mal darüber nachgedacht, was du tun willst, wenn du ein Kind erwartest?"

Als sie ihre schlimmste Furcht laut ausgesprochen hörte, stockte Emeline das Herz. „Das werde ich schon nicht."

„Weißt du das sicher?"
„Nein."
„Also, was ist, wenn doch?"
„Dann werde ich ihn heiraten müssen." Sie sagte es mit leisem Grauen, doch insgeheim tat ihr Herz einen verräterischen kleinen Freudensprung. Wenn sie ein Kind erwartete, bliebe ihr doch keine andere Wahl, oder? All ihren Bedenken und Befürchtungen zum Trotz würde sie den Jäger aus den Kolonien heiraten.
„Und wenn nicht?"
Emeline verdrängte ihre verräterischen Gefühle. Sie konnte unmöglich einen Kolonisten heiraten. „Dann mache ich, was ich schon immer hatte tun wollen."
Melisande seufzte. „Wirst du Lord Vale erzählen, was sich während dieser Hausgesellschaft zugetragen hat?"
Emeline schluckte. „Nein."
Melisande senkte den Blick. Ihre Miene war verschlossen und schwer zu deuten. „Wenn du ihn heiraten willst, dürfte es wohl das Beste sein. Männer tun sich oft schwer mit der Wahrheit."
„Denkst du nun furchtbar schlecht von mir?"
„Nein. Natürlich nicht, meine Liebe." Als Melisande wieder aufsah, stand ihr Verwunderung im Gesicht geschrieben. „Warum sollte ich über dich urteilen?"
Emeline schloss die Augen. „Weil die meisten es tun würden. Ich glaube, *ich* würde es tun, wenn ich nur die Fakten, nicht aber die Menschen kennen würde, um die es geht."
„Dann sehe ich das wohl weniger streng als du", erwiderte ihre Freundin nüchtern. „Eine Frage hätte ich allerdings: Wie soll deine vorzeitige Abreise dein Problem mit Mr Hartley lösen?"
„Ist das nicht offensichtlich? Wenn ich mich nicht mehr in seiner Nähe aufhalte, kann ich auch nicht mehr so empfänglich sein für …" Emeline winkte ungeduldig ab. „Du weißt schon."

Melisande wirkte nachdenklich und schien keineswegs überzeugt. „Und wenn er wieder in London ist?“

„Dann ist alles längst vorbei. Zeitlicher Abstand und räumliche Trennung können Wunder wirken“, beharrte Emeline so entschieden, als glaube sie ihren eigenen Worten nicht.

Auch Melisande schien ihre Zweifel zu spüren. Ihre Brauen hoben sich fast bis zum Haaransatz, doch sie enthielt sich jeglichen Kommentars. Schweigend stand sie auf und ließ ihr eine ihrer seltenen Gesten der Zuneigung zuteilwerden.

„Dann viel Glück, meine Liebe. Ich hoffe, dass dein Plan aufgeht“, sagte sie, zog Emeline an ihre flache Brust und umarmte sie fest.

Und Emeline ließ den Kopf an Melisandes Schulter sinken, schloss die Augen und hoffte inständigst, dass ihr Plan aufgehen würde. Wenn nicht, wüsste sie nämlich auch nicht weiter.

15. KAPITEL

Mord!, schrien die Wachen. Mord!, schrien die Höflinge und Hofdamen. Mord!, schrien die Menschen der Strahlenden Stadt. Und Eisenherz konnte kaum mehr tun, als den Kopf in die blutigen Hände sinken zu lassen. Die Prinzessin weinte und flehte ihn an, dass er sein Schweigen brechen und erklären möge, was er getan hatte. Dann bat sie ihren Vater um Gnade, doch letztlich war alles vergebens. Dem König blieb keine andere Wahl, als Eisenherz zum Tod auf dem Scheiterhaufen zu verurteilen. Noch vor dem nächsten Morgengrauen sollte er gerichtet werden …
Eisenherz

„Das war wirklich eine schöne Hausgesellschaft, nicht wahr?“, brach Rebecca nach einer Stunde zögerlich das Schweigen.

Sam riss sich von der langsam in der Dämmerung versinkenden Landschaft los und versuchte, seine Aufmerksamkeit seiner Schwester zu widmen. Sie saß ihm in der Mietkutsche gegenüber und wirkte recht niedergeschlagen, was wieder einmal seine Schuld war, wie er wohl wusste. Drei Tage war es nun her, dass Emeline Hals über Kopf abgereist war. Zunächst hatte er es nicht mal bemerkt, hatte sich nur gewundert, warum sie an jenem Tag, da sie sich im Gesindeflur geliebt hatten, nicht zum Lunch aufgetaucht war. Als er schließlich von ihrer Flucht erfahren hatte, war sie ihm schon mehrere Stunden voraus gewesen.

Dennoch wäre er ihr auf der Stelle gefolgt, hätte Rebecca ihn nicht zur Vernunft gebracht. Eindringlich hatte sie ihn gebeten, den Skandal zu bedenken, den es gäbe, würde er Lady Emeline so offensichtlich nachstellen. Ihn persönlich kümmerte derlei Gerede ja herzlich wenig, aber er musste auch an Rebecca denken. Sie hatte bei den Hasselthorpes die Bekanntschaft einiger junger Damen aus guter Familie gemacht. Ein Skandal würde jede Freundschaft im Keim ersticken.

Und so hatte Sam sein rasendes Verlangen unterdrückt, Emeline nachzustellen und sie erst dann wieder freizugeben, wenn sie zur Vernunft gekommen wäre und bei ihm bliebe. Tatenlos hatte er die Tage verstreichen lassen und höfliche Konversation getrieben mit geistlos kichernden jungen Damen und ebenso ermüdenden Matronen. Er hatte seine besten Kleider angelegt, die Zeit mit sinnlosen Spielen zugebracht und viel zu üppig getafelt. In den Nächten hatte er von Emelines spitzer Zunge und ihren weichen, warmen Brüsten geträumt. Drei Tage lang hatte er sich beherrschen müssen, bis dann endlich die ersten Gäste aufbrachen und auch Rebecca es für schicklich erachtet hatte abzureisen. Drei Tage hatte er in der Hölle zugebracht, aber dafür konnte er kaum seiner Schwester die Schuld geben, weshalb er sich schämen sollte, ihr ein so schlechter Reisebegleiter zu sein.

Nun versuchte er sein langes Schweigen wettzumachen. „Hat es dir gefallen?“

„Ja.“ Sie lächelte erleichtert. „Am Ende haben fast alle jungen Damen mit mir geredet, und die Schwestern Hopedale haben mich sogar eingeladen, sie in London zum Tee zu besuchen.“

„Sie hätten von Anfang an mit dir reden sollen.“

„Vielleicht wollten sie mich ja erst beschnuppern? Das ist bei uns in Boston doch eigentlich nicht anders.“

„Gefällt es dir in England?“, fragte er vorsichtig.

Sie zögerte, zuckte dann mit den Schultern. „Doch, schon.“ Nachdenklich blickte sie auf ihre im Schoß gefalteten Hände. „Und du? Gefällt es dir in England gut genug, um bei Lady Emeline zu bleiben?“

Mit dieser Frage hatte er nicht gerechnet – obwohl er das vielleicht hätte tun sollen. Rebecca war ein sehr sensibles Mädchen. Ihr entging nichts. Eigentlich hatte er vorgehabt, nur so lange in London zu bleiben, bis er seine Geschäfte mit Mr

Wedgwood und die Ermittlungen zu Spinner's Falls abgeschlossen hatte. Ersteres war erfolgreich zu Ende gebracht, und er hoffte, bald mit Thornton sprechen und dann auch unter das Massaker von Spinner's Falls einen Schlussstrich ziehen zu können. Aber dann? Ja, was dann? „Ich weiß es nicht."

„Warum nicht?"

Ungeduldig sah er Rebecca an. „Erstens, weil sie beharrlich vor mir davonläuft und mir nicht mal Gelegenheit gibt, mit ihr zu reden."

Rebecca schaute ihn einen Augenblick schweigend an, ehe sie zaghaft fragte: „Liebst du sie?"

„Ja", erwiderte er, ohne groß nachzudenken, wusste aber noch im selben Moment, dass es die Wahrheit war. Ohne dass er hätte sagen können, wie ihm eigentlich geschehen war, hatte er sich in die launische, widerspenstige Emeline verliebt. Ein seltsamer Gedanke, der ihm indes so selbstverständlich schien, als hätte er schon immer gewusst, dass sie die Richtige für ihn war. Ein wunderbar beglückendes Gefühl, so als hätte er gefunden, worauf er ein Leben lang gewartet hatte.

„Weißt du was? Du solltest es ihr sagen."

Er seufzte. „Danke, dass du mich in Liebesdingen belehrst. Ich werde es ihr sagen, sobald sie sich von mir fangen lässt."

Sie kicherte. „Und dann?"

Er dachte an Lady Emeline, wie sie bei jeder sich bietenden Gelegenheit mit ihm zu streiten suchte. Er dachte daran, welch verschiedenen Standes sie waren und was sie sonst noch alles trennte. Er dachte an die Ängste, die sie zu verbergen versuchte und damit bei allen Erfolg zu haben schien – nur nicht bei ihm. Er musste daran denken, wie sie in seinen Armen alle Beherrschung verloren hatte, als könne sie es kaum fassen, einmal nicht alles, auch ihren Körper nicht, unter Kontrolle zu haben. Und er musste an die leise Traurigkeit denken, die er manchmal in ihren Augen sah. Er wollte sie trösten und geborgen halten, bis die Traurigkeit sich in Glück verwandelte. Er wollte wieder ihre Hände auf sich spüren, so wie in jener Nacht, da sie seine wunden Füße verbunden und Balsam für seine Seele gewesen war. Sie hatte ihn getröstet und gewärmt. Sie hatte ihn geheilt.

Und da wusste er auf einmal, was er tun würde. Mit einem vergnügten Grinsen sah er seine Schwester an. „Dann werde ich sie heiraten. Was dachtest du denn?"

„Warum ist Mr Hartley denn noch nicht wieder zu Hause?", fragte Daniel.

Emeline sah gerade noch rechtzeitig auf, um zu sehen, wie ihr kleines Goldstück ein Stück Papier in den Kamin schob. Das Papier fing natürlich im Nu Feuer, und Daniel ließ es blitzschnell fallen, ehe die züngelnden Flammen seine Finger erreichten. Das brennende Blatt flatterte hinab und landete glücklicherweise im Kamin und nicht auf dem Teppich.

Sie war gerade dabei, letzte Anweisungen für die heutige Abendgesellschaft zu notieren. Nun hielt sie inne und atmete tief durch. „Liebling, wärst du bitte so nett, nicht Mutters Gemächer in Brand zu stecken? Harris wäre darüber wenig erfreut."

„Mmmm", murrte ihr Sohn.

„Und ich wäre ebenso wenig erfreut, wenn du dir deine Finger verbrennen würdest. Du musst nämlich wissen, dass es ziemlich praktisch ist, Finger zu haben. Sie können einem im Laufe des Lebens ungemein nützlich sein."

Daniel grinste über ihr dummes Geschwätz und sprang in den Sessel, der bei ihrem Schreibtisch stand. Als seine Schuhe die schönen Satinkissen streiften, zuckte sie kurz zusammen, beschloss aber, darüber hinwegzusehen. Schließlich war es ja schön, ihn hier bei sich zu haben, nachdem sie so lange getrennt gewesen waren.

Er verschränkte die Arme auf dem Schreibtisch und stützte das Kinn darauf. „Bestimmt kommt er bald zurück, oder?"

Emeline wandte sich ihren Notizen zu und mühte sich um Contenance. Sie brauchte nicht zu fragen, wen Daniel meinte.

Er war ein sehr beharrliches Kind und würde nicht so leicht von dem Thema ihres Nachbarn – ihres Geliebten – lassen.

„Ich weiß es nicht, mein Liebling. Mr Hartley hat mich nicht in seine Pläne eingeweiht."

Daniel spielte mit ihrem Tintenlöscher und krauste nachdenklich die Nase, während sein Fingernagel eine feine Linie ins Papier grub. „Aber er kommt doch zurück, oder?"

„Das nehme ich an." Emeline holte tief Luft. „Ich glaube, die Köchin wollte heute Birnentörtchen backen. Vielleicht magst du ja nachsehen, ob sie schon fertig sind."

Normalerweise genügte die Erwähnung frisch gebackenen Kuchens, um ihren Sohn augenblicklich auf andere Gedanken zu bringen.

Heute indes nicht. „Hoffentlich kommt er zurück. Ich mag ihn."

Das Herz zog sich ihr zusammen, als sie das hörte. Drei schlichte Worte, und sie war schier den Tränen nah. Vorsichtig legte sie ihre Feder beiseite. „Ich mag ihn auch, aber Mr Hartley führt sein eigenes Leben und kann nicht immer da sein, um dich – um uns – zu unterhalten."

Daniel beobachtete noch immer, was sein Fingernagel alles mit dem Löscher anstellte. Langsam schob sich seine Unterlippe vor.

Betont munter sagte sie: „Aber Lord Vale magst du doch auch, oder? Ich könnte ihn fragen, ob er uns in den Hyde Park begleitet." Ihres Sohnes Unterlippe schob sich nur noch weiter vor. „Oder zu einem Jahrmarkt. Vielleicht geht er sogar mit dir Angeln!"

Daniel sah auf und schaute sie ungläubig an. „Angeln?"

Emeline versuchte sich Jasper vorzustellen, wie er mit einer Angelrute an einem reißenden Strom stand. Der Jasper ihrer Vorstellung rutschte sogleich am Ufer aus, ruderte hilflos mit den Armen und fiel in den Fluss.

„Nun ja", meinte sie. „Vielleicht nicht gerade Angeln."

Mittlerweile machte Daniel kleine halbmondförmige Abdrücke in den Löscher. „Lord Vale ist schon in Ordnung, aber er hat nicht so ein tolles Gewehr wie Mr Hartley."

Welch ernüchterndes Urteil.

„Es tut mir leid, Liebling, aber das kann ich nicht ändern", sagte sie sanft.

Sie blickte auf die auf dem Schreibtisch verstreut liegenden Papiere, auf die Anweisungen, die sie geschrieben hatte, und auf einmal verschwamm ihr alles vor Augen. Ihr war, als würde ihr das Herz brechen. Zum Teufel mit Samuel – dafür, dass er jemals in ihrer beider Leben getreten war, dass er sie an jenem ersten Tag in Mrs Conrads Salon angesprochen hatte, dass er sich so gut mit ihrem Sohn verstand, dass er sie wieder Gefühle haben ließ.

Bei dem Gedanken stockte ihr der Atem. Das war das eigentliche Problem. Er ließ sie wieder Gefühle haben, hatte den harten Panzer durchbrochen, den sie um sich gelegt hatte, und sie wehrlos und verletzlich zurückgelassen. Wund und dünnhäutig fühlte sie sich nun. Wie lange dieses Gefühl wohl andauern würde? Wie lange würde es dauern, bis der Panzer nachwüchse? Sie betrachtete Daniel, ihren wunderschönen, geliebten Jungen. Wie schnell er wuchs! Es kam ihr vor, als wäre es erst gestern gewesen, dass er ein kleines, schutzloses Baby gewesen war – und jetzt malträtierte er ihre Möbel mit seinen großen Jungenfüßen. Aber wollte sie sich denn überhaupt wieder vor ihren Gefühlen schützen?

Aus einem plötzlichen Impuls heraus lehnte sie sich vor, bis ihre Stirn fast an die Seine stieß. „Es wird alles gut werden, Daniel, glaub mir. Dafür werde ich schon sorgen."

Nachdenklich legte er die Stirn in Falten. „Kann es auch mit Mr Hartley gut werden?"

„Nein, mein Liebling." Sie setzte sich auf und wandte sich rasch ab, damit er nicht die Traurigkeit in ihren Augen sah. „Das wage ich zu bezweifeln."

„Aber ..."

Just in diesem Moment ging die Tür auf, und sie drehten

sich beide um. Tante Cristelle kam herein. Die alte Dame musterte sie mit einem Blick, der mal wieder mehr zu sehen schien, als ihr lieb war.

Emeline wandte sich wieder Daniel zu. „Ich muss nun mit der Tante reden. Warum gehst du nicht nach den Birnentörtchen schauen? Vielleicht lässt die Köchin dich ja eines probieren."

„Ja, M'mam." Glücklich schien Daniel nicht darüber zu sein, so hinauskomplimentiert zu werden, aber er war schon immer ein folgsames Kind gewesen. Brav stand er auf und machte einen halben Diener vor der Tante, ehe er aus dem Zimmer huschte.

„Der Junge hat dich während deiner Abwesenheit empfindlich vermisst", ließ Tante Cristelle sie wissen, und die Falten um ihren Mund vertieften sich in missbilligender Miene. „Ich hielte es für ratsam, ihn nicht gar so sehr an dich zu binden."

Darüber hatten sie schon ungezählte Male gesprochen, und normalerweise würde Emeline ihrer Tante entschieden widersprochen haben, doch heute konnte sie die Kraft dafür nicht aufbringen. Schweigend schob sie ihre Papiere zusammen. Hinter sich hörte sie Tante Cristelles Gehstock bei jedem ihrer Schritte in den dicken Perserteppich stoßen, dann spürte sie die Hand der alten Dame auf ihrer Schulter. Als sie sich umdrehte, fand sie einen weisen, erstaunlich gütigen Blick auf sich gerichtet.

„Es ist richtig, was du heute Abend tun wirst. Sei unbesorgt." Tante Cristelle klopfte ihr einmal kurz auf die Schulter – ein wahrer Überschwang des Gefühls – und verließ das Zimmer wieder.

Und abermals stiegen Emeline Tränen in die Augen.

Erst Stunden nach Einbruch der Dunkelheit fuhr die Kutsche vor Sams Stadthaus vor. Sie waren spät aufgebrochen und hatten unterwegs an einem Gasthof eine gute Weile auf frische

Pferde warten müssen, weshalb die Rückreise nach London eine lange gewesen war. Und als sie dann endlich in ihre Straße eingebogen waren, hatte ein ungewohnter Andrang von Gespannen sie weiter aufgehalten. Jemand musste einen Ball geben. Als Sam aus der Kutsche sprang und sich dann umdrehte, um Rebecca herauszuhelfen, fiel ihm auf, dass es das Haus gleich nebenan war, welches so festlich hell erleuchtet war. Emelines Haus.

„Gibt Lady Emeline einen Ball?", fragte Rebecca. Sie zögerte, ehe sie einen Fuß auf den Kutschentritt setzte. „Davon weiß ich gar nichts. Du?"

Bedächtig schüttelte Sam den Kopf. „Wir sind ganz offensichtlich nicht eingeladen."

Er merkte, wie seine Schwester ihn kurz ansah. „Vielleicht hatte sie ihn ja schon geplant, bevor sie uns kennengelernt hat. Oder sie hat nicht damit gerechnet, dass wir so bald schon in die Stadt zurückkehren."

„Ja, das wird es wohl sein", erwiderte er finster.

Das kleine Biest streckte ihm die Zunge raus, wollte ihm ganz deutlich zeigen, dass er in ihrem Londoner Leben nichts verloren hatte. Er wusste, dass er sich davon nicht provozieren lassen sollte, doch schon merkte er, wie er die Fäuste ballte, wie es ihm in den Beinen kribbelte, wie er es kaum erwarten konnte, in ihr Haus zu marschieren und sie zur Rede zu stellen. Er verzog das Gesicht. Nein, das wäre lächerlich. Nun war wahrlich nicht der richtige Zeitpunkt. Das würde warten müssen.

Er versuchte sich zu entspannen und reichte seiner Schwester den Arm. „Wollen wir mal schauen, ob die Köchin uns noch eine Kleinigkeit auf den Tisch zaubert?"

Lächelnd sah sie ihn an. „Ja, das wäre wunderbar."

Während er sie die Treppe hinauf ins Haus begleitete, war er sich alldieweil des strahlend hell erleuchtenden Nachbarhauses bewusst und der elegant gekleideten Gäste, die sich zu Emelines Abendgesellschaft einfanden. Er gab Anweisung, ein einfaches Abendessen auftragen zu lassen, und als er dann mit seiner Schwester im Speisezimmer Platz nahm, schaffte er es gar, während des Essens höfliche Konversation zu machen. Doch in Gedanken war er anderswo, stellte sich Emeline in ihrem elegantesten Kleid vor, sah ihren Busen im Schein unzähliger Kerzen blass und verführerisch schimmern.

Nach dem Essen konnte Rebecca das Gähnen kaum noch unterdrücken und entschuldigte sich. Sam ging hinüber in die Bibliothek und goss sich einen französischen Brandy ein. Nachdenklich hielt er das Glas ins Licht, betrachtete die bernsteinbraune Flüssigkeit. Sein Vater hatte früher nur Selbstgebrannten getrunken, den er von einer Familie kaufte, die zehn Meilen weiter im Wald gewohnt hatte. Einmal hatte Sam einen Schluck probiert. Klar wie Wasser war der Schnaps gewesen, doch so scharf, dass ihm fast die Kehle verbrannte. Ob Pa in seinem Leben wohl jemals französischen Brandy getrunken hatte? Ein Mal vielleicht, als er Onkel Thomas in Boston besucht hatte, der großen Stadt. Aber es wäre etwas ganz Besonderes gewesen, etwas, an das man sich noch lange erinnern würde.

Sam ließ sich in einen zierlichen, goldbesetzten Sessel sinken. Er gehörte hier nicht her, das wusste er. Die Kluft zwischen dem Leben, das er als Kind gekannt hatte, und dem Leben, das er jetzt führte, war einfach zu groß. Ein Mensch konnte sich verändern, aber alle Veränderung hatte auch ihre Grenzen. In der englischen Gesellschaft würde er niemals heimisch werden, und im Grunde wollte er das auch gar nicht. Das war Emelines Leben. Die vornehmen Stadthäuser, die zierlichen Goldstühle, der französische Brandy, die rauschenden Feste, die bis in die frühen Morgenstunden dauerten. Zwischen ihr und ihm lagen Welten. Ein weiter Ozean tat sich im wahrsten Sinne des Wortes zwischen ihnen auf. All das wusste er, hatte sich oft genug Gedanken darüber gemacht.

Doch nun schien es ihm nicht länger von Bedeutung.

Mit einem großen Schluck trank er den Rest seines Brandys

aus und sprang entschlossen auf. Er musste mit Emeline reden. Sofort. Welten mochten zwischen ihnen liegen, aber letztlich war sie eben nur eine Frau und er ein Mann. Manchmal lagen die Dinge ganz einfach.

Als er aus dem Haus trat, war nebenan noch immer alles strahlend hell erleuchtet. Kutscher hockten zusammengesunken auf ihren Böcken, einige Lakaien standen beisammen und ließen eine Flasche herumgehen. Als er beschwingt zwei Stufen auf einmal nehmend die Treppe zu Emelines Haus hinaufeilte, stellte ein stämmiger Lakai sich ihm in den Weg.

Ohne mit der Wimper zu zucken schaute Samuel ihn an. „Ich bin Lady Emelines Nachbar."

Eine offizielle Einladung war das zwar nicht, aber der Lakai musste die Entschlossenheit in seinem Blick gesehen haben und zu dem Schluss gelangt sein, dass Widerstand nicht lohnte. „Jawohl, Sir", sagte er und hielt ihm die Tür auf.

Kaum war Sam über die Schwelle getreten, spürte er die drohende Gefahr. In der Eingangshalle standen nur vereinzelt ein paar Dienstboten herum, aber auf der sich breit schwingenden Treppe drängten sich die Gäste. Zwischen angeregt plaudernden Menschen hindurch bahnte er sich seinen Weg nach oben. Emelines Ballsaal befand sich im ersten Stock, und schon auf der Treppe war der Lärm zu hören, der nach draußen schallte. Mit jedem Schritt wurde es lauter, wurde die Luft wärmer und stickiger. Er spürte, wie ihm der Schweiß ausbrach. Mit Grauen erinnerte er sich des Westerton-Balls. Seit jenem Abend hatte er derlei beengende Räumlichkeiten gemieden, denn noch zu gut war ihm in Erinnerung, wie schmachvoll er damals seinen Dämonen erlegen war. Nicht hier, bat er inständig. *Bitte nicht hier.*

Als er es endlich zum Eingang des Ballsaals geschafft hatte, ging sein Atem schnell und stoßweise, als wäre er viele, viele Meilen gerannt. Kurz erwog er, einfach kehrtzumachen. Emeline hatte ein Lichtermeer von Wachskerzen in den Kronleuchtern an der Decke anzünden lassen, das hundertfach von den verspiegelten Wänden zurückgeworfen wurde. Im ganzen Saal strahlte, glitzerte und funkelte es wie in einem verwunschenen Wunderland. In scharlachroten Seidendraperien waren rote und orangefarbene Blumen arrangiert. Schön sah es aus, sehr elegant, aber deshalb war er nicht gekommen. Emeline, *seine* Emeline, war irgendwo in diesem Saal, und er war gekommen, um sie in seine Arme zu schließen und nie mehr loszulassen.

Vorsichtig atmete Sam durch den Mund und tauchte ein die Menge schwitzender, umherwirbelnder Menschen. Wie aus weiter Ferne meinte er Geigenspiel zu hören, doch über allem lagen lautes Gelächter und Geplapper, die ihn aus allen Richtungen anfielen. Ein Gentleman in Purpursamt drehte sich plötzlich um und prallte gegen Samuel. *Blut und Geschrei, schreckensweit aufgerissene Augen in einem bleichen, blutüberströmten Gesicht.* Er schloss die Augen und drängte sich ungestüm an dem Mann vorbei. Vor ihm tat sich die Menge auf, um den Tänzern Platz zu machen, die mit erhabener Anmut ausschritten. Hier blieb er stehen und rang keuchend nach Luft. Eine Matrone in gelber Seide beäugte ihn argwöhnisch und flüsterte hinter vorgehaltenem Fächer ihrer Begleiterin etwas zu. Sollte er doch zur Hölle fahren, dieser ganze überfütterte, überzüchtete, überdekorierte englische Adel. Wann hatten diese Leute jemals um ihr Leben fürchten müssen oder das Blut eines jungen Soldaten in ihr Gesicht spritzen spüren? *Das ungläubige Staunen im Gesicht eines jungen Soldaten, dem eben der halbe Kopf weggeschossen worden war.*

Die Tanzenden hielten inne, nicht mehr außer Atem, als hätten sie die letzten fünf Minuten still auf einem dieser lächerlichen vergoldeten Stühle gesessen. Gelangweilt und blutleer sahen sie aus, allesamt, als sei es schon zu viel der Mühe, sich einfach nur aufrecht zu halten. Die Menge drängte sich dicht um ihn. Er musste die Augen schließen und all seine Beherrschung aufbringen, um nicht einfach wild auszuschlagen. Er versuchte tief durchzuatmen und sich Emelines Augen vorzustellen. Im Geiste sah er vor sich, wie sie ihn wütend anfunkelte, und das hätte ihm fast ein Lächeln entlockt.

Als er die Augen wieder öffnete, schritt Lord Vale in die Mitte der nun fast verlassenen Tanzfläche. „Meine Freunde, liebe Gäste, dürfte ich um Ihre Aufmerksamkeit bitten?"

Vales lautes Rufen ging in der Menge unter. Dennoch senkte der Lärmpegel sich etwas, die Gespräche verstummten allmählich.

„Meine Freunde, ich habe euch etwas mitzuteilen!"

Ein paar junge Gentlemen drängten sich vor und verstellten Sam die Sicht. Milchgesichter, kaum alt genug, sich zu rasieren, dachte er verächtlich.

„Freunde!", rief Vale erneut, und kurz sah Sam etwas Scharlachrotes aufblitzen.

Sein Herz begann zu rasen. Er legte seine Hand auf eine der reich gepolsterten Schultern vor sich und wollte den jungen Geck bewegen, etwas beiseitezutreten. Das Milchgesicht drehte sich um und bedachte ihn mit drohendem Blick. Sam holte tief Luft und roch Schweiß. Männerschweiß. Sauren, stechenden Männerschweiß, den Geruch der Angst, den Gestank des Todes. *Der Gefangene MacDonald, wie er sich unter einem der Wagen verkriecht, während um ihn her die Schlacht tobt. MacDonald, wie er in seinem Versteck Sams Blick auffängt. MacDonald, wie er ihm zuzwinkert und grinst.*

„Ich habe eine Ankündigung zu machen, die mich mit großer Freude erfüllt."

Sam drängte sich vor, versuchte den Gestank zu ignorieren, die Geister der Vergangenheit zu ignorieren, ebenso wie die Erkenntnis, dass er zu spät kam.

„Lady Emeline Gordon hat eingewilligt, meine Frau zu werden."

Die Menge applaudierte, während Sam sich unverdrossen zwischen den Männern hindurchkämpfte, den Lebenden als auch den Toten, die zwischen ihm und Emeline standen. Als er es auf die Tanzfläche geschafft hatte, sah er Emeline höflich lächelnd neben Vale stehen. Vale hatte triumphierend die Arme erhoben und genoss seinen großen Moment. Emeline wandte sich ab – und ihr Lächeln erstarb, als sie Sam sah.

Von mörderischen Gedanken erfüllt, hielt er auf die beiden zu.

Nun hatte auch Vale ihn bemerkt. Er betrachtete ihn argwöhnisch und nickte jemandem hinter Sam zu. Sam spürte, wie man ihn bei den Armen packte und sie ihm auf den Rücken drehte. Urplötzlich wurde er von zwei kräftigen Lakaien aus dem Saal befördert, ein dritter ging ihnen voraus und bahnte den Weg durch die Menge. Es ging alles so schnell, dass ihm nicht einmal Zeit blieb, nach Emeline zu rufen. Am Eingang des Ballsaals hatte Sam sich wieder so weit gefasst, dass er sich heftig zu wehren begann – was zumindest einen der beiden Lakaien so sehr überraschte, dass sein Griff sich lockerte und Sam sich von ihm losreißen konnte. Mit seinem freien Arm hieb er nach dem Mann aus, doch noch ehe seine Faust ihr Ziel traf, bekam er einen kräftigen Stoß von hinten. Der andere Lakai, der ihn noch immer fest im Griff gehabt hatte, ließ nun auch los, sodass Sam kopfüber aus dem Saal stürzte. Schnell war er wieder auf den Beinen und wirbelte herum – gerade rechtzeitig, um von Vales geballter Faust empfindlich am Kinn getroffen zu werden.

Sam taumelte zurück und landete auf dem Hintern. „Das war für Emmie, du verdammter Hurensohn!“, schrie Vale und wandte sich an einen der Lakaien. „Schnappt euch diesen Abschaum, und schmeißt ihn …“

Aber Vale sollte seinen Satz nicht zu Ende bringen. Flugs hatte Sam sich wieder aufgerappelt und setzte zu einer tiefen Attacke auf die Knie seines Gegners an. Krachend ging Vale zu Boden, Sam stürzte sich auf ihn. Einige Frauen kreischten schrill, und die Menge wich hastig vor ihnen zurück. Sam versuchte, Vale am Boden festzunageln, aber Vale drehte sich wendig, und schon rollten beide geradewegs auf die Treppe zu, wobei sie einige der sich in Sicherheit bringenden Damen vor sich hertrieben. Mit wogenden Röcken schwebten sie ihnen voraus, die auf einmal menschenleere Treppe hinab.

Sam hielt sich oben am Geländer fest, um ihrer beider Sturz aufzuhalten. Mit dem Kopf voraus lag er da, die Schultern ragten schon über die erste Stufe hinaus, da verpasste Vale ihm noch einen Tritt in den Bauch, sodass Sam unwillkürlich losließ, um sich zu schützen. Kopfüber fiel er die Treppe hinab, schaffte es aber noch, Vales Arm zu packen und den anderen mit sich zu ziehen. In mörderischer Wut ineinander verschlungen, polterten sie nach unten. Jede Stufe rammte sich schmerzhaft in Sams Rücken, doch es kümmerte ihn nicht mehr, ob er diesen Zweikampf lebendig überstand. Er wollte nur sichergehen, dass er seinen Gegner mit sich nahm, was auch immer geschah. Auf halber Höhe prallten sie gegen das Geländer, welches ihren Fall aufhielt. Sam schlang seinen Arm um einen der Holzbaluster, trat kräftig nach Vale aus und traf ihn empfindlich an der Seite.

So empfindlich, dass Vale sich fluchend aufbäumte. Er warf sich herum, legte Sam seinen Arm auf die Kehle und drückte fest zu. Sam würgte und rang keuchend nach Atem. Vale beugte sich tief über ihn, sein Gesicht war zornesrot. „Du elender Kolonist“, zischte er. „Wie kannst du es wagen, deine schmierigen Pranken auf …“

Da ließ Sam das Geländer los und schlug Vale mit beiden Händen auf die Ohren. Vale taumelte zurück, gab Sams Hals frei und ließ ihn mühsam wieder zu Atem kommen. Gemeinsam rutschten sie weiter die Treppe hinab. Vale drosch derweil auf ihn ein, traf ihn im Gesicht, am Bauch, an den Schenkeln. Jeder Schlag schüttelte ihn heftig durch, ließ ihn hart auf die Stufen prallen, doch seltsamerweise spürte er keinerlei Schmerz. Sein ganzes Wesen war einzig erfüllt von Trauer und Wut. Sam schlug zurück, zielte auf alles, was sich seinen Fäusten darbot. Er spürte Vales Wangenknochen unter seinen Knöcheln krachen, hörte das weiche, feuchte Schmatzen, als er ihm die Nase brach. Mit dem Rücken schlug er auf den Treppenabsatz. Vale landete auf ihm und war damit klar im

Vorteil, was Sam indes herzlich wenig kümmerte. Er hatte alles verloren, und schuld daran war dieser Mann. Vales Zorn mochte berechtigt sein, doch Sams Zorn wurde von Verzweiflung genährt. Tiefer, wilder Verzweiflung. Sein Zorn war maßlos.

Und so raffte Sam sich wieder auf, tauchte durch Vales Schläge hindurch, spürte seine Fäuste im Gesicht, doch den Schmerz spürte er nicht mehr. Nichts konnte ihn jetzt noch aufhalten. Sein Zorn und das Bedürfnis zu töten beherrschten ihn. Er packte Vale und warf ihn zu Boden, dann schlug er auf ihn ein, hieb mit den Fäusten in sein Gesicht, und das Gefühl war unbeschreiblich erhebend. Er hörte Knochen knirschen, sah Blut spritzen, doch was kümmerte es ihn? Er spürte nichts.

Gar nichts.

Bis er aus den Augenwinkeln eine Bewegung wahrnahm. Er fuhr herum und erstarrte, seine blutige, geballte Faust nur eine Handbreit von Emelines Gesicht entfernt.

Sie zuckte zusammen, wich aber nicht zurück. „Nein“, sagte sie. „Tu es nicht.“

Er starrte sie an, diese Frau, die er leidenschaftlich geliebt hatte, diese Frau, der er seine Seele hingegeben hatte.

Diese Frau, die er noch immer liebte.

Ihr standen Tränen in den Augen. „Tu es nicht.“ Sie streckte ihre zarte weiße Hand nach ihm aus und schloss sie um seine geschundene, blutbefleckte Faust. „Tu es nicht.“

Unter ihm regte Vale sich keuchend.

Als ihr Blick auf ihren Verlobten fiel, begannen die Tränen zu fließen. „Bitte, Samuel. Tu es nicht.“

Wie aus weiter Ferne spürte er den Schmerz nahen, spürte ihn an Körper und Seele. Er ließ seine Hand sinken und mühte sich schwerfällig auf. „Fahrt doch zur Hölle!“, fluchte er.

Und damit stolperte er die restlichen Stufen hinab und hinaus in die kalte Nacht.

16. KAPITEL

Jene Nacht lag Eisenherz in Ketten in einem feuchten, kalten Kerker. Er wusste, dass er alles verloren hatte. Sein Sohn war verschwunden, seine Gemahlin verzweifelt, das Königreich wehrlos, und noch vor Tagesanbruch würde er hingerichtet werden. Ein einziges Wort von seinen Lippen würde ihn freisprechen. Doch dieses eine Wort würde ihn wieder in einen armen Straßenkehrer verwandeln und Prinzessin Sonnentrost töten. Es kümmerte ihn wenig, was ihm geschah, aber der Gedanke, den Tod der Prinzessin zu bewirken, war ihm unerträglich. Denn in den sechs Jahren, die er nun schon verheiratet war, hatte sich etwas Wunderliches zugetragen: Er hatte sich in seine Frau verliebt …
Eisenherz

Als Rebecca am nächsten Morgen nach unten ging, jagte sie erst mal zwei Hausmädchen einen Schrecken ein. Die beiden standen in der Halle, hatten die Köpfe zusammengesteckt und tuschelten aufgeregt. Als sie Schritte auf der Treppe hörten, sprangen sie rasch auseinander und starrten zu ihr hinauf.

Rebecca reckte das Kinn und mühte sich um Contenance. „Guten Morgen."

„Miss." Die Ältere der beiden hatte sich zuerst wieder gefasst und machte einen flüchtigen Knicks, ehe sie mit ihrer Freundin davoneilte.

Rebecca seufzte. Natürlich waren die Dienstboten wegen der Ereignisse des vergangenen Abends ganz außer sich. Als Sam blutüberströmt ins Haus gewankt war, hatte er den ganzen Haushalt aufgeweckt. Zwar hatte er sich verbeten, dass nach einem Arzt geschickt wurde, doch dieses eine Mal hatte Rebecca sich gegen den Willen ihres Bruders durchgesetzt. Das viele Blut und vor allem seine völlige Gleichgültigkeit hatten sie zu Tode erschreckt. Lord Vale hatte sie bislang nicht zu Gesicht bekommen, aber nach allem, was sie vom Arzt und den Dienstboten aufgeschnappt hatte, war es um ihn wohl noch schlimmer bestellt.

Rebecca wünschte sich nichts sehnlicher, als heimlich nach nebenan zu huschen und mit Lady Emeline zu reden, bei ihr zu sitzen und mit ihr zu fühlen. Lady Emeline schien immer ganz genau zu wissen, was in einer gegebenen Situation geboten war. Sie würde alles wieder in Ordnung bringen können – immer vorausgesetzt, dass es hier überhaupt noch etwas in Ordnung zu bringen gab. Denn Rebecca fürchtete, vielleicht nie wieder mit Lady Emeline sprechen zu können. Sie bezweifelte, dass es eine Anstandsregel für ihre spezifische Situation gab. *Was man zu einer Dame sagt, nachdem der eigene Bruder ihren Verlobten halb totgeprügelt hat.* Sehr kompliziert, das alles.

Mit sorgenvoll gefurchter Stirn ging sie weiter ins Speisezimmer. Samuel hatte gestern Nacht kaum mit ihr gesprochen, aber sie wusste von den Dienern, dass er sein Zimmer heute Morgen noch nicht verlassen hatte. Deshalb hatte sie das Speisezimmer ganz für sich und war allein mit ihren Sorgen. So einsam wie jetzt hatte sie sich seit ihrer Ankunft in England noch nie gefühlt. Wie sehr sie sich wünschte, es gäbe jemanden, dem sie sich anvertrauen könnte! Aber Samuel sprach ja nicht mit ihr, und ansonsten gab es im Haus nur Dienstboten.

Rebecca wollte sich gerade einen der Stühle heranziehen, da kam eine hilfreiche Männerhand ihr zuvor. Als sie aufsah – ziemlich weit hinauf –, blickte sie geradewegs in das Gesicht des Dieners O'Hare.

„Oh, ich hatte Sie gar nicht bemerkt", sagte sie erfreut.

„Ja, Miss", erwiderte er so steif, als hätten sie nicht vor ein paar Wochen noch ganz zwanglos miteinander geplaudert.

Natürlich war noch ein zweiter Diener anwesend, und auch der Butler schlich bestimmt irgendwo herum. Etwas ernüchtert nahm Rebecca Platz. Sie starrte vor sich auf das Tischtuch und kämpfte mit den Tränen. Oh, wie töricht sie auf einmal war! Wie ein kleines Kind zu heulen, weil ein Dienstbote einem die Freundschaft versagte. Aber einen Freund könnte sie gerade wirklich gebrauchen.

Sie sah zu, wie O'Hares große Hand nach der Teekanne griff und ihr eingoss. „Ich habe mir überlegt …", begann sie und verstummte wieder.

„Ja, Miss?"

Wie nett und freundlich er doch klang! Sie schaute auf und blickte in seine grünen Augen. „Mein Bruder liebt Apfelgelee über alles und hat gewiss schon Ewigkeiten keines mehr gegessen. Glauben Sie, man könnte hier welches bekommen?"

O'Hare blinzelte. Er hatte wirklich wunderschöne lange Wimpern. Fast wie ein Mädchen. „Ich weiß nicht, ob … ob vielleicht der Kolonialwarenhändler Apfelgelee hat, Miss, aber ich könnte ja mal …"

„Nein, nicht Sie." Mit einem reizenden Lächeln wandte sie sich dem anderen Diener zu, der das Gespräch mit großen, nicht allzu aufgeweckten Augen verfolgt hatte. „Ich möchte, dass *Sie* gehen."

„Jawohl, Miss", sagte der Diener, sichtlich verwirrt, aber wenigstens wusste er, was sich gehörte. Mit einer Verbeugung entfernte er sich und begab sich auf die Suche nach Apfelgelee. Oder auch nicht.

Was Rebecca allein mit O'Hare zurückließ.

Sie nahm einen Schluck Tee – zu heiß, sie ließ ihn sonst immer etwas abkühlen – und stellte die Tasse dann wieder sehr sorgsam vor sich ab. „Seit wir von unserer Landpartie zurückgekehrt sind, habe ich Sie noch gar nicht gesehen."

„Nein, Miss."

Sie drehte die Tasse vorsichtig hin und her. „Mir fällt gerade auf, dass ich gar nicht weiß, wie Sie heißen."

„O'Hare, Miss."

„Oh, *das* weiß ich", sagte sie und krauste die Nase. „Ich meinte Ihren Vornamen."

„Gil, Miss. Gil O'Hare, zu Ihren Diensten."

„Danke, Gil O'Hare."

Artig verschränkte sie die Hände im Schoß. Er stand hinter ihr, wie es sich für einen Diener gehörte, stets bereit, ihr anzureichen, was immer sie brauchte. Nur leider war, was sie brauchte, weder auf dem Tisch noch auf der Anrichte zu finden.

„Haben … haben Sie meinen Bruder gestern Abend gesehen?"

„Ja, Miss."

Missmutig betrachtete sie den Brotkorb, der in der Mitte des Tisches stand. Eigentlich hatte sie überhaupt keinen Appetit. „Wahrscheinlich wird in der Küche von nichts anderem als meinem Bruder geredet."

Er räusperte sich und schwieg, was sie als Bestätigung wertete.

Sie seufzte tief. „Das war wirklich recht spektakulär, wie er da blutüberströmt hereingewankt kam und in der Halle zusammengebrochen ist. Ich habe gewiss in meinem ganzen Leben noch nie so viel Blut gesehen. Sein Hemd dürfte ruiniert sein."

Hinter ihr raschelte es leise, dann griff ein grün berockter Arm an ihr vorbei nach dem Brotkorb. „Möchten Sie vielleicht ein Brötchen? Die Köchin hat sie heute Morgen frisch gebacken."

Sie sah ihm zu, wie er eines auswählte und auf ihren Teller legte. „Danke."

„Gerne, Miss."

„Wissen Sie, ich habe nämlich niemanden, mit dem ich darüber reden könnte", fuhr sie rasch fort, ohne den Blick von dem Brötchen auf ihrem Teller zu wenden. „Dass mein Bruder sich so schrecklich mit Lord Vale geprügelt hat … Das ist alles sehr verwirrend."

Gil trat an die Anrichte und kam mit einer Schale pochierter Eier zurück. „Sie haben doch bei der Hausgesellschaft sehr nette Freunde gefunden, Miss."

Sie drehte sich nach ihm um, als er ihr von den Eiern auftrug. Er wich ihrem Blick aus. „Woher wissen Sie das?"

Er wurde rot und tat es mit einem Schulterzucken ab. „Ach, nur was in der Küche so geredet wird. Hier, probieren Sie mal." Er reichte ihr eine Gabel.

„Wahrscheinlich meinen Sie die Schwestern Hopedale." Lustlos stocherte sie in ihrem Ei und spießte ein bisschen Dotter auf die Gabel. „Nach den Ereignissen von letzter Nacht wollen die mich bestimmt nicht mehr sehen."

„Meinen Sie?"

„Ich wage zu bezweifeln, dass wir in guten Kreisen noch empfangen werden."

„Die sollten sich glücklich schätzen, Sie überhaupt empfangen zu dürfen", sagte Gil hinter ihr.

Verwirrt drehte sie sich um.

Er hatte die Stirn gerunzelt, glättete sie jedoch, als er merkte, wie sie ihn ansah. „Wenn ich das mal so sagen darf."

„Ja, dürfen Sie." Sie lächelte ihn an. „Das ist sehr nett von Ihnen."

„Danke, Miss."

Sie wandte sich wieder um und nahm einen Schluck Tee. Nun war er etwas abgekühlt, genau richtig. „Aber selbst wenn sie mich empfangen würden, wüsste ich nicht, ob ich mit den Schwestern Hopedale über das sprechen könnte, was gestern vorgefallen ist. Meist reden wir nur übers Wetter – oder über Hüte. Ja, sehr häufig über Hüte, wovon ich herzlich wenig verstehe, aber es scheint eines ihrer Lieblingsthemen zu sein. Und einmal haben wir auch sehr angeregt darüber diskutiert, ob Zitronencreme oder Schokoladenpudding als Nachtisch vorzuziehen sei. Es scheint mir ein gewagter Schritt, von der Puddingfrage dazu überzuleiten, dass mein Bruder einen Viscount halb totgeschlagen hat."

„Ja, Miss", sagte er und trat abermals an die Anrichte. „Wir hätten hier noch köstliche kleine Heringe. Oder lieber eine Scheibe Schinken?“

„Aber vielleicht ist das ja einfach so. Vielleicht reden Londoner Damen ja nur über das Wetter, über Hüte und Puddings. Bei uns in den Kolonien ist alles etwas anders.“

„Tatsächlich, Miss?“ Gil zögerte kurz, nahm dann die Platte mit den Heringen und kam zurück an den Tisch.

„Oh ja“, sagte sie entschieden. „Bei uns in den Kolonien ist längst nicht so wichtig, in welchen Stand ein Mann geboren wurde.“

„Wirklich?“ Er legte ihr einen der Heringe auf den Teller.

„Mmmm“, machte sie und nahm einen winzigen Happen Hering. „Was nicht heißen soll, dass alle Menschen gleich wären oder niemand über andere urteilt. Das gibt es wahrscheinlich nirgends. Aber bei uns kommt es eher darauf an, ob ein Mann es in seinem Leben zu etwas gebracht – und ob er Geld hat. Und jeder, der sich anstrengt und hart genug arbeitet, kann es auch zu etwas bringen und viel Geld verdienen. Wissen Sie was? Dieser Hering ist wirklich köstlich.“

„Ich werde es der Köchin ausrichten“, ließ Gil sich hinter ihr vernehmen. „Aber sagten Sie gerade *jeder*, Miss?“

„Wie bitte?“ Der Hering mundete wirklich vorzüglich und hob ihre Laune ganz beträchtlich. Vielleicht brauchte sie ja einfach nur ein ordentliches Frühstück?

„Kann wirklich jeder es in Amerika zu etwas bringen?“

Sie hielt inne und schaute Gil über die Schulter an. Seine Miene war so gespannt, als hänge von ihrer Antwort alles ab. „Ja, doch, ich glaube schon. Immerhin ist mein Bruder in einer kleinen Hütte im Wald aufgewachsen. Wussten Sie das?“

Stumm schüttelte er den Kopf.

„Doch, das ist er. Und jetzt ist er ein sehr respektabler Bostoner Bürger. Alle Damen reißen sich darum, dass er zu ihren Gesellschaften kommt, und die Gentlemen schätzen seinen Rat in geschäftlichen Belangen. Aber …“, meinte sie nachdenklich und wandte sich wieder ihrem Hering zu, „… er hat natürlich nicht von Null angefangen, sondern mit Onkel

Thomas' Importhandel. Doch als Samuel das Geschäft geerbt hat, war es noch sehr klein und unbedeutend. Jetzt ist es hingegen das größte seiner Art in Boston, und das allein dank Samuels harter Arbeit und seines klugen Geschäftssinns. Ich kenne einige Gentlemen in Boston, die bescheiden angefangen und es zu etwas gebracht haben."

„Gewiss, Miss."

„Eigentlich bin ich solche Leute wie den englischen Adel gar nicht gewohnt. Leute, die so sehr von ihrer Herkunft bestimmt werden. Beispielsweise verstehe ich wirklich nicht, warum Lady Emeline beschlossen hat, Lord Vale zu heiraten."

„Weil sie beide von Stand sind, Miss. Klingt mir nur vernünftig, dass sie in ihren Kreisen heiraten."

„Ja, aber was, wenn sie sich in jemanden verlieben, der *nicht* von Stand ist?" Düster starrte Rebecca auf ihren Hering. „Ich meine, über Liebe hat man doch keine Macht, oder? Das ist ja das Schöne daran. Dass man sich völlig unerwartet in jemanden verlieben kann, der überhaupt nicht den Erwartungen entspricht – so wie Romeo und Julia."

„Wer, Miss?"

„Ach, Sie wissen schon. Shakespeare."

„Tut mir leid, aber von denen habe ich noch nie was gehört."

Verwundert drehte sie sich um. „Das ist schade, denn es ist wirklich ein gutes Stück. Bis auf das Ende. Im Grunde geht es darum, dass Romeo sich in Julia verliebt, die leider die Tochter seines Feindes ist. Oder vielmehr ist ihre *Familie* mit *seiner* Familie verfeindet."

„Das ist aber nicht sehr schlau von ihm", bemerkte Gil ganz praktisch.

„Aber genau darum geht es ja! Es geht nicht darum, ob das schlau von ihm ist oder nicht – er kann es sich nicht *aussuchen*, in wen er sich verliebt. Es passiert einfach."

„Aha", sagte der Diener und schien von der überwältigenden Macht der Liebe wenig überzeugt. „Und dann?"

„Erst gibt es ein paar Duelle, dann eine heimliche Hochzeit, und dann sterben sie."

„Sie *sterben*?", fragte er entsetzt.

„Ich habe ja gesagt, dass das Ende nicht besonders gut ist", verteidigte sich Rebecca. „Aber furchtbar romantisch."

„Also, am Leben bleiben fände ich besser als tot und romantisch sein", meinte Gil.

„Wahrscheinlich haben Sie recht. Meinen Bruder scheint die Liebe ja auch nicht gerade glücklich zu machen."

„Ist er deshalb auf Lord Vale losgegangen?"

„Vermutlich. Er liebt nämlich Lady Emeline. Aber das dürfen Sie auf gar keinen Fall weitersagen", fügte sie rasch hinzu.

„Das werde ich nicht, Miss."

Sie lächelte ihn an, und er lächelte zurück, wobei feine Fältchen sich um seine grünen Augen krausten, und sie dachte, wie wohl sie sich doch mit ihm fühlte. Bei den meisten Leuten hatte sie immer das Gefühl, jedes Wort ganz genau bedenken zu müssen und sich ständig sorgen zu müssen, was andere wohl von ihr dachten. Aber bei Gil konnte sie einfach sagen, was ihr in den Sinn kam.

Während sie sich abermals ihrem Frühstück zuwandte, fühlte sie sich wohl und geborgen in dem Wissen, dass Gil hinter ihr stand.

Emeline saß im kleinen Salon ihres Stadthauses, trank Tee, lauschte Tante Cristelle und wünschte, sie wäre anderswo. Egal wo, nur weit fort.

„Du kannst dich glücklich schätzen", verkündete ihre Tante. „Du kannst dich wirklich glücklich schätzen. Ich weiß wahrlich nicht, wie dieser Mann seine mörderische Niedertracht so lange hat verheimlichen können."

Dieser Mann war natürlich Samuel. Einer Logik folgend, die nur sie selbst verstand, war Tante Cristelle zu dem Schluss gelangt, dass der schreckliche Zweikampf am vorigen Abend der schlagende Beweis für Samuels gewalttätiges Wesen war, welches sich endlich Bahn gebrochen hatte.

„Ich glaube, dass Verrückte ihren Wahnsinn lange verbergen können. Sie tarnen sich. Und du hast ja seine Schuhe gesehen", schloss Tante Cristelle und nippte nachdenklich an ihrem Tee.

„Ich glaube nicht, dass seine Schuhe etwas damit zu tun hatten", murmelte Emeline.

„Aber ja doch, natürlich!", entrüstete sich ihre Tante. „Schuhe verraten so viel über einen Menschen. Die Schuhe eines Trunkenbolds sind schmutzig und schäbig. Die der Dame von zweifelhaftem Ruf zu aufgeputzt. Und die des Mannes von mörderischer Gesinnung – nun, was trägt er wohl? Die Schuhe eines barbarischen Eingeborenen!"

Verstohlen ließ Emeline ihre Füße unter dem Rocksaum verschwinden. Ausgerechnet heute musste sie reich mit Gold bestickte Schuhe tragen.

Rasch wechselte sie das Thema. „Ich weiß nicht, wie er das Gerede überstehen will. Fast alles, was Rang und Namen hat, war gestern hier und hat mit angesehen, wie Mr Hartley Jasper die Treppe hinuntergeworfen hat."

„Und *das* ist das eigentlich Verwunderliche."

Fragend hob Emeline die Brauen. „Dass alle zugeschaut haben?"

„Nein, nein." Die alte Dame winkte ungeduldig ab. „Dass Lord Vale sich so galant und nachgiebig gezeigt hat."

„Also, ich weiß nicht …", wandte Emeline ein, der gestern gar nichts galant vorgekommen war.

„Mr Hartleys Statur reicht nicht an jene von Lord Vale heran, und doch konnte er ihn überwältigen. Da fragt man sich ja schon, woraus sich seine Kraft speist."

„Wahrscheinlich aus seinem Wahnsinn", meinte Emeline trocken. Sie mochte gar nicht an die gestrige Prügelei denken – als sie hatte mit ansehen müssen, wie zwei Männer, die sie liebte, einander wahrlich zu töten versuchten. Und der Blick in Samuels Augen … Doch sie wollte ja Tante Cristelle auf andere Gedanken bringen. „Die Hochzeit dürfte ruiniert sein", meinte sie. „Wir können uns glücklich schätzen, wenn überhaupt jemand kommt."

Ihre Tante sah das natürlich ganz anders. „So schlecht ist das nicht, all die Aufregung und das Gerede. Man sollte meinen, dass Gerede immer von Nachteil ist, aber dem ist nicht so. Der Skandal wird viele erst recht dazu bewegen, zu deiner Hochzeit zu kommen. Ich glaube, es dürfte ein großer Erfolg werden."

Mit leisem Schaudern blickte Emeline in ihre Teetasse. Der Gedanke, dass all diese Leute aus reiner Neugierde zu ihrer Hochzeit kämen, vielleicht in der Hoffnung, dass Samuel noch einmal auftauchen und ordentlich für Aufruhr sorgen würde, behagte ihr nicht. Geradezu geschmacklos war das. Schlimmer noch war indes, dass Samuel gar nicht auftauchen würde. Dessen war sie sich gewiss. Er wollte nichts mehr mit ihr zu tun haben. Die bittere Enttäuschung, ja der *Abscheu*, der ihm gestern in den Augen gestanden hatte, hatte sie schwer getroffen. Sie wusste, dass er sie nie wieder würde sehen wollen. Was wahrscheinlich das Beste war. Besser, man zog einfach einen sauberen Schlussstrich unter die Sache.

Wenn sie nur mit etwas Zuversicht in die Zukunft blicken könnte! Ihr Weg war von Geburt an vorgegeben gewesen. Sie war die Tochter und die Schwester englischer Earls, eine Frau von Stand und guter Familie. Nicht mehr wurde von ihr erwartet, als dass sie eine gute Partie machte, Kinder bekam und sich an die Regeln der Gesellschaft hielt. So schwer sollte das doch nicht sein, und bislang hatte sie dieses Leben auch nie infrage gestellt. Sie war eine gute Ehefrau und Mutter gewesen. War nicht sie es gewesen, die ihre Familie allen Widrigkeiten zum Trotz zusammengehalten hatte? Hatte sie nicht in Jasper einen Mann gefunden, der ihr ein ebenso würdiger Gemahl wäre wie der erste? Und wenn es in ihrer zweiten Ehe keine Treue gäbe und wenn sie einander eher wie Geschwister liebten als mit Leidenschaft, so entsprach das durchaus den Gepflogenheiten. Sie müsste töricht sein, nun auf einmal den ihr vorgegebenen Weg verlassen zu wollen.

Sehr töricht.

Emeline biss sich auf die Lippe und blickte trübsinnig in ihren Tee, der ungetrunken kalt wurde, während Tante Cristelle ihr gegenüber weiterlamentierte. Doch sosehr sie sich auch ins Gewissen redete, sie trauerte diesem Mann hinterher, der so anders gewesen war als die Männer ihrer Welt. Samuel hatte sie angeschaut und sie wirklich *gesehen.* Er war der erste und wohl auch der letzte Mann in ihrem Leben, der sie so gesehen hatte, wie sie wirklich war. Und was noch viel verwunderlicher war: Er war nicht vor ihr zurückgeschreckt. Ihre schreckliche Launenhaftigkeit hatte er gesehen, ihren Starrsinn, ihren scharfen Verstand – und hatte sie für gut befunden. Kein Wunder, dass sie ihm hinterhertrauerte. Solch bedingungslose Akzeptanz war selten und sehr verführerisch.

Dennoch war es töricht.

Als Samuel am Nachmittag durch London lief, wurde er von den Leuten angegafft. Verstohlen aus den Augenwinkeln sahen sie ihn an – und dann rasch beiseite, wenn sein Blick dem ihren begegnete. Kein Wunder eigentlich, hatte er doch heute Morgen auch schon in den Spiegel geschaut und wusste, was sie sahen: ein blaues Auge, eine geplatzte und geschwollene Lippe sowie dicke Blutergüsse an Kinn und Wange, die blau-violett schimmerten. Er verstand also durchaus, warum sie so glotzten, hasste sie aber dennoch dafür. In der Menge untergegangen war er noch nie – immerhin trug er Beinlinge und Mokassins –, aber heute schauten sie ihn an, als hielten sie ihn für einen Irren.

Das war das erste Problem. Das zweite war, dass er wünschte, Vale würde ihn bei dieser Unternehmung begleiten. Dumm von ihm, gewiss, aber so war es eben. Er hatte sich an Vales kleine Scherze und seinen trockenen Humor gewöhnt, und obwohl er den Mann nun aus tiefstem Herzen hasste, so fehlte er ihm doch. Außerdem hätte er ein bisschen Verstärkung gut gebrauchen können.

Mit einem kurzen Blick über die Schulter sah Sam sich nach möglichen Verfolgern um und tauchte dann in eine kleine dunkle Gasse ein. Er musste sich einen Moment ausruhen. An die verrußte Wand gelehnt, hielt er sich die Seite. Irgendetwas stach ihn dort. Wahrscheinlich waren auch ein paar Rippen gebrochen. Rebecca würde Zustände bekommen, wenn sie wüsste, dass er nicht im Bett lag. Gestern Nacht hatte seine kleine Schwester so ungewohnt hartnäckig darauf bestanden, dass ein Arzt gerufen werde, dass er ihrem Drängen schließlich nachgegeben hatte. Was kümmerte es ihn noch, wenn seine Welt ohnehin in Trümmern lag?

Nachdem er kurz um die Ecke gespäht hatte, lief er weiter und versuchte nicht weiter auf seine schmerzenden Rippen zu achten. Nur noch eine Sache galt es zu erledigen, dann könnte er dieser verdammten Insel den Rücken kehren und die Heimreise antreten.

In diesem Teil Londons war es ruhig und recht sauber, sogar die Gerüche, die ihm von überall her in die Nase drangen, waren einigermaßen erträglich. Sam bog in die Starling Lane ein. Die Häuser waren aus hellerem Ziegel und schienen neuer, wahrscheinlich nach dem großen Feuer erbaut. Kleine Ladengeschäfte mit winzigen dunklen Fenstern, in denen die Waren ausgestellt waren, säumten die Straße. Über den Läden waren Wohnungen, vermutlich die der Ladenbesitzer.

Sam stieß die Tür zu einer kleinen Schneiderei auf. Im Laden war es schummerig, in der Luft hing der Geruch von Staub. Zu sehen war niemand. Sam schloss langsam die Tür hinter sich und wartete.

„Einen Moment, bitte, wenn es genehm ist, Sir!“, rief eine Männerstimme aus irgendeinem Hinterzimmer.

Der Laden war tatsächlich nicht besonders groß – wahrscheinlich nahm die Werkstatt im hinteren Teil den meisten Raum ein. In Regalen stapelten sich Stoffballen, und das einzige Ausstellungsstück war eine Weste, die auf einem Ständer drapiert war. Die Weste war solide gefertigt und sorgfältig genäht, doch der Stoff war nicht gerade erste Wahl. Was Sam zu der Vermutung führte, dass zu den Kunden des Schneiders wohl eher Händler, Ärzte und Anwälte zählten als elegante Gentlemen. Sam trat hinter den Ladentisch und spähte in den Durchgang, der nach hinten führte. Wie er sich bereits gedacht hatte, war der hintere Raum weitaus größer als der Laden. Den meisten Platz nahm ein langer Tisch ein, auf dem zugeschnittene Stoffstücke und Stoffreste, Schneiderkreide, Garnrollen und Schnittmuster verstreut lagen. Zwei junge Männer saßen im Schneidersitz auf dem Tisch und nähten, während ein älterer Mann mit sich lichtendem Haar über eine Lage Stoff gebeugt stand und sie flink mit der Schere zuschnitt.

Ohne seine Arbeit zu unterbrechen, sah er auf. „Einen Moment noch, Sir."

„Wir können gern reden, während Sie arbeiten", bot Sam an.

„Sir?", fragte der Mann verdutzt, doch seine Hand flog derweil so sicher und geschwind über den Stoff, als führe sie ein Eigenleben.

„Ich möchte Ihnen ein paar Fragen stellen, über einen ehemaligen Nachbarn von Ihnen."

Nun zögerte der Schneider kurz und beäugte ihn argwöhnisch.

Sein geschundenes Gesicht war gewiss auch nicht gerade hilfreich, dachte Sam. „Nebenan war doch früher mal ein Schuhmacher", begann er.

„Ja, Sir." Blitzschnell drehte der Schneider den Stoff um und schnitt auf der anderen Seite weiter.

„Kannten Sie Dick Thornton, den Besitzer?"

„Kann schon sein." Der Schneider beugte sich so tief über seine Arbeit, als wolle er sein Gesicht vor Sam verbergen.

„Ich habe gehört, dass der Laden zuvor Thorntons Vater gehört hat."

„Ja, Sir. Der alte George Thornton." Der Schneider warf die Schere auf den Tisch, legte den zugeschnittenen Stoff beiseite und breitete eine neue Lage Tuch aus. „Guter Mann. Hatte den Laden gerade mal ein Jahr, ehe er gestorben ist. Trotzdem haben ihn hier alle vermisst."

Sam stutzte. „Der alte Thornton hatte den Laden hier erst kurz vor seinem Tod aufgemacht? Er war nicht von Beginn an hier?"

„Nein, Sir, war er nicht. Er ist von woanders hergezogen."

„Dogleg Lane", warf einer der beiden jungen Männer ungefragt ein.

Der Schneidermeister warf ihm einen tadelnden Blick zu, woraufhin der Geselle sich noch emsiger als zuvor über seine Arbeit beugte.

Sam hockte sich seitlings auf den Tisch und verschränkte die Arme. „War Dick schon aus dem Krieg heimgekehrt, als sein Vater gestorben ist?"

Der Schneider schüttelte den Kopf. „Nein, Sir. Dick kam erst im Jahr darauf. Bis dahin hat seine Frau, also Georges Schwiegertochter, den Laden geführt. Sie war ein nettes Mädchen, aber viel zu gutgläubig, wenn Sie wissen, was ich meine. Als Dick nach Hause kam, war es nicht gut um den Laden bestellt, aber er hat das Ruder bald wieder herumgerissen. Nach ein paar Jahren hat er dann woanders einen größeren Laden aufgemacht."

„Kannten Sie Dick schon, ehe er aus dem Krieg zurückkam? Hatten Sie ihn vorher mal gesehen?"

„Nein, Sir", meinte der Schneider und runzelte die Stirn, während er ein perfektes Oval aus dem Tuch schnitt. „Schien mir auch kein großer Verlust, Dick Thornton nicht eher gekannt zu haben."

„Sie mögen ihn nicht", stellte Sam fest.

„Da war er hier nicht der Einzige", murmelte der junge Geselle.

„Gibt sich nett, lächelt viel, aber ich habe ihm nie so recht über den Weg getraut“, sagte der Meister achselzuckend. „Und seine Frau hatte richtig Angst vor ihm.“

„Ach, wirklich?“, sagte Sam und hielt den Blick auf seine Mokassins gesenkt. Wenn seine Vermutung stimmte, hatte Mrs Thornton auch allen Grund gehabt, Angst zu haben. „Hat sie sich sonst noch auffällig benommen? Anders als früher?“

„Schwer zu sagen. Nachdem Dick wieder zurück war, blieb ihr ja nicht mehr besonders viel Zeit.“

Sam horchte auf. „Wie meinen Sie das?“

„Na, gestorben ist sie.“ Der Schneider warf ihm einen vielsagenden Blick zu, ehe er sich wieder über seine Arbeit beugte. „Ist die Treppe runtergefallen und hat sich das Genick gebrochen. Das hat zumindest ihr Mann behauptet.“

Die Gesellen schüttelten beide den Kopf, um zu zeigen, was sie davon hielten.

Sam wurde von einem wilden Triumphgefühl erfüllt. Er hatte es gewusst! Dick Thornton war nicht der, als der er sich ausgab. *Der Gefangene MacDonald, wie er sich unter einem der Wagen verkriecht, während um ihn her die Schlacht tobt. MacDonald, wie er in seinem Versteck Sams Blick auffängt. MacDonald, wie er ihm zuzwinkert und grinst.* Das war es, woran Sam sich gestern Abend erinnert hatte, als er sich auf Emelines Ball durch die Menge gedrängt hatte. Wie MacDonald ständig gezwinkert und gegrinst hatte – genauso wie Thornton zwinkerte und grinste. Der Gefangene MacDonald hatte Thorntons Platz eingenommen.

Und lebte nun sein Leben.

Kurz darauf verließ Sam die kleine Schneiderei. Fast war es geschafft. Er musste lediglich Dick Thornton – oder vielmehr den Mann, der sich Dick Thornton nannte – mit der Wahrheit konfrontieren, dann konnte er die Heimreise antreten. Ein langes Jahr der Suche nach Antworten käme zum Ende. Die Toten von Spinner’s Falls könnten endlich in Frieden ruhen.

Nur dass er, dachte Sam auf dem Rückweg zu seinem Stadthaus, niemals wieder Ruhe und Frieden finden würde. Er konnte nach Boston zurückkehren, doch sein Herz würde für immer in England bleiben.

Er war in der schmalen Gasse hinter seinem Haus angelangt. Kurz zögerte er, dann lief er an seinem eigenen Tor weiter zu jenem, das in Emelines Garten führte. Es war verschlossen, natürlich, doch das sollte ihn nicht aufhalten. Geschwind kletterte er die Mauer hoch, wenngleich wegen seiner schmerzenden Rippen nicht ganz so geschwind, wie ihm lieb gewesen wäre. Der Garten lag verlassen da. Entlang des Kieswegs blühten erste Astern, und das Laub der kleinen Zierbäume begann sich schon herbstlich zu färben. Von hier aus hatte man einen guten Blick auf den rückwärtigen Teil des Hauses. Einige der Fenster im oberen Geschoss mussten zu Emelines Gemächern gehören. Vielleicht sah sie ja just in diesem Augenblick hinaus.

Sam war sich bewusst, wie töricht es war, was er hier tat – im Garten der Frau herumzuschleichen, die ihn abgewiesen hatte. Es war ihm peinlich, was er hier tat, und es machte ihn wütend, dass es ihm peinlich war. Bald würde er zurück nach Hause gehen und mit Rebecca zu Abend essen müssen, doch ein wenig wollte er noch bleiben, still ihr Haus betrachten, derweil sein Herz dazu einen schmerzlich stummen Takt schlug: *wenn nur … wenn nur … wenn nur …*

Er schloss die Augen und traf eine Entscheidung. So konnte er nicht gehen. Er musste mit ihr reden. Aber nun war nicht die rechte Zeit. Für das, was er wollte, würde er bis zum Einbruch der Nacht warten müssen. Und so sah er noch einmal hinauf zu den Fenstern, drehte sich um und verließ den Garten. Er würde warten.

Bis zum Einbruch der Nacht.

17. KAPITEL

Kurz nach Mitternacht wurde Eisenherz aus dem Kerker geholt. Wachen stießen ihn die Treppe hinauf und führten ihn hinaus auf den großen Platz der Strahlenden Stadt. Menschenscharen säumten die Straßen. Gesichter schienen gespenstisch im Schein der Fackeln auf. Es herrschte Totenstille, und niemand sagte ein Wort – bis auf einen. Denn der Zauberer tanzte vergnügt vor ihnen her und lachte und freute sich, dass Eisenherz den Tod finden würde, und nicht einmal sein Humpeln konnte seine ausgelassene Freude mindern. Auf der Hand des bösen Zauberers saß eine weiße Taube, die mit einer goldenen Kette festgebunden war und im Takt des wilden Gehopses leise auf und nieder wippte …
Eisenherz

Es war schon spät, und sie war müde, doch ihre Sinne waren noch hellwach, sodass sie ihn spürte, ehe sie ihn sah. Emelines Herz tat einen wilden, verzückten Sprung. Er war hier. Samuel war hier. Sie saß an ihrem Toilettentisch, wo sie sich vor dem Zubettgehen das Haar bürstete, und als sie sich umwandte, sah sie ihn an der Tür stehen, die von ihrem Schlafgemach in das kleine Ankleidezimmer führte. Sein Gesicht war übel zugerichtet, das linke Auge blau geschwollen, und mit einer Hand hielt er sich die Seite, als tue ihm dort etwas weh. Ungläubig schaute sie ihn an, wagte kaum zu atmen vor Angst, dass er sich im nächsten Augenblick schon in Luft auflösen könne.

„Dein Haar ist schön“, sagte er leise.

Das war wirklich das Letzte, was sie zu hören erwartet hatte. Es machte sie verlegen und ließ sie sich seltsam befangen fühlen. Noch nie hatte er sie mit offenem Haar gesehen. Hatte sie noch nie in so alltäglicher, vertrauter Umgebung gesehen.

„Danke.“ Sie wollte ihre Bürste auf dem Toilettentisch ablegen – und hätte sie fast zu Boden geworfen, so sehr zitterten ihr die Hände.

Sein Blick folgte ihrer Bewegung. „Ich wollte mich verabschieden."

„Reist du so bald schon ab?"

Auch das kam unerwartet. Aus unerfindlichen Gründen war sie immer davon ausgegangen, dass *sie* es wäre, die zuerst aufbräche – nach ihrer Heirat mit Jasper. Aber es war natürlich töricht, das zu glauben. Irgendwann musste Samuel ja in die Kolonien zurückkehren. Als ob sie das nicht immer gewusst hätte.

Er nickte bedächtig. „Sowie ich hier alles erledigt habe, stechen Rebecca und ich in See."

„Oh." Tausend Dinge hätte sie ihn fragen wollen, tausend Dinge ihm sagen wollen, aber was sie wirklich dachte, konnte sie nicht in Worte fassen. Stattdessen war sie nun in dieser seltsam förmlichen Konversation gefangen. Sie räusperte sich. „Musst du noch Geschäftliches erledigen? Oder versuchst du noch immer herauszufinden, wer das Regiment verraten hat?"

„Beides." Langsam kam er hereingeschlendert, blieb bei einem Konsolentisch stehen und nahm eine Porzellanschale zur Hand, drehte sie um und warf einen kurzen Blick auf die Marke am Boden.

Sie schluckte. „Aber wird es nicht noch Wochen oder gar Monate dauern, bis …"

Doch er schüttelte bereits den Kopf. „Thornton ist der Verräter", sagte er und stellte die Schale zurück.

„Woher willst du das wissen?"

Mit einem gleichgültigen Schulterzucken, als interessiere ihn das Thema nicht sonderlich, meinte er: „Eigentlich ist er gar nicht Thornton. Ich glaube, dass es sich bei ihm in Wirklichkeit um einen anderen Soldaten namens MacDonald handelt, der zu der Zeit des Angriffs unter Arrest stand. Thornton muss bei dem Überfall umgekommen sein, und MacDonald hat seinen Platz eingenommen."

Sie runzelte die Stirn und zog ihren Morgenrock fester um sich. Darunter trug sie nur ihre Chemise. Sie war barfuß und fühlte sich sehr bloß und verletzlich, als Samuel nun so selbstverständlich durch ihre privaten Gemächer schlenderte. Bloß und verletzlich, doch keineswegs bange. Vielmehr schien ihr die Szene seltsam vertraut – so als hätte sie schon immer gewusst, dass sie Samuel eines Tages hier empfangen würde. Sie wünschte nur, dass ihnen etwas mehr Zeit bliebe. Den Blick auf ihre Hände gerichtet, die sie fest im Schoß gefaltet hielt, da sie ihr so zitterten, stellte sie rasch eine weitere Frage, um das Unvermeidliche noch länger hinauszuzögern.

„Aber müssten Thorntons Freunde oder seine Familie das nicht gemerkt haben?"

„Die meisten seiner Freunde dürften bei Spinner's Falls umgekommen sein. Und seine Familie …", Samuel hielt kurz inne und strich mit den Fingern über die schweren Brokatvorhänge an ihrem Bett, „… er hatte keine Familie mehr – außer seiner Frau, und die ist bald nach Thorntons beziehungsweise MacDonalds Heimkehr gestorben. Wahrscheinlich hat er sie auch umgebracht."

So beiläufig sagte er es, dass Emeline der Atem stockte. „Warum tust du das, Samuel?"

Ihr Ton ließ ihn aufhorchen. „Was?"

„Warum folgst du wie besessen dieser Fährte?" Sie beugte sich vor, wollte seine Abwehr durchbrechen, wie er die ihre durchbrochen hatte. Ihnen blieb nur noch so wenig Zeit. „Warum all diese Mühe und Kosten darauf verwenden, diesen Mann aufzuspüren? Warum – nach all den Jahren?"

„Weil es mir möglich ist und anderen nicht."

„Wie meinst du das?", flüsterte sie.

Er ließ den Bettvorhang fallen und wandte sich ihr nun ganz zu. Kein Schutzpanzer, kein täuschender Schild verbarg mehr die Verzweiflung, die sie in seiner Miene sah. „Die anderen sind tot. Sie sind alle tot."

„Aber Jasper …"

Er lachte bitter. „Merkst du denn nicht, dass auch die Überlebenden tot sind? Vale mag lachen, trinken und den Narren spielen, so viel er will, aber du heiratest einen lebenden Leichnam, dessen sei gewiss."

Sie beschloss, sich seiner schrecklichen, bitteren Verzweiflung entgegenzustellen. „Das wage ich zu bezweifeln. Jasper mag seine Dämonen haben, aber er lebt nicht nur, er ist *lebendig.* Und du hast ihn gerettet, Samuel."

Er schüttelte den Kopf. „Ich war nicht mal dabei, als er gerettet wurde."

„Du bist den ganzen weiten Weg gelaufen, um Hilfe zu …"

„Ich bin weggelaufen", stieß er heiser hervor und ließ sie sogleich verstummen, denn sie hatte es ihn noch nie laut sagen hören. „Nach dem Überfall, noch mitten in der Schlacht, wurde mir klar, dass wir unterliegen, dass die Indianer uns bezwingen und die Überlebenden skalpieren würden. Wozu noch weiterkämpfen, dachte ich mir und habe mich versteckt. Und als sie Vale, Munroe, deinen Bruder und die anderen gefangen nahmen, bin ich einfach losgerannt."

Sie ging zu ihm und packte seinen Rock mit beiden Händen, spürte den rauen Wollstoff auf ihrer Haut. Sie reckte sich auf die Zehenspitzen und brachte ihr Gesicht dem seinen so nah wie nur möglich. „Du hast dich versteckt, weil du keinen Sinn darin sahst zu sterben. Du bist losgerannt, weil du das Leben der Gefangenen retten wolltest."

„Bin ich das?", flüsterte er. „Bin ich das wirklich? Das habe ich mir zwar die ganze Zeit eingeredet, dass ich um das Leben der anderen willen gerannt bin, aber vielleicht habe ich ja gelogen. Vielleicht bin ich einfach nur weggerannt, um mich in Sicherheit zu bringen."

„Nein." Verzweifelt schüttelte sie den Kopf. „Ich kenne dich, Samuel. Ich *kenne dich.* Du bist gerannt, um Hilfe zu holen. Um sie zu retten. So einfach ist das, und dafür bewundere ich dich."

„Tust du das?" Eindringlich sah er sie an. „Und doch ist

dein Bruder gestorben, ehe ich mit dem Lösegeld zurückkam. Ich habe ihn im Stich gelassen. Ich habe *dich* im Stich gelassen."

„Nein", stieß sie hervor. „Das darfst du niemals glauben." Und damit zog sie seinen Kopf zu sich herab.

Sie küsste ihn, versuchte, all ihre Hoffnung, all ihre widerstreitenden Gefühle und Gedanken in diese einfache Geste zu legen. Ihrer beider Lippen schmiegten sich aneinander, ihre Münder bewegten sich gemeinsam. Ein Kuss war etwas so Schlichtes, etwas, das so leicht zu geben war, aber sie wollte, dass dieser Kuss mehr war. Sie wollte Samuel wissen lassen, dass sie ihn nie – niemals – für einen Feigling gehalten hatte.

Sie wollte ihn wissen lassen, dass sie ihn liebte.

Ja, *liebte.* Ganz gleich, wen sie heiratete oder ob sie ihn jemals wiedersah, sie würde diesen Mann immer lieben. Ihn zu lieben entzog sich ihrer Kontrolle. Obwohl Samuel der falsche Mann zum Heiraten war, der falsche Mann, um den Rest ihres Lebens mit ihm zu verbringen, so konnte sie doch nicht anders, als ihn zu lieben.

Und so küsste sie ihn zärtlich, bewegte ihre Lippen so sanft wie möglich. An seinem Mund murmelte sie unzusammenhängende Liebkosungen, leckte schließlich, um ihn zu schmecken. Später würde sie sich an diesen Augenblick erinnern wollen, an seinen Geschmack, seine Lippen, daran, wie es sich anfühlte, Samuel zu küssen. Sie würde die Erinnerung für immer in ihrem Herzen bewahren. Denn diese Erinnerung wäre das Einzige, was ihr von ihm bliebe.

Plötzlich packte er sie bei den Armen, und sie wusste nicht, ob er sie von sich stoßen oder an sich ziehen wollte. Panik stieg in ihr auf. Er durfte sie nicht verlassen, ehe sie ihm gezeigt hatte, dass sie ihn liebte.

„Bitte", murmelte sie an seinen Lippen.

Seine Finger schlossen sich fester um ihre Arme.

Sie wich zurück und sah ihm in die Augen. „Bitte. Lass mich."

Verwundert zog er die Brauen über den schönen kaffeebraunen Augen zusammen. Sie drückte ihm beide Hände auf die Brust. Wenn er nicht wollte, würde sie ihn niemals dazu bewegen können, doch er ließ sie. Er trat einen Schritt zurück, und als sie abermals gegen seine Brust stieß, trat er noch einen weiteren Schritt zurück, bis er mit den Beinen an ihr Bett stieß.

Er warf einen kurzen Blick hinter sich und sah dann sie an. „Emeline …"

„Schsch." Sie legte ihm ihre Finger an die Lippen. „Bitte."

Er suchte in ihren Augen nach einer Erklärung für ihre eindringliche Bitte, dann nickte er.

Mit einem zitternden Lächeln sah sie ihn an. In dieser Nacht würde sie keinen Gedanken an ihre Zukunft verschwenden oder daran, was werden würde. All ihre Sorgen und Ängste, alle Lasten, die auf ihren Schultern ruhten, all die Menschen, die von ihr abhingen – für einige wenige, kostbare Stunden wollte sie all das vergessen. Vorsichtig streifte sie ihm den Rock von den Schultern, sorgsam darauf bedacht, nicht an seine Verletzungen zu rühren. Sie faltete das Kleidungsstück ordentlich zusammen, legte es beiseite und begann dann, seine schlichte braune Weste aufzuknöpfen. Sie hörte ihren eigenen Atem, schnell und flach vor Aufregung, und spürte den seinen, so tief und ruhig. Schweigend sah er ihr zu, wie sie ihn entkleidete, und machte weder Anstalten, ihr dabei zu helfen, noch, sie aufzuhalten.

Sie schaute zu ihm auf und fand seinen Blick auf sich. Hitze stieg ihr in die Wangen. Welch intimer Akt es doch war, einen Mann zu entkleiden!

Mit einem leisen Lächeln streifte er seine Weste ab. Sie holte tief Luft und begann mit seinem Hemd. Er hob die Hände und ließ sie auf ihren Hüften ruhen, ganz leicht nur, doch die Wärme seiner Finger drang ihr durch alle Kleider bis auf die Haut. Ihre Hände zitterten, als sie nach dem ersten Knopf griff. Er beugte sich über sie und küsste ihren Scheitel. Sein Körper umfing sie, und sie sog seinen Duft ein: Wolle und Linnen, Leder und Petersilie. Sie zog ihm das Hemd auseinander und betrachtete seine bloße Brust. Wie wunderschön seine Haut war! Mit den Fingerspitzen fuhr sie an seinem Schlüsselbein entlang und legte ihm die flache Hand auf die Brust. Sie spürte das drahtige Haar auf ihrer Haut und den steten Schlag seines Herzens. Er war hier, bei ihr. Wie sollte sie es ertragen, wenn er fort wäre? Wenn ein weiter, weiter Ozean sie trennte?

Sie wollte gar nicht daran denken und drängte ihn weiter aufs Bett. Er setzte sich und betrachtete sie mit unergründlichem Blick, wartete auf ihren nächsten Schritt.

Sie sank vor ihm auf die Knie und begann, seine Mokassins aufzuschnüren. Er fasste sie bei den Armen und bedeutete ihr aufzustehen.

„Bitte", sagte sie und sah ihn an.

Er ließ seine Hände wieder sinken.

Die Bänder waren aus Leder, und obwohl sie versuchte, sich ganz darauf zu konzentrieren, sie aufzuschnüren, war sie sich seiner Beine vor sich und ihrer knienden Haltung bewusst. Es war eine Pose voller Demut und Sinnlichkeit zugleich.

Als sie ihm den ersten Mokassin ausgezogen hatte, machte sie sich an den zweiten. Derweil strich er ihr schweigend über das Haar, kein Wort sagte er, und sie fragte sich, was er wohl von alledem dachte. Gestern noch war er so zornig gewesen. Doch als sie nun zu ihm aufblickte, sah sie nur noch Verlangen in seinen Augen.

Er beugte sich vor und küsste sie, stieß seine Zunge in ihren Mund, hielt ihren Kopf mit beiden Händen umfangen, und schon war es um sie geschehen, sie vergaß, was sie hatte tun wollen, vergaß, was sie wollte. Sie schwankte und musste sich mit den Händen an seinen Schenkeln festhalten, als er ihren Kopf zurückneigte und sich an ihrem Mund gütlich tat. Oh, Gott, wie sehr sie diesen Mann begehrte! Er zog sie an sich, bis er sie ganz umfangen hielt, bis sie zwischen seinen Schenkeln kniete, die sie auf beiden Seiten stark und fest umschlossen. Und vor ihr … Mit den Händen strich sie an seinen

Beinlingen empor, bis das raue Leder endete und sie nur noch den Stoff zwischen seinen Beinen spürte. Und darunter … So hart schon drängte er sich an seine Breeches, dass sie leise keuchte, doch der Laut ging in seinem Kuss unter. Durch den Stoff hindurch berührte sie ihn, fuhr der Länge nach über ihn.

Er hielt ihre Hände fest.

Sie wich vor seinem Kuss zurück und sah ihn an. „Lass mich."

Fast finster sah er sie an, das Gesicht erhitzt vor Leidenschaft. Er schien kaum in der Stimmung zu sein, ihr Zugeständnisse zu machen.

„Bitte", flüsterte sie.

Und er ließ ihre Hände los, legte die seinen in einer Geste schweigender Zustimmung flach auf seine Schenkel. Sachte drückte sie ihn und ließ dann von ihm ab, um sich den Hosenknöpfen zu widmen. Als sie schließlich den Latz zurückschlug, auch seine Leibwäsche beiseiteschob, fand sie, was sie suchte. Stolz reckte er sich ihr entgegen. Von fast schwarzem Haar umgeben, war es ein intimer, geradezu schockierend intimer Anblick. Ein Anblick, der nur ihr vorbehalten sein sollte. Ihr Instinkt sagte ihr, dass dies ihr Mann war. Und nur der ihre.

Nachdem sie ihn einen Moment so betrachtet hatte, sah sie zu ihm auf. „Zieh sie aus."

Wahrscheinlich hatte sie zu harsch gesprochen, denn er bedachte sie mit einem feinen Lächeln, doch das sollte sie nicht kümmern. Sie wollte ihn nackt, ganz nackt. Sie wollte sich seinen Anblick für immer einprägen. Nach kurzem Zögern stand er auf und streifte sich Beinlinge, Breeches und seine restlichen Kleider ab. Endlich stand auch sie auf, stieß ihn zurück aufs Bett und ließ ihren Morgenrock zu Boden gleiten, ehe sie, nur noch mit ihrer Chemise bekleidet, zu ihm stieg. Er ließ sich auf den Rücken fallen und wollte sogleich nach ihr greifen, doch sie entzog sich ihm, wandte sich weiter abwärts.

„Emeline …“
„Schsch.“
Nun war sie genau auf gleicher Höhe mit seiner Männlichkeit, und der Anblick faszinierte sie. Mit der Fingerspitze strich sie daran hinab, fuhr über die schwellenden Adern. Sie wusste, dass es Frauen gab, die eines Mannes Geschlecht unschön und vulgär fanden, doch sie hatte sich nie zu diesen gezählt. Hätte Danny länger gelebt, und wäre sie ihm eine erfahrenere Gemahlin gewesen, würde sie früher oder später wohl auch ihn erkundet haben, doch dazu war ihnen nicht die Zeit geblieben. Weshalb sie nun umso entschlossener war, sich diese Gelegenheit mit Samuel nicht entgehen zu lassen.

Aufmerksam betrachtete sie ihn, ganz angetan davon, wie die Vorhaut sich zurückgezogen hatte, um seiner Erregung Raum zu geben, fasziniert von der leicht gekrümmten Form. Kurz schaute sie zu ihm auf und stellte fest, dass er sie ebenso aufmerksam betrachtete wie sie ihn, und auf einmal kam ihr ein Gedanke, den sie unter gewöhnlichen Umständen niemals auszusprechen gewagt hätte. Doch ihnen blieben nicht Wochen, Monate, Jahre, um Anstand und Schüchternheit zu überwinden. Ihnen blieb nur diese eine Nacht, und da galt es, keine Zeit zu verschwenden.

Und so fragte sie: „Was machst du, wenn du allein bist?“

Als er die Brauen hob, empfand sie Enttäuschung. Er würde so tun, als verstünde er ihre unziemliche Frage nicht. Doch dann, ohne auch nur eine Sekunde den Blick von ihr zu nehmen, fasste er mit der rechten Hand an sich hinab und schloss sie der Länge nach darum. Sie wandte ihren Blick von seinen Augen, damit sie zusehen konnte, was er tat. Er hielt sein Glied viel fester umfasst, als sie es je gewagt haben würde, und bewegte seine Hand hinauf und hinab.

„Tut das nicht weh?“, fragte sie.

Sie hörte ihn heiser lachen, wollte den Blick aber nicht von dem wenden, was er dort tat. „Ganz im Gegenteil“, hörte sie ihn sagen.

Und dann tat sie etwas ganz und gar Unerhörtes. Sie beugte sich vor und leckte den kleinen runden Kopf.

Er hielt inne, und sie hörte, wie ihm der Atem stockte, ehe er flüsterte: „Mach das noch mal."

Sie stützte sich mit beiden Händen auf und beugte sich über ihn, leckte und küsste die Spitze seines Schaftes, während er seine Faust weiter hinauf und hinab bewegte. Besonders raffiniert stellte sie sich nicht an – manchmal stieß ihre Zunge an seine Hand, und ihre Brüste baumelten sehr unelegant unter ihrer Chemise, doch es kümmerte sie nicht. Sie liebte seinen salzigen, würzigen Geschmack, konnte sich kaum satthören an dem leisen Keuchen, das er ausstieß, und mit leiser Verwunderung spürte sie, wie sie selbst ganz feucht und bereit wurde. Warum dieser Akt so sinnlich und erregend war, konnte sie sich zwar auch nicht erklären, aber so war es eben. Er begann seine Hand immer schneller zu bewegen, und sie versuchte, ihren Mund ganz um den kleinen runden Kopf zu schließen. Seine Hüften bäumten sich unter ihr auf.

„Emeline", keuchte er, und die schiere Not in seiner Stimme erfüllte sie mit einem wilden Triumphgefühl. „Emeline …"

Sie schaute zu ihm auf, während sie fest an ihm saugte, ihre Zunge flach an die Unterseite seiner Männlichkeit drückte. Er schloss die Augen, warf den Kopf zurück, die Zähne zusammengebissen, und dann schmeckte sie köstliches Salz in ihrem Mund.

„Emeline."

Auch sie schloss die Augen, spürte Tränen unter den Lidern brennen, saugte weiter, und wieder spürte sie einen salzigen Strahl. Schließlich sanken seine Hüften hinab, und er glitt aus ihrem Mund. Sie wischte sich die Lippen an den Laken ab. Törichte, törichte Tränen rannen ihr über die Wangen, und eine tropfte auf sein Bein. Sie konnte es sich nicht erklären, doch ihm dazu verholfen zu haben hätte sie fast laut schluchzen lassen.

Sie spürte mehr, als dass sie sah, wie er den Kopf hob. „Was …?"

„Schsch", sagte sie abermals, doch diesmal brachte sie kaum einen Laut heraus, so sehr schnürten die Tränen ihr die Kehle zu.

Sie wüsste nicht, wie sie ihre Gefühle erklären sollte. Wie sollte sie ihm erklären, dass sie schon jetzt seinen Verlust betrauerte? Dass sie sich nichts sehnlicher wünschte, als eine andere, anpassungsfähigere Frau zu sein? Doch das war sie nicht, es sich zu wünschen war vergebens, und so sagte sie es ihm auch nicht. Stattdessen kroch sie langsam an seinem Körper hinauf, setzte sich rittlings auf seinen Schoß.

Seine Hände schlossen sich um ihre Hüften. „Geht es dir gut?", fragte er.

„Natürlich", flüsterte sie, wenngleich die Tränen, die sie nicht an sich halten konnte, ihre Worte Lügen straften.

Sie schloss die Augen, um nicht länger die Liebe und Besorgnis in seinem Blick zu sehen, und zog sich die Chemise über den Kopf. Nun war sie ebenso nackt wie er. Nicht einmal eine Haarnadel trug sie noch am Leib. Sie waren so, wie Gott sie geschaffen hatte, Mann und Frau, ohne alle Kleider und Insignien, die Rang, Macht und Vermögen bezeichneten. Sie hätten Adam und sein Weib Eva sein können – die ersten Menschen, unschuldig noch und unwissend ob all der Unterschiede, die ihre Kinder dereinst voneinander trennen sollten.

Sie öffnete die Augen wieder, legte ihm die Hand auf die Brust. „Nun bist du mein."

„So wie du mein bist", erwiderte er.

Fast klang es wie ein Schwur.

Doch mehr verlangte er nicht von ihr, und ein kleiner Teil von ihr starb in diesem Augenblick, sosehr sie ihn auch genießen mochte. Samuel hatte die Hoffnung auf eine gemeinsame Zukunft aufgegeben, dessen war sie nun gewiss. Zwar war ihr von Anfang an bewusst gewesen, dass sie niemals ein gemeinsames Leben teilen könnten, aber dass er es so einfach hinnahm …

Rasch verdrängte sie den Gedanken und beugte sich über ihn, küsste ihn dort, wo eben noch ihre Hand gewesen war. Auch hier war seine Haut nass von ihren Tränen. Seine ganze Brust benetzte sie mit kleinen feuchten Küssen, bis sie zu einer der Knospen gelangte. Sie öffnete ihren Mund, leckte um die Spitze herum, schmeckte Mann, schmeckte Samuel.

Er seufzte unter ihr, hob die Hand und streichelte ihr Haar. Unter ihrem Bauch konnte sie sein noch immer leicht erregtes Geschlecht spüren. Sie schmiegte sich an ihn, wandte sich der anderen Seite zu, fuhr mit der Zungenspitze über die Knospe. Wieder brannten ihr Tränen in den Augen, doch nun achtete sie kaum noch darauf. Ihre Tränen waren einfach nur sichtbarer Ausdruck ihres inneren Aufruhrs – etwas, über das sie keinerlei Kontrolle hatte. Tränen fielen auf seine Brust, und ihr Salz mischte sich mit dem Salz seiner Haut, sodass sie das eine nicht mehr vom anderen zu unterscheiden wusste, als sie beides aufleckte.

Sie setzte sich auf und sah an sich hinab. Schwer, doch nicht gänzlich steif lag seine Männlichkeit auf seinem Bauch. Sie wollte ihn an sich spüren, wollte mit ihm verbunden sein. Langsam rutschte sie auf ihm vor, bis ihre Knospe an seiner Spitze war. Ihr Schoß war feucht und empfindsam, und es fühlte sich so gut an, so vollkommen, dass sie leise stöhnte. Nur ein bisschen mehr Druck, eine kleine Bewegung der Hüften. Wärme blühte in ihr auf. Sie biss sich auf die Lippen und sank fester hinab.

Weil sie die Augen geschlossen hatte, schrak sie kurz zusammen, als zwei große, warme Hände sich um ihre Brüste schlossen. Keuchend bewegte sie sich auf ihm. Mit Daumen und Zeigefinger kniff er in ihre Brustspitzen. Oh, Gott! Er begann sich unter ihr zu regen, grub sich zwischen ihre Lippen. Sie ließ sich auf seine Hände sinken, drückte sich fester an ihn, gab sich ganz ihren Empfindungen hin und versuchte die Tränen zu vergessen, die ihr noch immer über die Wangen rannen. Seine Männlichkeit glitt zur Seite. Ungehalten schluchzte sie auf und packte ihn, hielt ihn fest, während sie ihren Schoß an ihm rieb. So nah war sie, so nah …

„Nimm mich auf“, hörte sie ihn sagen.

Doch sie schüttelte den Kopf, wollte ihn immer so spüren wie jetzt. Bis in alle Ewigkeit wollte sie so bleiben, wie in einem Traum, der niemals endete. Immer schneller bewegte sie sich auf ihm, schnell und fiebrig wand sie die Hüften, schluchzte, die Wangen feucht von Tränen.

Fast war sie da, fast da …

Er drückte die Spitzen ihrer Brüste, doch noch immer war es nicht gut. Sie fand keine Erfüllung. Mittlerweile keuchte sie, ließ ihren Tränen freien Lauf, und auf einmal wusste sie, dass sie ihn doch in sich brauchte, um dahin zu gelangen. Rasch hob sie die Hüften, führte ihn zu sich und ließ sich auf ihn sinken. Und dann …

… spürte sie ihn in sich, groß und schwer, ein wunderbares Gefühl. Sie hielt inne, kostete die Empfindung aus, wollte, dass sie ewig währte, dass sie immer so von ihm erfüllt wäre. Sie beugte sich über ihn, und in diesem Augenblick spürte sie, wie sein Mund sich um ihre Brust schloss und fest an ihr saugte. Ihr Schoß schloss sich um ihn, und in langen, warmen Wellen kam der Höhepunkt über sie. Sie schluchzte laut auf in tiefster Dankbarkeit, in köstlichster Verzückung. Wieder und wieder rieb sie sich an seinem Körper, ließ ihren Kopf in völliger Hingabe sinken, ihr Haar streifte auf seiner Brust hin und her.

Sie hörte ihn leise murmeln, spürte, wie er von ihrer Brust abließ und ihre Hüften umfasste. Mit schnellen, kräftigen Stößen drang er in sie, stöhnte bei jedem Stoß, und jede seiner Bewegungen, selbst seine so sichtliche Verzweiflung, gab ihrem Vergnügen neue Nahrung. Und als sie ihn sich schließlich warm in sich verströmen spürte, schwebte sie noch immer in Verzückung. Sie ließ sich auf seine schwer sich hebende Brust fallen, spürte, wie er die Hand in ihrem

Haar vergrub, spürte seinen Atem keuchend an ihrer feuchten Schläfe. Und dann hörte sie ihn leise in ihr Ohr flüstern.

„Ich liebe dich."

Das Feuer in Emelines Kamin war lange schon erloschen, wahrscheinlich irgendwann in der Nacht, als er sie noch in seinen Armen gehalten hatte. Sam erwog kurz, es neu anzufachen, denn in den frühen Morgenstunden war es in ihrem Schlafgemach doch empfindlich kühl. Aber sie lag unter einem dicken Stapel warmer Decken, und er würde ohnehin nicht mehr lang bleiben. Zudem glaubte er nicht, dass ein Feuer ihn noch wärmen könnte.

Bereits angekleidet saß er in einem Sessel am erstorbenen Feuer. Es gab wahrlich nichts mehr, das ihn davon abhielte zu gehen. Bald würden die ersten Dienstboten unterwegs sein, und er wusste, dass Emeline verlegen und verärgert wäre, wenn man ihn in ihren Gemächern vorfände. Und doch verweilte er.

Von seinem Sessel aus konnte er sie beim Schlafen beobachten. Konnte versuchen, sich jede Kleinigkeit einzuprägen – wie sie sich die Decke mit zwei Fingern unter dem Kinn festhielt beispielsweise. Sie lag auf der Seite und hatte ihm das Gesicht zugewandt, den Mund im Schlaf gelöst, die Lippen leicht geöffnet. Nun, da sie ihre stets so kritisch blickenden Augen geschlossen hatte, sah sie jünger und sanfter aus, liebreizend gar.

Bei dem Gedanken musste er lächeln. Sie würde ihm diese Beobachtung gewiss nicht danken. Ihnen war nie die Zeit geblieben, je darüber zu sprechen, doch er war sich sicher, dass sie etwas empfindlich war, was ihr Alter betraf. Gern hätte er sie mit seiner Vermutung konfrontiert, hätte ihr das Zugeständnis abgerungen, dass eine Frau in ihren Dreißigern ebenso schön war – schöner gar, wie er fand – wie eine Frau von zwanzig. Und dann, wenn sie sich nicht hätten einigen können und zu streiten begonnen hätten – was sie gewiss getan hätten, konnte sie doch so stur sein –, würde er sie mit einem Kuss zur Einsicht gebracht und vielleicht ein weiteres Mal geliebt haben. Aber das war nun vorüber. Keine kleinen Streitereien mehr, keine Küsse, keine leidenschaftlichen Umarmungen. Ihnen bliebe keine Zeit mehr, ihre kleinen Unstimmigkeiten zu klären.

Ihre Zeit war vorüber.

Mit einem leisen Seufzer zog sie die Decke höher, schmiegte ihren Mund daran. Begierig nahm er diese kleine Bewegung wahr, sog sie in sich auf, verleibte sie seiner Erinnerung ein. Bald wäre es auch damit vorbei. Bald schon würde er aufstehen und leise zur Tür gehen, dieses Zimmer verlassen und lautlos durch das stille Haus schleichen, im Morgengrauen hinaushuschen und in sein Stadthaus zurückkehren, das im Grunde auch nicht seines war. Zwei Tage später schon würde er an Bord eines Schiffes gehen und einige Wochen lang auf Wasser und Wellen blicken, die ihn nach Hause tragen würden. Und wenn er dort angekommen war? Nun, dann würde er sein Leben weiterleben, als hätte es eine Frau namens Emeline niemals gegeben.

Nur dass sein Leben, sosehr es äußerlich auch seinem alten ähneln mochte, inwendig ein ganz anderes wäre. Er würde sie nicht vergessen, seine geliebte Emeline, auch in sechzig Jahren nicht, sollte er denn so lange leben. Dessen war er sich nun gewiss, als er an ihrem kalten Kamin saß. Sie würde ihn für den Rest seines Lebens begleiten. Wenn er durch die Straßen Bostons liefe, wenn er seine Geschäfte führte oder mit Bekannten plauderte, wäre sie wie ein guter Geist stets an seiner Seite. Sie säße neben ihm, wenn er aß, sie läge neben ihm, wenn er schlief. Und wenn seine Zeit auf Erden ihr Ende fände, würde sein letzter Gedanke ihr gelten.

Ihr Duft, der Duft von Zitronenmelisse, würde ihn immer verfolgen.

Und so blieb er noch ein wenig sitzen und sah ihr beim

Schlafen zu. Nun, da sich sein weiteres Leben schier endlos vor ihm erstreckte, schienen ihm diese letzten Augenblicke mit ihr umso kostbarer. Er wollte sie sich für immer bewahren.

Sie würden ihm ein Leben lang genügen müssen.

18. KAPITEL

Die Wachen banden Eisenherz an einen großen Pfahl und häuften Dornenzweige zu seinen Füßen auf. Derweil sah er sich um und entdeckte inmitten der Menge seine Frau, die neben ihrem Vater, dem König, stand und weinte. Der Anblick war ihm so unerträglich, dass Eisenherz die Augen schloss. Und dann wurden die Zweige entzündet. Sie fingen rasch Feuer, und die Flammen schlugen hoch hinauf in den dunklen Himmel. Funken flogen so weit, als wollten sie sich zu den Sternen gesellen, und der böse Zauberer jauchzte vor Entzücken. Doch dann geschah etwas sehr Seltsames. Denn obwohl Eisenherzens Kleider lichterloh brannten und schon bald nur noch Asche waren, blieb sein Leib unberührt. Wie er sich so in den Flammen wand, ward sein Herz zu sehen, wie es ihm kräftig auf der bloßen Brust schlug. Ein eisernes Herz, das weiß glühte in der Hitze …
Eisenherz

Als sie am nächsten Morgen aufwachte, war Samuel fort. Eines der Mädchen machte sich geräuschvoll am Kamin zu schaffen und versuchte, das Feuer in Gang zu bringen. Wahrscheinlich war es in der Nacht ausgegangen.

Seufzend schloss Emeline die Augen wieder. Sie mochte dem Tag nicht entgegensehen. Und als sie die Augen schloss, spürte sie etwas Feuchtes aus sich rinnen. Erst dachte sie, es wäre Samuels Samen, doch als sie einen Blick unter die Decke warf, entdeckte sie einen weitaus vertrauteren Fleck. Ihr allmonatlicher Besucher hatte sich eingestellt. Doch statt Erleichterung darüber zu empfinden, dass ihrer Heirat mit Jasper nun nichts mehr im Wege stünde, empfand sie tiefe, verzweifelte Enttäuschung. Wie töricht von ihr! Wie töricht, Samuels Kind in sich tragen zu wollen. Keine andere Wahl haben zu wollen, als ihn zu heiraten.

Diese Erkenntnis ließ Emeline den Atem stocken. Ihr Kopf – oder vielmehr ihr *Verstand*, so sie ihn nicht völlig verloren hatte – mochte wissen, dass es eine Katastrophe wäre, Samuel zu heiraten, doch ihr Herz zeigte sich weit weniger einsichtig.

„Kann ich Ihnen etwas bringen, Mylady?" Das Mädchen hatte jäh in seinem Tun verharrt und besorgt zu Emeline hinübergeschaut.

Im ersten Schreck musste sie irgendeinen Laut von sich gegeben haben, sich ihren inneren Aufruhr leichtfertig haben anmerken lassen, wenn sogar das Mädchen darauf aufmerksam geworden war. Emeline setzte sich auf. „Nein, nichts. Danke."

Worauf das Mädchen nickte und sich wieder dem Kamin zuwandte. „Tut mir leid, dass ich so lange brauche, Mylady", sagte es entschuldigend. „Aber ich bekomme das Feuer heute kaum an."

Emeline sah sich nach ihrem Morgenrock um und fand ihn neben dem Bett auf dem Boden. Noch während das Mädchen ihr den Rücken zukehrte, stand sie rasch auf und hüllte sich darin ein. „Wahrscheinlich liegt es an der kalten, feuchten Luft. Lass mich mal probieren."

Doch sooft Emeline auch einen brennenden Span in die Kohlen hielt, sie wollten einfach kein Feuer fangen.

„Nun, dann eben nicht", gab sie es schließlich gereizt auf. „Lass ein heißes Bad nach nebenan in meinen Salon bringen. Dort brennt doch ein Feuer, oder?"

„Ja, Mylady", sagte das Mädchen.

„Dann kleide ich mich eben dort an."

Eine Stunde später war Emelines Badewasser kalt geworden. Verstimmt ließ sie die Finger im Wasser kreisen. Ob es ihr nun gefiel oder nicht, es war an der Zeit, sich dem Rest ihres Lebens zu stellen. Sie würde mit ihren Entscheidungen leben müssen.

„Handtuch", sagte sie und erhob sich aus dem Bad, als ein

Mädchen ihr ein großes Tuch bereithielt.

In den Kolonien gab es gewiss keine so großen Handtücher. Wie gut, dass sie Samuel abgewiesen hatte, da musste sie sich wenigstens nicht mit unzulänglichem Badekomfort abfinden. Verdrießlich stand Emeline da, während ihre Mädchen sie ankleideten. Nicht einmal ihr neues weinrotes Seidenkleid vermochte ihre Laune zu heben. Sie hatte es schon vor Wochen geordert, als sie Rebecca bei der Auswahl ihrer Garderobe behilflich gewesen war. Doch was kümmerte es sie jetzt noch? Sie hätte ebenso gut in Sack und Asche gehen können.

Und als Harris ihr das Haar frisierte und einfach kein Ende finden wollte, hielt sie es nicht länger aus. „Das genügt", winkte sie ungeduldig ab. „Ich werde heute ohnehin keine Besucher empfangen. Vielleicht mache ich einen kleinen Spaziergang im Garten."

Harris warf einen prüfenden Blick aus dem Fenster. „Es sieht aber stark nach Regen aus, wenn ich mir die Bemerkung erlauben darf, Mylady."

„Oh, wirklich?", fragte Emeline in schierer Verzweiflung.

Dass sich nun auch noch die Elemente gegen sie verschworen, brachte das Fass wirklich zum Überlaufen. Sie sprang auf und trat ans Fenster. Von ihrem Salon aus konnte man die Straße überblicken, und just als sie hinausschaute, kam Samuel aus seinem Haus und lief die Stufen hinab zu einem Pferd, das an der Straße bereitstand. Sie hörte sich nach Atem ringen. Sein unerwarteter Anblick durchfuhr sie mit einem so heftigen Schmerz, als habe man ihr ein Messer in den Leib gerammt. Die Hand zitterte ihr, als sie sie ans kalte Fenster hob. Nun hätte er nach oben schauen sollen. Er sollte sehen, wie sie ihn von ihrem Fenster aus beobachtete. Doch wie ernüchternd, er sah nicht auf. Er stieg auf sein Pferd und ritt davon.

Emeline ließ ihre Hand sinken.

Hinter ihr redete Harris noch immer, als sei nichts geschehen. „Dann werde ich nur noch schnell die Kleider aufräumen, Mylady – es sei denn, Sie brauchen mich noch?"

„Nein, das wäre alles.“ Mit Mühe riss Emeline sich vom Fenster los. „Oder nein, warten Sie.“

„Mylady?“

„Holen Sie mir bitte meinen Umhang. Ich möchte Miss Hartley nebenan einen Besuch abstatten.“ Dies könnte vielleicht die letzte Gelegenheit sein, sich von Rebecca zu verabschieden. Das Mädchen ohne ein Wort des Abschieds in die Kolonien zurückkehren zu lassen schien ihr dann doch nicht recht.

Emeline warf sich den Umhang über und eilte bereits die Treppe hinab, noch während sie die Knöpfe schloss. Sie wusste nicht, wie lange Samuel fortbleiben würde, doch sie wollte ihm auf keinen Fall über den Weg laufen. Draußen dräute der Himmel schwer und dunkel. Die Luft roch nach Regen. Sollte sie Rebecca zu Hause antreffen, dürfte sie auf gar keinen Fall zu lange bleiben, wollte sie nicht von einem Unwetter festgehalten werden. Nachdem sie einmal tief Luft geholt hatte, klopfte sie an Samuels Tür.

Als der Butler ihr öffnete, stand ihm leise Verwunderung im Gesicht geschrieben. Natürlich wusste sie, dass es viel zu früh für einen Besuch war, aber letztlich war sie die Tochter eines Earls und konnte tun, was ihr beliebte. Und so verbeugte er sich stumm, als sie an ihm vorbei in die Eingangshalle rauschte, und wies ihr den Weg in den kleinen Salon, wo sie warten könne, während er Miss Hartley holte. Emeline blieb gerade Zeit genug, einen nervösen Blick aus dem Fenster zu werfen, da kam Rebecca auch schon herein.

„Mylady!“ Die junge Frau schien über ihren Besuch ebenfalls verwundert.

Emeline streckte ihr die Hände entgegen. „Ich kann Sie doch nicht gehen lassen, ohne mich von Ihnen zu verabschieden.“

Rebecca brach in Tränen aus.

Oje. Die Tränen anderer waren ihr schon immer ein Gräuel gewesen. Insgeheim war Emeline davon überzeugt, dass

Damen, die in aller Öffentlichkeit weinten, nur Aufmerksamkeit heischen wollten. Sie weinte fast nie, und das schon gar nicht vor anderen – zumindest nicht bis gestern Nacht, als sie vor Samuel geweint hatte.

Daran wollte sie lieber gar nicht denken. „Schon gut", murmelte sie und tätschelte Rebecca unbeholfen die Schulter.

„Es tut mir so leid, Mylady", schluchzte Rebecca.

„Schon gut", wiederholte Emeline brüsk und reichte ihr ein Taschentuch. Was sollte sie auch sonst sagen? Zumal sie sich ziemlich sicher war, dass sie selbst der Grund für Rebeccas Kummer war. „Soll ich nach Tee läuten?"

Die Kleine nickte, und Emeline geleitete sie zu einem Sessel, während sie Anweisungen an eines der Hausmädchen gab.

„Wie sehr ich mir wünschte, dass alles anders wäre", sagte Rebecca, nachdem das Mädchen wieder gegangen war, und zerdrückte das Taschentuch in den Händen.

„Wem sagen Sie das." Emeline nahm auf einem Sofa Platz und verwandte große Sorgfalt darauf, ihre Röcke zu ordnen. „Steht das Datum Ihrer Abreise schon fest?", fragte sie beiläufig.

„Ja, morgen."

Jäh sah Emeline auf. „So bald schon?"

„Samuel hat gestern noch ganz kurzfristig zwei Plätze bekommen", sagte Rebecca. „Er meinte, wir könnten morgen schon abreisen und unsere Sachen dann mit einem anderen Schiff nachschicken lassen."

Emeline zuckte kurz zusammen. Samuel musste es ja wirklich eilig haben, England – und ihr – den Rücken zu kehren.

„Ist es, weil Sie ihn nicht lieben?", platzte Rebecca heraus.

Die Frage kam so plötzlich und unerwartet, dass Emeline ohne einen weiteren Gedanken antwortete. „Nein." Ihr stockte der Atem bei diesem einen Wort, das praktisch ein Geständnis war, und sie schüttelte rasch den Kopf. „Es gibt viele Gründe."

„Wollen Sie sie mir sagen?"

Emeline stand auf und ging hinüber an den Kamin. „Zunächst einmal Fragen des Rangs und des gesellschaftlichen Standes natürlich."

„Aber das ist nicht alles, oder?"

Emeline konnte es nicht ertragen, die junge Frau anzusehen, und so blickte sie stattdessen in das flackernde Feuer. „Sie kommen aus einem anderen Land, einem fernen Land. Ich glaube nicht, dass Samuel auf Dauer in England leben möchte."

Rebecca erwiderte nichts, doch ihr Schweigen schien nach einer Erklärung zu verlangen.

„Und ich muss an meine Familie denken." Emeline holte tief Luft. „Die nun zwar nur noch aus Daniel und Tante Cristelle besteht, aber die beiden sind auf mich angewiesen."

„Und Sie glauben, dass Daniel und Ihre Tante etwas dagegen hätten, mit Ihnen nach Amerika zu gehen?"

Wenn man es so ausdrückte, war ihr Einwand tatsächlich wenig glaubhaft. Tante Cristelle wäre zwar wohl wirklich wenig erpicht auf eine lange Seereise, doch was sprach dagegen, dass sie einfach in England blieb? Daniel hingegen wäre wahrscheinlich begeistert von der Vorstellung, nach Amerika zu gehen.

Emeline fuhr mit den Fingern über die gerafften Bänder an ihrer Taille. „Ich weiß es nicht." Als sie aufsah, begegnete sie Rebeccas fragendem Blick. „Sie haben mich alle verlassen: Reynaud, mein Mann und mein Vater. Ich glaube nicht, dass ich das noch einmal über mich bringe – mein Wohlergehen jemand anderem anzuvertrauen."

Rebecca runzelte irritiert die Stirn. „Das verstehe ich nicht, Mylady. Samuel würde doch niemals zulassen, dass Ihnen irgendetwas geschähe."

Emeline lachte freudlos. „Ja, mit diesem Glauben bin ich aufgewachsen. Obwohl es nie laut ausgesprochen wurde, verstand es sich von selbst, dass die Männer der Familie mich immer beschützen würden und auf mein Wohlergehen bedacht wären, sodass ich niemals etwas zu fürchten hätte. Sie würden sich um all meine Belange kümmern, und ich müsste nichts weiter tun, als ihnen eine reizende Begleiterin zu sein und ein behagliches Heim zu schaffen. Aber es sollte bekanntlich anders kommen. Erst habe ich Reynaud an den Krieg in den Kolonien verloren, bald darauf starb Danny, und dann ist auch noch mein Vater …“, ihr stockte der Atem, da sie das noch nie zu jemandem gesagt hatte, „… und dann ist auch noch mein Vater gestorben und hat mich im Stich gelassen. Verstehen Sie denn nicht? Weil Reynaud bereits tot war, ging alles an einen Cousin: der Titel, das Anwesen, alles.“

„Man hat Ihnen überhaupt nichts hinterlassen?“

„Doch, natürlich.“ Ungeduldig riss Emeline an den Bändern, bis sie Stoff reißen hörte. „Geld habe ich ja ganz offensichtlich genug. Das Einkommen der Gordons genügt für ein standesgemäßes Leben. Dass ich junge Damen in die Gesellschaft einführe, ist nur ein kleines Zubrot. Aber ich habe niemanden mehr, auf den ich mich stützen kann. Die Männer, die mir eine Stütze hätten sein sollen, sind allesamt fort. Ich muss alle Entscheidungen allein treffen, muss ganz allein für mich, Tante Cristelle und meinen Sohn sorgen. Ich muss mir Gedanken darüber machen, wie ich mein Vermögen am besten anlege und ob ich Daniel nach Eton schicken soll oder nicht. Ich muss die Arbeit meiner Verwalter überwachen, damit sie keine Gelder veruntreuen. Außer mir selbst gibt es niemanden, der sich um alles kümmert, niemanden, dem ich wirklich vertrauen kann.“

Sie schüttelte den Kopf, weil ihr bewusst war, dass sie nicht ausdrücken konnte, was sie eigentlich sagen wollte. „Verstehen Sie denn nicht? Es gibt immer etwas, worum ich mich kümmern oder sorgen muss. Ich kann nie … einfach nur *ich selbst* sein.“

Wie seltsam, dass sie Rebecca dies anvertraute, wo sie sich doch außerstande gesehen hatte, es Samuel gegenüber zur

Sprache zu bringen.

Rebecca zog nachdenklich die Brauen zusammen. „Ich glaube, ich verstehe, was Sie meinen. Ihre Verantwortung lastet schwer auf Ihnen, und es gibt niemanden, dem Sie vertrauen und der Ihnen diese Last abnehmen könnte."

„Ja!", rief Emeline erleichtert. „Ja, genau das meine ich."

„Aber ...", begann Rebecca und sah sie leicht verwirrt an. „Sie werden doch bald Lord Vale heiraten."

„Das wird nichts daran ändern. Ich liebe Jasper wie einen Bruder, aber ihn zu heiraten wird nichts an meinem Leben ändern. Und wenn er sterben oder mich verlassen sollte, wird alles sein wie zuvor."

Schweigend sah Rebecca sie an. Draußen in der Halle waren leise Stimmen zu hören.

„Sie haben Angst, dass Samuel sterben könnte", murmelte Rebecca. „Sie lieben ihn, und Sie haben Angst, sich an ihn zu binden, weil Sie fürchten, ihn zu verlieren."

Emeline blinzelte irritiert. Angst schien ihr wahrlich ein zu kindischer, ein zu *feiger* Grund, Samuel abzuweisen. Nein, das konnte es nicht sein. Sie versuchte abermals, es zu erklären. „Nein, ich ..."

Just in diesem Augenblick tat sich die Tür des Salons auf. Emeline drehte sich um und runzelte angesichts dieser unerwünschten Störung die Stirn. Eines der Mädchen kam mit dem Teetablett herein. Ihr auf den Fersen folgte Mr Thornton.

Herrje, was wollte dieser Mann denn schon wieder hier?

Mit flinken Schritten eilte der kleine Mann ins Zimmer, ein strahlendes Lächeln im Gesicht. Bei ihren früheren Begegnungen hatte er zwar auch immer gelächelt, aber nun kam es ihr auf einmal bemüht vor, irgendwie falsch. Es schien, als versuche er seine grausamen Gedanken hinter einer gefälligen Fassade zu verbergen. Warum war ihr das nie zuvor aufgefallen? Verlor er die Beherrschung über sich, oder ließ ihr neues Wissen sie den Mann mit neuen Augen sehen?

„Ich hoffe, Sie verzeihen mein unverhofftes Erscheinen",

sagte Mr Thornton. „Ich wollte eigentlich Mr Hartley sprechen."

„Mein Bruder ist leider nicht da", sagte Rebecca. „Ich fürchte, Sie haben einander knapp verfehlt, Mr Thornton. Er wollte nämlich zu Ihnen – zu Ihrem Laden in der Starling Lane. Oder nein, warten Sie …" Sie schüttelte den Kopf und überlegte kurz. „Dort war er ja gestern. Heute wollte er in die Dover Street."

Emeline sah sie scharf an. Ihre Miene war freundlich und gelassen, allenfalls schien sie angesichts der unerwarteten Störung ein wenig aus der Ruhe gebracht. Entweder war sie eine begnadete Schauspielerin, oder Samuel hatte seiner Schwester noch nichts von seinem Verdacht bezüglich Mr Thornton gesagt.

Doch Mr Thornton war auf einmal ganz still geworden. „Sagten Sie Starling Lane? Interessant. Ich wüsste zu gern, was Mr Hartley dort wollte. Den Laden habe ich schon nicht mehr, seit ich vor sechs Jahren aus dem Krieg zurückgekehrt bin."

„Oh, tatsächlich?" Rebecca runzelte die Stirn. „Dann dachte Samuel vielleicht, dass Sie zwei Läden haben."

„Das könnte sein. Auf jeden Fall sehr ärgerlich, dass ich ihn verpasst habe", meinte Mr Thornton und warf einen sehnsüchtigen Blick auf das Teegedeck.

„Sehr ärgerlich, in der Tat", beschied Emeline knapp. „Aber wenn Sie sich beeilen, treffen Sie ihn vielleicht noch in Ihren Geschäftsräumen an."

„Oder aber wir verpassen uns unterwegs erneut", erwiderte er mit einem gewandten Lächeln. „Und das wäre doch wirklich bedauerlich, oder?"

„Trinken Sie doch einen Tee mit uns, und warten Sie hier die Rückkehr meines Bruders ab", bot Rebecca ihm an.

„Es wäre mir ein Vergnügen." Mr Thornton verbeugte und setzte sich. „Sie sind die Liebenswürdigkeit in Person, Miss Hartley."

„Oh, aber das ist doch der Rede nicht wert", wehrte Rebecca verlegen ab. „Es ist schließlich nur auf eine Tasse Tee.“

„Schon, aber manch andere …“, er bedachte Emeline mit vielsagendem Blick, „… manch andere würden sich einem arbeitenden Mann gegenüber weit weniger großzügig zeigen. Schließlich bin ich im Grunde meines Herzens noch immer nur ein einfacher Schuhmacher.“

„Aber Sie haben einen eigenen Laden und viele Angestellte“, gab Rebecca zu bedenken.

„Oh, gewiss. Gewiss doch. Mein Geschäft kann sich wirklich sehen lassen. Aber ich habe mir alles im Schweiße meines Angesichts erarbeitet. Der Laden meines Vaters war sehr bescheiden.“

„Wirklich?“, erkundigte sich Rebecca höflich. „Das wusste ich gar nicht.“

Mr Thornton schüttelte so betrübt den Kopf, als bereite ihm die Erinnerung an die bescheidenen Anfänge seines Vaters Kummer. „Nachdem ich aus dem Krieg heimgekehrt war, habe ich sein Geschäft übernommen. Vor sechs Jahren war das. Sechs Jahre voller Sorgen und harter Arbeit, bis ich es dahin gebracht hatte, wo ich heute bin. Und eines kann ich Ihnen sagen: Ich würde auch über Leichen gehen, wenn jemand versuchen würde, mir das alles wieder wegzunehmen.“

Sichtlich verwundert schaute Rebecca Mr Thornton an. Seine Worte waren seltsam eindringlich gewesen und standen in keinem Verhältnis zu dem, was zuvor gesagt worden war. Emeline stockte der Atem, und noch während sie den Mann gespannt beobachtete, tat er etwas sehr Befremdliches. Er neigte den Kopf zur Seite, grinste übers ganze Gesicht und zwinkerte ihr zu.

Und da wurde Emeline von einem Entsetzen erfasst, das in keinem Verhältnis zu dem stand, was eben geschehen war.

Als Sam durch Londons Straßen zurückritt, war er verärgert und enttäuscht darüber, nichts erreicht zu haben. Thornton war weder zu Hause noch in seinen Geschäftsräumen anzutreffen gewesen. Zudem waren ihm Dinge zu Ohren gekommen, die ihn fürchten ließen, dass Thornton versuchen könnte zu fliehen. Sein Instinkt sagte ihm, dass er Thornton umgehend ausfindig machen sollte. Als erfahrener Jäger hatte er ein gutes Gespür dafür, wann eine Beute ihm zu entkommen drohte. Wenn er Thornton heute nicht mehr fand, würde er die beiden Plätze aufgeben müssen, die er für sich und Rebecca morgen noch auf der *Hopper* bekommen hatte.

Ein längerer Aufenthalt in London bedeutete weitere Tage in Emelines Nähe. Und er wusste nicht, ob er das noch länger aushielte, ohne völlig den Verstand zu verlieren.

In einem Moment der Unaufmerksamkeit lief ihm ein Straßenjunge in den Weg. Das Pferd scheute, und Sam musste sich einen Augenblick ganz darauf konzentrieren, es ihm Zaum zu halten. Der Junge war natürlich längst verschwunden. Wahrscheinlich hatte er in seinem kurzen Leben schon einige dieser knapp verfehlten Zusammenstöße überstanden, glichen die überfüllten Straßen Londons doch eher einem reißenden Fluss als einem passierbaren Verkehrsweg. An jeder Straßenecke, teils auch mitten auf der Fahrbahn, standen Händler, die lauthals ihre Waren anpriesen. Wie Elefanten walzten breite Gespanne sich ihren Weg durch die Menge und hinderten alle anderen am Durchkommen. Sänftenträger schlängelten sich gewandt durch das Gedränge. Und Menschen, überall Menschen. Männer, Frauen, Kinder. Säuglinge, die auf dem Arm getragen wurden, Greise, die an Krücken gingen. Menschen aller Stände, ein jeder mit seinen eigenen Gedanken und Belangen befasst und alle stets in Eile. Es grenzte an ein Wunder, dass ihnen nicht längst die Luft ausgegangen war, aufgesogen von Abertausenden Lungen.

Schon der Gedanke genügte, dass Sams Brust sich zusammenzog. Die bloße Vorstellung, dass alle Luft aus der Atmosphäre gesogen wäre, schien seinen Verstand anzugreifen und ihm das Gehirn zu umwölken. Aber das war natürlich Unsinn. Er konzentrierte sich auf sein Pferd und auf das Wegstück, welches direkt vor ihm lag, versuchte das Menschengewühl um ihn her auszublenden. Er atmete tief durch. Es war genügend Luft für alle da, wenngleich sie nach Rauch, Unrat und Fäulnis stank. Mit seinen Lungen war alles in Ordnung.

Diese Gedanken betete er sich immer wieder vor, bis er endlich in seine Straße einbog. Rebecca würde wahrscheinlich noch mit Packen beschäftigt sein, aber vielleicht konnte er sie ja zu einem frühen Mittagessen überreden. Gerade als er sich aus dem Sattel schwang, fuhr nebenan – vor Emelines Haus – ein Wagen vor. Auf dem blank polierten schwarzen Kutschenschlag erkannte er Vales Wappen. Sam beschleunigte seine Schritte, um ja schnell ins Haus zu gelangen. Wozu Vale noch einmal über den Weg laufen? Alles, was gesagt werden konnte, war bereits gesagt worden.

Er reichte dem Butler Hut und Mantel und erkundigte sich nach seiner Schwester.

„Miss Hartley hat das Haus soeben verlassen, Sir“, erwiderte der Butler.

„Ach ja?“ Sam runzelte die Stirn. Hatte sie vor ihrer Abreise noch ein paar letzte Erledigungen machen wollen? „Wann genau?“

„Vor einer halben Stunde, Sir. Sie fuhr mit Lady Emeline und Mr Thornton davon.“

Der Butler wandte sich ab, um Hut und Mantel aufzuhängen, und merkte nicht, welche Wirkung seine Worte hatten. Sam starrte ihn an, und ihm wurde heiß und kalt bei der Vorstellung, dass seine Schwester und seine Liebste freiwillig zu einem Mörder und Vergewaltiger in die Kutsche gestiegen waren. Aber natürlich konnte es nicht freiwillig geschehen sein. Zwar hatte er Rebecca nichts von seinem Verdacht erzählt, aber Emeline wusste über Thornton Bescheid. Warum sollte sie mit diesem Mann davonfahren, wenn sie doch wusste …

„Was haben Sie mit ihr angestellt?“, ertönte es auf einmal hinter ihm.

Sam fuhr herum und wurde unsanft gegen die Wand gedrängt. Ein Bild krachte zu Boden, und Vale starrte ihn aus seinem schrecklich zugerichteten Gesicht an. „Emmie ist vor über einer Stunde hergekommen. Wo ist sie?“

Sam widerstand dem Drang, dem anderen einfach eine reinzuhauen. Das hatte er schon zur Genüge getan, und es hatte sich nicht gerade als der Situation zuträglich erwiesen. Zudem hing auch Vale an Emeline, und seine Sorge war berechtigt. „Emeline und Rebecca sind mit Thornton weggefahren“, sagte Sam.

Vale schnaubte verächtlich. „So ein Quatsch. Was hat Emeline mit diesem Geck zu tun? Sie haben sie hier irgendwo versteckt.“ Er riss sich von Sam los und begann lauthals zu rufen: „Emmie! Hörst du mich, Emmie? Komm sofort her!“

Na, wunderbar. Sein einziger Verbündeter war ein hoffnungsloser Idiot. Kopfschüttelnd wandte Sam sich ab und ging zur Tür. Er hatte jetzt keine Zeit, Vale zu erklären, was hier gerade geschehen war.

Doch eine weitere Stimme ließ ihn innehalten. „Es stimmt, Mylord.“

Als er sich umdrehte, sah er, wie Vale den Diener O’Hare auf dessen Worte hin mit belustigter Miene musterte. „Wer, zum Teufel, sind Sie denn?“

„Gil O’Hare, Sir.“ O’Hare verbeugte sich so flüchtig, dass es schon despektierlich war. „Miss Hartley und Lady Emeline sind vor einer halben Stunde in Mr Thorntons Kutsche gestiegen.“ Er schaute an Vale vorbei zu Sam. „Mir hat nicht gefallen, wie nah er bei Miss Hartley stand, Sir. Ich glaube, da stimmt was nicht.“

Sam machte sich nicht die Mühe, O’Hare zu fragen, warum er Thornton nicht aufgehalten hatte. Die Frage erübrigte sich. In diesem unseligen Land konnte ein Diener für eine solche Anmaßung ohne Referenz herausgeworfen werden – wenn nicht gar Schlimmeres. „Wissen Sie zufällig, wohin sie wollten?“

„Ja, Sir. Zur Princess Wharf in Wapping. Ich habe gehört, wie Mr Thornton dem Kutscher Anweisung gab.“

Vale sah überrascht drein. „Nach Wapping? Was will Thornton denn mit ihnen am Hafen?“

„Vielleicht an Bord eines Schiffes gehen.“

Vales Brauen schossen in die Höhe. „Sie meinen, er will sie *entführen*?“

„Das weiß nur Gott“, erwiderte Sam. „Doch uns bleibt keine Zeit, hier noch länger herumzustehen und Mutmaßungen anzustellen. Kommen Sie, wir nehmen Ihre Kutsche.“

„Moment.“ Vale packte ihn beim Arm. „Nicht so schnell. Woher will ich denn wissen, dass Sie Emeline nicht doch hier versteckt halten? Oder …“

Ungehalten riss Sam sich los. „Weil Thornton der Verräter ist und irgendwie erfahren haben muss, dass ich ihm auf die Schliche gekommen bin.“

Vale zog die buschigen Brauen zusammen. „Aber …“

„Ich habe Ihnen eben gesagt, uns bleibt keine Zeit“, unterbrach ihn Sam. „O’Hare, wollen Sie mitkommen?“

Der junge Mann zögerte nicht einen Augenblick. „Ja, Sir!“

„Dann los.“ Sam eilte zur Tür hinaus und die Stufen hinunter, ohne Vales Antwort abzuwarten. Wenn der andere lieber zurückbleiben und erst alle Eventualitäten klären wollte, würde er sich seiner Kutsche auch ohne ihn bedienen.

Doch noch ehe er unten angekommen war, hatte Vale ihn auch schon eingeholt. „Princess Wharf, Wapping“, rief der Viscount seinem Kutscher zu. „So schnell Sie können.“

Die drei Männer drängten sich in die Kutsche.

„So“, sagte Vale, als er Sam und O’Hare gegenüber Platz genommen hatte. „Ich höre.“

Sam hielt den Blick auf die Straße gerichtet. Obwohl Thornton ihnen längst weit voraus war, hielt er wider alle Vernunft noch immer Ausschau nach seinem Wagen. „MacDonald ist während oder kurz nach Spinner's Falls in Thorntons Rolle geschlüpft."

„Haben Sie dafür Beweise?"

„Dafür, dass ein Soldat, den wir vor sechs Jahren am anderen Ende der Welt kannten, sich als ein anderer, vermutlich toter Soldat ausgibt? Nein, habe ich nicht. Er dürfte alles beseitigt haben, was es an Beweisen gab."

O'Hare regte sich unruhig neben Sam. Der junge Mann hatte kein Wort gesagt, seit sie das Haus so überstürzt verlassen hatten, doch er sah sichtlich besorgt aus. Die Kutsche rollte langsam aus und blieb stehen. Von draußen kam Geschrei. Wahrscheinlich blockierte wieder irgendwer die Straße.

Sam musste sich wirklich zusammenreißen, um nicht laut ans Kutschendach zu hämmern. Stattdessen wandte er sich an O'Hare und klärte ihn kurz auf. „Es gab in unserem Regiment zwei rothaarige Soldaten, der eine war Thornton, der andere MacDonald. Niemand schenkte den beiden groß Beachtung, bis MacDonald in Ketten gelegt und vor ein Kriegsgericht gestellt werden sollte."

„Was hatte er getan?", wollte der Diener wissen.

Sam schaute Vale an.

Der schürzte die Lippen, ehe er knapp erwiderte: „Eine Frau vergewaltigt und umgebracht."

O'Hare erbleichte.

„Dass MacDonald sich in dem Durcheinander nach Spinner's Falls als Thornton hat ausgeben können, kann ich noch nachvollziehen, aber was war nach seiner Rückkehr nach England?", wandte der Viscount ein. „Thornton hatte doch gewiss Familie."

„Eine Frau." Sam schüttelte den Kopf. „Und die starb bald nach seiner Heimkehr."

„Ah." Vale nickte zustimmend.

„Aber was hat er jetzt mit den beiden Damen vor?", platzte O'Hare heraus.

„Das weiß ich nicht", murmelte Sam. Ob Thornton verrückt war? Wenn seine Vermutung richtig war, hatte der Mann bislang schon zwei Frauen auf dem Gewissen. Was würde ein solcher Mensch mit den Frauen des Mannes machen, den er für seinen größten Feind hielt?

„Erpressung", sagte Vale. „Indem er Rebecca und Emeline als Geiseln hält, hofft er vielleicht, Sie zum Schweigen zu bringen, Hartley."

Bei dem bloßen Gedanken musste Sam die Augen schließen und die Stimmen verdrängen, die ihn zu unbedachter Aktion statt zu vernünftigem Handeln anhielten. „So dumm ist Thornton nicht."

Vale tat es mit einem Achselzucken ab. „Selbst der Klügste kann in Panik geraten."

Und in Panik würde ein Mann wie Thornton töten.

„Wie weit ist es noch?", fragte Sam.

Nun sah auch Jasper angestrengt aus dem Fenster. „Bis Wapping? Noch ein gutes Stück, hinter dem Tower."

Sam holte tief Luft. Sie fuhren noch immer durch den eleganten Westen Londons. Bis zum Tower waren es eine Meile oder mehr, und die Kutsche kam nicht eben flott voran.

„Mir ist gerade etwas eingefallen", murmelte Jasper.

Sam schaute ihn an.

Vale war auf einmal ganz blass geworden. „An dem Tag, als wir Thornton in Ihrem Garten angetroffen hatten, hat er sich doch danach beim Tee gebrüstet, demnächst eine große Warenlieferung für die britische Armee zu verschiffen."

„Wohin sollte die gehen?"

Der Viscount schluckte schwer, ehe er antwortete. „Nach Indien."

Sam blieb schier das Herz stehen. Wenn Thornton Emeline und Rebecca auf ein Schiff verschleppte, das nach Indien fuhr …

Die Kutsche fuhr schon wieder langsamer und blieb schließlich ganz stehen. Sam schaute aus dem Fenster. Mitten auf der Straße stand ein Brauereikarren, dessen Achse gebrochen war. Ohne zu zögern, stieß Sam den Kutschenschlag auf.

„Wo wollen Sie hin?“, rief Vale.

„Zu Fuß bin ich schneller“, erwiderte Sam. „Sie fahren beide weiter. Vielleicht holen Sie mich ja ein.“

Und damit sprang er aus dem Wagen und rannte los.

19. KAPITEL

Als sie Eisenherzens weißglühendes Herz sah, schrie Prinzessin Sonnentrost in tiefer Verzweiflung auf. Sein Leid war zu schrecklich, als dass sie es länger ertragen könnte. Sie lief zu ihm und schüttete einen Eimer Wasser über ihn, um seine Qual zu lindern. Aber, ach, wenngleich die Flammen erloschen, so ist doch gemeinhin bekannt, was mit Metall geschieht, das jäh abkühlt. Eisenherzens Herz brach mit einem lauten KNACKS entzwei …
Eisenherz

Der Pistolenlauf drückte sich unerbittlich zwischen Rebeccas Rippen und wich auch dann nicht einen Deut, wenn die Kutsche rumpelnd und schlingernd in Kurven fuhr. Emeline biss sich auf die Lippe. Sie saß zwischen zwei bulligen Gestalten eingekeilt, die Mr Thorntons Handlanger waren. Erst als sie in die Kutsche gestiegen waren, hatten sie und Rebecca die beiden zu Gesicht bekommen. Nicht dass es etwas geändert hätte. Noch im Salon hatte Mr Thornton auf einmal Rebecca seine grässliche kleine Pistole in die Rippen geschoben und sie beide hinaus in die Kutsche beordert. Emeline hatte nicht gewagt, sich ihm zu widersetzen, zu groß war ihre Angst gewesen, dass Rebecca vor ihren Augen sterben könnte.

Doch nun, als sie schon eine Weile mit Mr Thornton und seinen übel riechenden Häschern unterwegs waren, fragte sie sich, ob sie nicht einen Fehler gemacht hatte. Wer sagte ihr, dass er sie nicht beide umbrachte, sowie sie beim Hafen angelangt waren? Sie überlegte, ob sie nicht einfach aus der Kutsche springen sollte. Allerdings musste sie dazu erst einmal an den beiden Schlägern vorbeikommen, ganz abgesehen davon, dass Rebecca mit einer Waffe bedroht wurde. Emeline hatte nicht den geringsten Zweifel, dass Mr Thornton im Augenblick ihrer Flucht sofort schießen würde – und sei es nur aus reiner Bosheit oder um sozusagen das letzte Wort zu behalten. Der Mann war verrückt, hoffnungslos verrückt. Wie er seinen Zustand bislang hatte verbergen können, war ihr ein absolutes Rätsel, denn mittlerweile verging keine Minute, ohne dass seine Befindlichkeit augenfällig wurde. Andauernd grinste und zwinkerte er, und mit jedem Mal ähnelte sein Gesicht mehr einer irrsinnigen Fratze.

„Gleich da, die Damen“, sagte er nun und zwinkerte wieder auf diese schreckliche Weise. „Schon mal in Indien gewesen? Nein? Na ja, sind Sie vermutlich nicht die Einzigen. Bekommt nicht jeder, so eine Gelegenheit. Das wird ein richtiges Abenteuer!“

Der Mann zu Emelines Rechten grunzte verächtlich und rutschte auf seinem Sitz herum, wobei seinem scharlachroten Rock ein ungemein übler Geruch entstieg. Ratternd und rumpelnd fuhren sie nun durch den Londoner Osten, vorbei an langen Reihen trostloser Lagerhäuser. Über ihnen verfinsterte der Himmel sich zusehends.

Emeline verschränkte die Hände im Schoß und bemühte sich, ihre Stimme fest und klar klingen zu lassen. „Hier können Sie uns jetzt herauslassen, Mr Thornton. Weiter brauchen Sie uns nicht zu fahren.“

„Oh, aber nicht doch!“, keckerte das grässliche kleine Männchen. „Ich mag Ihre Gesellschaft.“

Emeline holte tief Luft und versuchte, ganz ruhig zu bleiben. „Mr Thornton, wenn Sie uns festhalten, werden Jasper und Samuel Ihnen folgen. Wenn Sie uns aber gehen lassen, könnte Ihnen die Flucht gelingen.“

„Wie reizend von Ihnen, so sehr um mein Wohlergehen besorgt zu sein, Mylady“, erwiderte er. „Aber ich fürchte, dass Ihr Verlobter und Samuel Hartley mir so oder so folgen werden. Vor allem Mr Hartley scheint geradezu besessen davon, mich in die Finger zu kriegen. Von dem Moment an, als ich gehört hatte, dass er anfängt, lästige Fragen zu stellen, habe ich ihn im Auge behalten.“ Er deutete mit dem Kinn auf den rotberockten Grobian neben ihr. „Kommt also aufs selbe raus, ob ich Sie hierbehalte oder gehen lasse – und da ziehe ich Ihre reizende Gesellschaft doch vor."

Emeline fing Rebeccas Blick auf. Seit sie in die Kutsche genötigt worden waren, hatte das Mädchen kein Wort mehr gesagt, aber in ihren Augen sah Emeline nun dieselbe Verzweiflung, die auch sie zu überkommen drohte. Es entbehrte jeden Sinns, dass Mr Thornton sie entführt hatte, und diese Sinnlosigkeit ließ ihr so beklommen um die Brust werden, dass ihr der Atem stockte. Kein Zweifel, der Mann war nicht ganz bei Verstand.

Draußen hatte es derweil angefangen zu regnen. So plötzlich prasselte es hernieder wie ein Vorhang, der am Ende eines Stücks herabfällt. Sie würde jetzt gut nachdenken müssen, und sie sollte sich damit beeilen, denn viel Zeit dürfte ihr nicht mehr bleiben.

Mittlerweile war sie sich ganz sicher, dass Mr Thornton sie beide zu töten beabsichtigte.

Der Himmel tat sich auf, und es goss in Strömen. Sam zuckte kurz zurück, als die erste Welle ihn wie ein Schlag ins Gesicht traf, doch er rannte weiter. Genau genommen machte der Regen es ihm sogar leichter. Wer konnte, hatte sofort Unterschlupf gesucht, war von der Straße geflüchtet, so schnell nur irgend möglich. Was leider nicht für die zahlreichen Gespanne galt, die unterwegs waren. Dieser verdammte Brauereikarren würde gewiss noch immer Vales Wagen den Weg versperren. Sam sprang über eine kreuzende Gasse hinweg, die der Regen in einen reißenden Strom verwandelt hatte, und versuchte, sich ganz aufs Laufen zu konzentrieren. Was vor oder hinter ihm lag, konnte er nicht ändern. Im Moment kam es einzig darauf an, so schnell wie möglich zu laufen. Das Laufen bestimmte sein ganzes Sein.

Sie waren irgendwo auf der Fleet Street gewesen, als es nicht mehr weitergegangen war, doch Sam hatte die große Straße rasch hinter sich gelassen und lief nun parallel zur Themse, die hinter den Häuserzeilen zu seiner Rechten liegen musste.

Er spürte, wie seine Beinmuskeln sich spannten, als er das Tempo zu steigern versuchte. So – voll wilder Hoffnung und Verzweiflung, als renne er um sein Leben – war er seit Spinner's Falls nicht mehr gerannt. Doch sosehr er sich auch abgekämpft hatte, damals war er zu spät gekommen. Reynaud hatte er nicht retten können.

Während er einem jungen Mädchen auswich, das ein kleines Kind auf dem Arm trug, prallte er in einen stämmigen Mann mit Lederschürze. Der Mann fluchte deftig und wollte handgreiflich werden, doch Sam war längst an ihm vorbeigezogen. Die Füße taten ihm weh, stechende Schmerzen fuhren ihm von den Sohlen bis in die Schienbeine. Wahrscheinlich hatte er sie sich erneut wund gelaufen.

Und auf einmal schlug ihm der Gestank entgegen.

Ob er noch von dem Mann mit der Lederschürze herrührte oder ob seine erhitzte Fantasie ihm nur einen Streich spielte, wusste er nicht, aber er roch Schweiß. Männerschweiß. Oh, Gott, nein. Bitte nicht. Nicht jetzt. Angestrengt hielt er die Augen offen und befahl seinen Beinen weiterzulaufen, obwohl er sich am liebsten die Hände vors Gesicht geschlagen hätte und zu Boden gesunken wäre. Die Toten von Spinner's Falls schienen ihn zu verfolgen. Unsichtbare Gestalten, leblose Körper, die nach Blut und Schweiß stanken. Geisterhände, die ihn am Ärmel zupften und ihn anflehten, auf sie zu warten. In den Wäldern von Spinner's Falls hatte er sie auch gespürt, diese Geister der Toten. Bis nach Fort Edward waren sie ihm gefolgt, den ganzen langen Weg. Manchmal hatte er sie gar gesehen, den Jungen mit seinen in Todesangst weit aufgerissenen Augen, den Alten, den sie skalpiert hatten. Er hatte nie gewusst, ob er nur träumte, im Halbschlaf rannte oder ob die Toten von Spinner's Falls sich seiner bemächtigt hatten, ihre toten Seelen in ihn gefahren waren. Vielleicht trug er sie ja seitdem stets mit sich herum und merkte es nur in Zeiten größter Not. Vielleicht würde er sie immer bei sich tragen, so wie manche Männer noch Granatsplitter unter der Haut trugen, einen stillen, unsichtbaren Schmerz, der sie auf immer daran erinnerte, was sie durchgemacht hatten.

Er rannte durch einen Schwall Wasser, das ihm bis an die Hüften spritzte – nicht dass es noch etwas ausgemacht hätte, war er doch ohnehin schon bis auf die Haut durchnässt. Mittlerweile musste er näher am Fluss sein, denn er konnte nun das brackige Wasser riechen. Große Lagerhäuser erhoben sich zu beiden Seiten der Straße. Sein Atem ging keuchend, und er hatte stechende Schmerzen in der Seite. Er hatte jegliches Zeitgefühl verloren, hätte nicht sagen können, wie lange oder wie weit er schon gelaufen war. Was, wenn sie bereits an Bord des Schiffes waren? Was, wenn Thornton sie schon umgebracht hatte?

Auf einmal stand ihm ein schreckliches Bild vor Augen: Emeline, leblos am Boden, ihr Körper nackt und blutüberströmt, das Gesicht still und bleich. Nein! Er kniff die Augen fest zusammen, um das Bild zu vertreiben, und stolperte prompt, stürzte auf Händen und Knien auf das nasse Pflaster.

„Pass doch auf, Mann!“, brüllte eine erboste Männerstimme.

Nachdem Sam die Augen wieder geöffnet hatte, sah er Pferdehufe, nur eine Handbreit von seinem Gesicht entfernt. Noch immer auf allen vieren und begleitet vom deftigen Fluchen des Fuhrmanns, brachte er sich in Sicherheit. Seine Knie taten ihm weh, vor allem das rechte, welches wohl die volle Wucht des Sturzes abbekommen hatte. Dennoch stand Sam sofort wieder auf.

Ohne weiter auf den Fuhrmann zu achten, ohne auf seinen keuchenden Atem zu achten, der ihm die Lungen brennen ließ, ohne auf seine Schmerzen zu achten, rannte er weiter.

Emeline.

Die Kutsche fuhr einen weiten Bogen, und als Emeline aus dem Fenster schaute, konnte sie den Hafenanleger sehen.

Noch immer goss es in Strömen, und die großen Schiffe, die auf der Themse dümpelten, verschwammen hinter einem Regenschleier. Zwischen den großen Schiffen fuhren kleine Boote hin und her, die Waren und vereinzelt auch Menschen von Bord ans Ufer oder vom Ufer an Bord beförderten. Für gewöhnlich herrschte an der Princess Wharf ein reges Gedränge von Hafenarbeitern, Prostituierten und Diebesbanden, die es auf die Schiffsladungen abgesehen hatten. Doch wegen des starken Regens lag der Kai fast menschenleer da.

Ruckelnd blieb die Kutsche stehen.

Mr Thornton bohrte seine Pistole noch tiefer zwischen Rebeccas Rippen. „Zeit zum Aussteigen, Miss Hartley."

Doch Rebecca rührte sich nicht. Mit herzzerreißend tapferer Miene sah sie ihren Entführer an. „Was haben Sie mit uns vor?"

Mr Thornton legte den Kopf schief und gab wieder einmal sein grausiges Grinsen und Zwinkern zum Besten. „Oh, nichts Schlimmes, versprochen. Ich will Ihnen nur ein bisschen die große weite Welt zeigen. Los, kommen Sie."

Seine beschwichtigenden Worte bestätigten nur Emelines schlimmste Befürchtungen. Vom Kutschenschlag aus blickte sie auf das regengraue Wasser der Themse. Wenn sie mit Thornton an Bord eines dieser Schiffe gingen, würden sie aller Wahrscheinlichkeit nach die Reise nicht überleben. Aber welche Wahl blieb ihnen? Thornton nickte den beiden Männern zu, die neben ihr saßen.

„Los, Bewegung", knurrte der rotberockte Häscher rechts von Emeline. Er schloss seine dicken Wurstfinger um ihren Arm. Es hätte sie nicht gewundert, wenn er Fettflecken hinterlassen hätte. Er trug einen ramponierten Dreispitz und war der kleinere der beiden. Mr Thornton musste ihn schlecht entlohnen, denn nicht nur sein Hut, auch seine Stiefel ließen zu wünschen übrig. Abgelaufen und zerlöchert waren sie, aus einem ragte sogar ein unbeschreiblich schmutziger großer Zeh heraus.

Emeline mühte sich ein Lächeln ab, um Rebecca etwas Mut zu machen, ehe sie ihre Röcke raffte und hinaus in den Regen stieg. Der Grobian hatte ihren Arm noch immer fest im Griff. Der zweite Mann stieg nach ihnen aus. Er war groß und drahtig mit auffallend langen Armen und strähnigem, sich lichtendem grauem Haar. Schweigend und mit hängenden Schultern stand er da, während Mr Thornton mit Rebecca ausstieg.

„So", verkündete Thornton lächelnd. Er lächelte wirklich *immer.* „Wir müssen uns beeilen. Ein Boot sollte hier auf uns warten, um uns zur *Sea Tiger* zu bringen. Gewiss wollen die Damen dem Regen rasch entkommen. Wenn wir ..."

Doch er brachte seinen Satz nicht zu Ende. Jäh riss Rebecca sich von ihm los, sprang zur Seite und duckte sich hinter den großen Grauhaarigen. Im ersten Moment wusste Mr Thornton kaum, worauf er seine Pistole richten sollte, und wedelte unschlüssig mit der Waffe in der Luft herum. Dann grinste er sein schreckliches Grinsen und fuhr blitzschnell herum, um die Mündung direkt auf Emelines Bauch zu richten.

Sie erstarrte. Die Zeit schien stillzustehen. Mit angehaltenem Atem sah sie ihn zwinkern und zielen. Sie wusste, dass er schießen würde. Sie wusste, dass sie sterben würde.

Doch es sollte anders kommen.

Wie aus dem Nichts tauchte Samuel auf, flog schier durch den Regen und stürzte sich auf Mr Thornton, drückte dessen Arm herab, sodass er sein Ziel verfehlte. Ein lauter Schuss krachte los und ließ Steinsplitter vom Boden aufspritzen. Der große Graue stürzte sich auf Samuel, packte ihn von hinten, und alle drei Männer gingen in einem einzigen Gewirr aus strampelnden Armen und Beinen zu Boden. Rebecca schrie und zerrte verzweifelt am Rock des Grauhaarigen. Der Rotberockte ließ Emeline los und wollte sich ins Gerangel stürzen, doch er hatte noch keinen Schritt getan, als sie ihren Absatz in den Zeh bohrte, der aus seinem Stiefel ragte. Der Mann jaulte auf vor Schmerz und schlug nach ihr aus. Emeline sah helle Sterne flimmern, als seine Hand sie seitlich am Kopf traf, und schon lag sie am Boden, inmitten einer kalten, nassen Pfütze.

„Haben Sie sich wehgetan?“, fragte Rebecca und sprang ihr keuchend zur Seite.

„Samuel“, flüsterte Emeline nur. Er lag nun unter allen drei Männern, kaum noch zu erkennen zwischen all den Beinen, die nach ihm traten, den Armen, die auf ihn einschlugen. Wenn sie nicht auf der Stelle etwas unternahm, würden sie ihn hier vor ihren Augen zu Tode prügeln.

Verzweifelt schaute sie sich um. Nirgends lag ein handliches Stück Holz herum, keine spitzen Steine, die sich werfen ließen. Sie musste sich mit dem behelfen, was sie hatte. Und das tat Emeline. Rasch rappelte sie sich auf und rannte auf den grässlichen kleinen Mann und seine beiden Häscher zu. Blindlings packte sie einen Haarschopf und zerrte daran. Der Mann, den sie erwischt hatte – einer der Häscher –, stieß sie mit der Schulter beiseite. Emeline taumelte und wäre fast gefallen, fing sich aber gerade noch rechtzeitig. Schlagend, schreiend, tretend warf sie sich auf die drei Männer, die unerbittlich auf Samuel eindroschen. Aus den Augenwinkeln sah sie Rebecca mit kleinen, aber harten Fäusten auf den Rücken eines der Männer einhämmern. Der kalte Regen mischte sich mit den heißen, salzigen Tränen, die Emeline über die Wangen strömten und ihr alles vor Augen verschwimmen ließen, aber aufgeben würde sie nicht. Wenn diese Männer Samuel töten wollten, würden sie auch sie töten müssen.

Emeline nahm Anlauf und trat Mr Thornton in den Hintern. Als er sich nach ihr umdrehte, stand ihm ein Ausdruck ungläubiger Verwunderung im Gesicht geschrieben. Samuel nutzte es, dass der andere abgelenkt war, und hieb ihm mit der Faust ins Gesicht. Mr Thornton stürzte rücklings aufs nasse Pflaster. Gerade als er wieder aufstehen wollte, trat Emeline ihm auf die am Boden ausgestreckte Hand und hörte es befriedigt unter ihrem Absatz knirschen.

Thornton schrie.

Hinter Emeline wurde ein Schuss abgefeuert.

„Mein Gott, Emmie, ich wusste ja gar nicht, dass du so blutrünstig bist“, ließ eine Männerstimme sich vernehmen.

Emeline schaute auf und sah Jasper aus einer Kutsche steigen, dicht gefolgt von einem Diener. Der Diener hielt in jeder Hand eine Pistole, aus dem Lauf der rechten stieg Rauch.

Angst und Verzweiflung ließen sie all ihre Manieren vergessen. „Jasper, red keinen Blödsinn. Komm her und hilf Samuel!“

Wenig verwunderlich, dass Jasper etwas verdutzt dreinsah, ehe er ihrem Befehl nachkam. „Recht hast du, Emmie“, meinte er. „Los, ihr beiden, runter von Mr Hartley. Und keine falsche Bewegung.“

Die beiden Grobiane warfen sich finstere Blicke zu, ehe sie von Samuel abließen und sich langsam aufrappelten. Ganz still und reglos lag er da, der Regen prasselte auf sein bleiches Gesicht.

Emeline fürchtete das Schlimmste, als sie zu ihm eilte. „Samuel.“ Eben hatte sie ihn noch Mr Thornton boxen sehen, aber nun rührte er sich nicht mehr. „Samuel!“ Sie kniete auf den nassen, schmutzigen Pflastersteinen nieder und fuhr zärtlich mit den Fingerspitzen über seine Wange.

Er schlug die Augen auf. „Emeline.“

„Ja“, schluchzte sie. Auch wenn es verrückt war, sie konnte nicht anders als ihn anzulächeln, inmitten des prasselnden Regens, unter Tränen, die ihr heiß über die Wangen rannen. „Ja.“ Mehr konnte sie nicht sagen, aber Samuel schien sie zu verstehen.

Er wandte den Kopf zur Seite, und als er ihre Handfläche küsste, jauchzte ihr das Herz vor Freude, selbst wenn seine Lippen aufgeplatzt waren und bluteten.

Dann sah er über ihre Schulter, versuchte etwas durch den Regen zu erkennen. „Haben sie Thornton geschnappt?“

Er versuchte, sich aufzusetzen, und sie schob ihre Hand unter seine Schulter, um ihm aufzuhelfen. „Ja, Jasper hat alles unter Kontrolle.“

Der Diener war gerade dabei, die beiden Halunken an den Handgelenken zu fesseln und an Mr Thorntons Kutsche festzubinden. Rebecca hielt zwei Pistolen auf sie gerichtet. Jasper hatte derweil Mr Thornton fest im Griff.

„Schmeißen Sie ihn in den Fluss", rief der Diener ihm über die Schulter zu, und Rebecca lächelte ihn verzückt an.

„Keine schlechte Idee", sagte Samuel leise, und Emeline hatte seine Stimme noch nie so kalt klingen hören.

Mr Thornton lachte nur. „Aber warum denn?"

Jasper schüttelte ihn hin und her wie ein Hund eine Ratte. „Weil du versucht hast, Miss Hartley und Lady Emeline etwas zuleide zu tun, elender Mistkerl."

„Aber ich habe doch gar nichts gemacht!", wehrte sich Thornton. „Sind die beiden etwa nicht wohlauf?"

„Du hast sie mit einer Pistole ..."

„So ein Quatsch! Das glaubt Ihnen eh niemand, und vor Gericht kümmert das keinen." Thornton lächelte so einnehmend, als sei nichts geschehen. Ihm schien überhaupt nicht bewusst zu sein, dass er in ernsthaften Schwierigkeiten war.

Emeline erschauderte in Samuels Armen. Thorntons fröhliche Zuversicht, dass er gegen Jaspers Wort gewinnen könnte – gegen das Wort eines *Viscounts*! – bewies endgültig, dass der Mann den Verstand verloren hatte.

„Sie haben in Amerika eine Frau überfallen und umgebracht", sagte Samuel ruhig. „Dafür werden Sie hängen."

Lächelnd neigte Thornton den Kopf zur Seite. „Ich weiß nicht, wovon Sie reden."

Jasper schnaufte ungeduldig. „So, jetzt hör mal gut zu. Wir wissen, dass du MacDonald bist, wir wissen, dass du diese Frau umgebracht hast, und wir wissen, dass du uns bei Spinner's Falls an die Franzosen und ihre indianischen Helfer verraten hast."

„Soso. Und wie wollen Sie das beweisen?"

„Vielleicht brauchen wir das ja gar nicht", sagte Samuel leise. „Vielleicht werfen wir Sie einfach in die Themse, und die

Sache ist erledigt. Vermissen dürfte Sie ohnehin niemand."

„Samuel", flüsterte Rebecca.

Samuel schaute sie an, und wenngleich seine Miene unverändert blieb, so wurde seine Stimme doch eine Spur sanfter. „Aber ich glaube nicht, dass es Probleme geben sollte, Sie vor Gericht zu verurteilen. Ein paar Überlebende sollte es noch geben, die sich sowohl an MacDonald als auch an Thornton erinnern. Ansonsten fragen wir einfach seinen Schwiegervater."

Emeline gab einen Laut der Verwunderung von sich.

Samuel nickte. „Ich habe just heute herausgefunden, dass Thornton noch einen Schwiegervater hat, der zwar schon recht betagt ist und ihn seit der Heirat mit seiner Tochter nicht mehr gesehen hat, aber immerhin. Der alte Mann lebt weit weg in Cornwall, und seine Gesundheit ist nicht mehr die beste, aber dass seine Tochter angeblich bei einem Sturz auf der Treppe umgekommen sein soll, lässt ihm keine Ruhe. Er hat mehrere Anwälte gebeten, die Umstände ihres Todes zu untersuchen, doch meist vergebens. Heute bin ich endlich auf einen gestoßen, der sich des Falls angenommen hat. Und ich bin mir sicher, dass der alte Mann – zumal wenn wir ihm eine bequeme Kutsche zur Verfügung stellten – gern nach London käme und aussagen würde, dass dies nicht der Mann ist, der einst seine Tochter geheiratet hat."

Mr Thornton begann hektisch zu grinsen und zu zwinkern und konnte gar nicht mehr damit aufhören. „Nur zu!", rief er hämisch. „Der Alte pfeift auf dem letzten Loch. Die Fahrt nach London wird ihm den Rest geben."

„Das lass mal unsere Sorge sein, du Mistkerl", beschied Jasper und schüttelte Thornton noch einmal kräftig durch. „Mach du dir lieber Sorgen um deinen Hals." Jasper drehte sich zu Samuel um. „Hätten Sie etwas dagegen, wenn ich mir Ihren Diener borge, um die drei hier nach Newgate zu geleiten?"

Samuel schüttelte den Kopf. „Einverstanden. Dann nehme

ich derweil Ihre Kutsche und bringe die Damen nach Hause.“ Er wandte sich mit Emeline zu Jaspers Wagen um, als ein Schrei von Thornton ihn innehalten ließ.

„Hartley!“, schrie der kleine Mann schrill. „Für diese Frau kriegen Sie mich vielleicht ran, aber nicht für Spinner’s Falls. Ich habe das Regiment nicht verraten! Ich bin kein Verräter.“

Mit kühler Miene musterte Samuel ihn.

Was Thornton nur noch mehr in Rage zu bringen schien. „Du bist ein Feigling, Hartley! Bei Spinner’s Falls hast du dich aus dem Staub gemacht. Alle wissen das. Du bist ein Feigling!“

Vale stieg die Zornesröte ins Gesicht, und Emeline sah Rebecca erschrocken nach Luft schnappen.

Doch erstaunlicherweise lächelte Samuel nur.

„Nein“, sagte er ruhig. „Das bin ich nicht.“

20. KAPITEL

Prinzessin Sonnentrost hielt ihren sterbenden Gemahl in den Armen und tränkte sein Antlitz mit salzigen Tränen. Und während sie so über ihm weinte, brach der Morgen an und überzog die Welt mit sonnengoldenem Strahlen. Eisenherz schlug die Augen auf und sprach, als er in das Gesicht seiner Frau blickte, die ersten Worte, die er in sieben langen Jahren gesprochen hatte …
Eisenherz

Er braucht einen Arzt", sagte Rebecca, während sie Emeline half, Samuel in die Kutsche zu verfrachten. Emeline schwieg, doch sie war ganze Rebeccas Meinung. Unter seiner gebräunten Haut sah Samuel erschreckend bleich aus, und über dem Auge hatte er eine Platzwunde, aus der ihm noch immer Blut übers Gesicht lief.

„Kein Arzt", nuschelte er so mühsam, dass es seinem Wunsch kaum dienlich war.

Über seinen Kopf hinweg wechselte Emeline einen Blick mit seiner Schwester und sah, dass sie sich einig waren. Er brauchte unbedingt einen Arzt.

Die Kutsche kam nur langsam voran, was die Rückfahrt zu einem einzigen Albtraum machte. Als sie endlich zu Hause waren, hatte Samuel die Augen geschlossen und schon seit einer halben Stunde keinen Laut mehr von sich gegeben.

„Hat er das Bewusstsein verloren?", flüsterte Emeline besorgt.

„Ich glaube, er ist einfach nur eingeschlafen", erwiderte seine Schwester.

Es bedurfte zweier kräftiger Lakaien, um Samuel ins Haus und hinauf in sein Bett zu bekommen. Dann schickte Emeline nach dem Arzt.

Eine Stunde später kam Rebecca in die Bibliothek, um ihr zu berichten, was der Arzt gesagt hatte.

„Er meint, es wäre wohl einfach Erschöpfung“, sagte Rebecca zu Emeline, die am Kamin saß und selbst kaum noch die Augen offen halten konnte.

„Gott sei Dank.“ Erleichtert lehnte Emeline sich zurück.

„Sie sehen auch ziemlich erschöpft aus“, stellte Rebecca fest.

Emeline schüttelte den Kopf. Nein, sie wollte Samuel nicht allein lassen. Doch als sie merkte, wie schwindelig ihr davon wurde, hielt sie den Kopf schnell wieder still.

Rebecca schien es indes nicht entgangen zu sein. „Sie sollten nach Hause gehen und sich ausruhen. Samuel schläft jetzt sowieso.“

Emeline räusperte sich. „Sie sind ein herzensgutes Kind, aber ein bisschen zu bestimmt.“

Die junge Frau lächelte. „Von wem ich das wohl gelernt habe?“ Sie reichte Emeline gerade die Hand und wollte ihr aufhelfen, als von der Halle her laute Stimmen und Schritte ertönten.

Emeline schaute fragend zur Tür der Bibliothek, als auch schon Jasper hereingestürmt kam.

„Emmie! Ist alles in Ordnung mit dir?“, fragte er. „Ich war eben bei dir zu Hause, aber du warst nicht da. Was tust du hier?“

Emeline runzelte irritiert die Stirn. Es erstaunte sie immer wieder, wie wenig Jasper sie zu kennen schien. „Nicht so laut! Ja, mir geht es gut, aber wenn du hier so herumschreist, wirst du Samuel aufwecken.“

Jasper schaute so angestrengt zur Decke empor, als wolle er durch Holz und Mauerwerk hindurchsehen. „Stimmt. War für ihn wahrscheinlich auch ein aufregender Tag, was?“

„Jasper …“, setzte Emeline an, als sie von Rebecca unterbrochen wurde.

„Würde es Ihnen etwas ausmachen, wenn ich Sie nun allein ließe? Ich möchte kurz … möchte nur …“, sie rang sichtlich nach Worten, „… ich möchte nur mal kurz schauen, wie es O'Hare geht."

Sprachlos schaute Emeline sie an. „Wer ist O'Hare?"

„Mein Diener", erwiderte Rebecca und rauschte davon.

Mit nachdenklich gerunzelter Stirn schaute Emeline dem Mädchen nach, als Jasper sie aus ihren Gedanken riss.

„Emmie."

Dass seine Stimme so ungewohnt ernst klang, ließ sie aufhorchen. Sie wandte sich ihm zu und sah ihn zum ersten Mal, da er die Bibliothek betreten hatte, richtig an. Und noch nie hatte sie ihn mit einer solchen Miene gesehen – eine Art müder Resignation stand ihm im Gesicht geschrieben.

„Wir werden niemals heiraten, oder?", fragte er.

Sie schüttelte den Kopf. „Nein, mein Lieber. Ich glaube nicht."

Er ließ sich in einen Sessel fallen. „Nun ja, vielleicht auch besser so. Du würdest dich niemals mit meinen Eigenarten abgefunden haben. Wahrscheinlich gibt es auf der ganzen Welt keine Frau, die es mit mir aushalten könnte."

„Unsinn."

Er warf ihr einen seiner komischen, treuherzigen Blicke zu.

„Leicht mag es nicht sein", gab sie zu, „aber ich bin davon überzeugt, dass auch du eines Tages jemanden findest."

Um seine Mundwinkel zuckte es belustigt. „Danke, Emmie, das ist sehr gütig von dir. Aber ich bin schon dreiunddreißig. Wenn es wirklich eine Frau gäbe, die mich lieben – und noch wichtiger: es mit mir *aushalten* – könnte, sollte man da nicht meinen, dass ich sie mittlerweile gefunden hätte?"

„Es könnte vielleicht helfen, nicht länger in Bordellen und Spielhöllen, sondern an etwas respektableren Orten nach ihr zu suchen", schlug sie vor und milderte ihre scharfen Worte durch ein herzhaftes Gähnen.

Jasper, stets galant, sprang sogleich auf. „Lass mich dich nach Hause bringen, damit du dich ordentlich ausschlafen und mich morgen in neuer Frische herunterputzen kannst."

Betrüblicherweise brachte Emeline vor Müdigkeit nicht einmal mehr einen halbherzigen Widerspruch zustande. Sie ließ sich von Jasper aufhelfen und die paar Schritte bis zu ihrem Haus begleiten. Dort drückte er ihr einen Kuss auf die Wange, wie er es schon immer gemacht hatte, seit sie vier Jahre alt gewesen waren, und ging davon.

„Jasper", rief sie ihm leise nach.

Er blieb stehen und schaute über die Schulter zurück. Rank und schlank stand er im Mondschein, doch seine schönen blauen Augen blickten traurig, und sein langes, schmales Gesicht wirkte nun geradezu tragisch.

Es ging ihr zu Herzen, ihn so zu sehen. Er war Reynauds bester Freund gewesen. Sie kannte ihn schon ihr ganzes Leben. „Ich liebe dich."

„Ich weiß, Emmie, ich weiß. Das ist ja das Schlimme", erwiderte er trocken.

Darauf wusste sie nichts mehr zu sagen.

Er winkte ihr kurz zu, dann war er in der Nacht verschwunden.

Emeline stieg die Stufen zum Haus hinauf und wünschte, sie wüsste, was sie Jaspers wegen tun sollte. Kaum war sie zur Tür hereingekommen, stürzten sich auch schon Tante Cristelle und Melisande auf sie.

„Was machst du denn hier?", fragte Emeline ihre Freundin mit leiser Verwunderung.

„Ich wollte dir dein Märchenbuch zurückbringen", entgegnete Melisande nüchtern. „Aber als ich eintraf, teilte Mr Hartleys Butler deiner Tante gerade mit, dass etwas passiert sei, weshalb ich mich entschloss zu bleiben und ihr Gesellschaft zu leisten, bis wir Näheres erfahren würden. Nur leider wissen wir noch immer nicht, was eigentlich geschehen ist."

Weshalb Emeline ihnen bei Tee und Gebäck von ihrem kleinen Abenteuer erzählte und dabei zahlreiche Unterbrechungen von Tante Cristelle erdulden musste. Als sie endlich fertig war, war sie folglich noch erschöpfter als zuvor.

Diese Tatsache war Melisandes wissendem Blick nicht entgangen. „Ich glaube, sobald du deinen Tee ausgetrunken hast, solltest du zu Bett gehen."

Emeline blickte in ihre Tasse, in der der Tee längst kalt geworden war, und nickte stumm.

Sie spürte mehr, als dass sie sah, wie Melisande und Tante Cristelle sich über ihren Kopf hinweg besorgt anschauten.

„Gleich", sagte Emeline, nur um etwas zu sagen und nicht völlig die Beherrschung zu verlieren.

Melisande seufzte tief und deutete auf den kleinen Tisch neben Emeline. „Ich habe es dir dort hingelegt."

Emeline blickte auf und entdeckte dann das kleine, angestaubte Buch. Es barg noch immer viele Erinnerungen an Reynaud, schien aber längst nicht mehr so wichtig. „Weshalb hast du es jetzt schon zurückgebracht?"

„Ich dachte, du wolltest nicht mehr, dass ich es übersetze?", fragte ihre Freundin.

Emeline stellte ihre Tasse beiseite. „Weißt du, wahrscheinlich habe ich in dem Buch eine Verbindung zu Reynaud gesehen. Etwas, das mich an ihn erinnern würde. Aber mittlerweile ist es mir nicht mehr so wichtig, eine greifbare Erinnerung an ihn zu haben." Sie schaute ihre Freundin an. „Es ist ja schließlich kaum anzunehmen, dass ich ihn je vergessen werde, oder?"

Melisande sah sie schweigend und mit traurigen Augen an.

Emeline griff nach dem Buch, strich über den abgegriffenen Einband und blickte dann wieder auf. „Würdest du es trotzdem für mich behalten?"

„Wie bitte?"

Lächelnd reichte Emeline ihrer Freundin das Buch. „Übersetze es. Vielleicht findest du darin, was ich nicht finden konnte."

Melisande runzelte verwundert die Stirn, nahm das Buch entgegen und hielt es zwischen beiden Händen auf ihrem Schoß. „Wenn du meinst."

„Das meine ich.“ Emeline gähnte herzhaft und ganz und gar nicht respektabel. „Du liebe Güte. Ich muss wirklich ins Bett.“

Melisande begleitete sie hinaus, wünschte ihr Gute Nacht und wandte sich zum Gehen.

Emeline war schon auf dem Weg nach oben, als ihr auf einmal noch ein Gedanke kam, der bei genauerer Betrachtung nur ihrer tiefen Erschöpfung geschuldet sein konnte. „Melisande!“, rief sie.

Ihre Freundin stand schon an der Haustür und legte sich gerade ihren Schal um. „Ja?“, fragte sie und sah zu ihr hinauf.

„Könntest du mir noch einen Gefallen tun und für mich auf Jasper aufpassen?“

Melisande, sonst so unerschütterlich und durch nichts aus der Ruhe zu bringen, schien tatsächlich kurz um Fassung zu ringen. „Wie bitte?“, fragte sie überrascht.

„Ich weiß, dass es eine seltsame Bitte ist, und ich kann vor Müdigkeit auch kaum noch einen klaren Gedanken fassen, aber ich mache mir Sorgen um Jasper.“ Lächelnd sah Emeline ihre Freundin an. „Würdest du mir den Gefallen tun?“

Mittlerweile hatte Melisande sich wieder gefasst. „Gewiss doch, meine Liebe.“

„Gut“, nickte Emeline und wandte sich wieder um. Sie hatte das Gefühl, als sei ihre eine schwere Last von den Schultern genommen.

Hinter sich hörte sie Melisande noch ein Wort des Abschieds murmeln, und wahrscheinlich hatte auch sie etwas erwidert, aber in Gedanken war sie schon weit fort.

Schlafen. Sie wollte nur noch schlafen.

„Du hältst also Mr Thornton für den Verräter?“, fragte Rebecca ihren Bruder zu etwas späterer Stunde.

Sie war müde, schlief fast vor dem Feuer ein. Nachdem er ein paar Stunden geschlafen hatte, war Sam gesund und munter aufgestanden und hatte ein spätes Abendessen auftragen lassen.

Danach hatten sie sich hierher zurückgezogen. Eigentlich sollte sie längst schlafen. Die Abenteuer des Tages hatten sie sehr erschöpft, doch andererseits fand sie auch keine Ruhe. Irgendetwas schien noch zu fehlen.

Samuel saß ihr gegenüber, ein Glas Brandy in der Hand, und blickte ins Feuer. „Ich bin mir ziemlich sicher." Sein Gesicht sah wirklich schlimm aus. Die alten Verletzungen waren noch kaum geheilt, als auch schon neue Blutergüsse dazugekommen waren. Aber sie mochte dennoch nicht den Blick von ihm wenden.

„Aber *ganz* sicher bist du dir nicht?", fragte sie verwirrt.

Er schüttelte entschieden den Kopf und leerte sein Glas. „Thornton ist ein Lügner. Schwer zu sagen, ob er etwas mit dem Massaker zu tun hatte oder nicht. Vielleicht weiß er es ja selbst nicht mehr so genau – Lügner neigen dazu, ihre eigenen Lügen zu glauben. Vielleicht werden wir nie absolute Gewissheit haben."

„Aber …", Rebecca unterdrückte ein Gähnen, „… du bist um die halbe Welt gereist, um die Wahrheit über Spinner's Falls herauszufinden und mit der Vergangenheit abzuschließen. Stört es dich denn nicht, dass die Sache noch immer nicht geklärt ist, sollte Thornton nicht der Verräter sein?"

„Nein. Jetzt nicht mehr."

„Aber … das verstehe ich nicht."

Ein Lächeln huschte über sein Gesicht. „Ich bin zu der Erkenntnis gelangt, dass ich Spinner's Falls sowieso niemals ganz vergessen kann. Das ist einfach unmöglich."

„Aber das ist ja furchtbar! Wie …"

Er hob beschwichtigend die Hand. „Allerdings habe ich auch erkannt, dass ich mit der Erinnerung leben kann. Sie ist ein Teil von mir."

Besorgt sah sie ihn an. „Das klingt wirklich schrecklich, Samuel. Dein ganzes Leben lang diese Erinnerungen mit dir herumzutragen …"

„So schlimm ist es nicht", beruhigte er sie. „Immerhin habe

ich schon sechs Jahre damit zugebracht, gegen meine Erinnerungen anzukämpfen. Jetzt, wo ich mich mit ihnen abgefunden und sie als Teil meiner selbst akzeptiert habe, kann es eigentlich nur besser werden."

Sie seufzte. „Verstehen tue ich es zwar nicht, aber wenn du deinen Frieden gefunden hast, soll es mir recht sein."

„Das habe ich."

Eine Weile saßen sie in einvernehmlichem Schweigen da, und Rebecca begann gerade einzunicken, als ein laut knackendes Holzscheit sie aufschrecken ließ und ihr einfiel, dass sie ja noch etwas mit ihrem Bruder hatte besprechen wollen.

„Sie liebt dich übrigens."

Weil er nichts erwiderte, schlug sie die Augen auf, um sich zu vergewissern, dass er nicht eingeschlafen war. Er hielt die Hände im Schoß verschränkt und starrte stumm ins Feuer.

„Ich habe gesagt, dass sie dich liebt."

„Ich habe es gehört."

„Ja, und?" Sie seufzte gereizt. „Mehr fällt dir dazu nicht ein? Morgen geht unser Schiff."

„Ich weiß." Er stand auf und streckte sich, zuckte vor Schmerz zusammen und hielt sich kurz die Seite. Dann reichte er ihr die Hand. „Komm, du schläfst ja schon in deinem Sessel ein, und ich habe keine Lust, dich nachher wie ein kleines Mädchen ins Bett zu tragen."

Sie legte ihre Hand in seine. „Ich bin kein kleines Mädchen."

„Das weiß ich", sagte er sanft und zog sie hoch. „Du bist meine kleine Schwester, die endlich zu einer schönen und interessanten jungen Dame herangewachsen ist."

„Hmmm", grummelte sie und krauste die Nase.

Er zögerte kurz, dann griff er auch nach ihrer anderen Hand und strich mit dem Daumen über ihre Finger. „Wenn du willst, bringe ich dich bald wieder nach England, damit du Mr Green oder einen der anderen Gentlemen wiedersehen kannst. Ich möchte dir deine Hoffnungen nicht zunichtemachen."

„Ich habe ehrlich gesagt keine Hoffnungen."

Er runzelte die Stirn. „Falls du dir Sorgen wegen deiner Herkunft machen solltest, dann …"

„Nein, das ist es nicht." Sie blickte auf ihrer beider Hände hinab. Die seinen waren noch immer dunkel und gebräunt, obwohl sie beide schon seit Wochen in England waren.

„Was ist es dann?"

„Ich mag Mr Green durchaus …", begann sie vorsichtig, „… und wenn du möchtest, dass ich meine Bekanntschaft mit ihm vertiefe …"

Er zog sie an den Händen, bis sie zu ihm aufsah. „Warum sollte ich das wollen?", fragte er.

„Ich dachte …" Oh, wie furchtbar peinlich das alles war! „Ich dachte, du wolltest, dass ich eine gute Partie mache. Und Mr Green ist ein Engländer von Stand, ein richtiger Gentleman eben, selbst wenn sein Lachen schrecklich anzuhören ist. Ich weiß manchmal wirklich nicht, was du willst, Samuel."

„Ich will eigentlich nur, dass du glücklich bist", sagte er, als sei es das Selbstverständlichste auf der Welt. „Solltest du dein Herz an einen Rattenfänger oder einen achtzigjährigen Greis verlieren, könnte ich vielleicht Einwände haben, aber ansonsten ist es mir ziemlich gleich, wen du heiratest."

Rebecca biss sich auf die Lippe. Männer konnten ja so schwer von Begriff sein! „Ich will aber nicht, dass es dir gleich ist. Ich will deinen Segen."

Er beugte sich zu ihr vor. „Aber den hast du doch schon. Jetzt musst du dir nur noch überlegen, was *du* eigentlich willst."

„Das macht es nicht gerade leichter", meinte sie seufzend, lächelte jedoch.

Er schob ihre Hand in seine Armbeuge. „Das ist gut. Dann triffst du wenigstens keine leichtfertigen Entscheidungen." Sie gingen durch die Halle und die Treppe hinauf.

„Mmmm", machte Rebecca und musste schon wieder ein

Gähnen unterdrücken. „Ich wollte dich um einen Gefallen bitten."

„Und der wäre?"

„Könntest du O'Hare eine Stelle besorgen?"

Fragend sah er sie an.

„Ich meine, drüben in Amerika", fügte sie schnell hinzu und hielt gespannt den Atem an.

„Könnte ich wohl", meinte er nachdenklich. „Die Frage ist nur, ob er sie auch annehmen würde."

„Oh ja, das wird er!", sagte sie voller Gewissheit. „Danke, Samuel."

„Gerne", erwiderte er. Mittlerweile waren sie vor ihrem Schlafzimmer angelangt. „Gute Nacht."

„Gute Nacht", erwiderte sie und sah ihm nach, wie er weiter zu seinem eigenen Zimmer ging. „Und du wirst doch noch mit Lady Emeline sprechen?", rief sie ihm besorgt hinterher.

Aber er schien sie nicht zu hören.

Als Emeline am nächsten Morgen erwachte, schien bereits die Sonne zum Fenster herein. Einen Augenblick schaute sie verträumt hinaus – bis ihr die volle Bedeutung dessen bewusst wurde.

„Oh mein Gott!" Mit einem Satz war sie aus dem Bett gesprungen und läutete eilig nach dem Mädchen. Doch schon fürchtete sie, es könne zu lange dauern, hastete zur Tür und rief wie ein Fischweib den Flur hinab.

Zurück in ihrem Zimmer, suchte sie eine Reisetasche und warf wahllos alles hinein, was ihr zwischen die Finger kam.

„Emeline!" Tante Cristelle stand an der Tür, das Haar noch geflochten, und starrte sie an, als hätte sie den Verstand verloren. „Was, um alles in der Welt, ist in dich gefahren?"

„Samuel." Verzweifelt blickte Emeline auf ihre Reisetasche, aus der achtlos hereingestopfte Kleider herausquollen, und kam zu dem Schluss, dass ihr keine Zeit mehr zum Packen blieb. „Sein Schiff legt heute Morgen ab. Vielleicht ist es schon fort. Ich muss ihn unbedingt aufhalten."

„Aber wozu?"

„Um ihm zu sagen, dass ich ihn liebe." Sie ließ die Tasche stehen und eilte zum Schrank, um nach ihrem schlichtesten Kleid zu suchen. Mittlerweile hatte sich auch Harris eingefunden. „Schnell!", rief Emeline ihr zu. „Helfen Sie mir beim Ankleiden."

Tante Cristelle ließ sich aufs Bett sinken. „Wozu diese Eile, frage ich dich? Wenn der Mann noch immer nicht begriffen hat, dass du ein *tendre* für ihn hast, muss er wirklich ein Dummkopf erster Güte sein."

Emeline mühte ihren Kopf aus sich bauschendem Kattun. „Ich weiß, aber dummerweise habe ich ihm gesagt, dass ich ihn nicht heiraten will."

„Ja, und?"

„Ich will ihn aber heiraten!"

„*Tiens!* Dann war es wirklich dumm von dir, dich mit Lord Vale zu verloben."

„Ich weiß!" Herrgott, sie vertat ihre Zeit hier damit, mit Tante Cristelle im Kreis herumzureden, während Samuels Schiff wahrscheinlich gerade die Themse hinabfuhr. „Harris, wo sind meine Schuhe?"

„Genau vor Ihnen, Mylady", erwiderte Harris ruhig. „Aber Sie haben noch keine Strümpfe an."

„Was kümmern mich Strümpfe!"

Tante Cristelle warf die Arme hoch und flehte den Herrn auf Französisch an, sich ihrer völlig derangierten Nichte anzunehmen. Barfuß schlüpfte Emeline in ihre Schuhe und eilte dann zur Tür, wobei sie beinahe Daniel über den Haufen gerannt hätte.

„Wo willst du denn hin, M'man?", fragte ihr Goldjunge sie unschuldig. Sein Blick fiel auf ihre bloßen Knöchel. „Weißt du, dass du keine Strümpfe anhast?"

„Ja, mein Liebling, das weiß ich", sagte Emeline und gab

ihm einen flüchtigen Kuss auf die Stirn. „Aber wir gehen nach Amerika, und da trägt niemand Strümpfe."

Während Daniel noch lauthals jubelte und Tante Cristelle und Harris ihn zu beruhigen versuchten, eilte Emeline schon die Treppe hinunter und rief derweil nach Crabs.

Der durch nichts zu erschütternde Butler kam herbeigeeilt und sah nun doch ein wenig verwundert drein. „Mylady?"

„Lassen Sie die Kutsche vorfahren. Schnell!"

„Aber ..."

„Und meinen Umhang. Ich brauche meinen Umhang." Verzweifelt sah sie sich nach der Uhr um. „Wie spät ist es?"

„Gerade neun Uhr vorbei, Mylady."

„Oh nein!" Emeline schlug die Hände vors Gesicht. Das Schiff hatte längst abgelegt. Samuel war bereits auf hoher See. Was sollte sie nur tun? Es gab keine Möglichkeit mehr, ihn einzuholen, keine Möglichkeit mehr ...

„Emeline." Die Stimme war klar, tief – und ihr so vertraut.

Im ersten Moment wagte sie kaum zu hoffen. Dann ließ sie ihre Hände langsam sinken.

Er stand an der Tür zum Salon, und seine kaffeebraunen Augen lächelten nur für sie.

„Samuel."

Sie lief zu ihm, und er schloss sie in seine Arme. Dennoch klammerte sie sich so fest an seinen Rock, als wolle sie ihn niemals wieder loslassen.

„Ich dachte, du wärst fort. Ich dachte, ich wäre zu spät gekommen."

„Schsch", sagte er und küsste sie, strich sanft mit den Lippen über ihren Mund, ihre Wangen, ihre Augen. „Schsch. Ich bin ja da." Er zog sie mit sich in den Salon.

„Ich dachte, ich hätte dich verloren", flüsterte sie.

Nun küsste er sie etwas nachdrücklicher, um sie seiner Gegenwart zu vergewissern. Er teilte ihre Lippen mit den seinen und neigte sacht ihren Kopf zurück. Sie griff nach seinen Schultern und genoss die Freiheit, sich seinem Kuss hingeben zu können.

„Ich liebe dich“, stieß sie hervor.

„Ich weiß.“ Seine Lippen streiften zärtlich über ihre Stirn. „Es war meine Absicht, so lange in deinem Salon auszuharren, bis du es zugeben würdest.“

„War es das?“, fragte sie zerstreut.

„Mmmm.“

„Wie raffiniert von dir.“

„Gar nicht raffiniert.“ Er wich ein wenig zurück, um sie ansehen zu können. Seine Augen waren auf einmal ganz ernst. „Es war eine Frage des Überlebens. Ohne dich ist mir kalt, Emeline. Du bist das Licht, das mich im Innersten wärmt. Hätte ich dich verlassen, würde ich zu einem Eisblock gefroren sein.“

Sie zog seinen Kopf wieder zu sich herab. „Dann solltest du mich lieber nicht verlassen.“

Doch er widerstand ihrem Drängen und sah sie eindringlich an. „Willst du mich heiraten?“

Ihr stockte der Atem, und sie musste schwer schlucken, ehe sie mit rauer Stimme antwortete. „Oh ja, bitte.“

Noch immer blickten seine Augen ganz ernst. „Würdest du mit mir nach Amerika kommen? Ich könnte zwar auch hier in England leben, aber für meine Geschäfte wäre es einfacher, wenn wir in Amerika lebten.“

„Und Daniel?“

„Ich würde mich freuen, wenn er mitkommt.“

Sie nickte und musste die Augen schließen, so überwältigt war sie. „Es tut mir leid. Ich weine sonst nie.“

„Natürlich nicht.“

Darüber musste sie lächeln. „Es ist nicht üblich, einen Jungen in seinem Alter an der Seite seiner Mutter aufwachsen zu lassen, aber ich würde ihn sehr gern mit mir nehmen.“

Er strich mit dem Daumen über ihren Mundwinkel. „Gut. Dann kommt Daniel also mit. Und deine Tante ist auch willkommen, wenn …“

„Ich bleibe hier“, ließ sich Tante Cristelle hinter ihnen vernehmen.

Emeline fuhr herum.

Die alte Dame stand an der Tür des Salons. „Schließlich brauchst du doch jemanden, der sich um deine Angelegenheiten kümmert, jemanden, der dein Vermögen hütet, ein Auge auf deine Verwalter hat und derlei mehr, nicht wahr?“

„Ja, schon, aber …“

„Dann wäre das ja geklärt. Und natürlich gehe ich davon aus, dass du alle paar Jahre zurück nach England kommst, damit ich auch meinen Großneffen mal wieder zu Gesicht bekomme.“ Tante Cristelle nickte zufrieden, da nun alles so gütlich geregelt war, drehte sich um und schloss die Tür leise hinter sich.

Emeline wandte sich wieder Samuel zu und fand seinen Blick auf sich gerichtet.

„Und es macht dir wirklich nichts aus?“, fragte er. „Alles hinter dir zu lassen? All deine Freunde? In einem fremden Land zu leben, in dem es weit weniger zivilisiert zugeht als hier?“

„Es ist mir ganz gleich, wo ich lebe, solange ich nur bei dir bin.“ Emeline lächelte nachdenklich. „Wenngleich ich mir gut vorstellen könnte, in Boston ganz neue Maßstäbe in Sachen Eleganz zu setzen. Es wird Zeit, dass die Bostoner einen *meiner* Bälle besuchen.“

Da strahlte er sie an, strahlte über das ganze Gesicht, und mit all seinen Blutergüssen und Platzwunden sah er wie ein verwegener Pirat aus. „Da müssen sie sich wohl auf einiges gefasst machen, was?“

Emeline bedachte ihn mit einem tadelnden Stirnrunzeln, dann zog sie ihn an sich und küsste ihn. Innig, voll der Liebe und des Glücks. Und während sie ihn küsste, flüsterte sie leise an seinen Lippen.

„Ich liebe dich.“

EPILOG

„Ich liebe dich."

Kaum waren die Worte über Eisenherzens Lippen gekommen, tat der böse Zauberer einen wütenden Schrei.

„Nein! Nein! Nein! Das darf nicht sein!" Das Gesicht des verhutzelten Männchens lief rot an, bis ihm Dampf aus der Nase zu schießen begann. „Sieben lange Jahre habe ich darauf gewartet, dich deines eisernen Herzens zu berauben und mir seine Kraft zu eigen zu machen! Hättest du in diesen sieben Jahren auch nur ein Wort gesprochen, wäre es mein gewesen, und du und deine Frau wärt zur Hölle gefahren. Das ist nicht gerecht!"

Wutschnaubend stampfte der böse Zauberer im Kreis herum, rasend vor Zorn, dass sein Fluch gebrochen war. Immer schneller und schneller wirbelte er herum, bis Funken aufstoben und schwarzer Rauch aus seinen Ohren quoll, bis die Erde unter ihm bebte und sich mit einem lauten KNALL auftat und ihn verschluckte. Aber ehe er auf Nimmerwiedersehen verschwand, flog die weiße Taube von seiner Hand auf, denn die goldene Kette war ebenso wie der Fluch gebrochen, und als der Vogel sich aufschwang, verwandelte er sich flugs in ein lauthals schreiendes Baby – Eisenherzens Sohn.

Und welch ein Jubel dann war in der Strahlenden Stadt! Die Menschen freuten sich und tanzten vor Glück, dass ihnen ihr Prinz wiedergegeben ward.

Doch was geschah nun mit Eisenherz und seinem gebrochenen Herzen? Prinzessin Sonnentrost blickte bang auf ihren Gatten hinab, den sie noch immer in ihren Armen hielt, und fürchtete, dass er tot sei. Doch er schien sich recht wohl zu befinden und sah lächelnd zu ihr auf. Und so tat sie, was eine Prinzessin in so einem Fall tun muss: Sie küsste ihn.

Und obgleich viele in der Strahlenden Stadt bis heute

meinen, dass Eisenherzens Herz bereits dann geheilt war, als der Fluch des Zauberers gebrochen war, bin ich mir dessen doch nicht so sicher. Mir scheint, dass es vielmehr die Liebe von Prinzessin Sonnentrost war, die ihn zum Leben erweckt hatte.

Denn was könnte ein gebrochenes Herz besser heilen als wahre Liebe?

– ENDE –

Elizabeth Hoyt
Mein sündiger Engel
Band-Nr. 25519
7,95 € (D)
ISBN: 978-3-89941-842-2
384 Seiten

Elizabeth Hoyt
Mylady spielt gefährlich
Band-Nr. 25456
6,95 € (D)
ISBN: 978-3-89941-744-9
400 Seiten

Sherry Thomas
Eine fast perfekte Ehe
Band-Nr. 25553
6,99 € (D)
ISBN: 978-3-89941-944-3
320 Seiten

Nicola Cornick
Unvergessen wie dein Kuss
Band-Nr. 25557
6,99 € (D)
ISBN: 978-3-89941-952-8
384 Seiten

Gaelen Foley
Eine tollkühne Lady
Band-Nr. 25585
7,99 € (D)
ISBN: 978-3-86278-307-6
384 Seiten

Gaelen Foley
Der Lord und die unschuldige Verlockung
Band-Nr. 25490
6,95 € (D)
ISBN: 978-3-89941-797-5
496 Seiten

Lynsay Sands
Der Teufel und die Lady
Band-Nr. 25576
7,99 € (D)
ISBN: 978-3-89941-983-2
352 Seiten

Loretta Chase
Eine verführerisch unnahbare Lady
Band-Nr. 25570
7,99 € (D)
ISBN: 978-3-89941-973-3
352 Seiten

CORA
Verla
Die Zeit vergeht.
Die Liebe bleibt!
Jetzt Probe-
lesen unter
www.historical.de
So packend wie noch nie, schöner denn je:
Die neuen CORA HISTORICAL Romane warten
darauf, von Ihnen erobert zu werden.
HISTORICAL
Deborah Simmons
Verzaubert im Labyrinth der Liebe
HISTORICAL – die Nr.1
in der Geschichte der Liebe.
für nur € 4,30
HISTORICAL GOLD
Loretta Chase
Ein verlockend beherrschter Earl
Bestseller Autoren
auf 320 Seiten.
für nur € 5,50
HISTORICAL GOLD EXTRA
GAELEN FOLEY
Mein verruchter Marquess
Feurige Leidenschaft.
Verbotene Gefühle.
für nur € 6,95
HISTORICAL EXKLUSIV
Kapitäne der Herzen
Mutige Männer. Schöne
Frauen. Entflammte Herzen.
Der günstige Sammelband.
für nur € 5,95
HISTORICAL MyLady
PERLEN DER LIEBE
Adelige Herzen. Große
Gefühle. Einzigartig
in Deutschland.
für nur € 4,30
HISTORICAL
Lords & Ladies
Das Beste aus
der Welt des Adels.
für nur € 4,95
Alle Preise inklusive der gesetzlichen Mehrwertsteuer.
HISTORICAL – mehr starke Helden und historische Liebesabenteuer im Zeitschriftenhandel oder unter www.historical.de